ADRIANA POPESCU

Ein Lächeln sieht man auch im Dunkeln

ADRIANA POPESCU

EIN LÄCHELN SIEHT MAN AUCH IM DUNKELN

cbt

Bei diesem Buch wurden die durch das verwendete Material und die Produktion entstandenen CO_2-Emissionen ausgeglichen, indem der cbj-Verlag ein Projekt zur Aufforstung in Brasilien unterstützt. Weitere Informationen zu dem Projekt unter: www.ClimatePartner.com/14044-1912-1001

MIX
Papier aus verantwortungsvollen Quellen
FSC® C083411
FSC
www.fsc.org

Wir produzieren
Klimaneutral
ClimatePartner.com/14044-1912-1001
Druckprodukt

Verlagsgruppe Random House
FSC® N001967

1. Auflage 2020
Erstmals als cbt Taschenbuch Oktober 2020

Umschlaggestaltung: Kathrin Schüler, Berlin
unter Verwendung der Bilder von © Shutterstock
(Griboriy; BloodysAlice; Quang Ho; Evgeny Karandaev)
MP · Herstellung: UK
Satz: KompetenzCenter, Mönchengladbach
Druck: CPI books GmbH, Leck
ISBN 978-3-570-31337-4
Printed in Germany

www.cbj-verlag.de
Dieses Buch ist auch als E-Book erhältlich.

– 1 –

Marie

Die Narbe an seiner Lippe, die sein Lächeln in zwei Hälften teilt, sieht ein bisschen aus wie ein Ausrufezeichen. Eines, das er unbewusst hinter alles setzt, was er sagt. Selbst, wenn er – wie jetzt – nichts sagt.

Die dunklen Haare trägt er kurz, so wie fast alle Jungs in unserem Jahrgang. Unter trotzigen Augenbrauen mustern uns blaue Augen, die mich an abgeschliffenes Metall erinnern, wenn auch nicht ganz so hart.

Es ist immer scheiße, wenn man der Neue in der Klasse ist. Und Samuel Nowak ist genau das. Mit den meisten Schülern teile ich mir seit der sechsten Klasse die Sorgen, Hausaufgaben und Lieblingslehrer. Die Rollen der besten Freunde, des Klassenclowns, des Mathegenies und des coolen Rudelführers sind bereits besetzt, viel Platz für einen neuen Schüler gibt es nicht mehr. Vermutlich deswegen nehmen ihn alle etwas skeptisch unter die Lupe, aber Samuel zeigt sich davon ziemlich unbeeindruckt. Während Herr Müller, unser Lehrer, die Eckdaten des Neuen abspult, lächelt dieser souverän und freundlich, wenn auch distanziert.

Jeans, Turnschuhe, Rucksack, er sieht aus wie jeder Junge

auf dieser Schule, allerdings ist er bereits ein Jahr älter, weil er das letzte Schuljahr wiederholen musste. Vielleicht ist dies auch der Grund für seinen Schulwechsel, und er will nun hier mit uns im zweiten Anlauf den Abschluss machen.

»Es wäre also nett, wenn ihr Samuel den Einstieg so weit wie möglich erleichtern könntet.«

Wir nicken alle unisono, weil keiner zugeben wird, wie wenig Lust wir auf die Erweiterung unseres Rudels haben. Aber Samuel wird das letzte Schuljahr trotzdem sicher irgendwie überleben.

»Du kannst dich hier vorne hinsetzen. Aus unerfindlichen Gründen ist die erste Reihe bei meinen Schülern nicht sonderlich beliebt.«

Samuel nickt und folgt Müllers Vorschlag, nimmt in der ungeliebten und bis dahin leeren Reihe direkt vor mir Platz und versetzt mich damit offiziell in die zweite.

Er hat einen breiten Rücken, der in dem schwarzen Kapuzenpullover, der jetzt, da er die Jacke auszieht, noch besser zur Geltung kommt. Sein Rucksack sieht ramponiert aus, der Block, den er herausfischt, dagegen ist neu und unbenutzt.

»Sag mal …«

Er dreht sich zu mir, ertappt mich dabei, wie ich ihn beobachte und lächelt verhalten freundlich.

»Hättest du einen Kugelschreiber für mich? Hab mein Mäppchen vergessen.«

Seine Stimme ist tief und rau, passt zu seinem markanten Gesicht und dem Blick, der mich mit einer Mischung aus Argwohn und Neugier durchdringend mustert.

»Klar.«

Er verfolgt meine Bewegungen genau und sein Blick bleibt an meinem Mäppchen hängen. Bisher war es mir nie peinlich, aber gerade frage ich mich, wieso ich dieses Ding, das ich seit der 5. Klasse besitze, nie ausgetauscht habe. Es mag abgewetzt sein, aber die Figuren des Film-Klassikers *Star Wars* kann man noch immer ausgesprochen gut erkennen. Prinzessin Leias stolzer Blick, die weltbekannte Frisur und ihr mutiges Lächeln. Hoffentlich werde ich nicht zu offensichtlich rot, als ich den gelben Kugelschreiber, den ich am Tag der offenen Tür an der Uni habe mitgehen lassen, hervorziehe und ihm reiche.

»Wiedersehen macht Freude.«

Samuel nimmt ihn an und salutiert knapp.

»Wird gemacht. Danke …«

Er sucht meinen Namen, den er natürlich noch nicht kennt, und dann fällt sein Blick wieder auf mein Mäppchen.

»… *Sternenprinzessin.*.«

Außer den dunklen Haaren haben wir zwar nicht besonders viel gemeinsam, aber ich muss trotzdem zugeben, es gefällt mir, dass er mich so nennt. Ich lehne mich ein bisschen weiter nach vorne, will den Unterricht, der ohne uns weitergegangen ist, nicht unnötig stören.

»Marie.« Ich reiche ihm die Hand. »Marie Mulden.«

Er nimmt meine Hand an, sein Händedruck ist fest, aber warm, ebenso wie sein Lächeln, das jetzt zumindest seinen linken Mundwinkeln erfasst hat.

»Samuel. Aber das weißt du ja schon.«

»Und nennen deine Freunde dich Sam?«

Meine Frage verscheucht das angedeutete Lächeln, und ich ernte ein Kopfschütteln, bevor er meine Hand wieder loslässt.

»Meine Freunde nennen mich Nowak.«

Keine Ahnung, ob das eine Aufforderung ist, ihn auch so zu nennen, also lehne ich mich zurück und versuche ihn mir als *Nowak* vorzustellen.

»Dann nenne ich dich lieber einfach Samuel.«

»Alles klar, Prinzessin Leia.«

Meinen Namen habe ich noch nie besonders gemocht, weil er mich so erwachsen und erhaben klingen lässt, von daher bin ich nicht besonders traurig darüber, dass er sich einen Spitznamen für mich ausgedacht hat.

»Und danke für den Kugelschreiber.«

Er schiebt ihn sich lässig hinter das Ohr, zwinkert mir zu und dreht sich wieder in Richtung Tafel, wo Müller uns über die anstehende Lektüre für die kommenden Wochen aufklärt. Zu meiner Schande erwische ich mich für den Rest der fünfundvierzig Minuten immer wieder dabei, wie ich Samuels Hinterkopf, seinen Nacken und die Schultern studiere.

Das ist die beste Aussicht, die ich in der Doppelstunde bei Herrn Müller seit Langem hatte.

- 2 -

Samuel

Die Schule ist kleiner als meine alte, und trotzdem verlaufe ich mich ständig. Jeder Flur, jeder Treppenaufgang, selbst die Türen sehen gleich aus. Wie um alles in der Welt soll ich mein Klassenzimmer finden, wenn nicht mal die Nummerierung der Räume einem Plan folgt?

»Na, hast du dich verlaufen?«

Eine irgendwie bekannte und doch fremde Stimme ertönt hinter mir und ich drehe mich hilfesuchend um.

Marie.

Natürlich.

Sie steht frech lächelnd vor mir, ihre braunen langen Haare hat sie jetzt zu einem Pferdeschwanz gebunden, das weite Karohemd sieht aus, als hätte sie es absichtlich ein paar Nummern zu groß gewählt, und die Risse an ihrer Jeans sind so perfekt, dass ich darauf wetten würde, sie hat sie bereits so gekauft.

»Wer soll hier bitte auch durchblicken?« Ich wedele mit dem Zettel, der mir heute früh im Sekretariat ausgehändigt wurde, in der Luft herum.

»Wo musst du denn hin?«

»Saal 308, Biologie bei Herrn Pabst.«

Ihr Lächeln wächst, erreicht sogar ganz kurz ihre braunen Augen, und das gefällt mir.

»Mensch, du bist ja ein echter Glückspilz.«

Sie kommt auf mich zu, wechselt den Rucksack von der linken auf die rechte Schulter und deutet den Gang entlang.

»Da muss ich auch hin, folge mir also, wenn du nicht zu spät kommen willst.«

Sie hat einen leichten, fast tanzenden Gang, als könne ihr nichts auf dieser Welt was anhaben, und das imponiert mir. Ich habe Mühe, mit ihr Schritt zu halten.

»Was nehmt ihr in Bio gerade durch?« Interessiert mich zwar nicht wirklich, aber ich versuch die Unterhaltung mit ihr nicht verebben zu lassen.

»Evolutionstheorie. Hattet ihr das schon an deiner letzten Schule?«

An meiner letzten Schule haben wir die vier Grundrechenarten durchgenommen und ansonsten gehofft, dass die meisten nicht als Analphabeten abgehen.

»Wir haben damit angefangen, aber sind nicht besonders weit gekommen.« Also noch ein Themengebiet, das ich nachholen muss. Ist ja nicht so, als hätte mir Physik eben nicht schon gereicht.

»Pabst ist streng, aber gut. Wenn du seinen Unterricht ernst nimmst, hast du nichts zu befürchten.« Sie wirft mir einen Seitenblick zu, ohne das Tempo zu drosseln. »Oder hast du ein Problem mit Autoritätspersonen?«

»Ich?«

»Ja, du.«

»Wie kommst du darauf?«

»Keine Ahnung. Typen wie du neigen doch dazu.«

Einen kurzen Moment frage ich mich, welche Gerüchte meine Person bereits umgeben und ob jemand weiß, was passiert ist, aber ich zucke nur reflexartig die Schultern.

»Definiere bitte *Typen wie du.*«

»Groß, dunkel, düster.«

Ich muss lachen, denn ehrlich gesagt, bin ich weder dunkel noch düster.

»Sehen mich *Mädchen wie du* etwa so?«

Wenn sie schon mit Vorurteilen spielen will, dann aber auf beiden Seiten des Spielfeldes. Ein bisschen ertappt sieht sie zu mir hoch.

»Wie definierst du *Mädchen wie du*?«

»Gut gelaunt, sorglos und bildhübsch.«

Einen kurzen Moment kommt sie bei meinem Kompliment aus dem Tritt, fängt sich aber gerade noch rechtzeitig vor der Tür zum Klassensaal, die offen steht, und schüttelt knapp den Kopf.

»Oh, da irrst du dich gewaltig, Samuel. Ich bin nichts von alldem.«

Bevor sie den halb leeren Saal betreten kann, schiebe ich mich an ihr vorbei und blockiere für eine Sekunde ihren Weg.

»Dann muss ich dich wohl besser kennenlernen, Sternenprinzessin.«

Und schon gehe ich weiter, habe es geschafft, sie sprachlos an der Türschwelle stehen zu lassen und melde mich bei einem Lehrer mit Schnurrbart, der mir wieder einen Platz in der ersten Reihe zuteilt.

Diesmal habe ich nicht so viel Glück, denn Maries Sitzplatz befindet sich drei Reihen hinter mir, und doch spüre ich die ganze Stunde über ihren Blick in meinem Nacken.

Ein Gefühl, an das ich mich gewöhnen könnte.

- 3 -

Theo

Vielleicht gehe ich zu schnell, vielleicht bleibe ich irgendwo hängen oder vielleicht war es Andis Tritt, der mich gerade dann in der Hacke trifft, als ich Schwung für die nächste Treppenstufe nehme. Ich verliere komplett das Gleichgewicht, will nach dem Geländer greifen und verfehle es um wenige Zentimeter. Zuerst schlage ich mit dem Knie auf, dann bremsen meine Ellenbogen die Wucht des Sturzes und schließlich touchiert mein Kinn die Stufenkante heftig genug, um mich kurz Sterne sehen zu lassen.

Man weiß nie genau, was Angst bei einem auslöst, bis es passiert.

Der Sturz, der Aufprall, das alles legt in Sekundenschnelle den Schalter um, und schon spult mein Kopfkino die schrecklichste Episode meines Lebens ab.

Sofort sind alle Geräusche wieder da, sogar der Geruch, obwohl es nicht sein kann, und mein Körper reagiert genau wie damals. Das durchdringende Fiepen in den Ohren, das flaue Gefühl im Magen, die Gänsehaut, die mich einhüllt, alles ist so wie damals. Schnell lege ich mir die Hände über die Ohren, zähle von fünf rückwärts und reiße dann die Augen auf. Ich nehme einen tiefen Atemzug, wie wenn man zu lange unter Wasser geblieben ist und endlich wieder die Wasseroberfläche durchbricht, um nach rettendem Sauerstoff zu schnappen.

Ich bin nur auf der Treppe im Schulgebäude gestürzt.

Sonst nichts.

»Oh, hoppla. Wie konnte ich dich nur übersehen.«

Andis heuchlerischer Kommentar wird durch das fiese Lächeln auf seinem Gesicht Lügen gestraft. Ich rappele mich langsam wieder auf, spüre den Schmerz im Knie und am Kinn, will mir aber nichts anmerken lassen. Es wird nur schlimmer, wenn sie merken, dass du Angst hast. Typen wie Andi können meine Angst und Unsicherheit ohnehin fünfzig Meter gegen den Wind riechen.

»Sorry, Mann, ich wollte dir echt kein Bein stellen.«

Umgeben von den Jungs, die ich heimlich *seine Schoßhunde* nenne, lehnt er sich lässig an das Treppengeländer und grinst auf mich herab.

»Schon okay.«

Es hat ohnehin keinen Sinn, sich mit ihm anzulegen. Die anderen Schüler weichen uns aus, als wären wir nur eine unnötige Schikane auf ihrem Weg. Niemand sieht her, auch wenn ich ahne, dass es einige beobachtet haben müssen. Ich will nach meinem Rucksack greifen, den ich aus der Hand habe fallen lassen, als Andi mit Schwung gegen ihn tritt und er zwei Stufen tiefer poltert. Natürlich begleitet vom Gelächter seiner kleinen Gang.

»Oh nein, wie ungeschickt von mir.«

Sie hoffen auf eine Reaktion, aber das würde doch wieder

nur zu einer weiteren Gegenaktion ihrerseits führen, und das möchte ich verhindern. Ebenso wie jeden Blickkontakt. Mit gesenktem Kopf will ich wieder nach dem Rucksack greifen, als Andi sich bückt und ihn aufhebt. Ich weiß, was als Nächstes passiert, weil er immer die gleiche Nummer abzieht. Manchmal frage ich mich, ob ihn sein eigenes Leben so sehr langweilt, dass er es nur durch solche Schikanen aufpeppen kann.

»Mal sehen, was du heute so dabeihast.«

Er kann mir nicht wehtun. Er kann auch nichts kaputt machen, aber das weiß er nicht, weil er ohnehin nicht wirklich hinschaut. Wie will man etwas kaputt machen, das schon längst in Scherben liegt?

Als Erstes segelt mein Mäppchen über das Treppengeländer nach unten, dann folgt mein Mathebuch und dann …

»Was soll die Scheiße?«

Andi hält in seiner Bewegung inne, die Augenbrauen ziehen sich blitzartig mürrisch zusammen und sein Blick wandert von mir die Treppe nach oben zu der Stimme, die ihn unterbrochen hat.

»Wie bitte?«

Bilde ich mir das nur ein, oder ist es hier gerade um einiges kühler geworden?

»Ich habe gefragt, was die Scheiße soll.«

Die Stimme nähert sich, kommt mir aber auch dann nicht bekannt vor, und so drehe ich den Kopf langsam in die Richtung, in der ich den Sprecher vermute.

Der Typ ist wohl neu hier, denn an der Schule habe ich ihn noch nie gesehen. Offenbar geht es Andi und seiner Gang nicht anders, denn auch in ihrem Blick erkenne ich nur Verwirrung. Andi lässt meinen Rucksack fallen und stößt sich vom Treppengeländer ab.

»Und du bist …?«

Der Typ kommt die letzten Treppenstufen zu uns runter, ignoriert Andi aber gänzlich und sieht zu mir.

»Alles okay da unten?«

Kurz glaube ich, mich verhört zu haben. Seit knapp drei Monaten bin ich Andis Lieblingsopfer, aber noch nie hat jemand etwas gesagt.

Niemand außer Marie, aber die zählt nicht.

Und jetzt steht da der Neue und reicht mir die Hand.

»Komm, wir halten den Verkehr auf.«

Die letzten Schüler, die noch die Schule verlassen, weichen uns allerdings ohne Kommentar oder zweiten Blick aus. Trotzdem nehme ich seine Hand an und lasse mir von ihm zurück auf die Füße helfen.

»Oh, hey, hey, was soll das?«

Andi kriegt richtig miese Laune, seine Stimme klingt viel schriller als sonst, aber der Neue lässt sich davon nicht einschüchtern. Ehrlich gesagt sieht er nicht annähernd so aus, als könne ihn überhaupt etwas einschüchtern.

»Wir holen mal deine Sachen.«

Damit will er auch schon weiter, als Andi sich ihm demonstrativ in den Weg stellt.

»Ist ein bisschen unhöflich, sich nicht vorzustellen, oder?«

Das riecht nach Ärger, und wenn ich etwas nicht gebrauchen kann, dann ist es noch mehr davon. Weder mit Andi noch mit sonst jemandem an dieser Schule.

Oder in diesem Leben.

Wenn es nach mir ginge, könnte die Zeit jetzt einfach einfrieren und ich würde mich davonschleichen, bevor sie es merken. Aber die beiden starren sich einfach wortlos in Grund und Boden, während ich versuche, unsichtbar zu werden. Schließlich setzt der Neue ein breites, aber unglaublich falsches Lächeln auf und reicht Andi die Hand.

»Samuel.«

Andi denkt nicht mal daran, die Vorstellungsrunde aufzunehmen, sondern mustert Samuel erst mal ausgiebig von oben nach unten. Dieser hält die Hand noch immer in Andis Richtung ausgestreckt.

»Verrätst du mir auch deinen Namen oder soll ich dich einfach *Arschloch* nennen?«

Andi will sich nicht anmerken lassen, dass er es nicht gewohnt ist, so behandelt zu werden, aber ich sehe es trotzdem.

»Wenn wir dann soweit fertig sind, kann ich ja mit meinem Kumpel sein Zeug aufsammeln gehen, wenn du nichts dagegen hast.«

Damit lässt Samuel die Hand sinken und dreht sich zu mir.

»Wollen wir?«

Kumpel. Damit meint er *mich,* und kurz fühlt es sich so an, als würde mein Kopf sich drehen, aber offenbar nicke ich, denn wir setzen uns zeitgleich in Bewegung, kommen aber nicht weit.

»Moment. Wer hat gesagt, dass wir mit Theo fertig sind?«

Andi deutet mit einem Nicken auf meinen Rucksack, den ich nun wie ein Schutzschild halte. Samuel schiebt sich minimal vor mich, und das Lächeln, mit dem er nun Andi fixiert, ist auf Eiswürfelniveau runtergekühlt.

»*Ich* habe das gesagt.«

»Und wer sagt, dass ich darauf höre, was du sagst?«

»Niemand. Aber ich an deiner Stelle würde es mir zumindest überlegen.«

Samuel legt den Arm um meine Schulter und spürt dabei sicher, wie ich unter der Berührung zusammenzucke, was ihn aber nicht davon abhält, mich sanft die Treppe nach unten zu schieben.

»Samuel, deinen Namen merk ich mir!«

Wir bleiben kurz stehen, und mein neuer Beschützer dreht sich noch mal um, aber ich sehe keine Panik in seinem Gesicht, sondern nur einen entspannten Ausdruck, der eher an den Strand als in diese Situation gehört.

»Sehr gut, sonst hätte ich ihn dir aufgeschrieben.«

Wir setzen uns wieder in Bewegung, ich eher so im Autopilotmodus, Samuel dagegen bei vollem Bewusstsein und vielleicht sogar im Vollbesitz seiner geistigen Kräfte. Ich hätte darauf gewettet, dass Andi uns folgt, aber nichts passiert, wir gehen einfach weiter, biegen nach rechts, und ich sehe meine Sachen dort verstreut auf dem Boden liegen. Mein Mathebuch hat im Freiflug eine beliebige Seite aufgeschlagen und einen Bauchklatscher hingelegt, dafür ist mein Mäppchen aber recht unbeschadet einige Meter entfernt gelandet. Kurz bin ich überrascht, dass es so wenige Sachen sind, denn für gewöhnlich nimmt sich Andi die Zeit, den gesamten Inhalt meines Rucksacks auszuleeren. Möglichst unauffällig entziehe ich mich Samuels Halbumarmung, weil mir die plötzliche Nähe und vorgetäuschte Vertrautheit zu viel wird.

»Danke.«

»Kein Ding.«

Hat der eine Ahnung.

»Trotzdem.«

Ich bücke mich und sammele mein Zeug ein, spüre seinen Blick in meinem Rücken und hoffe, er sieht mir nicht an, wie sehr mich die Situation überfordert. Mein Körper weiß, wie er in Andi-Situationen zu reagieren hat, alles passiert total automatisch, doch Samuel hat mit seinem Auftreten alles durcheinandergebracht.

»Passiert so was öfter?«

Schnell schüttele ich den Kopf, froh darüber, dass er mein Gesicht nicht sehen und die fette Lüge erkennen kann.

»Sicher?«

Der Zweifel in seiner Frage dröhnt in meinen Ohren, und ich versuche meiner Stimme bei der Antwort so viel Kraft zu verleihen wie nur möglich.

»Ganz sicher.«

Er macht einen Schritt auf mich zu und meine Nackenhaare stellen sich auf.

»HEY!«

- 4 -
Marie

Mit voller Wucht schubse ich ihn von Theo weg, baue mich so breit und groß, wie meine knapp ein Meter siebzig es zulassen, vor ihm auf und starre ihn wütend an.

»Lass ihn in Ruhe!«

Samuel torkelt etwas überrascht ein paar Schritte zurück, hebt die Hände und will etwas sagen, aber ich habe genug gesehen. Theo, der seine Sachen aufsammelt, die ein Idiot von der Treppe geschmissen hat. Zu schade, dass dieser Idiot ausgerechnet Samuel sein muss.

»Oh, hey, hey …«

»Spar dir dein *Oh, hey, hey*! Glaubst du, du kannst einfach so hier reinmarschieren und dir ein Opfer aussuchen?«

Meine Stimmt zittert und meine Hände sind zu Fäusten geballt, aber Theos sanfte Berührung an meiner Schulter sorgt dafür, dass ich nicht sofort auf Samuel losgehe.

»Hör auf, er hat gar nichts gemacht.«

Zu oft habe ich von Theo diese Ausrede gehört, und es macht mich wahnsinnig, dass ich einfach wegschauen soll.

»Ja, sicher. Dein Mathebuch hat nur eine freiwillige Flugstunde genommen, oder was?«

»Nein. Das war Andi …«

Theo deutet auf Samuel, der seinen Sicherheitsabstand zwar beibehält, aber zumindest schon wieder ein bisschen lächelt. Langsam hebt er die Hände bis auf Brusthöhe, als wolle er sich ergeben, während Theo sein Plädoyer fortsetzt.

»Samuel kam dazu und hat Andi die Meinung gegeigt.«

Ich lasse Samuel nur deswegen aus den Augen, weil ich an Theos Gesicht ablesen will, ob es sich wieder mal um eine seiner Notlügen handelt oder ob es die Wahrheit ist. Seine klaren Augen sehen mich direkt an, kein nervöses Blinzeln, kein Ausweichen, nur pure Erleichterung. Langsam entspanne ich mich und löse auch meine Fäuste.

»Sorry. Ich habe ihn nur so stehen sehen und dich auf dem Boden …«

Ich greife vorsichtig nach Theos Gesicht, wo sich am Kinn eine rote Schramme abzeichnet.

»Wie ist das denn passiert?«

Theo entzieht sich sofort meiner Berührung und schultert lieber den inzwischen wieder gefüllten Rucksack.

»Keine Ahnung.«

Samuel, der offenbar bemerkt hat, dass die Gefahr und meine Wutwolke sich verzogen haben, kommt wieder ein bisschen näher.

»Er hat auf der Treppe mit dem Kinn gebremst, nachdem dieses Arschloch ihm von hinten ein Bein gestellt hat.«

Ich sehe zu Samuel, der sich jetzt die Hände in die Jackentaschen schiebt und mit den Schultern zuckt, bevor er weiterspricht.

»Also dachte ich, wird es Zeit für ein kurzes Gespräch.«

Er schießt ein Halblächeln hinterher und trifft dabei blöderweise ins Ziel, was ich mir aber nicht anmerken lassen will.

»Aha.«

Theo nickt begeistert. Und zwar so begeistert, wie ich es schon lange nicht mehr an ihm gesehen habe.

»Er war richtig krass. Niemand spricht so mit Andi. Also, außer dir.« Er zwinkert mir schnell zu und deutet dann auf Samuel. »Das ist übrigens Samuel.«

»Ich weiß.«

»Ach, ihr kennt euch schon?«

Jetzt mustert Theo zur Abwechslung mal mein Gesicht und ich nicke so unschuldig wie möglich.

»Deutsch und Bio.«

»Ach so.«

Samuel versucht derweil uns zu folgen, ist von den Infos aber dezent überfordert, also klärt Theo ihn auf.

»Marie ist meine Schwester.«

»Ach, so ist das. Verstehe.« Höre ich da etwa Erleichterung aus seinen Worten? »Nun, ich will die Familienidylle auch nicht länger stören. Muss los. Bis morgen.«

Er winkt uns kurz zu, was bei ihm nicht ganz so peinlich aussieht, wie man meinen könnte, stopft sich seine *AirPods* in die Ohren, schaltet die Musik ein – und zwar so laut, dass wir alle was davon haben –, und geht dann einfach davon, als hätte er nicht gerade für meinen Bruder den Kopf in das Löwenmaul der Schule gesteckt.

»Cooler Typ, was?«

Wir sehen ihm beide dabei zu, wie er durch die Glastür

nach draußen verschwindet, den Kragen seiner Jacke höher zieht und über den Pausenhof marschiert.

»Oder lebensmüde, wie man es nimmt. Wer legt sich schon freiwillig mit Andi und seinen Spinnern an?«

Als Samuel aus unserem Blickfeld verschwunden ist, drehe ich mich wieder zu Theo und ernte ein Augenrollen, als ich die Schramme am Kinn genauer unter die Lupe nehme.

»Hör auf, dir Sorgen zu machen, Marie. Mir geht es gut.«

Wenn er wüsste, wie gerne ich ihm das glauben würde und wie schlecht er lügt. Wie oft ich ihn nachts hören kann und wie sehr es mir das Herz zerreißt, so hilflos auf der anderen Seite der Tür zu stehen.

»Komm, lass uns nach Hause fahren.«

Jeden Tag fahren wir zusammen mit meinem Roller zur Schule und wieder nach Hause. Vorbei die Zeiten, als wir gemeinsam die letzte Stufe zur U-Bahn übersprungen haben, weil wir zu spät waren und gerade noch so durch die sich schon schließende Tür in die Bahn gehüpft sind. Auch deshalb habe ich den Rollerführerschein gemacht und nie lasse ich ihn alleine den Heimweg antreten – und nie würde ich zugeben, wie anstrengend das oft ist. Also tue ich das, was ich immer tue: Ich lege den Arm um ihn, setze ein Lächeln auf und führe ihn sicher durch die Pausenhalle zum Ausgang.

Die Frage, was aus ihm wird, wenn ich am Ende des Schuljahres den Abschluss habe, verdränge ich für den Moment. Sie wird mich früher oder später ohnehin einholen. Aber nicht heute. Für heute nistet sich ein ganz anderer Gedanke in meinem Gehirn ein.

Mögen wir diesen Samuel?

- 5 -

Samuel

Er sieht aus wie immer. Das müde Lächeln, als müsse er sich abmühen, die Mundwinkel nach oben zu bewegen. Dazu passend die Augen, klar und doch irgendwie trüb, die einen permanent mustern, weil er keinem traut.

Keinem außer mir.

»Der Held kehrt nach Hause.«

Ich höre ihn nur gedämpft, viel zu laut brüllt mir *Casper* etwas über *20 qm* in die Ohren, aber ich weiß auch so, was er sagt. Nur fühle ich mich nicht gerade wie ein Held.

Er rutscht von der Parkplatzmauer vor meinem Wohnblock und breitet die Arme wie eine Einladung aus. Und weil ein altbekanntes Gesicht nach einem Schultag als *der Neue* tatsächlich guttut, folge ich seiner Aufforderung und drücke ihn kurz fest an mich, würge dann die Musik ab und lande endgültig wieder in der Realität.

»Servus, Nowak.«

»Hi, Tommi.«

Eigentlich heißt er Thomas Zecher, hasst es aber, wenn er so genannt wird. Für ihn klingt es zu langweilig, zu gutbürgerlich und zu wenig nach ihm. Tommi ist eine Wunsch-Identität, die er für sich im Laufe der Jahre entwickelt und weitergesponnen hat. Tommi, die Legende aus Stuttgart-Freiberg, der Junge mit dem mürrischen Blick und den coolen Jungs im Schlepptau, einer, von dem man sich fernhalten sollte und den man doch faszinierend findet.

»Ich dachte, die würden dich gar nicht mehr gehen lassen. Ich sitze schon seit einer Stunde hier und warte.«

»Ein Schultag hat für gewöhnlich sechs Schulstunden.«

Jetzt grinst er frech.

»Wenn du das sagst.«

Tommi ist nicht der Schultyp. War er nie und wird er in diesem Leben auch nicht mehr werden. Der Rest der Welt ist für ihn viel zu verlockend, als dass er seine Zeit in einem Betonbunker zwischen Pythagoras und Mendel verbringen würde. Manchmal verschwindet er für Tage, manchmal sogar für Wochen, und keiner weiß, wo er steckt.

Aber jetzt ist er hier und begrüßt mich nach dem ersten Tag meines neuen Lebens.

»Tut gut, dich zu sehen.«

Er sieht mir dabei in die Augen, flüstert es aber, weil es nur mir gilt und nicht den Ohren der Straße um uns herum. Es würde ohnehin nur seinem Ruf schaden, wenn man wüsste, wie er unter der vermeintlich harten Schale wirklich tickt.

»Dito.«

Kurz stehen wir hilflos voreinander, wissen nicht so recht, wohin mit unseren Händen oder Worten, und ich will am liebsten weg.

»Und wie lief es an der fancy Schule?«

Komisch, dass ich bei dieser Frage zuerst an Marie denken

muss. Dabei ist heute so viel Zeug passiert und auf mich eingeprasselt, aber doch drängt sie sich mit ihrem Lächeln und den neugierigen Blicken direkt in den Vordergrund meiner Gedanken.

»Ganz gut.«

»Bist ja auch ein schlauer Kopf. Du wirst das schon rocken.«

Er greift in die Jackentasche und zieht eine Packung Zigaretten heraus, durchsucht die andere Tasche nach einem Feuerzeug und sieht dabei zu mir.

»Und was machen wir jetzt?«

Wir. Natürlich. Weil für ihn alles ganz normal weitergegangen ist und wir noch immer beste Freunde sind. Ich wünschte, für mich wäre es auch so gelaufen. Dumm nur, dass es das nicht ist.

»Ich esse erst mal was. Dann schaue ich mir den Schulstoff an und vielleicht zocke ich noch eine Runde *FIFA*.«

Tommis Augen werden schmal, weil er natürlich versteht, was ich mit dieser Antwort eigentlich sagen will. Und weil ich ihn so gut kenne, weiß ich auch, dass er nicht lockerlassen wird.

»Brauchst du dabei vielleicht Gesellschaft?«

»Du meinst wohl eher *Ablenkung*.«

»Du kennst mich eben einfach zu gut.« Er klopft mir auf die Schulter und zeigt in Richtung der U-Bahn, die ich gerade erst hinter mir gelassen habe. »Hausaufgaben rennen nicht weg, die Zeit schon. Los, komm.«

»Ich kann nicht.«

»Komm schon, ich lade dich auf einen Döner ein.«

»Thomas …«

»Fang jetzt nicht mit der *Thomas-Nummer* an. Ich lad dich ein! Das kannst du nicht ablehnen. Außerdem warten die anderen auf dich.«

»Die anderen?«

»Deine Freunde.« Ich schüttele den Kopf, aber Tommi hat sich bereits festgebissen. »Okay, dann eben dein Fanclub. Wir müssen es doch feiern.«

»Keine so gute Idee.«

»Nur ein Döner. Mach es für mich.«

Theatralisch legt er die Hände so zusammen, als würde er beten, und sieht mich mit einem waschechten Welpenblick an. Immerhin ist er extra hierhergekommen, und das zu einer Uhrzeit, zu der er manchmal noch daheim im Bett liegt und döst. Kurz sehe ich zum Küchenfenster im dritten Stock, wo die Wohnung meiner Mutter liegt, in der jetzt auch ich wohne. Mama hat mir einen Teller mit Maultaschen in den Kühlschrank gestellt, den muss ich mir nur warm machen. Das stand auf dem Zettel, den sie mir neben meine Kaffeetasse geklebt hat und von dem sie wusste, dass ich ihn lese, bevor ich aufbreche. Sie hat an alles gedacht, will es mir so angenehm wie möglich machen, damit ich nicht merke, dass in ihrem neuen Leben eigentlich kein Platz für mich ist.

Die ausklappbare Couch im winzigen Abstellzimmer ist mein Bett, ein Bücherregal dient vorübergehend als Schrank für meine Klamotten und meine Hausaufgaben werde ich am Küchentisch machen. Für mich ist das okay, aber an der tiefen Falte zwischen ihren Augenbrauen erkenne ich, dass sie mit der Situation nicht glücklich ist.

»Kriegst auch ganz jugendfrei eine Cola dazu.«

Tommi schubst mich freundschaftlich gegen die Schulter und holt mich damit aus meinen Gedanken zurück auf die Straße. So wie er mich anstrahlt, glaube ich sogar, dass er sich wirklich freut, mich zu sehen, und das ist auf eine merkwürdige Art beruhigend.

In seinem Leben ist also noch immer ein Platz für mich, den er mir freigehalten hat wie früher im Kindergarten, als ich immer neben ihm gesessen habe. Wieso hat mir keiner gesagt, wie schwer es in der Praxis sein wird, Erinnerungen an ein früheres Leben einfach so zu vergessen und ganz neu anzufangen? Sind es nicht genau diese Erinnerungen, die Menschenleben miteinander verweben, der Stoff, aus dem Freundschaften gemacht sind?

»Döner klingt gut.«

Er reckt die Faust in die Luft und hüpft kurz auf der Stelle, was eine Art Freudentanz sein soll, und ich muss lachen.

»Du bist so ein Spinner.«

»Lass mich, ich freu mich einfach, dass du wieder da bist. War echt öde ohne dich.«

Ich hatte versprochen, mich von Tommi und den anderen fernzuhalten. So, wie ich auch versprochen habe, nicht mehr zu rauchen.

»Und wie sind die Leute in der neuen Schule so?«

»Ganz in Ordnung.«

Dabei kenne ich noch niemanden so richtig, es war mein erster Tag. Die Informationsflut hat mich ziemlich heftig überrollt und unter sich begraben.

»Ist immer beschissen, wenn man der Neue ist, oder?«

»Schon.«

»Wenn es einer packt, dann du.«

Tommi ist mein bester Freund. Es gibt kaum eine Episode meiner Kindheit, in der er nicht eine Hauptrolle gespielt hat. Auch wenn ich es nicht wirklich zugeben will, es tut gut, ihn zu sehen. Vor allem nach dem ersten Schultag.

»Hoffen wir es.«

»Nur noch ein Jahr, dann hast du Abi und haust ab.«

»Ach ja?«

Schön zu sehen, dass Tommi schon einen Plan für mich hat, während ich in Bezug auf meine Zukunft noch etwas verloren im Kaffeesatz rumstochere.

»Na logo. Du wirst Arzt. Oder Architekt. Oder …« Er bleibt stehen, richtet den müden Blick in die Ferne und sieht dabei reichlich bescheuert aus. »Politiker.«

Ich muss mir das Lachen verkneifen und schüttele den Kopf.

»Dich würden die Leute wählen.«

»Ich verzichte dennoch dankend.«

»Dann gehst du halt für ein Jahr weg. Australien oder USA. Machen doch viele.«

Ganz so weit weg muss es gar nicht sein. Dafür fehlt mir die Kohle und der Abenteuersinn.

»Raus aus Stuttgart würde mir schon reichen.«

»Dann eben raus aus dem Kessel. Berlin?«

Berlin ist zu groß für mich, dort würde ich mich nur wieder verlieren.

»Keine Ahnung.«

»Hamburg? Da bist du am Meer und kannst jederzeit weg!« So wie Tommi jetzt strahlt, glaube ich fast, es ist *sein* erklärtes Ziel und nicht meines. Er hat offensichtlich große Pläne. »Oder München. Da soll es hübsche Mädchen geben.«

»Dann geh du doch nach München.«

Aber Tommi schüttelt den Kopf, zieht wieder an seiner Kippe und deutet dann auf alles um uns herum.

»Und mein schwäbisches Königreich verlassen? Niemals.«

Wäre da nicht dieser sehnsüchtige Blick, der seine Worte als Lüge entlarvt, hätte ich es ihm fast geglaubt.

»Du bleibst also für immer in Stuttgart?«

»Ich bleibe hier. Jemand muss dich doch begrüßen, wenn du uns ab und an besuchen kommst.«

Er ist so sicher, dass ich weggehen werde. Ich spüre den altbekannten Druck, habe Angst, dass ich wieder jemanden enttäuschen könnte.

»Im Ernst, ich habe keine Ahnung, was ich nach der Schule machen soll.«

Das wollte ich gar nicht laut aussprechen. Nicht vor Tommi oder sonst jemandem, aber jetzt ist es zu spät und die Worte sind in der Welt.

»Das weiß doch keiner. Wir tun alle nur so, als ob wir 'nen Plan hätten, in welche Richtung es geht, und hoffen, in die richtige Bahn eingestiegen zu sein.«

Wir bleiben an der U-Bahnstation stehen und beobachten die Tauben, die den Boden nach Brotresten absuchen und hier und da fündig werden.

»Aber *du* wirst in der richtigen Bahn landen, da bin ich mir sicher.«

»Ach ja?«

»Klar. Weil du schon immer der mit einer Zukunft warst.«

Tommi nimmt einen letzten Zug von seiner Zigarette und schnippt den Stummel dann auf die Gleise vor uns, wo der noch tapfer weiterglimmt, ohne zu wissen, dass die nächste Bahn – und sein Ende – nur drei Minuten entfernt sind.

»*Jetzt* bin ich der ohne Plan.«

»Stress dich nicht. Bei irgendwas wird dein Herz komplett durchdrehen und sich nicht mehr einkriegen.«

»Und dann weiß ich, was ich machen will?«

»Du nicht, aber dein Herz. Das ist ein guter Anfang.«

Neun Monate haben wir uns nicht gesehen, und obwohl er noch immer so aussieht wie davor – also wie immer –, habe ich den Eindruck, er hat sich ebenso sehr verändert, wie ich es getan habe. Er legt seine Hand auf die Brust und sieht mich ernst an.

»Mein Herz weiß zum Beispiel schon, was es will.«

»Und das wäre?«

Er rückt ein kleines bisschen an mich heran und die Ernsthaftigkeit in seinem Gesicht lässt Panik in mir aufsteigen. Wenn selbst Tommi weiß, wohin mit seiner Zukunft, bin ich wirklich der Letzte, der keinen Plan hat.

»Einen Döner mit allem und extra Knoblauchsoße.«

- 6 -

Marie

Theo ist direkt auf sein Zimmer gegangen. Das läuft immer so ab. Kaum durch die Tür, kurzes Hallo und *zack!*, nichts wie weg. Damit überlässt er mich Mamas Inquisition, und ich frage mich dabei mal wieder, ob sie meine offensichtlichen Ausreden nicht schon längst durchschaut hat.

»Was ist mit seinem Kinn passiert?«

»Ist wohl beim Sport passiert.«

Sie nickt, will es glauben, weil das leichter ist als die vermutete Wahrheit.

»Wie liefen die Pausen?«

»Ganz gut.«

»Gab es Ärger?«

Ich schüttele den Kopf ganz automatisch, obwohl sich das Bild von ihm, wie er seine Sachen vom Boden gesammelt hat, sofort ungefragt einstellt.

Das und Samuels.

»Also ein guter Tag?«

Diesmal nicke ich, beantworte die Frage mehr oder weniger wahrheitsgemäß.

»Ist sonst etwas vorgefallen?«

Kurz schüttele ich den Kopf.

Dieses Gespräch mit Mama habe ich schon oft genug geführt, um zu wissen, dass sie sich nicht nach *meinem* Tag erkundigt. Hier geht es um Theo. So wie eigentlich immer seit dem Zwischenfall. Inzwischen habe ich mich daran gewöhnt und bilde mir ein, dass es gar nicht mehr wehtut, selbst wenn ich eigentlich etwas erzählen will, das so gar nichts mit Theo zu tun hat und ich auf halbtaube Ohren treffe.

»Und wieso grinst du dann so?«

Ertappt sehe ich zu Mama, die in der Küche neben der Arbeitsfläche lehnt und mich interessiert mustert.

»Ich grinse gar nicht!«

Meine Mutter legt den Kopf ein bisschen schief, und ich kann spüren, wie meine Wangen zu glühen beginnen.

»Stimmt, ist eher ein echtes Lächeln.«

Als müsse ich mich selbst davon überzeugen, berühre ich meine Wangen, da, wo die Mundwinkel tatsächlich deutlich nach oben deuten und spüre gleichzeitig die Wärme meiner Haut unter den Fingern.

»Habe ich etwas verpasst?«

Mütter. Wieso haben sie dieses eingebaute Frühwarnsystem für Veränderungen im Leben ihrer Kinder und wieso funktioniert es nach einem guten Jahr Pause noch immer?

»Nein.«

Dabei fällt mir ein, dass Samuel mir meinen Kugelschreiber noch immer nicht zurückgegeben hat. Somit habe ich morgen zumindest schon mal einen Grund für ein Gespräch, falls sich keines spontan ergeben sollte.

»Ich kenne dieses *Nein*, Marie. Es bedeutet meistens Ja.«

Mama lächelt mich verschwörerisch an, und kurz spiele ich mit dem Gedanken, ihr einfach zu erzählen, dass es einen neuen Schüler bei uns gibt. Und was er heute für Theo getan hat. Aber dann müsste ich auch erzählen, was Andi so mit Theo treibt und dann … fahren meine Gedanken wieder Karussell, und zwar viel zu schnell.

»Verschweigt Theo uns etwas?«

Das Lächeln stirbt auf meinen Lippen und bleibt wie erschossen liegen.

»Theo?«

Mama nickt so hoffnungsvoll.

»Ich dachte, vielleicht ist ihm etwas Schönes passiert und du musst deswegen lächeln.«

Natürlich. Wegen Theo. Vergessen die Tatsache, dass ich ein eigenes Leben habe, das sich vor einer langen Zeit in einer Galaxie weit, weit entfernt mal nicht nur um meinen Bruder gedreht hat. Ich kann die Wut in meinem Mund schmecken, schlucke sie aber so schnell und hart es geht runter und schenke meiner Mutter das falsche Lächeln, das mir inzwischen jeder abnimmt, weil ich es perfektioniert habe.

»Er hat wohl einen neuen Kumpel gefunden.«

So zumindest kann ich ein bisschen länger an Samuel denken. Mama lehnt sich sofort interessiert nach vorne und ich erkenne einen hoffnungsvollen Schimmer in ihren müden Augen.

»Ach wirklich?«

»Ich habe gesehen, wie er sich mit einem anderen Jungen echt gut unterhalten hat.«

»Na, das ist ja ein riesiger Fortschritt. Das ist großartig!« Es fehlt eigentlich nur, dass sie vor Begeisterung in die Hände klatscht. »Wie wunderbar.«

»Ja. Echt wunderbar.«

»Das wird Papa freuen, wenn er nach Hause kommt.«

Papa arbeitet nämlich Vollzeit, Mama nur noch halbtags. Damit sie zu Hause sein kann, für den Fall, dass Theo sie braucht. Kaum zu glauben, dass er nur ein Jahr jünger ist als ich und noch immer die Rundumbetreuung unserer Eltern bekommt. Manchmal fühlt es sich so an, als hätten sie mich aus dem Nest geschubst, weil ich ja ohnehin fliegen kann, damit sie es für Theo bequemer ausbauen können. Doch kaum habe ich diesen Gedanken, will ich mich dafür ohrfeigen.

»Ich mach mich mal an die Hausaufgaben.«

Bevor sie antworten oder noch mehr Fragen stellen kann, eile ich aus der Küche über den Flur und bleibe kurz an Theos Zimmertür stehen. Wie immer ist sie geschlossen, weil er nach der Schule für gewöhnlich seine Ruhe braucht. Einen Augenblick warte ich, atme die Wut dahin zurück, wo sie hingehört, nämlich irgendwo in Richtung Galle, dann klopfe ich dreimal und warte.

»Ja?«

Ich schiebe die Tür nur einen kleinen Spalt weit auf, schiele ins Zimmer, wo Theo ausgestreckt auf dem Rücken im Bett liegt und an die Decke starrt.

»Falls Mama fragt, du hast heute mit einem Kumpel in der Schule gequatscht.«

Ruckartig setzt er sich auf.

»Habe ich?«

»Dieser Samuel.«

»Ich kenne den Typen doch nicht mal.«

»Schon klar, aber Mama hat angefangen, Fragen zu stellen.«

Er weiß, wie sehr ich es hasse, für ihn zu lügen, und vielleicht nickt er deshalb so matt. Blass ist er geworden. Und ein bisschen dünner. Manchmal mache ich mir Sorgen, dass er sich auflösen könnte, und zwar vor unser aller Augen, weil niemand ihn zu fassen bekommt.

»Darf ich reinkommen?«

Er reagiert nicht, aber ich erkenne an seinem Blick, dass es okay ist, und so schlüpfe ich in sein Zimmer und schließe die Tür, bevor ich mich dagegenlehne.

»Willst du es ihnen nicht sagen?«

»Nein!«

Seine Stimme klingt erstaunlich hart, für jemanden mit so einer schmalen Statur. Mir fehlen seine wilden dunklen Locken, die ihn so frech gemacht haben und an denen ich ihn in jeder Menschenmenge sofort erkannt habe. Jetzt sind seine Haare ganz kurz, weil er glaubt, das würde ihm stehen. Sicher, Theo hat noch immer sein hübsches Gesicht, auch wenn es inzwischen etwas kantiger geworden ist. Sein Babyspeck ist weg, und er ist auf dem besten Weg, nicht mehr viel Ähnlichkeit mit meinem kleinen Bruder zu haben, den ich so sehr vermisse.

»Vielleicht könnten sie mit dem Direks reden.«

Er schüttelt so wild den Kopf, dass ich befürchte, er könnte vom Bett rutschen.

»Das bringt nichts, Marie. Es würde alles nur noch schlimmer machen.«

Um seinem traurigen Blick auszuweichen, sehe ich mich in

seinem Zimmer um, das mir noch immer vorgaukeln will, dass hier mein Bruder lebt. Die Poster seiner Lieblingsfilme an der Wand, Postkarten, die alte Freunde geschrieben haben, ein paar Polaroids vom Sommer in Kroatien und die Playstation, die mitten im Zimmer steht, als wäre sie dort festgewachsen.

Aber der Junge, der jetzt an die Bettkante rutscht, der ist nur eine billige Kopie von dem Theo, dessen Lachen unsere Wohnung erfüllt und mich in den Wahnsinn getrieben hat. Immer saß ihm der Schalk im Nacken, der nächste blöde Spruch lag schon auf seinen Lippen, und ein freches Grinsen versteckte sich im Mundwinkel, allzeit bereit, abgefeuert zu werden.

Ich vermisse diesen Theo so sehr, dass mir das Atmen manchmal schwerfällt.

»Bitte, Marie.«

»Und was, wenn ich nächstes Jahr mit der Schule fertig bin? Was wird dann aus dir?«

Darüber haben wir nämlich noch nicht gesprochen, und ich befürchte, er verdrängt den Gedanken erfolgreicher als ich.

»Ich komm schon klar.«

»Andi wird dich dann doch erst recht ins Visier nehmen und …«

»Ich komm schon klar!«

Das klingt trotzig und verzweifelt zugleich. Das schlechte Gewissen robbt sich von Tag zu Tag näher an mich heran und ich kann seinen fauligen Atem schon fast in meinem Nacken spüren. *Ich lasse meinen Bruder einfach zurück.*

»Im Ernst, irgendwie komme ich klar. Mach dir bitte keine Sorgen.«

Fast lache ich auf, weil ich seit Monaten nichts anderes mehr tue als das.

»Du machst deinen Abschluss und fertig.«

Jetzt erinnert mich sein Lächeln tatsächlich wieder ein bisschen an den alten Theo, der mich mit einem Augenzwinkern beruhigen konnte.

»Von mir aus.«

»Okay, Marie. Du bist echt die Beste.«

Wieso fühlt es sich dann nicht so an?

- 7 -

Theo

Familienabendessen sind das Schlimmste.

Marie schaltet in den Joke-Modus, erzählt amüsante Anekdoten aus ihrem Schultag, die sie ausschmückt und dafür Lacher von Mama und Papa kassiert. Es ist nichts weiter als ein Ablenkungsversuch, der mir beim Essen Ruhe bescheren soll. Nur vor den Blicken meiner Eltern kann sie mich nicht schützen, dafür müsste ich mir einen Bunker mit Stacheldraht und Elektrozaun bauen, und an manchen Tagen klingt das sogar echt verlockend.

Ich weiß, dass sie sich Sorgen machen, aber sie merken nicht, wie sehr sie mich darunter erdrücken. Also spiele ich eine Rolle, so wie Marie, und jedes Abendessen wird zu unserer Theaterbühne.

Marie, die Lustige, deren Schulalltag einer Sitcom gleicht, und ich, Theo, der Optimist, der mit blendender Zuversicht in den nächsten Tag und das kommende Abenteuer startet, weil ihn nichts und niemand kaputtkriegen kann.

Alles für das dankbare Publikum aka unsere Eltern, die an den richtigen Stellen lachen, klatschen und ihre *Ohs* und *Ahs* in die Runde werfen.

Ich hasse das.

So sehr, dass ich schon oft eine Magenverstimmung vorgetäuscht habe, damit ich nicht mit ihnen allen zusammen essen muss. Heute gab es keine Chance auf Flucht, und so gilt es wieder mal, eine 1 a Performance hinzulegen.

»Wer ist denn dein neuer Kumpel, von dem mir Marie erzählt hat?«

Mama ist wirklich interessiert. Um nicht zu sagen, sie recherchiert für ihren Investigativbericht über mein Leben. Meine Schwester und ich wechseln kurz einen Blick, verständigen uns wortlos über den nächsten Akt wie alle guten Impro-Künstler und ich lege das Besteck vorsichtig beiseite, hole Luft und beginne den zweiten Akt.

»Sein Name ist Samuel. Netter Typ.«

Ich bete, dass sie nicht noch mehr Infos wollen, denn ehrlich gesagt, weiß ich nicht mehr über ihn.

»*Samuel.* Interessanter Name.«

»Mhm.«

»Woher kennst du ihn?«

Ich will sie nicht anlügen, zumindest nicht direkt und vor allem nicht einfach so. Meistens halte ich mich grob an die Wahrheit, die ich an den notwendigen Stellen etwas dehne.

»Ähm …«

Es gibt keine Notlüge, in der ich Andi nicht auslassen könnte, und so springt mir Marie rettend zu Seite.

»Samuel ist eigentlich in meinem Jahrgang, aber er hatte sich verlaufen. Erster Schultag und so.«

Gute Idee, die Story könnte funktionieren. Nickend übernehme ich wieder.

»Und ich habe ihn ein bisschen rumgeführt.«

»Ach so. Er ist also älter.«

»Jap. Marie hat Bio und Deutsch mit ihm.«

Der Blick, den ich für die Weitergabe dieser Info von meiner Schwester kassiere, ist nicht besonders nett, aber vielleicht lenkt das für den Moment die Aufmerksamkeit auf sie und weg von mir.

»Wo kommt er denn her?«

»Keine Ahnung.«

Maries Körperhaltung würde selbst einem Fremden verraten, dass sie das Thema nicht mit meinen Eltern besprechen will, aber die übersehen es mal wieder und haken sofort nach.

»Und denkst du, er ist ein guter Umgang für Theo?«

»Sicher. Wieso nicht?«

»Ich frag ja nur …«

»Er ist wirklich in Ordnung.«

Maries Verteidigung klingt sogar überzeugend, und ich sehe überrascht zu ihr, doch sie zuckt nur die Schultern und stochert wieder in ihrem Essen.

»Nun, auf jeden Fall ist es schön, dass du mal wieder Kontakt suchst, Theo.« Papa klopft mir ermunternd auf die Schulter und ich nicke tapfer.

Wie gerne würde ich ihnen sagen, dass ihre Vorstellung von meiner *Heilung* nicht funktioniert und sie mich gerne noch weiter von Arzt zu Arzt reichen können. Zu Beginn der Therapie hieß es immer: *Es braucht Zeit. Jeder heilt anders.* Aber offenbar drängt jetzt doch alles auf eine deutliche Genesung nach Plan.

Dabei würde ich mich an den meisten Tagen am liebsten

noch immer in meinem Zimmer verkriechen und einfach nur dort bleiben. Aber sobald ich das auch nur erwähne, wird direkt ein neuer Termin bei Dr. Schädle vereinbart. Und dann muss ich wieder reden.

Und reden.

Und reden.

Und je mehr ich rede, desto häufiger geht der Horror wieder von vorne los.

Nur ändern tut sich nichts.

Also funktioniere ich. Für Mama, für Papa und für Marie. Wer weiß, vielleicht schaffe ich es ja eines Tages sogar, mich auf diese Art selbst davon zu überzeugen, dass alles wieder in Ordnung kommt.

Nur noch ein bisschen durchhalten.

- 8 -
Samuel

Da bist du ja endlich. Ich habe mir schon Sorgen gemacht.«

Mama sitzt am Küchentisch, die Brille auf der Nase und eine Tasse Tee vor sich. Aber als Erstes fällt mir die Sorge in ihrem Blick auf, als ich die Wohnung betrete.

»Ich habe versucht dich anzurufen.«

Die Uhr an der Wand über ihr zeigt, dass es schon halb elf ist, und die Maultaschen stehen noch immer unberührt im Kühlschrank.

»Sorry, mein Akku ist leer.«

Wie zum Beweis lege ich mein Handy vor sie auf den Tisch und ziehe mir einen Stuhl heran, nachdem ich meinen Rucksack abgestellt habe.

»Wo warst du denn so lange?«

Die einzige Regel, auf die sie bestanden hat, bevor ich eingezogen bin, ist die, dass wir uns die Wahrheit sagen. Keine Lügengeschichten, keine Ausreden, nur die bittere Wahrheit. Unter dieser Bedingung bin ich hier, und ich habe vor, mich daran zu halten.

»Ich war mit Thomas unterwegs.«

Bewusst nenne ich ihn nicht Tommi, denn *Tommi* ist

schlechter Umgang. Thomas aber mein bester Freund. Sie atmet tief ein, sobald ich seinen Namen ausspreche, und stützt das Gesicht in ihre Hände.

»Samuel … Doch nicht mit Tommi.«

Nein, nicht mit Tommi.

»Wir waren nur was essen.«

»Bis eben?«

»Nein. Wir sind noch ein bisschen durch die Stadt gefahren.«

Sie hebt den Blick gerade so weit, dass sie mir direkt in die Augen sehen kann.

»Hast du was getrunken?«

»Eine Cola.«

»Geraucht?«

Ich lehne mich in ihre Richtung, damit sie an mir und meinen Klamotten schnuppern kann.

»Nichts.«

Sie glaubt mir, das kann ich sehen, und außerdem hat sie keine Beweise, meine Jacke riecht maximal nach Knoblauch, weil mir Soße auf den Ärmel getropft ist, aber sicher nicht nach Rauch.

»Ich möchte, dass du direkt nach der Schule heimkommst und nicht bis spät durch die Stadt ziehst.«

Das hier ist keine Diskussion und ich habe nichts dagegen vorzubringen, also zucke ich die Schultern und gebe mich geschlagen.

»Okay.«

»Das ist mein Ernst, Samu.«

Sie hat mich schon eine Ewigkeit nicht mehr Samu genannt, und irgendwie ist es mir ein bisschen peinlich, weil es klingt, als wäre ich noch acht Jahre alt.

»Gut. Dann haben wir das geklärt. Wie war die Schule?«

»Echt okay. Das ist eine gute Schule.«

»Glaubst du, dass du mitkommen wirst?«

»Bestimmt.«

Mein Vater hat nie nach meinem Schultag gefragt oder wo ich mich rumgetrieben habe. Das fand ich eigentlich ziemlich cool, weil ich mir so irre erwachsen vorkam. Ich dachte, mein Vater vertraut mir so sehr, dass er mich nicht ständig kontrolliert. Es hat eine ganze Weile gedauert, bis ich verstanden habe, dass es ihm einfach egal ist.

»Hast du Hausaufgaben?«

»Ja. Die mache ich gleich.«

Mama nickt und steht auf, will mir wohl die Privatsphäre dafür geben, doch auf meiner Höhe bleibt sie stehen und berührt meine Wange.

»Es ist schön, dass du wieder da bist.«

Eigentlich will ich voll cool reagieren, mit einem albernen Spruch die Sentimentalität aus dem Moment nehmen, aber die Wahrheit ist, dass ich froh bin, hier zu sein. Kurz schließe ich die Augen und lehne mich ein bisschen in ihre Berührung.

»Falls du Hunger hast, die Maultaschen stehen noch im Kühlschrank.«

Sie küsst meinen Scheitel und lässt mich dann alleine in der winzigen Küche zurück. Ich warte, bis ich mir sicher sein kann, dass ich wirklich alleine bin, bevor ich die Augen wieder öffne und kurz durchatme.

Alles erzählen sie einem, auf alles bereiten sie dich vor, aber wie es ist, mit fast achtzehn wieder zur Mutter ziehen zu müssen, das erklärt dir keiner.

Jahrelang habe ich eine ungemeine Wut auf sie gepflegt, weil sie Papa und mich einfach so verlassen hat, aber jetzt merke ich, wie sehr ich sie in all den Jahren immer nur vermisst habe. Die Wut war eigentlich nur Enttäuschung und ein bisschen Angst. Angst davor, dass sie mich gar nicht liebt oder will. Dabei hat sie nur den Absprung gewagt, bevor sie kaputtgehen konnte.

Den Gedanken abschüttelnd greife ich nach meinem Rucksack und fische das Biobuch und den Ordner hervor, als mir ein gelber Kugelschreiber entgegenfällt.

Maries Kugelschreiber.

Wie sie mich von ihrem Bruder weggeschubst hat und in Grund und Boden gestarrt hat, als müsse sie Theo vor dem Angriff der *Weißen Wanderer* beschützen. Das hat mir imponiert, und ich werde das Gefühl nicht los, dass sie sich auch, ohne mit der Wimper zu zucken, mit diesem Arschloch-Andi angelegt hätte.

Ich drehe den Kugelschreiber zwischen meinen Fingern und erwische mich dabei, wie ich unser erstes Aufeinandertreffen noch mal durchspiele.

Das Gute an der neuen Schule ist, dass mich dort niemand kennt und ich noch mal bei null anfangen kann. Was mir vorgestern noch den Angstschweiß auf die Stirn getrieben hat, empfinde ich jetzt als angenehme Befreiung, denn ich bin einfach nur einer von vielen. Keine Sonderbehandlung, kein Zurückweichen, keine Angst.

Und morgen darf ich das Gleiche noch mal erleben. Grinsend mache ich mich an die Aufgaben und beschließe, mein Mäppchen in nächster Zeit vorsichtshalber öfter zu vergessen.

Nur für den Fall, dass mich das Glück wieder in Maries Nähe schleudert.

- 9 -

Marie

Eine ganze Woche ist er unbeschadet durch den Schulalltag gekommen, dafür sollte man ihm einen Orden verleihen. Vom Typ her ist er eher ruhig, zumindest nimmt er nur sehr zurückhaltend am Unterricht teil, auch wenn ich das Gefühl nicht loswerde, dass er mehr zu sagen hat, als er zugeben will. In den Pausen bleibt er für sich oder verkrümelt sich komplett, taucht erst zur nächsten Stunde auf, oft zu spät und mit entschuldigendem Lächeln. Aber die Lehrer sind ziemlich entspannt, gewähren ihm noch die Schonfrist des Neuen.

Heute trägt er eine Jeansjacke mit Fellkragen, was ihn, im Vergleich zur letzten Woche, fast schon kuschelig wirken lässt. Dazu passen auch das leichte Lächeln und das Kopfwippen zur Musik, die ich nicht hören kann. Mich hat er nicht bemerkt, zumindest geht er wort- und grußlos an mir vorbei, den Blick fest auf einen kleinen Zettel in seiner Hand gerichtet. Unauffällig hefte ich mich an seine Fersen und folge ihm durch den Strom der Schüler durch die Flure. Einige der anderen mustern ihn im Vorbeigehen, weil ein Neuer immer auffällt, ob er will oder nicht. Bis er sich einer Gruppe anschließt, bleibt er ein Objekt der Skepsis.

Erst vor dem Chemiesaal bemerkt er, dass er falsch ist.

»Fuck.«

Samuel knüllt den Zettel zusammen und stopft ihn genervt in die Jackentasche.

»Na, mal wieder verlaufen?«

Überrascht dreht er sich zu mir um, sein verschwundenes Lächeln taucht sofort wieder auf.

»Bisschen.«

Er fischt den Zettel wieder aus der Tasche und tippt genervt drauf.

»Wieso ist hier nicht Saal 229?«

»Weil du im dritten Stock bist.«

»Ah. Das erklärt einiges.«

»Du willst also zu Geschichte.«

Er hebt abwehrend eine Hand.

»Von wollen kann nicht die Rede sein …«

Ich möchte ihm recht geben, grinse aber nur ein bisschen und nicke in die Richtung, aus der wir gekommen sind.

»Geht mir ähnlich, aber wir haben ein interessantes Thema.«

Er hebt fragend die Augenbrauen.

»Sag nur, du hast jetzt auch Geschichte?«

Statt zu antworten, laufe ich schon mal los und höre, wie er mir folgt. Begleitet von einem fast vergessenen Gefühl.

»Habe ich.«

»Das ändert die Lage drastisch.«

Samuel holt mich ein, geht im Gleichschritt neben mir her, sieht mich aber nicht mehr an, sondern lässt den Blick über die Flure wandern.

»Wie schaffst du es, dich nicht zu verlaufen?«

»Ich bin seit der 5. Klasse hier, inzwischen habe ich mich an alles gewöhnt.« Immerhin ist unsere Schule auch nicht so groß, dass man einen Stadtplan bräuchte, aber Samuel sieht noch immer reichlich verwirrt aus. »Auf welcher Schule warst du vorher?«

»Ist das da drüben ein Computerraum?« Er bleibt stehen und deutet durch die großen Scheiben in unseren Multimediasaal, der noch leer ist.

»Ja.«

»Nicht schlecht.« Er tritt noch näher an die Scheibe. »*MacBooks*?«

»Ja.«

»Wow.«

»Gab es die an deiner alten Schule nicht?«

»Nee.«

Ich warte, ob er vielleicht auf meine Eingangsfrage antworten will, aber Samuel bewundert aus der Ferne einfach nur den technischen Schnickschnack, den unsere Schule zu bieten hat.

»Und was wird darin unterrichtet?«

»Nicht Geschichte.«

Doch er bemerkt mich gar nicht mehr, lehnt seine Stirn gegen die Scheibe und sieht sehnsüchtig zu den Computern auf der anderen Seite. Ich nutze die Chance und betrachte sein Profil einen Moment. Jetzt gerade liegt da diese Ernsthaftigkeit in seinen Gesichtszügen, die nicht so recht zu dem Lächeln von vorhin passen will. Dieses Lächeln, das immer in zwei Hälften geteilt ist. In einen schüchternen und einen frechen

Teil. Doch im Moment sehe ich etwas Neues: einen Blick, in dem Sehnsucht liegt, sicherlich nicht nur nach den Computern, und es fühlt sich so an, als würde er ganz weit weg sein. Kurz berühre ich ihn am Ärmel seiner Jacke, will ihn zurückholen und er zuckt erschrocken zusammen. Der folgende Blick sorgt bei mir für eine Gänsehaut, und zwar keine von der guten Sorte.

»Sorry. Ich wollte dich nicht erschrecken.«

»Hast du gar nicht.«

»Was dann? Habe ich dich etwa geweckt?«

Er schaltet das Lächeln wieder an, ein Trick, den er bestens zu beherrschen scheint und auf den ich fast reingefallen wäre.

»So was in der Art. Ich war auf einem Gedankenspaziergang.«

»Wo warst du denn eben spazieren?« Obwohl ich ahne, dass er mir nicht antworten wird, bin ich enttäuscht, als er sich von der Scheibe abstößt und zur Treppe deutet.

»Geschichte, oder?«

Wären wir nicht schon zu spät dran, würde ich ihn noch mal fragen, aber so nicke ich nur und führe ihn zum richtigen Saal, wo uns fünfundvierzig Minuten Geschichtsunterricht erwartet. Mich interessiert jetzt aber vor allem eine Geschichte.

Seine.

- 10 -
Theo

Ich hasse Schulsport mehr als alles andere.

Alleine das gemeinschaftliche Umziehen in der großen Kabine mit den uralten Holzbänken und den über die Jahre angesammelten Beleidigungen, die an die Wände geschmiert wurden, lassen mein Herz rasen. Ich weiß, was jetzt passiert, und frage mich, wieso ich jedes Mal darauf hoffe, dass es anders abläuft.

»Na, Theo, alles im Griff?«

Ich ziehe mir gerade den Pullover über den Kopf, kann aber an der Stimme erkennen, wer vor mir aufgetaucht ist. Jemand packt meine Arme, die ich recht schutzlos über den Kopf gereckt halte und verdreht sie so, dass ich mich nicht befreien kann.

»Wo ist denn dein Beschützer von neulich?«

Samuel. Den habe ich seit dem ersten Zusammentreffen nur noch ab und an in der Pausenhalle gesehen, aber er hat nicht zurückgegrüßt. Vermutlich hat er mein Gesicht schon längst wieder vergessen. Und selbst wenn nicht, wäre er mir hier drinnen keine große Hilfe. Er ist einen Jahrgang über mir, bei Marie, und ich bin hier.

Alleine.

Mit einem Ruck wird mir der Pullover vom Kopf gerissen und Andi Schneider taucht jetzt auch leibhaftig vor mir auf. Breit haifischgrinsend und mit den dazugehörigen schwarzen, leeren Augen.

»Los, Hose ausziehen.«

»*Was?*«

»Stottere ich etwa?«

»Nein.«

»Dann raus aus der Hose.«

Jedes Mal der gleiche Schwachsinn. Ich tue, wie befohlen, ziehe meine Jeans aus und reiche sie ihm. Andi gibt sie, zusammen mit meinem Pullover, an Henning, einen seiner Schoßhunde, der sie zu einem Knäul verpackt und damit verschwindet. *Tschüs Hose*, dich werde ich nicht wiedersehen. Sie landet dort, wo so viel von meinem Zeug schon gelandet ist. Auf dem Vordach der Turnhalle, neben vergessenen Fußbällen, Trinkpäckchen und Vogelscheiße.

»Sind die Schuhe neu?«

Bitte nicht die Schuhe.

»Nee.« Ich spüre, wie meine Stimme zittert und sich damit dem Rest meines Körpers anpasst.

»Sehen aber neu aus.«

Sind sie auch, habe lange genug darauf gespart, und jetzt verfluche ich mich dafür, dass ich sie zur Schule angezogen habe. Andi nimmt neben mir Platz und bückt sich nach den weißen Turnschuhen mit den knallroten Schnürsenkeln, die in dieser Kombination eine limitierte Edition sind.

»Was für eine Schuhgröße hast du?«

»Zweiundvierzig.«

Andis Gesichtsausdruck nach war das die falsche Antwort. Ganz zerknirscht sieht er zu mir.

»Schade, Mann.«

»Wieso?«

»Vierundvierzig.«

»Was?«

Er dreht die Schuhe noch immer zwischen seinen Händen, bewundert die Sohle, die passend zu den Schnürsenkeln ebenfalls rot ist.

»Ich habe Schuhgröße vierundvierzig.«

»Und?«

»Sie passen mir nicht.«

Kein Wunder, sind ja auch meine Schuhe und nicht seine.

»Du entschuldigst also …« Er stellt sie auf die Bank zwischen uns, steht auf, zieht seine graue Jogginghose und die Boxershorts runter und ich ahne, was kommt. Mein verzweifelter Blick fliegt über die Runde meiner Schulkameraden, die alle mit wahnsinnig wichtigen Dingen beschäftigt sind und gerade nicht herschauen können.

Keiner sieht, wie Andi Schneider mir in meine neuen Schuhe pinkelt.

»Hatte einen halben Liter Eistee vorhin in Chemie, der will jetzt raus.«

Er lächelt mir entschuldigend zu, und ich spüre, wie die Wut in mir höher und höher blubbert, bis sie schließlich meine Luftröhre erreicht und es sich anfühlt, als würde ich Flammen atmen. Meine Hände ballen sich zu Fäusten, aber wir alle wissen, dass es dabei bleiben wird.

Andi schüttelt ab, packt alles ordentlich wieder weg und tätschelt mir die Wange mit genau der Hand.

»Viel Spaß noch mit deinen neuen Tretern, Theo.«

Er wischt sich die Hände an meiner Jacke ab, und ich frage mich, wie viele Bakterien gerade den Besitzer wechseln. Unter dem lauten Gelächter seiner Gang tritt er durch die Doppeltür aus Milchglas in den Flur, der zu den Turnhallen führt, und ich starre auf die gelbe Brühe in meinen Schuhen, die langsam ausläuft.

Ein prüfender Blick in die Runde lässt mich wissen, was ich schon erahnt habe. Niemand beachtet mich, meine Schuhe oder die Tatsache, dass sowohl meine Jeans als auch mein Pulli verschwunden sind.

Schon wieder.

Sie haben sich so sehr daran gewöhnt, dass es nicht nur zu meinem, sondern auch zu ihrem Alltag geworden ist. Ja, ich bin sauer, vor allem aber erschöpft. Dabei kann ich es ihnen nicht mal übel nehmen. Ich würde alles dafür geben, auf ihrer Seite zu stehen und dabei zuzusehen, wie die Attacken jemand anderen treffen. Dabei wäre es mir vollkommen egal, wen es statt meiner erwischt.

»Du hast es überstanden und bist daran nicht kaputtgegangen. Sei stolz auf dich.« Das waren die Worte von Dr. Schädle.

Doch gerade fühlt es sich so an, als würde das hier nie vorübergehen, mir ständig folgen, egal, wohin ich auch gehe.

Ich muss nur diese Sportstunde überleben.

Und dann alles danach.

- 11 -
Samuel

In der großen Pause wird einem deutlich, dass man noch keinen Anschluss gefunden hat, wenn alle in ihren kleinen Grüppchen zusammenstehen und über ihre eigenen Themen reden. Eine Weile schleiche ich mit meinem Rucksack durch die Aula, finde aber nicht so recht einen Platz für mich.

Typisch.

Nicht mal in der Schule weiß ich, wo ich hingehöre. Um den ständigen Geräuschen auszuweichen, stöpsele ich die *Air-Pods* ein, drücke auf *Shuffle* und lasse mich von AnnenMay-Kantereits *Ozean* davontragen. Ganz automatisch lenken mich meine ausgelatschten Chucks in Richtung des Ausgangs, hier drinnen gibt es nicht genug Sauerstoff für alle Schüler. Oder zumindest nicht für mich. Draußen ist es schon besser, auch wenn die Luft hier deutlich kälter ist und der Wind mir direkt eine fette Ohrfeige ins Gesicht knallt.

Es fühlt sich noch immer merkwürdig an, einfach so durch die Tür rauszumarschieren, ohne dass mich jemand aufhält. Die Lehrer kennen mich noch nicht alle, den meisten Schülern bin ich egal. Ich könnte einfach bis zur U-Bahn runterlaufen, einsteigen und wegfahren. Mama kommt erst gegen

17 Uhr nach Hause, bis dahin könnte ich machen, was immer ich will, und niemand würde es merken.

Ohne länger darüber nachzudenken, gehe ich weiter und weiter, einmal quer über den Schulhof, vorbei an den zahlreichen Fahrrädern, die wie angebundene Pferde darauf warten, nach der Schule wieder abgeholt zu werden. Nur noch ein Schritt und ich habe das Schulgelände offiziell verlassen, bin frei – und ein Idiot. Vielleicht zögere ich genau deswegen. Oder aber, weil ich die Gestalt auf der Bank hinter den Mülltonnen erkenne.

Er sitzt alleine, ein Buch auf dem Schoß, den Rucksack neben sich, den Kopf gesenkt. Er trägt nur ein T-Shirt und eine kurze Hose, und dabei ist es heute richtig frisch. Langsam komme ich näher und stelle fest, dass auch die Schuhe fehlen.

»Hey.«

Er zuckt so sehr zusammen, dass ihm das Buch vom Schoß fällt und er die Hände schützend vors Gesicht hält.

»Willst du dir eine Lungenentzündung holen?«

Erst jetzt erkennt er mich, und die Panik weicht aus seinem Gesicht.

»Hi. Sorry, hab dich nicht kommen hören.«

»Bin ja auch nicht auf einer Büffelherde eingeritten. Was machst du hier draußen?«

Er zuckt die Schultern, weicht meinem Blick dabei aus und geht nicht mal auf das Offensichtliche – das Fehlen seiner Klamotten – ein.

»Ich lese.«

»Hier?«

»Hier habe ich meine Ruhe.«

»Und leidest du an Hitzewallungen, oder …?«

Ich deute auf seine nackten, blassen Beine, die in den kurzen Sporthosen.

»Hab meine Sachen verlegt.«

»*Verlegt?*« Denkt er wirklich, dass ich ihm diese lausige Lüge tatsächlich abkaufe?

»Ja. Halt nicht wiedergefunden.«

Erneut zuckt er die Schultern und ich atme schwer aus, sehe mich um und stelle fest, dass er hier hinter Büschen und Bäumen tatsächlich vor den neugierigen Blicken der anderen Schüler recht geschützt ist.

»War das dieser Andi?«

»Nein!«

Die Antwort kommt etwas zu schnell und vor allem zu heftig, aber ich werde ihm nicht den Gefallen tun, den offensichtlich alle anderen Idioten hier machen.

»Du kannst es mir erzählen, oder ich frage Andi …«

»Bitte nicht. Echt jetzt, ich kriege nur noch mehr Ärger.« Er sieht mich so flehend an, dass ich mich frage, wie lange der Mist schon läuft.

»Okay. Fein. Wie du willst.«

»Und könntest du Marie bitte auch nichts davon erzählen?«

Süß, wie er annimmt, Marie und ich hätten genug miteinander zu tun, um solche Dinge zu bereden. Nach ihrer Fragerei über meine ehemalige Schule, habe ich ein bisschen Abstand gebraucht und dafür einen traurigen Blick kassiert.

»Rück mal rüber.«

Theo zögert, macht mir dann aber tatsächlich Platz, und

ich lasse den Rucksack zwischen uns rutschen, ziehe den Reißverschluss auf und wühle mich am Ordner und den Büchern vorbei zu meiner Jogginghose, die ich eigentlich später im Sportunterricht tragen wollte.

»Hier. Ist vielleicht nicht das, was du sonst so trägst, aber es ist eine Hose.«

»Das musst du nicht machen …«

»Ich weiß, aber ich kann dich auch nicht hier draußen so rumhocken lassen.« Dann knöpfe ich meine Jeansjacke auf und reiche sie ihm. »Wenn du weiterhin hier draußen rumhängen willst, brauchst du 'ne Jacke …«

»Und du?«

Ich deute auf meinen grauen Pullover.

»Damit sollte ich durchkommen.« Mein Blick wandert zu seinen Füßen. »Schuhgröße?«

»Zweiundvierzig.«

»Glückstag.« Wieder greife ich in meinen Rucksack und schäme mich ein bisschen für die komplett durchgelaufenen Turnschuhe, die ich schon seit Jahren habe. »'nen Schönheitspreis gewinnst du so nicht, aber …«

»Das kann ich echt nicht annehmen.«

»Ich habe keinen Fußpilz.«

Fast könnte man meinen, er zeigt mir kurz ein Lächeln, aber so schnell, wie es wieder verschwindet, könnte ich mich auch geirrt haben.

»Bist du sicher?«

»Der letzte Arztbesuch ist nicht mal drei Wochen her, da war alles clean.«

»Ich meinte, ob du sicher bist, dass ich sie haben kann.«

»Verkauf sie einfach nicht auf *eBay*, okay? Ich hab die schon ewig und hänge sehr an ihnen.«

»Danke.« Er nimmt die Schuhe und versucht sich daran, den hartnäckigen Doppelknoten an den Schnürsenkeln zu lösen. Ich habe nach achtundsiebzig Versuchen aufgegeben. »Ich bringe dir das alles morgen wieder. Gewaschen. Also, nicht die Schuhe, aber alles andere …«

»Hat keine Eile.«

»Wer hat diesen Knoten reingemacht?«

»Der Typ, dem ich die Schuhe geklaut habe.«

Ich grinse ihn breit an, aber er reagiert nicht, stellt die Schuhe einfach auf dem Boden ab und sieht dann erst zu mir.

»Nicht witzig.«

Mir fallen seine besockten Füße auf und ich schlage mir kurz gegen die Stirn.

»Sorry. Ich gebe zu, unter den gegebenen Umständen war mein Scherz nicht besonders geschmackvoll.«

Er schlüpft in meine Jogginghose, die ihm nur ein bisschen zu groß ist, und zieht sich dann die Jacke über.

»Wie sehe ich aus?« Er breitet die Arme aus und ahnt wohl selber, dass sein neuer Look etwas gewöhnungsbedürftig ist.

»Als hätte ich dir meine Klamotten geliehen.«

Jetzt lacht er doch, und vielleicht handelt es sich dabei sogar um ein ehrliches Lachen. So sieht also der echte Theo aus, den ich bisher nur hinter dieser Maske aus Unsicherheit erahnt habe. Ein bisschen entspannter nimmt er wieder Platz, streckt sogar die Beine aus und sieht zu mir.

»Wenn ich Marie davon erzähle, hast du einen Stein bei ihr im Brett.«

»Ich dachte, wir wollen ihr nichts davon erzählen.«

»Na, sie ist ja nicht blind. Mein neuer Look wird ihr auffallen.«

»Nicht nur ihr.«

Er atmet schwer aus, rückt noch mal die Hose zurecht und sieht weg.

»Marie macht sich halt ständig Sorgen um mich.«

»Wieso gehst du nicht zu den Lehrern?«

»Was soll das bringen?«

»Die könnten diesem Andi doch mal einen Einlauf verpassen.«

Die Vorstellung scheint ihm einen Moment zu gefallen, aber dann schüttelt er entschlossen den Kopf.

»Es bringt nichts. Wenn ich was sage, wird es nur schlimmer.«

»Das weißt du doch gar nicht.«

»*Doch*. Das weiß ich.«

Und so, wie er es sagt, werde ich das Gefühl nicht los, dass er es tatsächlich tut.

»Du gehst zur Polizei, die fragen, du erzählst es ihnen. Dann fragen deine Eltern und du erzählst es wieder. Dann fragen deine Freunde und du musst es noch mal erzählen. Und jedes Mal, wenn du es erzählst, erlebst du es wieder und wieder.«

Keine Ahnung, ob er noch mit mir spricht, denn sein Blick geht an mir vorbei in Richtung Schule und vermutlich darüber hinaus. Obwohl ich ihn nicht kenne, verstehe ich ihn so gut, dass es fast gruselig ist, und so beende ich seine Ausführungen für ihn.

»Und je öfter du darüber redest, desto mehr wird es zu deiner Geschichte, zu einem Teil von dir, und du wirst es nie wieder los.«

Sein Blick huscht zurück zu mir, meine Worte haben ihn wohl ebenso überrascht, wie mich. Eigentlich wollte ich das nur denken, auf keinen Fall aussprechen. Schon gar nicht vor einem Teilzeitfremden wie Theo.

»Genau. Ist dir so was etwa auch schon passiert?«

An der Frage erkenne ich, dass er es sich nicht vorstellen kann, und ich habe nicht vor, ihm den Rest meiner Geschichte zu erzählen, also klopfe ich ihm nur kurz auf die Schulter und gewöhne mich so langsam daran, ihn in meinen Klamotten zu sehen.

»Ist ganz schön frisch hier draußen, so ohne Jacke.« Damit stehe ich auf und schultere den Rucksack wieder. »Kriegst du das bis Schulschluss alleine hin?«

Er nickt, auch wenn ich sehen kann, dass er noch immer etwas verwirrt ist.

»Ich muss wieder rein.«

»Okay.«

Ohne ein weiteres Wort drehe ich mich weg und gehe so lässig wie möglich davon. Die Sache ist doch eigentlich klar. Niemand an dieser Schule weiß etwas, zumindest niemand von den Schülern, und das soll auch so bleiben. Ich will keine Fragen, ich will keine Blicke und ich will keine Gerüchte. Alles was ich will, ist, meinen Abschluss machen und dann mit dem Freifahrtschein in die hoffentlich richtige Bahn steigen.

Eine, die nur wegfährt. Weg von Stuttgart und von meiner Geschichte.

– 12 –

Marie

»Ist hier noch frei?«

Samuel deutet auf den Stuhl neben mir, der tatsächlich seit dem verfrühten Abgang von Karsten Petzold Anfang des Schuljahres vakant ist, und ich nicke.

»Und darf ich?«

»Kommt darauf an.«

»Worauf?«

»Wie gut bist du in Erdkunde?«

»Ich finde zumindest immer nach Hause.«

»Dann nimm Platz.«

Was er auch tut – und mir damit unbewusst ein Stück Konzentration klaut. Seitdem Samuel aufgetaucht ist, wandern meine Gedanken nämlich immer mal wieder auf eigene Faust, und nicht selten besuchen sie ihn. Dabei sieht mir das nicht ähnlich. Die meiste Zeit denke ich nämlich an Theo und wo er sich wohl gerade rumtreibt, wie es ihm geht und ob Andi ihn mal wieder belästigt. Aber jetzt schiebe ich die Sorge um meinen Bruder zur Seite und sehe Samuel dabei zu, wie er das Unterrichtsmaterial ordentlich vor sich auf dem Tisch ausbreitet und als Letztes meinen gelben Kugelschreiber zückt.

»Darf ich die Ausleihe noch um ein paar Tage verlängern?«

So wie er dabei lächelt, fällt es mir schwer, ihm den Kuli nicht einfach zu schenken.

»Darfst du.«

»Danke. Du hast was gut bei mir.«

»Einen Kugelschreiber?«

Er lehnt sich in den Stuhl zurück, mustert mein Gesicht und ich frage mich, ob ihm gefällt, was er sieht. Heute Morgen habe ich zum ersten Mal seit einer gefühlten Ewigkeit wieder ein bisschen Lippenstift aufgetragen, obwohl davon inzwischen nicht mehr viel übrig sein dürfte.

»Das oder einen Kaffee.«

Damit habe ich nicht gerechnet, und beim Versuch einen flotten Spruch als Antwort abzufeuern, finde ich nur eine einsame Wortwüste in meinem Kopf, leer und völlig ausgetrocknet.

»Äh …«

»Kann auch eine Cola sein, wenn dir das lieber ist.«

Unser Lehrer, Herr Schick, betritt den Klassensaal, aber trotzdem herrscht reichlich Unruhe zwischen den Schülern – und in meinem Brustkorb. Samuels Blick hängt noch immer unverändert an mir, als würde er auf eine Antwort warten.

»Sehr gerne«, ist schließlich alles, was ich über die Lippen bringe, bevor es peinlich werden kann. Womit ich noch viel weniger gerechnet habe, ist das Leuchten in Samuels Augen, die bisher immer ein bisschen dumpf wirkten und jetzt mit zweihundert Watt strahlen. Er berührt meinen Ellenbogen mit seinem und jagt eine Fliegerstaffel an Schmetterlingen durch meinen Körper, die wilde Flugmanöver inklusive Loopings für den Ernstfall proben. *Wann ist das denn zum letzten Mal passiert?*

Vermutlich bei Thorsten Schreiner in der 10. Klasse, als ich glaubte, unsterblich verliebt zu sein.

Dann ist das mit Theo geschehen, und mein Leben hat ganz andere Prioritäten verlangt. Jungs spielten keine Rolle mehr, und mein Interesse an ihnen beschränkte sie auf ein Minimum an Schwärmerei aus der Ferne. Jetzt sitzt Samuel Nowak neben mir, sein Ellenbogen berührt meinen noch immer, und ich kann nicht behaupten, dass es mich stört.

»Du sagst wann und wo.«

Das klingt zwar eher wie eine Herausforderung zum Duell als zu einem Date, aber ich nicke trotzdem, versuche die Neuverfilmung von *Top Gun die Schmetterlingsedition* in meinem Herzen anzuhalten und widme mich wieder Herrn Schick, der über die Auswirkungen der Klimakrise auf die Fauna und Flora Australiens referiert.

Wie immer mache ich mir fleißig Notizen, versuche meine Konzentration auf den Schulstoff zu lenken und kann doch an nichts anderes denken, als daran, dass Samuels Ellenbogen meinen noch immer berührt.

»Sag mal …« Er lehnt sich sogar noch weiter zu mir rüber. »Die letzte Stunde fällt ja aus …«

Dinge, die sich in jeder Klasse am schnellsten rumsprechen sind Krankheiten von Lehrern, die zu mehr Freizeit führen.

»Hm?«

Er dreht den Kopf in meine Richtung, ist mir damit plötzlich so viel näher, als ich erwartet habe.

»Wäre das nicht die Chance, für einen Kaffee?«

»Ich dachte, ich sage an, wo und wann.«

Er nickt, den Blick noch immer auf mich gerichtet.

»Schon. Aber ich dachte, wir nutzen die Zeit vernünftig.«

»Ach so.«

»Oder hast du schon was Besseres zu tun?«

Besser nicht, aber etwas anderes.

»Das geht leider nicht.«

»Okay.«

Sein kurzes Lächeln erreicht nicht seine Augen, und ich weiß, dass er enttäuscht ist. Zu gerne würde ich ihm erklären, dass und wieso ich nicht einfach so früher wegkann, aber Erdkunde bei Herrn Schick ist dafür nicht der richtige Ort.

»Sorry.«

»Nein. Alles gut. Vielleicht wann anders.«

»Ganz sicher sogar.«

Wir müssen nur einen guten Termin finden, wenn Theo schon zu Hause ist oder Mama ihn abholen kann.

Das Räuspern direkt vor unserem Tisch reißt uns aus der kleinen Bubble, in der es für den Moment nur uns beide gegeben hat. Herr Schick steht vor uns.

»Wenn ihr beide schon so wahnsinnig viel zu besprechen habt, könnt ihr ja zusammen das Referat vorbereiten.«

Welches Referat? Was?

Der ganze Kurs sieht zu uns, einige grinsen, andere rollen mit den Augen, aber Samuel behält die Ruhe.

»Gerne.«

»Gut. Dann sucht sich der Rest ebenfalls einen Partner und wählt ein Thema aus der Liste, die ich euch am Ende der Stunde austeilen werde.«

Genervtes Ausatmen und Gemurmel beginnt, jeder sucht sich seinen potenziellen Partner, der den Notendurchschnitt etwas in die Höhe schrauben könnte, und Samuel dreht sich ganz zu mir.

»Sieht so aus, als ob wir ab jetzt mehr Zeit miteinander verbringen müssen.«

»So ein Pech aber auch.«

Er zieht das Handy aus der Hosentasche und legt es vor sich auf den Tisch.

»Dann sollten wir *unbedingt* Nummern austauschen …«

»*Unbedingt* sogar.«

Keine Ahnung, ob das wirklich Flirten ist, aber was auch immer es ist, ich mag es. Also gebe ich ihm meine Nummer und er speichert sie tatsächlich unter *Sternenprinzessin.*

»Darf ich dich nur für erdkundebezogene Fragen anrufen?«

»Wegen welcher Fragen willst du mich denn sonst anrufen?«

Er lässt sein Handy wieder in der Hosentasche verschwinden und grinst, ohne mich dabei anzusehen.

»Um nach deinem Tag zu fragen?«

Volltreffer.

Einfach so und ohne zu wissen, was er damit anstellt, macht er aus dem Stand alles richtig, was so lange schieflief. Es fühlt sich wie eine Ewigkeit an, dass jemand mal wirklich nach *mir* gefragt hat. So sehr ich Theo liebe, so sehr ich ihn vor all dem Mist beschützen will, so sehr freue ich mich jetzt, dass Samuel nichts davon weiß und stattdessen *mich* sieht.

Und ich habe nicht vor, daran etwas zu ändern.

»Ruf einfach an, Samuel.«

– 13 –

Theo

Natürlich bemerke ich die Blicke der anderen, aber zum ersten Mal seit Langem juckt es mich nicht mehr. Die Jogginghose und den Rest trage ich sogar mit Stolz, und Andi fallen fast die Augen aus dem Kopf, als ich mich in Englisch angezogen auf meinen Platz setze. Er hat sich bestimmt schon die Show vorgestellt, wie ich bei diesem Wind und Wetter in kurzen Klamotten durch die Tür komme und alle lachen oder mich zumindest mit diesem mitleidigen Blick ansehen. Aber ich habe ihm die Tour vermasselt, und das fühlt sich gut an.

Zu dumm, dass solche Triumphe nicht besonders lange anhalten, denn irgendwann ist auch die langweiligste Schulstunde zu *The Great Gatsby* vorbei, und der Lehrer verlässt, nachdem er uns ein paar Hausaufgaben mit auf den Weg gegeben hat, ebenso fluchtartige den Raum, wie die meisten seiner Schüler. Nur nicht Andi, der legt einen Boxenstopp an meinem Platz ein.

»Warst du mal eben im Sozialkaufhaus shoppen oder woher hast du die Klamotten?«

Ich vermeide jeden Blickkontakt, packe weiter meinen Rucksack und leere somit den Tisch bis auf mein Mäppchen, das Andi sich schnappt und gegen die Wand hinter sich schleudert.

»Hörst du schlecht?«

Laute Geräusche lassen mich zusammenzucken, ebenso wie mir Dunkelheit Übelkeit verursacht. Andi weiß das nicht, löst es trotzdem treffsicher aus, und so antworte ich auf seine Frage, wenn auch nur widerwillig.

»Ein Freund hat sie mir geliehen.«

Das ist nur eine Halblüge, selbst als Andi schallend lacht und den Kopf schüttelt, fühlt es sich wie die Wahrheit an.

»Quatsch keinen Müll. Wo hast du die her?«

»Samuel hat sie mir geliehen.«

Die Nennung des Namens lässt Andis Gesichtszüge versteinern, kurz glaube ich, er platzt, weil er aufhört zu atmen, aber dann holt er tief Luft und fährt sich über das Kinn, an dem er seit Wochen mühevoll eine Art Bartschatten züchtet.

»Wenn du denkst, dass dieser Penner jetzt eine Art Schutzschild für dich ist, hast du dich geschnitten! Der Typ ist mir scheißegal.«

Eine solche Drohung hätte mir früher die Angst in den Nacken gejagt, aber jetzt sitze ich hier und sehe, dass Andi zum ersten Mal nicht so recht weiß, was er machen soll. Seine Stimme klingt nicht so vehement wie sonst und er blinzelt auch für seine Verhältnisse übermäßig viel. Andi hat vielleicht keine Angst vor Samuel, aber er passt ihm auch nicht in den Kram, weil so das Mobbing gegen mich irgendwie zur Arbeit wird.

»Verpiss dich, bevor ich dir die Klamotten auch noch abziehe!«

Langsam stehe ich auf, streife den Rucksack über die Schultern und sammle mein Mäppchen ein, bevor ich rausgehe, ohne mich noch einmal umzudrehen. Meine Schritte sind zügig, aber nicht mehr so eilig wie sonst. Ja, Samuel ist kein Schutzschild, auch wenn er mir jetzt schon zwei Mal geholfen hat. Trotzdem ist es zur Abwechslung ganz schön zu sehen, dass auch Andi nervös werden kann.

Sonst bin immer ich es, der unsicher wird. In den unmöglichsten Situationen.

Seit *dem Zwischenfall* – so nennen es meine Eltern und Dr. Schädle – fallen mir die kleinsten Dinge schwer, und allein der Gedanke daran lässt meine Atmung unregelmäßig werden. Meine Brust wird eng, der Sauerstoff reicht nicht mehr, um mein Gehirn anständig zu versorgen, und all die Schmerzen, die schon längst verschwunden sein sollten, kommen zurück.

Automatisch greife ich mir an den Kopf, fahre die Narbe an meinem Haaransatz entlang und spüre die raue Haut unter meinen Fingern. Sie hat zwar keine Blitzform, aber manchmal erinnert sie mich an Harry Potter. Der hat Voldemorts Angriff schließlich auch überlebt und nur die Narbe davongetragen. Manchmal, wenn die Panik zu übermächtig über mich herfällt und ich kapitulieren will, berühre ich sie, nur um sicherzugehen, dass sie noch da ist. Als Zeichen dafür, dass ich es tatsächlich überstanden habe.

Und dann kommt jemand wie Andi und reißt die Wunde jeden Tag aufs Neue auf, schüttet kiloweise Salz drauf und reibt es mit den ungewaschenen Fingern tief hinein.

Leute glauben, wenn sichtbare Narben verheilt sind, hat man es überstanden. Vielleicht hier und da noch ein bisschen

Physiotherapie, und dann ist man so gut wie neu, bereit, dem Alltag wieder die Stirn zu bieten.

Aber was ist mit allem, was darunterliegt? Mit den Dingen, die nicht heilen, weil Erinnerungen daran an jeder Lebensecke auf einen warten und Typen wie Andi sich einen Spaß daraus machen, jeden kleinen Erfolg zunichtezumachen?

»Wie siehst du denn aus?«

Marie taucht neben mir an der Treppe auf und betrachtet mein Outfit amüsiert.

»Notfalllook.«

»Ist nicht so, dass du es nicht tragen kannst, aber …«

»Lange Geschichte.«

»Lass mich raten.« Sie bleibt stehen und zwingt die anderen Schüler, uns auszuweichen. »Andi.«

»Können wir bitte *nicht* darüber reden?«

Es fällt ihr schwer, all die Dinge, die sie zu sagen hat, wieder runterzuschlucken, aber sie tut es, und ich bin ihr unendlich dankbar dafür.

»Klar. Wie du willst.«

»Danke.«

»Hör zu, bei mir fällt die letzte Stunde aus …«

Panik in 3-2-1 …

»Aber ich warte auf dich.«

»Du gehst nicht heim?«

Sie legt den Kopf ein bisschen schief und sieht mich gekränkt an.

»Wann bin ich jemals ohne dich heimgefahren?«

Sie meint es sicher nicht böse, aber ihre Frage trifft mich, weil es so klingt, als ob es kein *davor* gab. Als wäre ich schon immer *so* gewesen. Dabei hatte ich mal Freunde, die inzwischen nur noch unbeteiligte Gesichter in meiner Klasse sind. Das werfe ich ihnen gar nicht vor, mit mir ist eben nicht mehr besonders viel anzufangen, und ich kann es ihnen auch nicht erklären. Dann müsste ich wieder darüber reden, und vielleicht könnte ich mir bei der Gelegenheit ja auch noch die Fußnägel einzeln rausreißen lassen. Ohne Narkose.

»Ich warte unten in der Aula bei den Tischtennisplatten auf dich.«

Sie wird eine Stunde rumhängen müssen, weil ich sie brauche. Dafür schäme ich mich am meisten, aber das kann ich ihr nicht sagen, also nicke ich nur und sehe auf die Schuhe an meinen Füßen, die nicht mal mir gehören.

»Alles klar.«

Ich kann sie jetzt nicht ansehen, weil ich den Blick kenne und nicht mehr ertrage.

»Das ist Samuels Jacke, oder?«

Überrascht schießt mein Blick zurück zu ihrem Gesicht, auf dem ein zartes Lächeln schwebt, und ich liebe sie für den spontanen Themenwechsel so, dass ich sie am liebsten umarmen will. Aber gleichzeitig befürchte ich auch, er könnte ihr was erzählt haben.

»Hat er was gesagt?«

»Nein. Ich erkenne sie nur wieder.«

Es ist eine einfache Jeansjacke mit Teddybärfellkragen, wie es sie hundertfach gibt. Meine Schwester neigt nicht dazu, sich jede Einzelheit ihrer Mitschüler einzuprägen.

»Da hast du ihn dir heute aber ziemlich genau angesehen …«

»Quatsch.«

»Nur so die Details, hm?«

»Es ist eine Jacke, die einem eben auffällt.«

Aber so sehr sie die Sache auch runterspielen will, ich kenne sie besser, als ihr jetzt lieb ist, und auch dieses Leuchten in ihren Augen. Damit geht sie für gewöhnlich sehr sparsam um.

»So, so.«

»Hör auf damit.« Sie hakt sich bei mir unter und zieht mich weiter die Treppe runter.

»Ich sag doch gar nichts.«

»Aber du denkst so laut, dass ich es hören kann.«

»Ich werde in Zukunft etwas leiser denken.«

Sie drückt mir einen Kuss auf die Wange, als wir unten ankommen, und für diesen kurzen Moment ist alles gut.

»Bis nachher.«

Ich sehe ihr nach, wie sie in Richtung Turnhalle davonschlendert, und zum ersten Mal seit einer gefühlten Ewigkeit habe ich den Eindruck, Maries Lächeln war echt, und das nimmt ein bisschen Druck von meinen Schultern.

- 14 -
Samuel

Sie sitzt bei den Tischtennisplatten in der Aula, Kopfhörer auf den Ohren und Schulordner vor sich, ihr Fuß wippt im Takt und ihre Finger trommeln auf der Tischkante. Zu gerne würde ich wissen, welcher Song sie so sehr begeistert, aber ich will sie nicht stören.

Sie hat die Lippen zu einem sanften Lächeln verzogen, verloren in einer Welt weit weg von dieser Schule, und ich beobachte, wie sie mühelos einige Hausaufgaben löst und keine Ahnung hat, wie entzückend sie aussieht. *Entzückend* ist ein lächerliches Füllwort, weil ich mich nicht gleich traue, die Wahrheit zu denken. *Wunderschön* sieht sie nämlich aus.

Gerade, als ich mich entscheide, dass die Grenze zwischen *romantischem Starren* zu *Stalker* jetzt langsam überschritten wird und es besser ist, nach Hause zu gehen, sieht sie auf und entdeckt mich, wie ich unsicher rumstehe und nicht weiß, wohin mit mir und meinem Blick. In Zeitlupe zieht sie einen Ohrstöpsel heraus und stützt ihr Kinn in der Hand ab.

»Hast du vor rüberzukommen und mich anzusprechen oder stehst du lieber creepy in der Ecke?«

»Weiß noch nicht. Mir fällt kein guter Eingangssatz ein.«

»Brauchst du noch etwas Bedenkzeit?« Ich nicke, mag es, dass sie mich mit ihrem Blick so festhält, dass ich fast spüren kann, wie sie mich ansieht. »Okay. Nimm dir Zeit.«

Sie kehrt zurück zu ihrer Musik, löst sich aus der Blickumarmung und ich muss grinsen. Irgendwas an Marie ist anders als bei den Mädchen, die ich bisher mochte. Ich wette, Tommi würde mich jetzt in ihre Richtung schieben und irgendwas von wegen *Mach schon!* murmeln, aber Tommi ist gerade jetzt so weit weg wie der Rest meines verkorksten Lebens, und ich bin auf mich gestellt. In Windeseile durchsuche ich das Archiv meiner Anmachsprüche nach irgendwas, womit ich sie beeindrucken könnte, doch alles, was mir einfällt, ist totaler Bullshit. Klar, ich könnte diesen blöden Sternespruch bringen und ihre schönen Augen preisen, aber so was zieht nicht bei Marie. Das muss ich gar nicht erst ausprobieren, damit blamiere ich mich schon in Gedanken. Doch dann entdecke ich den Kaffeeautomaten in der Ecke. Solange sie nicht zu mir sieht, könnte ich auch verschwinden, und sie würde es nicht mal bemerken. In meiner Hosentasche finde ich Kleingeld – weil ich Scheine hasse – und marschiere los. Doch mein Plan hat Löcher, und zwar einige. Ich kenne Marie nicht gut genug, müsste raten, oder aber …

Kleingeld habe ich genug und seitdem ich das Rauchen aufgegeben habe, keine echte Verwendung für die Münzen. Jetzt investiere ich sie in Kaffee.

Und zwar in vier davon.

Die braune Brühe läuft in einen schwarzen Plastikbecher, der nicht besonders umweltfreundlich ist, aber jetzt seinen Zweck erfüllen muss. Sobald ich weiß, wie sie ihren Kaffee trinkt, besorge ich ihr einen Bambusbecher oder so was, aber das ist Zukunftsmusik.

Ein kurzer Blick zurück, wo sie noch immer unverändert sitzt und lernt, der Fuß wippt wieder, und ich warte darauf, bis auch der vierte Becher voll ist.

Die Becher sind heißer, als ich erwartet habe, und so ungeschickt, wie ich sie zwischen die Finger klemme, ist es ein Wunder, dass ich keine Slapstick-Einlage mitten in der Aula hinlege. So erreiche ich mit weichen Knien und vier Bechern Maries Platz. Die sieht mich zuerst gespielt, dann aber tatsächlich überrascht an.

»Bist du unter die Kaffeehütchenspieler gegangen?«

Erst jetzt würgt sie ihre Musik ab und beobachtet mich dabei, wie ich vorsichtig meine Becher abstelle. Einen schiebe ich neben den anderen, bis sie wie eine vierköpfige Boyband vor ihr aufgereiht stehen.

»Kaffee schwarz, Kaffee schwarz mit Zucker, Kaffee mit Milch, Kaffee mit Milch und Zucker.«

Jetzt habe ich sie endgültig verwirrt.

»Aha.«

»Ich weiß nicht, wie du deinen Kaffee trinkst, also habe ich alle Versionen mitgebracht.«

»Kaffee.«

»Ich wollte dich doch einladen.«

Als Idee fand ich das ziemlich romantisch, fast schon kitschig, aber jetzt sehe ich nur miesen Kaffee in zu viel Plastik und eine tiefe Falte zwischen Maries Augenbrauen.

»Du trinkst gar keinen Kaffee, oder?«

»Doch. Mit Milch und Zucker.«

Sie sieht zu mir hoch, erlöst mich mit einem Lächeln und schüttelt dabei langsam den Kopf.

»Das ist süß, Samuel.«

»Unnötige Umweltbelastung inklusive.«

Sie greift nach dem letzten Becher und zieht ihn zu sich ran, während ich mich neben sie setze.

»Das wäre nicht nötig gewesen.«

»Ich weiß, aber …«

»Ich meine das mit Theo. Die Jacke und so.«

»Hat er dir davon erzählt?«

Sie nimmt einen vorsichtigen Schluck von dem Kaffee – wenn man ihn so bezeichnen will – und gibt sich zumindest Mühe, das Gesicht nicht zu verziehen.

»Lecker?«

»Der beste schlechte Kaffee, den ich jemals hatte.«

»Das Kompliment nehme ich gerne an.«

»Du lenkst vom Thema ab.«

Ich stütze meine Ellenbogen auf den Tisch und entscheide mich für den Becher mit dem schwarzen Kaffee mit Zucker.

»Haben wir ein Thema?«

»Ich wollte mich bedanken.«

»Kaffee oder Theo?«

»Beides. Aber jetzt Theo.«

»Hätte jeder gemacht.«

»Hat aber noch niemand gemacht. Wegen Andi.«

»Der Typ ist eine Pfeife.«

»Ja, Andi ist ein Arschloch, aber er wird dir jetzt das Leben hier noch richtig schwer machen.«

Wenn sie wüsste.

Zu gerne würde ich lachen und ihr sagen, dass mir Typen wie dieser Andi keine Angst machen, weil sie nur pubertierende Spinner sind, die ihre eigene Unsicherheit als Arroganz ausgeben und nach dem schwächsten Mitglied der Schüler suchen, um ihren Frust über die eigenen Unzulänglichkeiten rauszulassen.

»Soll er doch.«

Etwas zu optimistisch nehme ich einen Schluck, verbrenne mir Lippe und Zunge, wobei ich vermutlich ein Drittel meiner Geschmacksnerven töte und den Rest mit dem Spülwasseraroma der Brühe beleidige. Marie ist so nett und verkneift sich ein Lachen, berührt stattdessen kurz meine Hand.

»Ich hätte dich warnen müssen. Nicht vor Andi, sondern vor dem Kaffee.«

»Der schmeckt ja widerlich. Dafür habe ich meine zusätzliche Bedenkzeit verschleudert.«

Wieder berührt sie meine Hand, lässt ihre diesmal etwas länger darauf liegen. Daran könnte ich mich gewöhnen.

»Ich wiederhole mich: *süß*.« Sie will nur nett sein. »Deine Geste, nicht der Kaffee.«

»Kriege ich noch eine Chance auf einen *richtig*en Kaffee?«

Ich kann sehen, dass sie sofort antworten will, sich dann aber auf die Unterlippe beißt und zögert. Vermutlich geht sie im Geiste ihren Kalender mit all den bereits eingetragenen Verpflichtungen und Dates durch. Hoffentlich findest sie noch ein ungenutztes Zeitfenster für mich.

»Komm doch morgen nach der Schule zu mir.«

Kurz warte ich, ob ich mich nicht vielleicht verhört habe, mir mein Wunschdenken einen Streich spielt, aber auch wenn ich die Worte noch mal in meinem Kopf abspiele, klingen sie noch immer so.

»Hast du mich gerade zu dir nach Hause eingeladen?«

»Habe ich.«

»Wow.«

Mein Grinsen wird breiter als ich wollte, und sofort kassiere ich einen spielerischen Schlag gegen meine Schulter.

»Fürs Referat, du Spinner!«

»Habt ihr denn eine gute Kaffeemaschine?«

»Vollautomat.«

»Ich bin dabei.«

Plötzlich ist da diese Stille. Sie antwortet nicht und ich habe meine guten Sätze bereits verschossen. Aber es ist keine Stille von der Sorte, die man unbedingt mit Nichtigkeiten füllen will. Es ist eine schöne Stille, die mir gefällt und ihr offensichtlich auch, denn sie hält den Blickkontakt und ihre Hand liegt wieder nah an meiner. Wenn ich meinen kleinen Finger ausstrecken würde, könnte ich sie berühren …

Und dann sehe ich ihn durch die Scheibe, wie er auf das Schulgelände zukommt, Kippe im Mundwinkel, Kapuze auf dem Kopf, die Schritte ein bisschen fahrig.

Tommi.

»Ja. Okay. Dann bis morgen.« Ich springe so hastig auf, dass der Stuhl umkippt und laut hinter mir auf den Boden knallt. Spätestens jetzt sehen auch die anderen Schüler, die hier rumhängen, zu uns rüber. »Ich muss los.«

Es muss auf sie wie eine Flucht wirken, und genau genommen ist es das auch, aber das kann ich ihr nicht erklären.

»Sofort?«

»Ja. Bin super spät dran.«

»Für was denn?«

»Ähm … Termine.«

Ich steige ungeschickt über den Stuhl und deute auf die Becher vor ihr.

»Genieß den Kaffee. Aber nicht alle auf einmal. Herzrhythmusstörungen und so.«

Und bevor ich noch mehr Unsinn von mir geben kann, eile ich so schnell ich kann zur Tür raus und auf Tommi zu, der mir fröhlich zuwinkt und schon viel zu nah an meinem neuen Leben ist.

»Servus, Meister.«

Er hält mir die Hand zum Highfive hin, aber statt einzuschlagen, packe ich ihn an der Schulter und richte sein Ziel neu aus.

»Hi.«

»*Woho*, wohin gehen wir?«

Ich deute in die andere Richtung, weg von der Schule, weg von Marie, weg von meiner Zukunft.

»Weg von hier.«

»So schlimm, ja?«

Nicht im Geringsten. Ich hatte gerade die schönsten elf Minuten meines Jahres.

»Der absolute Horror.«

»Ja, dann lass uns abziehen. Hab eh Hunger.«

Ohne mich noch mal umzudrehen, gehe ich mit Tommi davon und atme so unauffällig wie möglich aus. Wie Bruce Willis in *Armageddon* habe ich den Einschlag des Asteroiden in die Erde gerade so noch mal abwenden können.

Das war knapp.

- 15 -
Marie

Theo hält sich immer an mir fest, wenn ich in die Kurven gehe. Ich spüre, wie sein Griff sich verstärkt, spüre sein Gewicht hinter mir, und wenn ich wieder Gas gebe, höre ich kurz das vertraut *Klonk!,* wenn unsere Helme aneinanderdotzen. Es sind diese Kleinigkeiten auf der knapp fünfzehnminütigen Rollerfahrt, die mir wichtig sind und mich daran erinnern, dass es eine Zeit gab, als ich Theo nicht mal vor die Zimmertür locken konnte, geschweige denn die Haustür. Jetzt spüre ich seinen Körper hinter mir, der jedes Mal, wenn ich bremse, gegen meinen gedrückt wird. An der nächsten Ampel schiebe ich mein Visier nach oben und drehe mich ein bisschen in seine Richtung.

»Ich habe Samuel zu uns nach Hause eingeladen.«

Das wollte ich schon sagen, als er vorhin in der Aula auf mich zugekommen ist, aber ich habe es mir verkniffen und noch ein bisschen für mich behalten.

»Im Ernst?« Er klingt genauso überrascht, wie ich erwartet habe.

»Ja. Wir machen ein Erdkundeprojekt zusammen.«

»Natürlich.«

Selbst durch das Visier kann ich das Grinsen in seiner Stimme hören, was ich mit einer kleinen Kopfnuss mit meinem Helm gegen seinen quittiere und er wiederum mit einem Lachen.

Theos Lachen.

Immer irgendwie jungenhaft, obwohl es tiefer als früher klingt. Früher, als es so leicht war, ihn mit blöden Bemerkungen und Grimassen zum Lachen zu bringen. Je seltener mir das in der letzten Zeit gelungen ist, desto mehr habe ich mich danach gesehnt. Es jetzt wieder zu hören, macht mich glücklich.

»Du magst ihn, oder?«

Er stellt die Frage genau dann, als die Ampel von Rot auf Gelb und schließlich Grün umspringt und ich wieder Gas gebe. Das verschafft mir zumindest ein bisschen Bedenkzeit, bevor ich darauf antworten muss. Zu dumm, dass die nächste Ampel schneller kommt, als mir lieb ist und ich in einer kleinen Überreaktion einfach bei Gelb – okay, okay, Dunkelorange – drüberfahre, was Theo mit einem kurzen Drücken meiner Hüfte kommentiert.

Er kann mich doch nicht einfach so mit einer Frage überfallen, die ohnehin schon seit einer kleinen Weile im meinem Kopf kreist und die Konzentration von anderen Dingen immer wieder wie ein aufmerksamkeitssüchtiger Performer auf sich lenkt. Samuel Nowak ist erst knapp über eine Woche ein Komparse in meinem Leben, und doch kann ich nicht abstreiten, dass er bereits so einiges auf den Kopf gestellt hat. Allerdings neige ich nicht dazu, Herz-über-Kopf-Entscheidungen zu treffen. Schon gar nicht mit Theo auf dem Sozius meines Rollers.

Die nächste rote Ampel taucht gnadenlos aus dem Nichts auf und ich muss bremsen, wenn ich keinen Massencrash in Stuttgarts Stadtmitte fabrizieren will.

»Die Sache ist die …«

»Die Einlage eben war Antwort genug, danke.« Jetzt ist es Theo, der meinem Helm einen kleinen Schubser verpasst. »Es ist okay, wenn du ihn magst, weißt du.«

Ist es das? Ist es das wirklich?

»Ich mag ihn ja auch. Immerhin trage ich seine Schuhe, und das will was heißen.«

»Ja, okay, ich mag ihn. Aber ich muss rauskriegen, ob ich ihn aus den richtigen Gründen mag, Theo.«

»Und das heißt?«

»Ich weiß einfach zu wenig über ihn.«

Eine Ausrede, die immer zieht. Wieso sonst predigen Eltern, dass man sich nicht sofort auf jemanden einlassen, sondern ihn erst mal nach seinem polizeilichen Führungszeugnis und dem Impfpass fragen soll?

»Alles, was ich sagen will, ist …« Er schiebt seinen Helm so nah wie möglich an meinen. »Dass es okay ist, wenn einer von uns glücklich ist. Und das bist jetzt eben du.«

Die Ampel springt wieder auf Grün, und ich verpasse den Moment zum Gasgeben, lausche noch Theos Worten hinterher, und erst genervtes Hupen erinnert mich daran, dass ich losfahren sollte.

Den Rest der Heimfahrt erlebe ich in einer Art Trance, was sicher nicht der beste Zustand für einen Parcours durch Stuttgarts verstopfte Straßen um diese Uhrzeit ist. Aber Theos Worte wollen mir einfach nicht aus dem Kopf gehen.

Es ist okay, wenn einer von uns glücklich ist. So weit, so gut. Aber ich bin immer davon ausgegangen, dass er das sein wird. Weil er es nach all dem Mist verdient hat und ich gar nicht mehr weiß, wie es ist, wenn sich die Dinge nicht um ihn drehen. Wie um alles in der Welt soll ich jetzt plötzlich wieder zum Mittelpunkt meines Lebens werden?

In der Auffahrt unseres Hauses nimmt Theo den Helm ab und ein Lächeln kommt zum Vorschein.

»Du fährst übrigens, als wärst du verrückt oder verknallt.«

Er reicht mir den Helm und sucht das Weite, bevor ich auf seinen Kommentar reagieren kann.

Verrückt oder verknallt.

Beides ist möglich und, wenn ich mich nicht irre, weist beides ähnliche Symptome auf. Ein Umstand, den ich im Auge behalten sollte, wenn ich den Unterschied feststellen will. Gerade, als ich Theo zur Tür folgen will, gibt das Handy in meiner Jackentasche einen vertrauten Piepton von sich, der den Eingang einer WhatsApp-Nachricht ankündigt.

Hej, Sternenprinzessin, sorry für den plötzlichen Abgang. Hoffe, der Kaffee hat geschmeckt. Xx S

Ich lese die Nachricht und höre dabei seine Stimme in meinem Kopf, sehe das halbe Lächeln und wie er ganz stolz die Kaffeebecher vor mir aufgereiht hat. Begleitet wird das alles von diesem Kribbeln auf der Haut, und so lese ich die Nachricht noch mal. Und noch mal.

Und noch mal.

Verrückt oder verknallt. Das ist hier die Frage.

- 16 -
Samuel

Und Pascal hat gefragt, ob du am Wochenende mitkommst, wir wollen ein bisschen durchs *Milaneo*.«

Tommi spricht mit vollem Mund, gibt mir einen *Frontrow*-Blick auf die halbe Kuh in seinem Mund, und ich gebe mir Mühe, so zu tun, als wüsste ich, wovon er spricht, nur leider habe ich ihm die letzten zehn Minuten schon nicht mehr zugehört. Es geht immer nur um die Jungs. Um dies, das, Ananas. Wer was wo wann mit wem abgezogen hat. Sicher will er mich nur auf den neuesten Stand bringen, aber es interessiert mich nicht mehr, und ich weiß nicht, wie ich ihm das beibringen soll.

»Ob du kommst, habe ich gefragt!«

Er wedelt mit der Hand vor meinem Gesicht und ich ziehe nur die Schultern hoch, bevor ich sie abrupt runtersanken lasse.

»Keine Ahnung. Mal sehen, hab viel zu tun.«

Er legt den Burger, den wir an einem der Stehtische bei *UDO-SNACK* essen, auf den Teller zurück und greift nach einer Serviette, die ihn hoffentlich von den Soßenresten um seinen Mund erlöst.

»Was hast du denn so viel zu tun?«

»Für die Schule und so.«

»Wirst du jetzt zum Spießerstreber oder wie?«

Wenn er mich so ansieht, ist er definitiv Tommi und nicht Thomas. Der misstrauische Ausdruck in seinen Augen, die zerknüllte Serviette, die er in seiner Faust knetet und der angespannte Kiefer, weil ich nicht so funktioniere, wie er es von mir gewöhnt ist.

»Ich darf es halt nicht vermasseln. Meine Mutter stresst schon rum.«

»Du hättest ja auch wieder zu deinem Vater ziehen können. Dann hätte ich es auch nicht so weit, wenn ich dich besuchen will.«

Klar. Zurück in mein altes Viertel, in den elften Stock eines Hochhauses, am Stadtrand gebaut, weil es dort nicht so auffällt. Dort, wo ich mein ganzes Leben verbracht habe. Und mit Tommi und den anderen große Träume gesponnen habe über Karrieren in der Musikindustrie, beim *VfB-Stuttgart* als Profikicker oder als Kleinkrimineller, zusammen auf dem Hochhausdach, während Stuttgart uns nachts leuchtend zu Füßen lag. Jetzt kommt mir all das vor wie aus einem anderen Leben.

»Du weißt, dass ich keinen Mist bauen kann. Deswegen bin ich weg von den anderen.«

Ich kriege es nicht übers Herz, auch ihn in die Gruppe der alten Freunde zu packen, von denen ich mich verabschieden will. Obwohl ich genau weiß, dass ich das müsste, wenn ich wirklich einen klaren Cut will.

»Ja, aber das sind deine Freunde. Sie haben dich auch vermisst.«

»Besucht hat mich aber keiner.«

Nicht mal Tommi. Briefe, ja, aber das ist auch einfach, man muss seinem Gesprächspartner nicht ins Gesicht schauen, wenn man Lügen aufs Papier bannt.

»War für die auch nicht einfach.«

Er verteidigt sie und sich, wirft die Serviette dabei lustlos und provokant auf den Teller. Ich hole Luft, statt zu antworten, weil ich gelernt habe, erst mal bis zehn zu zählen, bevor ich sage, was ich denke oder fühle. Kann so die Worte noch mal überprüfen und im Notfall abschwächen.

»Hätte mich trotzdem gefreut.«

Das ist nicht mal im Ansatz das, was ich sagen wollte, aber es muss reichen. Das Thema würde ich ohnehin gerne weiträumig umfahren, wenn möglich. Und so, wie Tommi mich ansieht, will er das auch. Es wird eine Leiche im Keller unserer Freundschaft bleiben, über die man nicht spricht, weil man sie dort bereits sechs Fuß tief begraben hat.

»Kannst ja am Wochenende trotzdem mitkommen. Wenn du magst.«

Ich nicke und tunke eine Pommes so wuchtig in den Ketchup, als wolle ich sie ertränken und zähle noch mal bis zehn. Es hat keinen Sinn, mich jetzt mit ihm zu streiten. Die Zeit für Vorwürfe ist vorbei und ich will das Kapitel einfach nur abschließen.

»Du weißt, dass es mir leidtut, oder?« Tommi flüstert es so leise, dass die Musik im Hintergrund seine Worte fast verschluckt, und ich lehne mich etwas näher an den Stehtisch.

»Weiß ich das?«

»Du bist mein bester Freund. Ich wollte nicht, dass es so

läuft. Aber …« Er sieht kurz hilfesuchend zu mir, erwartet, dass ich ihm die Absolution erteile und alles für immer vergebe, aber diesmal lasse ich ihn nicht so leicht davonkommen, bin höchst gespannt, was er auf das *Aber* folgen lassen will. Er sucht nach den richtigen Worten und liefert doch nur eine weitere Floskel. »Es tut mir einfach leid.«

Vor neun Monaten, da hätte ich mich darüber gefreut und es ihm vielleicht sogar geglaubt, aber jetzt klingt es für mich so lau wie die Cola schmeckt, die ohne Kohlensäure im Glas vor mir steht.

»Schon klar.« Das sage ich kühler als geplant, und doch ist es so genau richtig. Bevor es zu frostig wird, schiebe ich den Teller von mir weg. »Ich muss eh los.«

Meinen Burger habe ich gleich zu Beginn binnen Minuten vernichtet, und jetzt will ich ehrlich gesagt nur noch weg.

»Schon?«

»Ja. Schon.«

So zerknirscht habe ich ihn nur selten erlebt, aber mit diesem Hundeblick kann er mich nicht mehr weichkriegen. Zu viel ist passiert, zu vieles davon hängt zwischen uns wie eine bunte Piñata, die nicht mit Süßkram, sondern mit angestauter Wut gefüllt ist.

»Hausaufgaben machen, ja?« Er klingt enttäuscht, weil wir früher auf so was nichts gegeben haben und ich nicht mehr in die Rolle passe, die andere für mich geschrieben und die ich so lange artig ausgefüllt habe.

»Korrekt.«

»Okay. Falls du es dir anders überlegst, du weißt, wir, also deine Freunde, würden uns freuen, wenn du mitkommst.«

Noch während ich nicke und den Rucksack aufsetze, grummelt mein Magen, und das liegt sicher nicht am Burger, der war wie immer hervorragend.

»Bis irgendwann.«

Ich komme nicht mal bis zur Tür, da klebt mir Tommi schon an den Fersen.

»Soll ich dich morgen wieder an der Schule abholen?«

»Lieber nicht.«

Wir schieben uns zusammen durch die Tür, Schulter an Schulter, und mir ist diese Nähe plötzlich zu viel. Mir ist alles zu viel. Die Essenseinladungen, seine ständigen Besuche, die Erinnerung an früher und der Drahtseilakt zwischen damals und jetzt.

»Bin ich dir jetzt peinlich oder was?«

Er merkt nicht, dass ich nicht reden will, läuft mir durch die Calwer Straße in Richtung Rotebühlplatz hinterher und ich schüttele nur den Kopf, in der Hoffnung ihn damit vielleicht abwimmeln zu können.

»Wir sind beste Freunde, Samuel.«

Wir waren *besten Freunde.*

»Ich weiß.«

»Es tut mir leid, Mann.«

So abrupt, wie ich stehen bleibe, kann er mir nicht mehr ausweichen und prallt gegen mich.

»Hör zu …« Ich sehe ihm direkt ins Gesicht, will bis zehn zählen und komme doch nur bis acht, da schießen mir die Worte über die Lippen, auch wenn einige davon bitter schmecken. »Ich muss mein Leben auf die Kette kriegen, sonst wird das nichts. Du kannst ja von mir aus den ganzen Tag mit den

Jungs im *Milaneo* rumhängen und Mist bauen. Aber euch haben sie auch nicht erwischt!«

Jedes Mal, wenn Mama mich fragt, wie es mir geht, lächele ich und nicke, tue so, als hätte ich keine genauen Erinnerungen an die letzten Monate. An das Gebrüll, die Streite, den Stress, die Einsamkeit und alles dazwischen. Aber so wie Tommi jetzt vor mir steht, als hätte sich nichts verändert, da brennen alle Sicherungen durch. Wie können sie es wagen, so zu tun, als wäre die Zeit einfach stehen geblieben? Wieso fragt mich niemand, wie es war und was es mit mir gemacht hat?

»Sie haben dich nur erwischt, weil du nicht schnell genug warst.«

Das schiefe Grinsen kann er sich gleich vom Gesicht wischen.

»Weil ihr vergessen habt, mich zu warnen.«

»Die kamen mit Blaulicht, wie viel mehr Warnung brauchst du denn?«

Für Tommi ist das alles noch immer ein riesiger Spaß, das Spiel mit dem Feuer, bei dem er sich maximal die Finger verbrennt, aber nie eine Hand verliert.

»Weißt du, was eine Lebendkontrolle ist, Zecher?«

Er zuckt nur ahnungslos die Schultern, weil bei ihm morgens höchstens mal seine Mutter ins Zimmer schielt, um zu checken, ob ihr fauler Sohnemann noch pennt.

»Das ist der morgendliche Kontrollrundgang, bei dem die Beamten die körperliche Unversehrtheit aller Inhaftierten checken.«

Tommi wird blasser, kaut auf der Innenseite seiner Wange und versucht meinen Blick zu halten, knickt aber immer wieder ein und starrt in die Ferne, dahin, wo keine Vorwürfe am Horizont stehen.

»Weil es Leute gibt, die nicht so gut damit klarkommen und sich was antun.« Es ist nicht Tommis Schuld, das weiß ich, das ist irgendwo in meinem Kopf abgespeichert – aber der hat gerade Sendepause. Gerade spricht nur die Wut, und die hat offenbar einiges zu sagen. »Und so hat jeder beschissene Tag angefangen. Für neun noch beschissenere Monate. Und das war nicht mal das Schlimmste.«

Er packt es nicht mehr, muss ganz wegsehen, schiebt sich die Hände in die Jackentaschen und nickt, als wüsste er, wovon ich rede. Dabei hat Tommi in seinem ganzen Leben nicht ein einziges Mal Hausarrest von seinen Eltern aufgebrummt bekommen.

»Viele der Jungs sind da drinnen kaputtgegangen.«

Der Flurfunk funktioniert schließlich überall, und manchmal wollten die Beamten sicher auch, dass man die alten Schauergeschichten zu hören kriegt, eingeschüchtert wird und keine Dummheiten macht. Manchmal hat es sogar funktioniert, und genau diese Taktik wende ich jetzt bei Tommi an, der mich nun wieder ansieht.

»Ja, aber du nicht.«

Mein Lachen klingt falsch und aufgesetzt.

»Woher willst du das wissen?« Gefragt hat er nie. Mit einem Mal fühle ich mich platt, müde und ausgelaugt, als hätte der Tag schon einige Ehrenrunden gedreht. »Ich muss los.«

Habe ohnehin schon viel zu viel gesagt, dabei wollte ich über die Zeit gar nicht reden. Nicht mit Papa, nicht mit Mama und auch nicht mit Tommi.

Es gibt Dinge, die muss man mit sich selbst ausmachen, weil es nicht besser wird, wenn man immer und immer wieder darüber spricht. Je weniger ich darüber rede, desto größer ist die Wahrscheinlichkeit, dass die Ereignisse irgendwann zu Erinnerungen werden, die ich eines Tages nicht mal mehr als meine erkennen werde.

Das zumindest ist meine große Hoffnung.

- 17 -

Theo

Vorsichtig falte ich die Jogginghose zusammen und lege sie auf mein Bett. Sie sieht jetzt, nach der Runde in der Waschmaschine und einem Boxenstopp im Trockner, nicht mehr ganz so schäbig aus. Und sie riecht auch deutlich besser, ich glaube, das war der *Frühlingsfrisch*-Weichspüler.

Die Schuhe stehen ordentlich neben dem Bett auf dem Boden, und ich wünschte, ich könnte sie irgendwie gereinigt zurückgeben. Sie sehen uralt aus, als hätte er sie schon sein ganzes Leben.

Die Jacke hängt auf einem Kleiderbügel an meiner Tür, und wenn ich sie jetzt so betrachte, kann ich mir gar nicht vorstellen, dass ich sie heute den halben Tag getragen habe.

Überhaupt lief heute einiges irgendwie schräg.

Zum Glück war niemand da, als Marie und ich nach der Schule heimgekommen sind. So haben unsere Eltern davon nichts mitgekriegt. Es ihnen zu erklären, wäre nämlich ziemlich beschissen gewesen. Was für eine Ausrede soll man auftischen, wenn man in geliehenen Klamotten nach Hause kommt? Dabei bin ich der Meister aller Ausreden. Es gibt fast keine Situation, die ich nicht verharmlosen kann.

Ich komme ohne Schulsachen nach Hause?

Kein Problem, ich habe sie im Spind in der Schule gelassen.

Mein Fahrrad ist weg?

Das habe ich einem Kumpel geliehen, der nach der Schule noch in die Stadt musste.

Das Veilchen am Auge?

Sportunfall, weil ich besonders beherzt in einen Zweikampf beim Basketball gegangen bin.

Okay, es ist natürlich auch leichter, wenn man Marie hat, die für einen mitlügt und jede noch so blöde Geschichte mit Glaubwürdigkeit würzt. Und es hilft auch, dass meine Eltern mir einfach glauben *wollen*. Wer kann es ihnen verübeln? Sie haben lange genug mit mir in der Dunkelheit gesessen und darauf gewartet, dass es irgendwie wieder besser wird.

Wurde es nur leider nicht.

Statt die erwarteten Schritte nach vorne zu machen, bin ich wie in einer Schockstarre stehen geblieben. Egal, wie oft ich zur Therapie gehe, all die guten Ratschläge und Tipps haben nicht geholfen. Auch die verschriebenen Tabletten – sie liegen in einer schicken Holzschatulle auf meinem Nachtkästchen – helfen mir nur so *lala* durch den Tag und die Nacht. Und je länger es dauert, desto angespannter wird die Stimmung zu Hause. Klar, alle wollen helfen, aber wie? Ich habe mittlerweile schon einen riesigen Geduldskredit aufgebraucht. So sind zu der Angst, der Panik und der Schlaflosigkeit auch noch Schuldgefühle dazugekommen – all das ergibt einen ziemlich toxischen Cocktail, von dem ich mir jeden Tag einen ordentlichen Schluck gönne.

Nein, ich fahre noch immer keine U-Bahn. Nein, ich halte

totale Dunkelheit immer noch nicht aus. Nein, ich kann mich noch immer nicht fünfundvierzig Minuten am Stück auf meinen Lernstoff konzentrieren, und nein, es geht mir nicht gut.

Manchmal belüge ich sogar Marie, obwohl ich bei ihr noch am ehrlichsten bin.

Sie verstehen es einfach nicht. Sie waren noch nie in so einer Situation, und ich wünsche es ihnen auch nicht.

Wieder sehe ich auf die Schuhe und muss an Samuel und unser Gespräch auf der Bank denken. Irgendwie werde ich das Gefühl nicht los, dass *er* weiß, was ich meine. Es ist die Art und Weise, wie er geht oder in der Pausenhalle rumsteht, immer den Rücken gegen eine Wand, den Blick misstrauisch in die Menge gerichtet. Er hat mir so selbstverständlich die Klamotten gegeben, und das nicht nur, weil mir kalt war und alle anderen weggesehen haben. Sondern weil er weiß, welche Fragen zu Hause auf mich gewartet hätten. Ich kann mich natürlich auch irren, immerhin kenne ich ihn nicht, aber ich bilde mir ein, solche Erfahrungen verbinden auf eine kosmische Art. Man spürt, wenn das Gegenüber etwas Ähnliches durchgemacht hat, weil man in der gleichen Spirale gefangen ist.

Müde lasse ich mich aufs Bett fallen und starre an die Decke, nicht gewillt, die Augen zu schließen und der Dunkelheit gegenüberzutreten.

Langsam drehe ich mich auf die Seite und ziehe die Beine an, rolle mich in Embryostellung zusammen und schlinge die Arme um die Knie.

Wird das hier jemals vorbeigehen?

Vielleicht kann ich sie nur ganz kurz schließen. Nur einen Moment. Nur um zu sehen, wie es sich anfühlt.

Mein Körper hält von der Idee nicht besonders viel, mein Herz schaltet in Formel-1-Modus und das Blut rauscht in meinen Ohren. Trotzdem versuche ich es, schließe die Lider und taste mich in die Dunkelheit.

Doch schon nach wenigen Sekunden höre ich die Schritte, das Lachen, meine sogar, den Geruch wahrzunehmen und spüre, wie mein Herz aus meiner Brust brechen will. Mir wird schlecht, der Schweiß legt sich kühl auf meine warme Haut, und bevor mein Kopf dank all der Erinnerungen platzt, reiße ich die Augen auf und fahre so schnell hoch, dass mir schwindelig wird.

Scheiße.

Ich hole tief Luft, versuche all das anzuwenden, was mir Dr. Schädle seit Monaten eintrichtert, und komme einfach nicht mehr drauf. *Wie geht atmen? Wie sitzen? Und wie geht nicht kotzen?* Mein Mageninhalt will sich gerade seinen Rückweg bahnen, als ich vom Bett rutsche und auf wackeligen Beinen den Blick zur Decke richte, als wäre da oben die Rettung zu finden.

Okay, das Essen bleibt drinnen, aber diese verdammten Tränen nicht. Meine Augen laufen einfach über, denn, egal wie sehr ich das verhindern will, es geht nicht.

Ich brauche *nur eine* schöne Erinnerung, irgendwas, das mich daran glauben lässt, dass es auch für mich Hoffnung gibt.

Und genau da stolpere ich über Samuels Schuhe.

– 18 –

Marie

Hej, Sternenprinzessin, sorry für den plötzlichen Abgang. Hoffe, der Kaffee hat geschmeckt. Xx S

Noch immer überlege ich, was man darauf so antwortet. Wie eingerostet können Flirtkünste eigentlich sein? Keinen meiner sieben Entwürfe habe ich abgeschickt. Nicht mal den mit *Danke. Dir einen schönen Abend, Marie,* weil der irgendwie klang wie eine Standardabsage auf ein Bewerbungsschreiben.

Zum hundertsten Mal schüttele ich mein Kissen auf und wechsele die Position in den Schneidersitz. Das hat ein bisschen was von einer Mediation, nur dass meine Gedanken um ein und dieselbe Sache kreisen, egal, wie tief ich auch atme. Selbst, wenn ich die Augen schließe, sehe ich immer sein Lächeln, wie er die Kaffeebecher vor mir aufreiht.

Okay, Marie, reiß dich zusammen, du bist keine zwölf mehr!

Vielleicht sollte ich ihn fragen, was er gerade macht oder …

Mein Handy informiert mich, dass ich eine neue Nachricht habe, und mein Herz beginnt mit Seilspringen, bis ich enttäuscht feststelle, dass es nicht bei *WhatsApp* ist und auch nicht von Samuel. Nein, nur eine neue Followeranfrage bei

Instagram, wo ich mein Profil nach der Sache mit Theo auf *privat* gesetzt habe und nur noch »echte« Leute akzeptiere. Vorbei die Zeiten, in denen *SexyChantalVideoXX* meine Posts bewundern konnten. Das erklärt auch, wieso ich nur knapp 200 Follower habe, und jetzt will mir ein gewisser *NowSam* folgen.

Das Profilbild, so winzig es auf meinem Display auch sein mag, verrät ihn sofort. Auf dem Schwarz-Weiß-Foto kann man nur die Hälfte seines Gesichts sehen, die dunkle Wollmütze ist über das rechte Auge gezogen, mit dem linken sieht er dafür direkt in die Kamera, und ich meine, er würde nur mich anschauen.

NowSam will mir folgen.

Ohne lange nachzudenken, nehme ich die Anfrage an und sende ebenfalls eine, die binnen drei Sekunden genehmigt wird.

Und dann habe ich 75 Fotos, die ich betrachten, analysieren und anschmachten darf. Denn genau so viele Schnappschüsse hat Samuel auf seinem Profil hochgeladen.

Zwischen den klassischen Essens-Aufnahmen finde ich auch Fotos von einem Hund, der einen Stock im Maul trägt, und vom Fernsehturm, den er ganze vier Mal eingefangen hat. Jedes Mal mit dem Hashtag *#Heimathafen* versehen. Doch so niedlich der Hund auch sein mag und wie sehr auch ich meine Heimatstadt liebe, es sind die wenigen Fotos von Samuel selbst, die mich interessieren.

Er und seine Kumpels, alle noch deutlich jünger, wie sie im Schlosspark zwischen Einweggrill und Bierflaschen sitzen und gegen die Sommersonne anblinzeln.

Er und der Hund auf einer Wiese beim offensichtlichen Wettbewerb, wer wohl den niedlicheren Hundeblick draufhat.

Er mit einem Skateboard unter den Füßen, einen konzentrierten Gesichtsausdruck zur Schau tragend, und gleich danach das Foto von ihm auf dem Boden mit schmerzverzerrtem Gesicht.

Sein Profil verrät nicht viel über ihn. So wie die meisten Profile bei *Instagram* hat auch er nur Highlights eingefangen, wie zum Beispiel einen Trip mit seinen Kumpels ins *Leuze*-Schwimmbad, wo sie zusammen in Schwimmshorts am Beckenrand posieren, als würden sie sich für die nächste Staffel *Baywatch* bewerben. Ja, ja, ich schaue bei Samuel genauer hin. Er wirkt schmächtiger als jetzt, das Grinsen dafür breiter als bei den anderen, und das Selbstbewusstsein springt ihm förmlich aus dem Gesicht. Er wirkt so viel gelöster und fröhlicher als jetzt.

Beim nächsten Foto muss ich lächeln.

Er liegt auf dem Badetuch, strahlt in die Kamera und keine Sorgen weit und breit belagern seine Augen. Sein Sommer-Ich gefällt mir ausgesprochen gut, auch wenn die kürzeren Haare ihn ziemlich kantig wirken lassen.

Beim kleinen Papierflieger im oberen rechten Eck taucht eine rote *Eins* auf. Ich habe also eine private Nachricht erhalten und ich weiß auch schon, von wem.

Schöne Fotos.

Das ist alles, was er schreibt, und mir fällt ein, dass er ja jetzt auch meine ganzen Erinnerungsaufnahmen sehen kann. Schnell klicke ich mich zurück in mein Profil und scrolle durch meine Selfies auf der Suche nach den peinlichen Aufnahmen von früher, als ich noch Zahnspange und einen Bob getragen habe. Doch auch wenn ich der jüngeren Version von mir nicht mehr zwingend ähnlich sehe, so kann ich doch sagen, dass auch das immer *ich* war. Wenn ihm nicht gefällt, was er sieht, ist das sein Problem.

Danke. Das Kompliment kann ich zurückgeben. Wem gehört der Hund?

Wenn man bedenkt, dass ich den halben Nachmittag damit verbracht habe, mir eine Antwort auf seine Nachricht zu überlegen, fällt es mir jetzt erstaunlich leicht, ihm zu antworten.

Das ist Diesel, der gehört meinem Vater.

Süßes Kerlchen.

Ich sehe, dass er eine Antwort tippt und warte, aber es passiert nichts. Auch acht Minuten später kommt nichts bei mir an und ich klicke mich zurück in sein Profil. Er hat eine aktuelle Story hochgeladen, die ich mir direkt mal ansehe.

Ein *Boomerang*-Video aus einer U-Bahn, bei der ich nur seine Spiegelung in der Scheibe sehen kann. Wenn ich mich nicht irre, hat er gerade die Haltestelle Charlottenplatz verlassen.

Und dann ist da wieder die rote *Eins.*

Sehe ihn leider nicht mehr so oft. Hast du den Kaffee gut vertragen?

Habe ich. Bist du auf dem Heimweg?

Nicht so richtig. Fahre noch ein bisschen rum. Was treibst du so?

Ich denke an dich und frage mich, wieso du mir nicht mehr aus dem Kopf gehst.

Fahre nicht, hänge aber dafür noch ein bisschen rum.

Das ist eine unverfänglichere Antwort.

Lust auf einen Abendspaziergang?

Die Frage trifft mich unerwartet, und sofort will ich lostippen, ihm erklären, dass es zu spät dafür ist und ich vielleicht ein anderes Mal auf so ein Angebot eingehen werde, aber es ist erst kurz vor neun und nicht mal im Ansatz zu spät. Theo ist in seinem Zimmer, Mama und Papa sind da, die Hausaufgaben erledigt – was soll die Ausrede, Marie?

Wo denn?

Das ist noch keine Zusage, klingt aber auch nicht nach NEIN, DANKE!

Bin bald am Marienplatz.

Das sind keine fünf Minuten von mir, und dort gibt es ausreichend Cafés und Kneipen, in denen wir uns treffen könnten.

Komm zum Brunnen an der Zacke. Ich werde da sein.

Das ist definitiv eine Zusage, aber ich warte noch einen Moment, ob er darauf noch mal antworte.

Freu mich!

Und ich mich erst.

- 19 -
Samuel

Sie trägt eine rote Strickmütze, unter der ihre langen dunklen Haare herausschauen, eine helle Jacke und Jeans.

Vielleicht trägt sie die Mütze, damit ich sie besser erkenne oder aber, weil ihr kalt ist. Ich hätte sie auch ohne sofort entdeckt, weil ich öfter als mir lieb ist, an sie denken muss. Jared Leto singt mir *Do or die* ins Ohr und ich verlinke gedanklich diesen Song mit Marie. Sie winkt mir zu, als ich von der Rolltreppe auf sie zukomme, und kurz spiele ich mit dem Gedanken, sie einfach zu umarmen, aber ich weiß nicht, ob wir überhaupt schon so weit sind.

»Hi.«

»Schönen guten Abend.« Sie lächelt. »Freut mich, dass du so spontan Zeit hattest.«

Mit einer eleganten Geste wirft sie ihre Haare über die Schulter zurück und das Lächeln verwandelt sich in ein freches Grinsen.

»Ja, du hattest Glück. Sonst bin ich abends eigentlich immer *total* ausgebucht.«

»Das glaube ich sofort.«

Wer würde nicht gerne die Abende mit Marie verbringen?

»Ich soll dich übrigens von Theo grüßen.«

»Bei ihm alles okay?«

Sie nickt, deutet in Richtung des *Café Kaiserbau* und reibt sich die Hände.

»Wollen wir uns nicht irgendwo reinsetzen? Bisschen frisch geworden.« Dann mustert sie mich. »Ist dir nicht kalt? So ohne Jacke?«

»Geht schon. Ich war nach der Schule noch nicht wieder zu Hause.« Das hätte ich mir auch verkneifen können, denn jetzt kommen die ganzen Fragen, auf die ich nur halbherzige Antworten geben kann.

»Wieso denn das?«

Die auswendig gelernte Lüge, die ich sonst auf diese Frage abspule, verheddert sich in meiner Kehle, und ich sage die Wahrheit.

»Bisschen eng bei uns daheim.«

»Eng?«

»Wenig Platz für mich.«

Wow, das ist ehrlicher als alles, was ich sonst zu dem Thema sage.

»Das kenne ich.«

So, wie sie es sagt, meint sie wohl kaum die räumliche Enge, aber ich will nicht sofort nachfragen, warte lieber, bis sie einen Platz in dem gut gefüllten Café findet und wir uns hinsetzen.

»Teilst du dir dein Zimmer etwa noch immer mit Theo, oder wieso ist es so eng?«

Small Talk ist nicht so richtig meine Paradedisziplin, und in letzter Zeit hatte ich nicht besonders viele Chancen, um daran zu arbeiten, weswegen ich noch immer ein bisschen ungeschickt bin. Marie macht es mir aber leicht und greift nach der Speisekarte.

»Nein, schon lange nicht mehr. Aber ich teile mir mit Theo das Leben.«

»Das Leben?«

Sie sieht höchst konzentriert in die Karte vor sich und lässt mich eine Weile warten. Zu gerne würde ich jetzt in ihren Kopf schauen können, denn dort ist wohl so einiges los.

»Ich nehme nur eine Cola. Für Kaffee ist es zu spät. Und du?«

Als hätten wir das Thema *Theo, Enge und Leben* gar nicht angesprochen, schenkt sie mir ein *Insta*-Lächeln, das dem wahren Marie-Lächeln nicht mal im Ansatz das Wasser reichen kann.

»Nach dem Kaffee-*Gate* heute in der Schule klingt Cola perfekt.«

Die Kellnerin nimmt unsere Bestellung auf und lässt uns dann wieder alleine. Ob sie denkt, das hier wäre ein Date? Glaubt sie, wir sind ein Paar? Aber dann würde ich jetzt wohl über den Tisch hinweg ihre Hand halten oder dümmlich verknallt lächeln.

»Wieso grinst du so?«

Hoppla. Ich grinse tatsächlich und muss den Kopf schütteln, um das wieder unter Kontrolle zu kriegen.

»Ich war nur auf einem Gedankenspaziergang.«

Marie lehnt sich über den Tisch weit zu mir, stützt ihr Kinn in die Hände und durchleuchtet mich mit *diesen Augen.*

»Was genau ist ein Gedankenspaziergang?«

Schwer zu erklären. Zumindest ohne zu erklären, wo ich das gelernt habe. Oder weswegen.

»Wenn es mir manchmal zu eng wird, dann muss ich raus oder weg. Aber das geht natürlich nicht immer, also nutze ich Gedankenspaziergänge und … gehe eben spazieren.«

Das war die weltschlechteste Erklärung, die ich hätte abliefern können, und Marie sieht das wohl ganz ähnlich.

»Das üben wir noch mal fürs Erdkundereferat, ja?«

In Ermangelung einer sich öffnenden Erdspalte lasse ich meinen Kopf auf den Tisch sinken und lehne meine Stirn auf die Tischplatte. Wann genau bin ich zu so einem Wortklaus geworden?

»Nicht verstecken, bitte.«

Maries sanfte Berührung an meinem Unterarm holt mich zurück, und ich ändere die Position gerade so weit, dass ich sie ansehen kann.

»Wo gehst du denn so am liebsten in Gedanken spazieren?«

Eine gute Frage, weil alles manchmal besser ist als die Situation, in der ich gerade bin.

»Irgendwo am Meer.«

Doch mit dieser Standardantwort kann ich jemanden wie Marie nicht beeindrucken.

»Schon klar. Und Weltfrieden wünschst du dir dabei auch noch.«

»Tatsächlich.«

»Und wenn du mich nicht beeindrucken willst? Was ist dann die Antwort?«

»Was verrät, dass ich dich beeindrucken will?«

»Dein Gesicht. Ehrlich gesagt, deine ganze Körperhaltung. Also? Wo gehst du gerne spazieren?«

Wenn sie mich ohnehin schon durchschaut hat, welchen Sinn ergibt es dann noch, ihr jetzt eine weitere Lüge aufzutischen?

»Kennst du die Heslacher Wasserfälle?«

Meine Stimme klingt leise und unsicher, passend zur Erinnerung, die ich mit den Wasserfällen verbinde.

»Gehört habe ich davon, aber ich war noch nie da.«

»Wir waren früher oft dort. Als ich noch klein war. Und irgendwie hat es mir wohl gefallen.« Und die Tatsache, dass meine Eltern Hand in Hand vor mir hergelaufen sind, ohne Streit und Anwaltsbriefe, vor den Vorwürfen und den bösen Worten. Als wir noch eine Familie waren und keine getrennten Adressen hatten.

»Klingt schön.«

»Da sieht es jetzt bestimmt ganz anders aus, was weiß ich. War ewig nicht mehr dort.«

»Stimmt doch gar nicht.«

»Hm?«

»Du warst doch gerade eben erst wieder dort.«

Sie zwinkert mir zu und lehnt sich in ihren Stuhl zurück, weil die Kellnerin unsere Getränke bringt und strategisch so ungeschickt vor uns auf den Tisch stellt, dass ich mich ebenfalls wieder aufrichten muss. Erst als sie wieder weg ist, hebt Marie das Glas und prostet mir zu.

»Auf Gedankenspaziergänge und Wasserfälle.«

»Und auf dich, Sternenprinzessin.«

- 20 -

Theo

Es ist schon elf, als die Haustür aufgeht und Marie wieder heimkommt. Das weiß ich deshalb so genau, weil ich nur darauf gewartet habe. Mama und Papa sind total fasziniert von dieser TV-Doku über Restaurants in Mexiko, aber ich sitze nur halb anwesend zwischen ihnen und versuche nicht sofort aufzuspringen, als Marie ihren Kopf ins Wohnzimmer steckt.

»Bin wieder da.«

Mama nickt und Papa winkt, so gefangen sind sie von den Fisch-Tacos in einem Restaurant auf der Halbinsel Yucatán. Ich hingegen sehe zu Marie und bemerke dieses absolut verräterische Leuchten, das sie wie eine Lichtglocke umgibt.

»War es denn nett?«

Sie hat sich vorhin nur mit den Worten: *Treffe noch eine Freundin,* verabschiedet, aber ihre strahlende Aura verrät mir, dass es sich wohl nicht um eine Schulfreund*in* gehandelt haben kann.

»Sehr. Wir waren im Kaiserbau.«

Sie kennt unsere Eltern zu gut und beherrscht es perfekt, sie mit so vielen belanglosen Informationen zu füttern, dass sie nicht mal auf die Idee kommen, nachzufragen.

»Schön, das freut mich, mein Schatz.«

Ihr Glück, dass dieser Fisch-Taco voll im Rampenlicht der Aufmerksamkeit steht und sie sich in die Küche absetzen kann. Mein leeres Glas gibt mir die passende Ausrede, meiner Schwester zu folgen, wobei wir uns gerade auch unbemerkt ins Ausland absetzen könnten, so gefesselt sind Mama und Papa von den Geheimtipps Yucatáns. Mama wird sicher nachher den Reiseatlas rausziehen und den nächsten Sommerurlaub planen.

Marie schenkt sich gerade Wasser ins Glas, als ich neben sie trete.

»Eine *Freundin*, ja?«

»Sagte ich Freundin? Ich meinte natürlich, einen Freund.« Sie nippt am Glas, spürt meinen fragenden Blick und kann sich ein Grinsen nicht mehr verkneifen. »Okay, es war Samuel.«

»*No shit*, Sherlock.«

»Er war in der Nähe.«

»Zufällig.«

»Ja. Er war noch unterwegs und hat gefragt.«

»Hat er das.«

Sie stellt das Glas ab und schenkt mir ihre volle Aufmerksamkeit.

»Ja. Und zur Info, es war nett. Wir haben uns gut unterhalten.«

»Hat er dich heimgebracht?«

»Nein. Wir haben uns am Marienplatz verabschiedet.«

»Hat er dich geküsst?«

»Theo …«

»Ich weiß, ich weiß, es geht mich nichts an, aber du blühst plötzlich so auf, und da dachte ich …«

»Geht dich trotzdem nichts an.«

»Okay. Verstanden. Hauptsache, du hattest einen schönen Abend.«

Sie muss gar nicht mehr antworten, denn ihre Mundwinkel heben sich von ganz alleine und sie bemerkt es nicht mal. Es ist schön, meine Schwester wieder so lächeln zu sehen. Wenn ich Samuel morgen die Sachen zurückgebe, werde ich daran denken, mich auch dafür zu bedanken, dass er meine Schwester für einen Abend nach draußen gelockt hat. Für mich ist diese Wohnung mein sicherer Hafen, für sie aber eine Art Gefängnis. Es wird Zeit, dass sie wegen guter Führung wieder Ausgang bekommt.

»Tja, dann, gute Nacht.«

Auch wenn ich gehofft hatte, sie würde vielleicht ein bisschen über ihr Treffen erzählen wollen, ziehe ich mich jetzt zurück. Marie lässt sich nämlich nichts unfreiwillig entlocken, ganz im Gegenteil, wenn man sie zu sehr mit Fragen nervt, macht sie einfach dicht.

»Gute Nacht, Theo.«

Es sollte eine Verabschiedung sein, aber sie lässt es eher wie eine Begrüßung klingen, und so bleibe ich an der Tür noch mal stehen und werfe ihr einen Schulterblick zu. Mit beiden Händen hält sie das Glas auf Brusthöhe vor sich, der fiese Zweifel will schon wieder das Leuchten aus ihren Augen vertreiben, und sie stellt die Frage leise in den Raum zwischen uns.

»Er ist okay, oder?«

Ich kenne Samuel nicht. Aber was ich weiß, ist, dass er in der kurzen Zeit mehr für mich getan hat als der Rest meines Jahrgangs in den letzten anderthalb Jahren.

»Er hat sich mit Andi Schneider angelegt. Das kann kein schlechter Kerl sein.«

Wie lieb, dass meine große Schwester von mir das Okay für einen Typen will, den sie ganz offensichtlich gut findet. Eigentlich sollte ihr meine Meinung egal sein, aber *eigentlich* ist eben nicht das Motto unserer Familie.

»Hast du dir schon überlegt, wie du ihn morgen an Mama vorbeischmuggeln willst?«

Meine Frage schießt Löcher in ihren Plan, aber es ist besser, wir hecken heute schon was aus, als morgen unserer Mutter in die Arme zu laufen.

»Er ist mein Erdkundepartner. Das ist für die Schule.«

»Klar, aber sie wird ihn mit Fragen bombardieren.«

Marie nickt wissend und stellt das Glas in die Spülmaschine, bevor sie auf mich zukommt.

»Kannst du sie nicht ablenken?«

»Ich? Wie denn? Soll ich in der Küche eine Panikattacke vortäuschen?« Es sollte nur ein Scherz sein, weil mir manchmal die Ernsthaftigkeit zu viel wird, aber Maries Lächeln verrutscht sofort und ich würde am liebsten alles zurücknehmen. »Jetzt kuck nicht so, das war ein Witz.«

Dabei hatte ich vor ein paar Stunden erst eine Mini-Attacke in meinem Zimmer, von der noch niemand weiß. Und niemand wissen soll.

»Brauchst du nicht neue Schuhe?«

»Brauche ich tatsächlich.«

»Dann geht doch welche kaufen.«

»In der Stadt?«

»Ihr fahrt doch mit dem Auto.«

Der Gedanke an die überfüllten Schuhgeschäfte auf der Königstraße oder im Einkaufszentrum *Milaneo* sorgt für einen Schluckauf im Magen.

»Ich bestelle die lieber Online.«

Sie legt mir den Arm um die Schulter.

»Ja, aber damit kriegen wir Mama nicht aus dem Haus.«

»Ich will dir echt helfen, Marie. Aber ich kann nicht in die Stadt.«

»*Milaneo*. Du musst nur aus der Tiefgarage hoch …«

»Das geht nicht.«

»Da ist es hell, alles beleuchtet.«

Heftiger als nötig schüttele ich ihren Arm ab und mache einen Schritt weg von ihr.

»Ich kann nicht.« Um nicht schreien zu müssen, presse ich die Worte über die Lippen, was wie das Zischen einer Schlange klingt. »Ich weiß, dass es euch alle nervt, und glaub mir, mich nervt es auch! Ich hasse es, okay? Ich würde so gerne einfach beschissene Schuhe kaufen gehen, aber ich kann nicht, verdammt noch mal!«

Marie hebt sofort die Hände, dabei richtet sich mein Ärger nicht mal wirklich gegen sie, er trifft sie nur, weil sie zufällig gerade da ist und ich nie so recht weiß, wohin mit all der Enttäuschung in mir.

»Solange die noch irgendwo da draußen sind, werde ich ihnen sicher nicht lächelnd in die Arme laufen!«

»Die Polizei sagt …«

»Es ist mir scheißegal, was die Polizei sagt! Die haben doch nur keinen Bock, weiter zu suchen! Ich bin denen doch egal! Hier, ein paar bunte Pillen für den Stress und eine Therapie, dann wird das schon wieder!«

Ich merke gar nicht, wie ich lauter werde und sie jetzt doch fast anschreie, obwohl sie mir Zeichen macht, ich solle meine Lautstärke zurückschrauben.

»Es kotzt mich an, hörst du? All das kotzt mich an! Dass ich euch nur dumm im Weg stehe! Glaubst du, ich checke nicht, dass ich der Bremsklotz bin?«

Mama und Papa tauchen in der Tür zur Küche auf und sehen besorgt zwischen uns hin und her. Obwohl ich schreie, ist es Marie, die mit den Tränen kämpft.

»Was ist denn hier los?«

Der Sturm in meinem Kopf ist ebenso plötzlich verschwunden, wie er aufgezogen ist, und ich kann Marie nicht ansehen, weil es wehtut zu wissen, dass ich ihren Abend ruiniert habe.

»Nichts.«

»Habt ihr euch gestritten?«

Marie will Luft holen, um mal wieder eine Lüge zu meinen Gunsten abzuspulen, aber diesmal bin ich schneller.

»Mama, ich brauche neue Schuhe.«

- 21 -
Samuel

Mama liegt schlafend auf der Couch, als ich die Tür leise hinter mir ins Schloss ziehe und die Schuhe im Flur abstelle. In der Küche brennt noch Licht, und ich wette, sie hat auf mich gewartet, bis der Tag seinen Tribut gefordert und die Müdigkeit gesiegt hat.

Einen Moment bleibe ich im Türrahmen stehen und beobachte sie, wie sie daliegt, einen entspannten Ausdruck auf dem Gesicht, die Fernbedienung noch in der Hand. Ich muss mir echt angewöhnen anzurufen, wenn es später wird. Bestimmt hat sie sich wieder Sorgen gemacht. Leise komme ich auf sie zu und ziehe vorsichtig die Fernbedienung aus ihrer Hand, stelle den Fernseher ab, der nur noch stumm vor sich hinflimmert, und schnappe mir die Decke von dem Sessel. Gerade, als ich sie zudenken will, schrickt sie auf.

»Samuel …?«

»Alles gut, Mama, ich wollte nur …«

»Wie spät ist es?«

»Halb zwölf.«

Sie reibt sich über das Gesicht, aber die Müdigkeit wird sie nicht los. Aus kleinen Augen mustert sie mich, und ich weiß, dass sie auch diesmal befürchtet, ich würde ihr etwas beichten müssen.

»Wo warst du denn schon wieder so lange?«

Ich gehe neben der Couch in die Hocke und versuche sie mit einem Lächeln zu beruhigen.

»Ich bin nur ein bisschen spazieren gegangen.«

»Um die Uhrzeit?«

Sie wirft einen Blick auf ihre Armbanduhr, aber ich bezweifele, dass sie die winzigen Zeiger überhaupt erkennen kann.

»Ja. Es ist schön da draußen.«

Keine Ahnung, ob sie versteht, was ich damit wirklich sagen will, aber zumindest setzt sie sich etwas aufrechter hin, bringt Ordnung in ihre Frisur und stellt zum ersten Mal den Blick scharf.

»Muss ich mir Sorgen machen?«

»Sicher nicht.«

»Das hast du schon mal gesagt …«

Der Vorwurf schwingt nur leicht in ihrer Stimme mit, aber ich höre ihn glockenklar.

»Ich habe eine Mitschülerin getroffen. Wir machen zusammen ein Erdkundeprojekt.«

»Um halb zwölf?«

»Nein. Aber davor.«

»Und Tommi …?«

Ich zucke die Schultern. An Tommi habe ich seit dem Burger nicht mehr gedacht.

»Was soll mit ihm sein?«

»Der hat dich gesucht.«

Mein Körper spannt sich an und ich richte mich wieder auf.

»Er war hier?«

Sie nickt.

»Ja, so gegen sieben. Hat gesagt, dass er dich nicht erreicht.«

Er soll nicht hierherkommen. Er soll nicht mit Mama sprechen. Er soll mich nicht in der Schule abholen. Er soll eigentlich einfach nur so weit wie möglich von mir wegbleiben.

»Das kläre ich morgen mit ihm. Aber jetzt sollten wir wirklich schlafen gehen.«

Ganz Gentleman reiche ich ihr die Hand und helfe ihr von der Couch auf die Füße, wo sie sofort die Arme um mich schlingt und so fest an sich drückt, dass ich mir Sorgen um ihre Rippen mache.

»Ich kann noch immer nicht glauben, dass du hier bist.«

Dieser dämliche Kloß in meinem Hals macht das Atmen immer so schwer und sprechen fast unmöglich, also nicke ich nur, froh darüber, dass sie in dieser Umarmung mein Gesicht nicht sehen kann.

»Versprich mir, dass du nicht wieder verschwindest.«

»Keine Sorge, so schnell wirst du mich nicht los.«

Erst nachdem sie mich noch mal gedrückt hat, löst sie die Umarmung und nimmt mein Gesicht in ihre Hände, ein stolzes Lächeln auf den Lippen.

»Ich weiß, dass du es packen wirst. Du warst immer ein guter Junge, aber deine Freunde …«

Sie bricht ab, und ich weiß, dass sie an Tommi und die Jungs denken muss. Es ist eine bequeme Ausrede, der gute Junge mit den falschen Freunden und schließlich die schiefe

Bahn. Zu gerne würde ich diese Version glauben, aber ganz so einfach ist es nicht.

»Schon gut, Mama.«

»Du packst das, und irgendwann vergessen wir es, ja?«

Vergessen. Genau. Weil das so easy ist. Weil man, sobald der Vermerk aus dem polizeilichen Führungszeugnis gestrichen ist, auch das Kapitel aus den Erinnerungen löschen kann. Vielleicht wissen dann alle anderen nicht mehr, wo ich neun Monate lang saß, aber ich werde es sicher niemals vergessen. Nicht, solange ich klar denken kann.

»Ich bin echt müde, Mama.«

»Natürlich, mein Schatz.«

Gar nicht so einfach, die Version desjenigen zu sein, den unsere Eltern sehen, wenn sie uns betrachten.

Für Mama bin ich die ganze Zeit der nette Junge geblieben, selbst nach der Verurteilung bei den Besuchen in der JVA. Die Gesprächsthemen waren immer zukunftsorientiert und nie mit Vorwürfen beladen. Anders als bei Papa, der mich als gescheitertes Produkt seiner ebenfalls gescheiterten Ehe ansieht.

In meinem Zimmer – wenn man es so nennen will – angekommen, ziehe ich als Erstes die Klappcouch aus und verwandele sie in mein Bett, auf dem man sicher auch in jungen Jahren einen Rückenschaden kriegen kann, und strecke mich darauf aus.

Was ein verrückter Tag.

Ich schließe die Augen, lege mir zur Sicherheit auch noch den Arm über die Augen, versuche komplette Dunkelheit zu erzeugen und atme tief ein.

Das Handy vibriert in meiner Hosentasche, und ich ahne, dass Tommi mir eine weitere entschuldigende *WhatsApp*-Nachricht geschickt hat, auf die ich noch immer keine Lust habe. Und wäre da nicht die Neugier, würde ich das Handy einfach so ausschalten. Doch jetzt schaue ich dennoch, wer sich um diese Uhrzeit noch dringend bei mir melden muss.

Danke für den schönen Abend. Geh mir bei deinen Gedankenspaziergängen nicht verloren. Gute Nacht! M

- 22 -
Marie

Theo trägt eine Tasche mit Samuels Sachen, von denen unsere Eltern nichts wissen, über der Schulter und bewegt sich wie ein Doppelagent. Über den Streit gestern sprechen wir nicht, lassen ihn unter den Tisch fallen, als wäre er nie passiert. Heute Morgen war zumindest alles wie immer, und auf meine Frage, ob er wirklich mit Mama Schuhe kaufen gehen will, hat er nicht geantwortet.

Jetzt steuert er durch die Aula auf Samuel zu, der an einer Säule lehnt, die Kopfhörer in den Ohren und den Blick über die Schülermassen schweifen lässt. Als er uns kommen sieht, verändert sich sein Gesichtsausdruck von *mürrisch* zu *entspannt*, aber erst, als wir vor ihm zum Stehen kommen, trennt er sich von der Musik, die ihn begleitet.

»Hi.«

Bevor ich etwas sagen kann, legt Theo auch schon los.

»Guten Morgen.« Theo überreicht ihm feierlich den Beutel. »Frisch gewaschen und gefaltet.«

»Danke.«

Einige aus Theos Jahrgang sehen es, ein paar sind irritiert, andere beginnen zu tuscheln, und ich hoffe, dass sich dieses

Zusammentreffen bis zu Andi Schneider, der lässig an den Tischtennisplatten Audienz hält, rumspricht.

»Wenn der Idiot noch mal rumstresst, schickst du ihn direkt zu mir.«

»Mach ich. Vielleicht sehen wir uns in der Pause?«

Die Hoffnung in Theos Stimme lässt meinen Magen verkrampfen, aber Samuel nickt nur wie selbstverständlich.

»Ich werde hier sein.«

Dann erst huscht sein Blick zu mir, und ich erkenne darin alles, was ich auch gestern Abend schon gesehen habe.

»Ich lasse euch beide dann mal allein …«

Theo mischt sich eilig unter das Schulvolk, und bevor ich sehen kann, wohin er verschwindet, wird er auch schon von der Menge verschluckt und wohl erst zur großen Pause wieder ausgespuckt.

»Hi.«

Samuel hat sich unbemerkt nähergeschlichen, oder vielleicht standen wir schon die ganze Zeit so dicht beisammen.

»Hi.«

Er lächelt inklusive Ausrufezeichen.

»Alles okay bei dir?«

»Wieso fragst du?«

»Weil du so aussiehst, als würdest du irgendwas bereuen.«

Wenn man es nicht mehr gewöhnt ist, dass jemand so genau hinschaut, ist man richtig verwundert, wenn es dann doch mal wieder einer macht.

»Ich bereue gar nichts.«

Das zumindest habe ich mir die ganze Fahrt über eingeredet.

»Cool.«

Und dann spüre ich plötzlich nur noch die Blicke aller anderen. Die Mädels, in deren Freundeskreis ich früher Gastauftritte hatte, sehen ungeniert zu uns rüber und tuscheln sofort los, sobald Samuel noch etwas näher rückt.

»Ich muss dir übrigens noch was beichten …«

»Kommt jetzt etwa der Haken an dem netten Typen von gestern?«

Mein versuchter Scherz scheint nicht mal in der Nähe seines Humorzentrums eingeschlagen zu sein, denn seine Augenbrauen ziehen sich wie Gewitterwolken zusammen.

»*Haken?*«

»Ja. Bist du ein verurteilter Verbrecher? Magst du keine Hunde? Hast du eine Freundin, die du mir verschwiegen hast? Solche Dinge.«

»Nein, kein Haken.«

»Aber du willst mir was beichten?«

Sein Blick, der eben noch auf meinem Gesicht ruhte, wird durch eine Bewegung hinter uns abgelenkt. Sofort ändert sich auch seine Körperhaltung, und er richtet wieder den ursprünglichen Abstand zwischen uns ein.

»Entschuldige mich bitte einen Moment …«

Ohne mich noch mal anzusehen, drückt er mir die Tasche mit seinen Klamotten in die Hand, schiebt sich an mir vorbei und geht auf einen jungen Mann zu, der durch die große Doppeltür in die Pausenhalle getreten ist. Wenn ich mich nicht irre, ist das derselbe Typ, den er schon gestern auf dem Schulhof getroffen hat. Groß mit dunklen Haaren und einer Ausstrahlung, als würde er Streit und nicht Samuel suchen.

Es folgt eine kurze, recht kühle Begrüßung, dann nickt Samuel in Richtung der Raucherecke – bzw. Schultoiletten, wie es offiziell heißt –, und die beiden ziehen gemeinsam ab, obwohl gerade die Glocke die erste Stunde einläutet. Was in Samuels und meinem Fall Englisch ankündigt.

Doch als ich mich auf meinen Platz im Klassenraum niederlasse und auch die anderen Schüler sich einfinden, fehlt von Samuel noch immer jede Spur. Selbst als Herr Wentz, unser Lehrer, die Tür hinter sich schließt und uns auffordert *Hamlet* aufzuschlagen, bleibt Samuel verschwunden.

Nur die von Theo sorgfältig gepackte Tasche, die neben meinem Stuhl lehnt, erinnert daran, dass ein Schüler in diesem Kurs fehlt.

- 23 -
Samuel

Was machst du hier?«

Wir stehen uns in der Raucherecke bei den Toiletten gegenüber, die Schüler haben sich schon längst in ihre jeweiligen Klassenzimmer verzogen, und ich muss nicht auf die Uhr schauen, um zu wissen, dass ich zu spät dran bin. Tommi zündet sich erst mal in aller Ruhe eine Zigarette an, bevor er mir antwortet.

»Du hast dich gestern nicht gemeldet, und da dachte ich …« Er breitet die Arme aus und setzt ein Lächeln auf. »… ich schau mal, was du hier so treibst.«

»Lernen.«

»Lernen. Verstehe.« Er lässt seinen Blick an der Fassade der Schule mit dem vielen Glas entlangwandern. »Schickes Teil.«

»War ich gestern nicht deutlich genug?«

Er kann nicht einfach überall in meinem neuen Leben auftauchen und alles durcheinanderbringen.

»Ich wollte mich richtig entschuldigen.«

Meine Genervtheit bekommt durch seine Erklärung einen ordentlichen Dämpfer und ich bin einen Moment sprachlos. Die kurze Waffenruhe nutzt Tommi und spricht schnell weiter.

»Es war scheiße, dass wir dich haben hängen lassen. Es war scheiße, dass wir einfach abgehauen sind. Und es war scheiße, dass ich dich nie besucht habe.«

Mir entgeht nicht, dass er beim letzten Satz nur von sich spricht, und obwohl ich noch immer nicht will, dass er hier ist, bleibe ich stumm und warte.

»Ich hatte richtig Schiss.« Er nimmt einen tiefen Zug an der Zigarette und pumpt seine Lungen mit Nikotin voll. Erst nach dem Auspusten des blauen Dunsts spricht er weiter. »Schiss davor, dich da zu sehen. Weil es dann real geworden wäre.«

Unsicher kratzt er sich am Kinn und sieht sich um, geht sicher, dass wir alleine sind, bevor er weiterspricht.

»JVA klingt nach Ferienlager mit Hausarrest, und damit konnte ich leichter umgehen, als dich im Knast zu besuchen und zu wissen, wie beschissen es dir da geht.« Wieder nimmt er einen Zug, wieder sieht er zu mir. »Ich kann es nicht mehr ändern, aber es tut mir leid. Alles.«

Tommi kann sich aus jeder noch so üblen Situation rausreden, er käme sogar mit Diebesgut unterm Arm noch als unschuldig davon, weil er es beherrscht, Leute um den Finger zu wickeln. Aber jetzt gerade sagt er die Wahrheit, hält meinen Blick fest.

»Die letzten neun Monate waren auch für mich krass. Anders als für dich, schon klar, aber krass. Du bist mein bester Freund und du warst weg.« Er zuckt hilflos die Schultern. »Ich war alleine.«

Es ist kein Geheimnis, dass seine Eltern und er aneinander vorbeileben. Sie teilen sich vielleicht eine Wohnung, aber nicht das Leben.

»Du weißt genau, dass ich ohne dich kaum geradeaus denken kann.«

»Du hattest doch die Jungs.«

Er schnaubt verächtlich.

»Tolle Jungs, die kriegen doch nichts gebacken. Und denen würde ich nie erzählen, was wirklich bei mir abgeht.«

Früher waren es immer Tommi und ich gegen den Rest der Welt.

»Du bist meine Familie, Mann. Und wenn du hier jetzt einen auf Musterschüler machen musst, dann ist das okay. Und wenn du nicht zurück ins Viertel willst, ist das auch okay. Aber leg mich bitte nicht zu den Akten, weil … egal warum.«

Er wirft den Zigarettenstummel in den roten Aschenbecher, der vorsorglich hier aufgestellt wurde, und schiebt die Hände in die Jackentaschen.

»Ich pack's dann mal wieder.«

Weil er alles gesagt hat und ich jetzt am Zug bin, auch wenn ich gerade noch etwas schockgefroren von all seinen Worten und der Ernsthaftigkeit dahinter bin. Das war die beste Performance, die ich jemals von ihm gesehen habe. Tommi geht von der Bühne ab, hofft auf einen Recall-Zettel für mein Leben und schiebt sich durch die Tür wieder nach draußen. Noch erhole ich mich von der Tatsache, dass er wirklich um diese Uhrzeit extra hierhergekommen ist. Nur um …

Hinter mir geht die Tür zur Jungstoilette auf, ich fahre zusammen, schnelle herum und sehe in Theos ertapptes Gesicht.

»Hi.« Er versucht zu verbergen, dass er mehr gehört hat, als er sollte, und mich beschleicht ein beschissenes Gefühl.

»Hi.« Wir sehen einander einen Moment schweigend an,

bis ich es nicht mehr aushalte. »Was machst du denn hier? Solltest du nicht schon längst im Unterricht sein?«

»Bist du meine Mutter?«

»Sicher nicht.«

»Ich habe mich hier versteckt, bis alle weg sind.«

Ich ziehe die Augenbrauen zusammen.

»Und jetzt?«

Er will meinem Blick ausweichen, aber ich stelle mich ihm so in den Weg, dass er mich ansehen muss.

»Jetzt mache ich blau.«

»Wegen Arschloch-Andi?«

Die Frage ist eigentlich total überflüssig, aber zu meiner Verwunderung schüttelt er den Kopf.

»Ich bin in Physik einfach eine Niete, und die Vorstellung, mich jetzt mit mechanischen Schwingungen und Wellen auseinandersetzen zu müssen macht mir Kopfschmerzen.«

»Klingt fair.«

»Und wieso bist du nicht in deiner Klasse?«

»Ich musste was klären.«

Hoffentlich merkt er an meiner Stimme, dass ich nicht über das eben reden will. Aber Theo nickt nur.

»Mit deinem Kumpel?«

»Genau. Und jetzt gehe ich, bevor es Ärger gibt.«

Gerade, als ich mich in Bewegung setzen will, greift er nach meinem Ärmel und hält mich zurück.

»Stimmt das denn, was er gesagt hat?«

Der Plan war, dass hier niemand was von meiner jüngsten Vergangenheit mitkriegt. Und *niemand* beinhaltet auch Theo. Und vor allem Marie.

»Was hat er denn gesagt?« Ich drehe mich wieder zu ihm, baue mich so einschüchternd wie möglich vor ihm auf, aber er zeigt sich von dieser Drohgebärde nicht im Geringsten eingeschüchtert.

»*JVA?*«

Drei Buchstaben, die in meiner Akte vermerkt sind und doch so gar nichts über mich aussagen.

»Probleme damit?« Ich starre Theo in Grund und Boden, zumindest versuche ich es, denn ein kurzes Lächeln huscht über sein Gesicht, von Unsicherheit keine Spur.

»Ich nicht. Du?«

»Nein. Ich will nur nicht, dass es hier die Runde macht.«

»Da musst du dir keine Sorgen machen. Ich kann Geheimnisse gut für mich behalten.«

Wieso glaube ich ihm das sofort? Und wieso entspannt mich seine Antwort tatsächlich?

»Du machst also blau, ja?«

Er nickt wie ein Profi, der nicht zum ersten Mal das Versteck der müffelnden Schultoiletten aufsucht, um nicht in den Unterricht zu müssen.

»Physik und ich, das wird einfach nichts mehr.«

Ein schneller Blick auf die Uhr informiert mich darüber, dass ich eine gute Ausrede auftischen müsste, wenn ich jetzt noch in meinen Unterricht zurückkehren will.

»Und was macht man hier so, wenn man blaumacht?«

Theos Lächeln wächst, ein Plan erwacht in seinem Gehirn zum Leben.

»Komm mit, ich zeige es dir.«

– 24 –

Theo

Die Auswahl an Turnschuhen ist unendlich, Regale über Regale, alle sind sie mit dem neuesten Scheiß gefüllt, und obwohl alle irgendwie gleich aussehen, sagt doch jedes Paar etwas ganz anderes aus. Entscheide ich mich für die weißen mit dem grünen Streifen oder für die mit dem roten Streifen?

Samuel dreht einen der Schuhe in der Hand, betrachtet ihn sehnsüchtig, und mir kommen Zweifel, ob es so eine gute Idee war, hierherzukommen.

»Die kosten eine halbe Monatsmiete.«

Er stellt sie zurück, bedacht darauf, sie unter keinen Umständen zu beschädigen und dann bezahlen zu müssen.

»Was hältst du von denen?«

Außer uns sind nur zwei total hippe Verkäufer im Laden, von denen der eine sogar eine Sonnenbrille trägt, obwohl es viel zu früh für Sonne ist. Anders als die meisten Schuhläden liegt dieser hier nicht so zentral und vor allem nicht besonders weit weg von unserer Schule. Nach knapp fünfzehn Minuten Fußweg, auf dem sich Samuel dreimal darüber beschwert hat, wieso wir nicht die U-Bahn nehmen, sind wir im Schuhparadies für Leute mit dickem Geldbeutel oder reichen Eltern angekommen. Ich halte Samuel das Paar mit dem grünen Streifen entgegen.

»Spielt der Preis denn eine Rolle?«

»Nicht für meine Eltern.«

Samuel kommt auf mich zu, nimmt mir den Schuh ab und stellt ihn zurück, läuft an der Ausstellungswand entlang bis fast zum Ende und deutet dann auf ein besonders buntes Exemplar.

»Das hier.«

Nur um sicherzugehen, dass er sich nicht über mich lustig macht, sehe ich ihn fragend an.

»Du bist so unauffällig, dass man dich schier nicht sieht. Findest du nicht, dass damit Schluss sein sollte?«

»Nein.«

»Wieso?« Er kennt die Antwort. »Arschloch-Andi macht dir das Leben so oder so zur Hölle. Da kannst du zumindest geile Sneaker tragen.«

Er wirft mir den Schuh so überraschend zu, dass ich ihn erst beim zweiten Nachfassen auffange.

»Das ist keine so gute Idee.«

»Okay. Dann kauf dir die langweiligen Lemming-Schuhe, die jede Blechbirne trägt.«

»Und wenn sie mir einfach gefallen?«

»Dann umso besser.«

Die Wahrheit ist das nur leider nicht. Ich habe so viele weiße Turnschuhe besessen, dass ich vermutlich ein Museum eröffnen könnte. Ich sehe auf den rot-gelb-blau-grünen Schuh in meiner Hand und frage mich, was es wohl aussagen würde, wenn ich mit denen an den Füßen in die Schule marschiert käme.

»Findest du, sie würden zu mir passen?«

Samuel nimmt auf der super stylishen Bank aus Glas und Metall in der Mitte des Verkaufsraumes Platz und zuckt die Schultern.

»Da fragst du den Falschen.«

»Wieso? Du scheinst doch einen guten Geschmack zu haben.«

Immerhin finde ich seinen Look, auch wenn er nicht gerade ausgefallen ist, ziemlich cool.

»Danke für die Blumen, aber hier geht es um dich. Was für ein Typ bist du wirklich?«

»Wie meinst du das … *wirklich*?«

»Wenn du nicht dieses Korsett aus Angst und Panik tragen würdest, was würdest du dann anziehen? Was für Musik würdest du hören? Welches Mädchen gut finden …?«

Alles Fragen, die nicht gerade eine besonders hohe Platzierung in meinen Top Ten der Lebensfragen belegen und die mich jetzt aus dem Konzept bringen.

»So viel Zeit haben wir nicht, wenn wir zur zweiten Stunde wieder in der Schule sein wollen …«

»Ich verpasse nur Bio.« Demonstrativ streckt er die Beine von sich und lehnt sich in die unbequem aussehende Sitzbank.

»Ich glaube, ich nehme die Weißen.«

So gerne ich ihn näher ranlassen würde, ich kann nicht. Es wäre nicht fair. Es reicht schon, dass ich das Leben meiner Familie auf den Kopf gestellt habe, da muss ich nicht auch noch jemanden, der zumindest auf dem Weg zum Kumpel ist, vergraulen. Einen Moment lang sieht er mich an, hofft vielleicht, ich würde meine Meinung ändern, aber das geht nicht.

Noch nicht. Es ist zu früh und doch schon zu spät. Ruhig stelle ich den bunten Turnschuh zurück und wende mich meiner ursprünglichen Auswahl zu.

Erst als ich an der Kasse stehe, taucht Samuel wieder neben mir auf.

»Wenn du irgendwann weißt, wer du bist ...«

Ich kann nicht zu ihm sehen.

»... kauf dir Schuhe, auf die du wirklich Bock hast.«

Mehr als ein Nicken kriege ich nicht zustande, als ich meine EC-Karte über den Tisch reiche.

»Schau an, der Herr zahlt mit Karte.«

»Lange Geschichte.«

»Du scheinst viele lange Geschichten zu haben.«

Er klingt interessiert, sieht weg, als ich die PIN eintippe, und wartet, bis mir die Tüte mit den Schuhen ausgehändigt wird und wir zusammen den Laden verlassen.

Ich würde sagen, das lief ganz gut.

Auch wenn Samuel etwas enttäuscht aussieht.

»Es sind nur langweilige Geschichten, glaub mir.«

»Du bist ein komischer Typ, Theo.«

»Das kann man auch über dich sagen.«

Wie selbstverständlich lenkt Samuel die Schritte in Richtung U-Bahn, aber ich schüttele den Kopf und deute auf die Fußgängerampel und damit die Richtung, aus der wir vorhin gekommen sind.

»Lass uns laufen.«

»Meister, wenn du nicht achtunddreißig Minuten für die Entscheidung welche weißen Turnschuhe du nimmst, gebraucht hättest, könnten wir jetzt noch einen Landspaziergang dranhängen.« Er tippt sich aufs Handgelenk. »Aber wenn wir pünktlich sein wollen, nehmen wir den Gelben Blitz.«

»Das geht nicht.«

»Wieso? Die spuckt uns direkt an der Schule aus.«

»Ich habe meine Karte nicht dabei.«

Samuel greift in die Hosentasche seiner Jeans und zieht eine Handvoll Kleingeld hervor.

»Ich lade dich ein.«

»Nicht nötig, echt jetzt.«

»Du willst lieber laufen, als zwei Euro achtzig zu investieren?«

»Genau.«

»Aber ein Vermögen für Turnschuhe ausgeben, ist kein Problem?«

»Das ist was anderes.«

Samuel schüttelt ungläubig den Kopf, gibt sich aber schließlich geschlagen und kommt wieder auf mich zu, was den Druck von meiner Brust nimmt.

»Danke.«

»Hast du ein Glück, dass ich gerne spazieren gehe.«

»Echt?«

»Wenn du eingesperrt bist, jeden Tag den gleichen Mist siehst und nicht raus kannst, dann kommt dir Stuttgart mit all seinen verdammten Baustellen wie die schönste Stadt der Welt vor.«

»Es sei denn, Stuttgart ist dein Gefängnis.«

Meine unbedachte Äußerung weckt natürlich seine Neugier, und ich spüre, wie sein Blick mir ein Fragezeichen in die Wange brennt.

»Du willst hier raus oder wie?«

»Ich will weg. So weit es nur geht.«

»Wohin?«

»Ans Meer. In die Berge. Auf eine einsame Insel.«

»Eine Weltreise.«

»Nee. Nur irgendwohin, wo es ruhig ist und ich nicht ständig diesen Lärm in meinem Kopf habe.«

Wir bleiben an einer Ampel stehen und nicken synchron.

»Kenne ich.« Er greift in seine Jackentasche und reicht mir die kleine weiße Box, in der ein Paar *AirPods* schlummern. »Versuch es mal mit Musik.«

Ich starre auf die kleine Box und höre in meinem Kopf sofort *Bloodstream* von Ed Sheeran. Es war mein Lieblingslied, und ich habe es immer so laut gehört, dass alles um mich rum wie ein Stummfilm ablief. Die Leute, die sich in der U-Bahn mir gegenüber unterhalten haben, die Durchsagen am Bahnsteig, die Schritte der anderen Menschen und auch ihr Gelächter – all das hat Ed Sheeran übertönt.

Und dafür verfluche ich ihn immer noch.

Zögernd greife ich nach den kleinen Stöpseln, die so harmlos in seiner Hand liegen, und fahre mit dem Finger über die Innenseite der Box, spüre die vertraute Schramme, und mein Schädel rotiert so schnell auf meinem Hals, dass ich nicht mehr weiß, wo oben und unten ist.

»Alles okay?«

Bin ich zu jung für einen Herzinfarkt?

Ich hatte es im Griff. Ich hatte es so sehr im Griff.

Meine Brust tut weh, jeder Atemzug ist zu kurz, Sauerstoff erreicht vielleicht meine Lunge, aber nicht mehr mein Gehirn.

Das Herz kämpft, es gibt alles, so sehr, dass es vermutlich kollabieren wird. Alles ist zu schnell. Die Autos um uns herum, mein Puls, jede Bewegung. Die meisten ahnen nicht, wie das ist. So schlimm war es ewig nicht mehr. Nicht mal Andi schafft das, nicht so.

Statt eines normalen Herzschlags tobt sich Ed Sheeran mit seinen Loops in mir aus, nutzt meinen Körper als Bühne für *diesen* Song, den ich nie mehr hören wollte.

Meine Beine verlieren ihre Substanz, gehorchen nicht mehr, geben nach, ich sinke in die Knie. Samuels Griff an meinem Arm, ich hören ihn nicht, sehe, dass er die Lippen bewegt, aber Ed Sheeran ist so viel lauter.

Burn in my bloodstream
So tell me when it kicks in.

Die Dunkelheit gewinnt.

- 25 -
Marie

Was ist passiert?«

Theo sitzt auf dem Boden, den Rücken an die Häuserwand gelehnt, den Blick aus geröteten Augen ins Nichts gerichtet. Samuel, der mich mitten im Unterricht angerufen hat, zuckt hilflos die Schultern, der Schock sitzt bei ihm so tief wie bei mir.

»Keine Ahnung. Wir waren Schuhe shoppen und …«

»Ihr wart *was*?«

Unsicher deutet er auf die Tüte in Theos Armen, die er fest an sich gedrückt hält, als wäre es ein Stofftier und er elf Jahre alt.

»Schuhe shoppen.«

»Während der Schulzeit?«

»Er wollte …«

Samuel weiß offenbar nicht genau, wie er mir ihren kleinen Ausflug erklären soll, und das tut gerade auch nichts zur Sache. Neben Theo gehe ich in die Hocke und berühre sanft seine Schulter.

»Theo …«

Er dreht den Kopf in meine Richtung, aber seine klaren

Augen sind heute müde und trüb, ich finde ihn darin kaum wieder.

»Kannst du mich bitte einfach nach Hause bringen?«

Seine Stimme klingt erschöpft, und ich nicke nur, auch wenn ich nicht weiß, wie ich das alles meinen Eltern erklären soll.

»Sicher. Klar.«

Wir helfen ihm auf, und seine Beine scheinen noch immer nicht so recht zu funktionieren, er fasst meinen Arm und überlässt mir das Ruder. Samuel will uns helfen, aber er führt uns in die falsche Richtung.

»Nicht die U-Bahn. Da vorne ist ein Taxistand.«

Zu meiner Verwunderung argumentiert er nicht dagegen an, sondern nickt nur und hilft mir, meinen Bruder Schritt für Schritt vorwärts zu führen. Ich kann spüren, wie zittrig Theos ganzer Körper ist und weiß genau, dass ihn irgendwas getriggert haben muss. Es war ein unnötiges Wagnis, alleine Schuhe kaufen zu gehen, und ich ahne, dass unser Streitgespräch von gestern nicht ganz schuldlos an dem Schlamassel ist.

Samuel versucht Blickkontakt mit mir aufzunehmen, aber ich weiche ihm aus, bin nicht bereit, ihm Theos Geschichte zu erzählen. Das ist so ein Deal zwischen meinem Bruder und mir. Es ist nicht meine, also schweige ich oder verfange mich in unsinnigen Ausreden, wenn jemand fragt. Manchmal denke ich, es wäre an der Zeit, ein kleines Tagebuch anzulegen, in dem ich festhalte, wem ich welche Version erzählt habe. Theo selbst weiht nur wenige in seinen Albtraum ein, und selbst bei Dr. Schädle bin ich mir nicht sicher, ob sie die ganze Story kennt.

»Kann ich irgendwas machen?«

Samuel ist ehrlich bemüht, aber ich weiß einfach nicht, was ich sagen soll. Theo schweigt zitternd vor sich hin und ich schließe mich seinem Beispiel an.

»Es tut mir leid, er wollte Schuhe …«

Ihm wird bewusst, wie unsinnig seine Erklärung klingt und gibt schließlich auf. Erst am Taxistand, als wir Theo erfolgreich auf dem Rücksitz platziert haben, drehe ich mich wieder zu ihm.

»Ist kompliziert mit Theo.«

»Kann ich echt nichts tun?«

»Nein. Aber das ist okay.« Ich schicke ein kurzes und sehr halbherziges Lächeln hinterher. »Theo wird schon wieder. Wir sehen uns dann, ja?«

Damit lasse ich ihn schweren Herzens stehen und steige ins Taxi zu meinem Bruder, der seinen Kopf an meine Schulter lehnt und erst nach einigen Metern die Sprache wiederfindet.

»Es war nicht seine Schuld. Ich wollte Schuhe kaufen …«

»Schon klar.«

»Es tut mir leid, Marie.«

Ich drücke seine Hand, die ich noch immer umschlossen halte.

»Ich weiß. Schon okay.«

Dabei bin ich einfach nur unendlich müde. Es ging ihm besser, die Fortschritte waren klein, aber sie waren da, und jetzt sind wir wieder dort, wo wir vor einem halben Jahr waren. Ein ängstlicher, blasser Theo, der an einem öffentlichen Platz zusammenklappt. Ich will nicht sauer auf ihn sein, aber mein Akku ist eben mittlerweile auch leer. Ein Seitenblick zu ihm reicht, um zu wissen, wie schlecht er sich fühlt, und ich erahne nur, welche Gedanken sich schon wieder in seinem Kopf einnisten wollen. Ich greife in meine Tasche und hole einen schwarzen Filzstift heraus, ziehe Theos Hand näher zu mir und male einen kleinen lachenden Smiley auf seinen Daumen, dort, wo ihn sein Fingerabdruck einmalig macht. Zumindest ernte ich dafür ein halbes Lächeln.

»Danke.« Er wackelt mit dem Daumen.

»Immer.«

Gemeinsam betrachten wir mein Kunstwerk, und ich wundere mich, wie ein lächelnder Kerl ihn noch immer aufmuntert.

»Können wir das vor Mama irgendwie verschweigen?«

»Ich denke nicht.«

Weil ich finde, dass sie davon erfahren muss. Theos Augen werden noch leerer, als er seinen Blick wie aus der Ferne auf mich richtet.

»Dann muss ich wieder zur Schädle.«

»Vielleicht ist das ja gar keine so blöde Idee.«

Aber wenn ich in sein Gesicht sehe, empfängt mich dort keine Zuversicht, sondern eine Mischung aus Angst und Enttäuschung.

»Also wieder darüber reden.«

Ich nicke tapfer. »Alle sagen, dass es hilft, Theo.«

»Mir nicht.«

»Aber vielleicht …«

»Du weißt doch gar nicht, wie es ist!«

Wie gerne würde ich losbrüllen. Einfach mal alles rauslassen, ihn darüber informieren, dass ich vielleicht nicht weiß, wie es für ihn ist, ich aber trotzdem mittendrin bin. Seine schlaflosen Nächte sind zu unseren geworden, seine Probleme zu meinen und meine eigenen werden Tag für Tag kleiner – so wie eben Samuel im Taxi-Rückspiegel kleiner geworden ist –, bis ich sie eines Tages gar nicht mehr erkennen kann.

»Ich will nur meine Ruhe!«

Es klingt, als sei es eine Bitte, die ich ihm erfüllen könnte, wenn ich nur wollte, und weil ich nicht weiß, was ich sonst sagen oder tun soll, nicke ich knapp.

»Magenverstimmung, ich habe dich von der Schule nach Hause gebracht.«

»Und die Schuhe?«

Ich nehme ihm die Tüte aus der Hand.

»Die habe ich dir gekauft.« Während sein angespannter Gesichtsausdruck langsam nachlässt, wächst in mir das ungute Gefühl darüber, noch eine weitere Lüge in die Welt setzen zu müssen. »Unter einer Bedingung.« Diesmal kann ich nicht einfach so tun, als wäre alles okay.

»Welche?«

»Ich lüge vor Mama und du gehst zur Schädle.«

Weil Theo weiß, dass er keine andere Wahl hat, nickt er schließlich.

Manchmal kann ich mich gar nicht mehr daran erinnern, wann ich meinen Eltern zum letzten Mal tatsächlich die Wahrheit erzählt habe.

Es fühlt sich an, als sei es in einem anderen Leben gewesen. Und genau genommen war es das auch.

- 26 -

Samuel

Schaut mal, wer sich endlich blicken lässt!«

Ihre Gesichter hellen sich augenblicklich auf, sobald sie mich erkennen und auf mich zukommen. Alle, nur Tommi nicht. Pascal, Sinan und Oli nehmen mich der Reihe nach in den Arm, klopfen mir auf die Schulter, grinsen breit – im doppelten Sinne – und fallen direkt mit Fragen über mich her.

»Alter, so krass, dass du wieder hier bist! Dachte schon, du hast uns vergessen.«

Nicht sie mich?

»Haare trägst du jetzt länger, oder wie?«

Ja, und ich mag es.

»Erzähl mal, wie war es so …?«

Nicht so prickelnd.

»Hast du abgenommen?«

Oli greift nach meinem Arm und will wohl durch meine Jacke hindurch meine Muskelmasse messen, aber ich schüttele ihn ab, bevor er seine Prüfung zu Ende führen kann. Erst mal muss ich ihre Gesichter auffrischen, für mich festlegen, wohin sie gehören und ob ich sie nicht doch noch ein Stück mitnehmen will.

Oli ist ohne Zweifel in meiner Abwesenheit häufiger trainieren gegangen als bisher, die Jacke passt ihm nur noch, wenn er nicht zu tief einatmet.

Sinan trägt jetzt Bart, was ihn stolzer und aufrechter gehen lässt, aber auch der Haarwuchs am Kinn kann nicht über den unsicheren Blick hinwegtäuschen.

Und Pascal ist nach wie vor der Größte von uns, aber eben auch der Breiteste, weil er immer genug Gras in der Tasche hat, um sich sein Leben schönzurauchen.

Sie sehen noch immer aus wie die Jungs aus der Schule, die auch keine Freunde hatten und deswegen nicht wählerisch waren, als Tommi sie für unsere *Gang* rekrutieren wollte. Wir waren zwölf und keine besonders beeindruckende Truppe, wenn man bedenkt, dass wir die meiste Zeit nur bei Oli im Zimmer saßen und mit der Playstation *GTA* zockten, während wir taten, als wären wir so gefährlich wie die Figuren, die wir durch Los Santos manövrieren. Was wir nicht alles anstellen wollten, wem wir nicht alles eins aufs Maul geben wollten, und wie wir doch immer nur die jüngeren Kids vom Bolzplatz verscheucht haben.

»Jetzt lasst ihn doch erst mal ankommen.«

Tommi rutscht von der Kante der Tischtennisplatte und schnippt die Kippe weg.

»Hätte ja nicht mit dir gerechnet.«

Er schlägt mit mir ein und zieht mich in die typische Halbumarmung, die wir jetzt schon zum zweiten Mal am heutigen Tag abziehen.

»Was machst du hier?«

Er stellt die Frage leise nur für mich, und ich zucke die

Schultern, weil ich mir das noch gar nicht so recht überlegt hab. Nachdem Marie und Theo mit dem Taxi verschwunden sind, hatte ich wenig Lust auf Schule.

»Ich wusste nicht, wohin sonst.«

Klar und deutlich höre ich all die Warnungen meines Jugendgerichtshelfers, der mich immer und immer wieder vor genau solchen Aktionen gewarnt hat. Es sei wie bei einem Junkie, der auch nur von *dem einen Fix* spricht, aber es ist genau dieses eine Mal, das reicht, um rückfällig zu werden. Dabei will ich den Jungs nur mal Hallo sagen, mich verabschieden und erklären, wieso ich nicht wiederkommen kann. Dann ist es für uns alle vielleicht leichter zu verstehen.

»Bock auf Döner?«

Pascals gerötete Augen lassen mich wissen, dass es ihm vollkommen egal ist, wie viel Uhr wir haben.

»Zum Frühstück?«

»Döner geht immer. Ich hab halt Hunger.«

Ich winke ab und sehe mich erst mal um. In die Bahn zu steigen war einfach, dazwischen nicht wieder auszusteigen hingegen schon etwas schwerer.

»Das Viertel hat dich vermisst, Meister.«

Sinan schlägt mir auf die Schulter, aber ich spüre es nicht mal richtig. Mein Blick wandert die unendlich wirkende Fassade der Hochhäuser vor uns hinauf. Von hier unten sieht es aus, als würden die aufeinandergestapelten Stockwerke mit Wohnungen kein Ende nehmen. Immer höher und höher, bis ich den Kopf in den Nacken legen muss und glaube, der letzte Stock streift den Himmel. Wie oft haben wir da oben gestanden, unsere Probleme unten gelassen, um darüber zu lachen, wie winzig von dort oben aus alles ist. Die Menschen, die Autos, die Sorgen, der Rest der Welt.

Tommi tritt mir leicht gegen den Fuß.

»Sollen wir irgendwohin?«

Vor den anderen will er noch immer der Anführer sein, niemand weiß von unseren Gesprächen und dem, was er mir heute in der Raucherecke erzählt hat. Niemand außer Theo, aber das muss Tommi nun wieder nicht wissen.

Hier fällt es mir schwerer, an Marie und Theo zu denken. Ich kann sie mir nicht mal vorstellen. Und ich will es auch gar nicht. *Ist das nicht der Grund, wieso ich wirklich hier bin?*

»Erde an Samuel!«

»Hm?«

»Was willst du machen?«

Ich sollte gehen. *Jetzt.* Bevor sich das Viertel, der kleine Discounter neben der Wäscherei und dem Kiosk wieder wie zu Hause anfühlen. Bevor ich merke, wie sehr ich all das hier vermisst habe und wie sehr ich noch immer hierhergehöre, eben weil sie mir meinen Platz freigehalten haben. In der festen Überzeugung, ich würde wiederkommen. Weil sie mich besser kennen, als ich zugeben will.

»Hat jemand von euch den Schlüssel zum Dach?«

Oli klopft auf seine Hosentasche und nickt.

»Mein Vater ist jetzt der Hausmeister, nachdem Herr Lehmann in Rente gegangen ist. Hast du alles verpasst, Mann.«

»Bist du sicher?« Tommi mustert mich, gibt mir die Chance, meine Meinung zu ändern und einen U-Turn zu machen.

»Wolltest *du* nicht, dass ich wieder hier aufschlage und Zeit mit euch verbringe?«

»Ich wollte das schon, aber bei dir klang es vorhin, als willst du was ganz anderes.«

Da habe ich ja auch noch auf meine Vernunft gehört und nicht auf mein Bauchgefühl.

»Wohin soll es für dich gehen, Samuel?« Tommi deutet auf das Hochhaus zu unserer rechten. »Hoch hinaus? Oder …«, er deutet auf die U-Bahn-Station zu unserer linken, »… zurück in die brave Welt?«

Dafür müsste ich erst mal wissen, wohin ich gehöre. Und weil wir Menschen eben Gewohnheitstiere sind, entscheide ich mich für das, was ich kenne.

»Einmal Penthouse, bitte.«

- 27 -

Theo

Sie zieht die Decke bis zu meinen Schultern und fährt mir dann kurz durch die Haare, während ich an die Wand mit den Filmpostern starre. Ich habe Filme geliebt. Und Musik. Aber jetzt sind das alles nur Türen zu einer bestimmten Erinnerung, die ich verriegelt habe.

»Ich mache dir einen Tee.« Marie spricht leise, als wäre ich ein Kleinkind.

»Ich will nichts.«

»Dann lass es als Requisit neben deinem Bett stehen, falls Mama fragt.«

Mama.

»Dir ist schlecht geworden, wir sind heimgefahren, du brauchst Ruhe und fertig. Alles andere übernehme ich.«

Ich nicke apathisch, weil ich es Marie so gern erklären würde. Sie hat alles stehen und liegen gelassen, um mich ein weiteres Mal aus dem ganzen Chaos zu fischen. Ich wünschte so sehr, den Mut und die Worte zu finden, um ihr – und dem Rest der Welt – zu erklären, warum ich nicht einfach weitermachen kann. Warum ich Angst habe, dass es vielleicht *nie wieder* weitergeht.

»Kann ich dich alleine lassen?«

Den Blick noch immer auf das Poster gerichtet, nicke ich und spüre, wie sie von meinem Bett klettert und in Richtung Tür geht.

»Es war nicht seine Schuld.« Marie bleibt stehen und ich rolle mich auf die andere Seite, sehe sie an und warte auf eine Reaktion. »*Ich* wollte Schuhe kaufen gehen.«

»Klar.«

»Und ich hatte keine Lust auf Physik.«

»Schon wieder?«

»Das Jahr ist doch eh gelaufen.«

Sie will etwas entgegnen, entscheidet sich dann aber dagegen, weil sie genau weiß, ich habe das in tausend Varianten alles schon gehört. Wie schwarz meine Zukunft aussehen wird, wenn ich mich nicht zusammenreiße. Alle Lehrer drücken zwar hier und da ein Auge zu, weil ich das arme Opfer bin und sie nett zu mir sein wollen. Aber ich weiß, wenn ich noch ein paar Schulstunden versteckt auf der Toilette verbringe, dann hat das ganze Lehrerkollegium nicht so viele Augen, wie man zudrücken müsste.

»Ich wollte nur ein bisschen an die frische Luft.«

»Und Samuel war zufällig da?«

»Wir haben uns vollkommen zufällig getroffen und wir wollten beide …«

Sie verschränkt die Arme vor der Brust und lehnt sich gegen den Türrahmen, erwartet wohl meine Geschichte, die alles erklärt.

Ich setze mich langsam auf, ziehe die Knie an den Körper und schlinge die Arme darum.

»Weißt du, wie es sich anfühlt, endlich jemanden zu haben, mit dem ich reden kann?« Meine Formulierung trifft sie und ich schüttele schnell den Kopf. »Außer dir, meine ich. Einen Freund.«

Freunde sind in meinem Leben Mangelware geworden, und das ist nicht ausschließlich die Schuld der anderen. Es fällt mir schwer, Menschen zu vertrauen, sie nah genug an mich ranzulassen. Keine Ahnung, wieso es sich jetzt bei Samuel anders anfühlt.

»Und du glaubst, Samuel ist dein Freund?«

»Nein. Aber er kommt dem zumindest nahe.«

»Wieso denn ausgerechnet Samuel?«

»Weil ich bei ihm das Gefühl habe, ich könnte wieder *ich* sein.«

Dagegen kann sie nichts sagen, weil das ein Gefühl ist, dass man nicht kaufen oder irgendwo leihen kann. Menschen, in deren Nähe man sich wohlfühlt, das ist ein Luxusgut, und das weiß Marie nur zu gut.

»Okay.« Sie stößt sich vom Türrahmen ab und macht wieder ein paar Schritte in mein Zimmer. »Wir bleiben trotzdem bei der Magenverstimmungsnummer.«

»Natürlich.«

»Und Samuel verschweigen wir erst mal.«

»Aber was ist mit eurem Referat?«

Sie beißt sich auf die Unterlippe, vermutlich hat sie vergessen, dass wir Samuel gar nicht mehr so einfach verschweigen können.

»Das verschieben wir.«

»Sicher?«

»Wenn du Physik schwänzen kannst, kann ich mich ja wohl aus einem Referat rausmogeln.« Sie zwinkert mir aufmunternd zu. »Ruh dich ein bisschen aus. Und wenn du darüber reden willst …«

Noch immer habe ich ihr nicht erzählt, was genau passiert ist. Weder damals noch heute. Die Worte laut auszusprechen würde das real machen, was jetzt nur körperlose Dämonen in meinem Kopf sind.

»… ich bin da.«

Ich warte, bis sie die Tür hinter sich zuzieht und strecke mich wieder auf meinem Bett aus.

Alles nur wegen Kopfhörern und Musik. Alles nur, weil ich es nicht abschütteln kann. Alles nur, weil mein Kopf nicht vergessen kann.

Ich sehe auf meinen Daumen und den lächelnden Smiley.

- 28 -

Marie

Eigentlich sollte ich jetzt in Französisch sitzen und über »Madame Bovary« diskutieren. Stattdessen mache ich Tee, den niemand trinken wird, und muss warten, bis Mama nach Hause kommt, bevor ich vielleicht für die letzten zwei Stunden noch mal in die Schule jogge. Mein ganzes Zeug habe ich dort gelassen, als ich fluchtartig losgehetzt bin, nachdem Samuel mich angerufen hat.

Kopfschüttelnd tunke ich den Teebeutel in das heiße Wasser und sehe dabei zu, wie sich das klare Wasser in der Tasse langsam dunkler färbt.

Wenn ich den Lehrern erkläre, dass ich Theo nach Hause begleiten musste, werden sie es wohl zähneknirschend hinnehmen, aber begeistert ist niemand mehr, wenn ich Theo noch immer als Ausrede für meine Fehlzeiten nenne. Herr Kaleschke hat mir sehr deutlich gesagt, dass er ausgesprochenes Verständnis für meine »familiäre Situation« habe, dieses aber so langsam erschöpft sei und er wieder die üblichen guten Noten von mir erwartet. Ich war immer eine gute Schülerin, keine Überfliegerin, aber auch niemand, um den man sich Sorgen machen musste. Im guten Mittelfeld hatte ich es mir bequem gemacht und mich dort wohlgefühlt. Jetzt sieht das ein bisschen anders aus, dabei sollte das letzte Schuljahr meines Lebens eigentlich mein bestes werden.

Ich hatte so viele Pläne. Partys mit meinen Freunden, Infos für ein Jahr *Work-and-Travel* raussuchen, den Sommer mit Grillgut und kühlen Getränken im Schlossgarten verbringen, *mich verlieben …*

Ich fische den Teebeutel heraus und werfe ihn in die kleine gelbe Keramikschüssel neben der Spüle, in der Mama den Bio-Müll sammelt, als mein Handy in der Gesäßtasche vibriert.

Es tut mir leid. Hoffe, Theo geht es besser. Wenn du reden willst …

Samuel.

Fast muss ich lächeln.

Dann öffnet sich die Haustür und ich höre meine Mutter im Flur. Schnell nehme ich wieder Haltung an, denn die Geschichte muss sitzen.

»Marie …?«

Mit Einkaufstüten bepackt taucht sie im Türrahmen auf und sieht mich erstaunt an, dann wandert ihr Blick weiter zur Uhr an der Wand hinter mir.

»Musst du nicht der Schule sein?«

Ich nicke. »Doch, aber Theo …«

Weiter komme ich nicht, denn ihr rutscht die linke Tasche aus dem Arm und die Einkäufe verteilen sich über den Boden. Tomaten, ein Gläschen Kapern, eine Dose Mais, die Salatsoße, die Papa so gerne mag …

»Was ist mit ihm?«

Wie schnell ihre Stimmung kippen kann, wenn ich den

Namen ihres Sohnes erwähne, erschreckt mich an manchen Tagen noch immer. Theos Zustand ist mit ihrem unweigerlich verbunden, als könne sie nur dann glücklich sein, wenn er es auch ist, und als würde sie seinen Schmerz spüren, wann immer es ihm mies geht.

»Durchfall.«

»Durchfall?«

Ich nicke. »Jap. Also habe ich ihn heimgebracht.« Ich ziehe die Quittung der Taxifahrt aus der Hosentasche und lege sie wie ein Beweisstück auf die Anrichte. »Mit dem Roller hätte er es wohl nicht geschafft.«

Dann gehe ich vor ihr in die Hocke und sammele die Einkäufe ein, die sie noch immer ignoriert und stattdessen auf die Quittung über 17 Euro schaut.

»Hat er das Abendessen gestern nicht vertragen?«

Es fällt mir leichter, sie anzulügen, wenn ich ihr dabei nicht direkt ins Gesicht sehen muss, also lasse ich mir beim Aufsammeln der Lebensmittel etwas mehr Zeit als nötig. Es darf nicht zu schnell und damit zu auswendig gelernt rüberkommen.

»Vielleicht ist es ja auch der Stress, wegen der ganzen Prüfungen.«

Sie nickt nachdenklich.

»Möglich. Der Junge hat ja gerade wirklich viel um die Ohren.«

Ja, hat er. Ich übrigens auch. Ich mache dieses Jahr meinen Abschluss und werde dann so weit weggehen wie nötig, um das alles hinter mir lassen zu können. Dabei werde ich mir wie eine Verräterin vorkommen, aber wenn ich es nicht tue, gehe ich endgültig kaputt.

Mit einem Lächeln und einer vollen Einkaufstasche tauche ich wieder neben ihr auf.

»Ich habe ihm einen Magentee gemacht.«

Mama legt den Arm um mich und küsst meine Wange.

»Du bist wirklich ein Schatz, Marie.« Sie streicht mir eine Haarsträhne aus dem Gesicht. »Willst du zurück in die Schule oder lieber daheimbleiben?«

Kurz spiele ich mit dem Gedanken, einfach zu bleiben, weil mir die Vorstellung, jetzt in den Unterricht zurückkehren zu müssen, Bauchschmerzen verursacht.

»Ich gehe wieder los, in Erdkunde muss ich mit einem Schüler noch was besprechen.«

»Samuel.«

Sie hat sich den Namen gemerkt, und sofort muss ich lächeln.

»Mit Samuel, ja.«

Sie nickt wissend.

Vielleicht checkt meine Mutter ja doch ab und an, was in meinem Kopf und Leben vorgeht.

»Gut. Dann übernehme ich das mit Theo.«

Mama zwinkert mir verschwörerisch zu, als wären wir Komplizen in dieser kleinen Geschichte und nicht Krankenschwestern beim Schichtwechsel. Ich lasse sie in dem Glauben, küsse sie schnell und gehe in Richtung Flur. Es tut mir leid, meine Mutter immer wieder belügen zu müssen. Das leise Ticken in meinem Kopf wird dabei täglich etwas lauter. Irgendwann wird alles aus mir rausplatzen. Sich schön überall verteilen und richtig viel Dreck hinterlassen.

»Mama …?«

Ich drehe mich noch mal zu ihr um und sehe, wie sie meinen frisch zubereiteten Tee für Theo in die Spüle kippt und eine andere Sorte aus dem Teekästchen fischt.

»Ja, mein Schatz?« Sie lächelt und wartet. Mein Tee war also der falsche.

»Nichts. Pass auf Theo auf.«

Dann bin ich weg.

- 29 -
Samuel

Hier oben ist man den Wolken näher als den Sorgen unten. Das habe ich immer geliebt und tue es noch. Meine Arme habe ich auf die Brüstung vor mir gelegt, den Blick in die Ferne gerichtet, alle Gedanken im engen Fahrstuhl zurückgelassen. Als wir am elften Stock vorbeigekommen sind, habe ich kurz mit dem Gedanken gespielt, zu schauen, ob mein Vater daheim ist.

»Willkommen zu Hause.«

Tommi lehnt sich neben mich, während Oli und Pascal Gartenstühle auf dem Dach hinter uns aufstellen, in denen wir im Sommer ohne Shirt gelegen haben und uns die Sonne auf die Haut scheinen ließen. Nur fehlt jetzt der Sommer.

»Was hat deine Meinung geändert?«

Er reicht mir eine Zigarette, die anders als bei den übrigen Jungs nicht süßlich duftet.

»Mit dem Rauchen habe ich aufgehört.«

»Ja, ja, ich erzähle es schon nicht rum.«

Trotzdem winke ich ab, aber Tommi legt sie einfach nur neben uns auf die Mauer, wo sie weiterbrennt und ich sie jederzeit nehmen kann.

»Hast uns also doch vermisst, ja?«

Er wird mich nicht davonkommen lassen. Schnell werfe ich einen Blick zurück zu Pascal und den anderen, die ihre selbst gebastelte Tüte rumgehen lassen und sich über ein Mädchen unterhalten, das ich nicht kenne und von dem ich nicht weiß, wessen On-Off-Freundin sie gerade ist.

»Wirst du dein ganzes Leben lang mit diesen Chaoten rumhängen?«

Ich deute auf Oli, der vor Lachen fast vom Stuhl fällt und Sinan dabei mit sich zu Boden reißt. Tommi schüttelt den Kopf, als kenne er sie kaum.

»Sinan wird die Fahrschule von seinem Vater übernehmen, Oli macht nach der Ausbildung die Biege und Pascal wird sich das Gehirn irgendwann wegkiffen. Und dann sind nur noch wir beide da.« Er grinst schief zu mir rüber. »Bis du auch weggehst und die Welt eroberst.«

»Und wenn ich doch bleibe?«

Aus reiner Gewohnheit greife ich schließlich doch nach der Zigarette, bevor sie nur noch ein Stummel mit einem Aschekörper ist, und nehme einen tiefen Zug, was Tommi zufrieden beobachtet.

»Dann suchen wir uns eine Bude und gründen eine WG.«

»Und die Miete zahlen wir mit …?«

Er zieht vielsagend eine Augenbraue nach oben, aber ich schüttele den Kopf und werfe die Kippe vom Dach.

»Vergiss es. So eine Scheiße ziehe ich nicht mehr ab.«

»Sie müssen uns ja nicht wieder erwischen.«

»*Uns* haben sie gar nicht erwischt.«

Er hebt die Arme und nickt entschuldigend.

»Okay, okay. Ich checke es. Das wirst du mir nie verzeihen.«

Wir sehen wieder zu unseren Freunden, der Wahl-Familie, bei der wir uns besser aufgehoben und verstanden gefühlt haben als bei unseren richtigen Familien.

»Wir können ja ganz ehrenhafte Typen werden. Wir machen eine Ausbildung. So ein richtig stabiles Leben.«

»Dafür brauchst du erst mal einen Schulabschluss.«

Ich kann sehen, dass ihn meine ganzen Einwände nerven, und ich weiß auch genau, warum. Sicher, es ist cool, von hier oben auf all die Menschen zu blicken und sich überlegen zu fühlen, aber die Wahrheit ist, dass es eben nicht immer so bleiben wird und wir irgendwann wieder runter müssen. Und das weiß er genauso gut wie ich.

»Dann mache ich halt den Hausmeister hier. Olis Vater geht ja irgendwann in Rente.«

»Und dann hängst du alleine hier oben rum?«

»Wieso nicht? Ist ruhig. Und man hört nicht das ganze negative Gequatsche.«

Dabei sieht er mich hart an und ich spüre, wie meine Muskeln sich anspannen. *Was mache ich hier eigentlich?* Ich sollte in der Schule sein und mich nicht wieder aus der Spur bringen lassen.

»Vielleicht war das doch eine dumme Idee.«

Der Nikotingeschmack hängt noch auf meiner Zunge, und meine Lungen zeigen sich auch nicht begeistert, dass ich mir diesen Zug gegönnt habe. Ich stoße mich von der Mauer ab und will losgehen, als Tommi nach meinem Arm greift.

»Weil wir nicht mehr gut genug für dich sind?«

»Quatsch.«

»Weil du jetzt dein Leben in den Griff kriegen wirst, ja?«

»Zumindest kann ich es ja mal versuchen.«

»Weil neun Monate Knast dich komplett verändert haben!«

Der Vorwurf ist so laut zwischen seinen Worten zu hören, dass selbst die anderen ihre Unterhaltung unterbrechen und zu uns schauen.

»Du warst ja nicht dabei. Du weißt nicht, was da drinnen gelaufen ist.«

»Versteh mich nicht falsch, ich will nicht mit dir tauschen, aber du bist immer noch du. Und daran kann man nichts ändern.«

Ich hasse es, dass er meine Zweifel so genau kennt und zielsicher darin herumstochert.

»Und wenn doch?« Es klingt trotzig, und das soll es auch. Diese Herausforderung will ich annehmen, und ich hasse es, dass ausgerechnet er an mir zweifelt.

»Ich habe mich an deiner feinen Schule mal umgeschaut, Samuel.«

Sein Lächeln wird kühler, der Blick ernst, und ich weiß, dass Tommi sauer ist. Auf mich und alles, was uns jetzt trennt, wo wir früher doch so eng verbunden waren.

»Lauter schlaue Kids, deren Familien total normal sind und deren Leben so langweilig ist, dass jedes gescriptete Scheißformat bei *RTL2* mehr Spannung hat.«

Er kennt keinen der Schüler dort. Weder Theo, der jeden Tag an dieser *feinen* Schule durch die Hölle marschiert, noch Andi, der es sich zum Ziel gemacht hat, schwächere Schüler zu terrorisieren. Und Marie kennt er erst recht nicht.

»Glaubst du echt, dort kannst du Freunde wie uns finden?«

Ich suche gar keine Freunde.

»Glaubst du, die checken dich so, wie ich dich checke?«

Sicher nicht.

Tommi sieht mich durchdringend an, erwartet eine Antwort, aber ich kann nur stumm den Kopf schütteln. Möglich, dass mich niemand jemals so verstehen wird wie Tommi, aber vielleicht eben anders. Es kommt auf einen Versuch an.

»Für die sind wir wie Affen im Zoo, Mann.«

Nicht für Marie.

»Und wenn die rauskriegen, was du abgezogen hast? Was dann?«

»Die kriegen das nicht raus.« Aber so überzeugend, wie ich es klingen lassen wollte, gelingt es mir nicht, und Tommi weiß, dass er gewonnen hat.

»Okay, pass auf.« Er rückt näher an mich ran, spricht leiser und weniger wütend weiter. »Wir halten dir den Rücken frei, egal, was passiert.« Gönnerhaft legt er eine Hand auf meine Schulter und zieht mich etwas an sich heran. »Wenn du diese Schulnummer machen willst, fein, aber vergiss nicht, wo du herkommst.«

Er deutet mit ausgebreitetem Arm über unser Viertel, das uns artig zu Füßen liegt und wo sich an jeder Ecke eine Erinnerung versteckt, weil wir unser gesamtes Leben hier verbracht haben. Alle Abenteuer haben sich hier abgespielt. Der erste Kuss, die erste Schlägerei, der erste Ärger, die ersten Erfolge.

»Und ich halte dir hier oben immer einen Platz frei.«

Das könnte ein Versprechen oder eine Drohung sein.

- 30 -
Marie

Zumindest habe ich Mama nicht angelogen, ich bin zur Schule gegangen, habe meine Sachen, Samuels Jutetasche und den Roller geschnappt und bin wieder weg, bevor mich jemand sehen konnte. Da ich mein Grundwissen zum Thema *Blaumachen* erst mal wieder ein bisschen auffrischen musste, bin ich etwas einfallslos in die Stadt gefahren und sitze jetzt auf der Treppe am Kleinen Schlossplatz. Zu Hause wäre es ohnehin zu eng geworden und Mamas Sorge um Theo hätte mir jeden Sauerstoff abgeschnürt.

Jetzt atme ich tief ein und genieße die kurzfristige Freiheit, weit weg von dem Chaos daheim. Wer hätte gedacht, dass eine Flucht sich wirklich so gut anfühlt? Ich spiele mit dem Handy in meiner Hand und öffne *Instagram*, weil ich dort zumindest ein bisschen erfahre, was meine Klassenkameraden gerade machen, und sich das schlechte Gewissen damit beruhigen lässt. Obwohl Handys im Unterricht verboten sind, hält sich so gut wie niemand daran, und in den *Stories* meiner Mitschüler sehe ich kurze Ausschnitte ihres Schultages. Pausenhofbeschäftigungen, Knutschattacken, Hausaufgaben, die noch schnell abgeschrieben werden, und plötzlich bin ich auf einem

Hochhaus über der Stadt und bemerke, dass ich in Samuels Story gelandet bin. Er ist also auch nicht zurück in die Schule gegangen.

Der Ausblick ist wirklich beeindruckend, und ich spüre ein Lächeln auf den Lippen, als in der nächsten Sequenz die Frontkamera eingeschaltet wird und ich sein Gesicht erkenne. Er hat die Augen geschlossen und sich in den Wind gedreht. Im Hintergrund hört man Gejubel von irgendwelchen Jungs, aber ich konzentriere mich voll auf Samuel, wie er ganz friedlich dasteht und mutig dem Wind trotzt. Zu abrupt endet die Story und ich schaue sie mir direkt noch mal an.

Und noch mal.

Der Wind bringt seine Haare ordentlich durcheinander, das Lächeln ist entspannt, aber auch weit weg, mit den geschlossenen Augen wirkt er so viel jünger. Zu gerne wüsste ich, woran er wohl gedacht hat.

Wo treibst du dich denn rum?

Ich schreibe ihn an, damit er weiß, dass ich an ihn denke. Und so schnell, wie er antwortet, denkt er wohl auch an mich.

Ich besuche Freunde. Wie geht es Theo?

Selbst in den Gesprächen mit Samuel hat sich mein Bruder inzwischen einen Stammplatz erspielt.

Besser.

Zumindest ist er jetzt sicher in seinem Zimmer, dort, wo er sich am wohlsten fühlt und wohin er sich immer zurückzieht, wenn er nicht mehr weiterweiß.

Und dir?

Er fragt trotzdem auch nach mir. Ich öffne die Kamerafunktion meines Handys und schicke ihm einen Schnappschuss von meiner Aussicht, auch wenn seine um einiges beeindruckender ist.

Du bist nicht in der Schule?

Ich kann die Überraschung darüber in seinen Zeilen so deutlich hören, als wäre es eine Sprachnachricht.

Nope.

Er schreibt und schreibt und schreibt, aber er antwortet nicht. Ich warte, aber offenbar kann er sich nicht zu einer passenden Reaktion durchringen, und ich lasse das Handy wieder in meiner Jackentasche verschwinden, betrachte stattdessen das erstaunlich bunte Treiben im Herzen meiner Stadt. Beobachte Mütter, die gehetzt ihre noch nicht schulpflichtigen Kinder an der Hand zum nächsten Kinderarzttermin oder einem Treffen mit anderen Müttern zerren, dazwischen ein paar coole Kids, die wie ich die Schule schwänzen, und einige Herren im Anzug, die wichtig und mit Headset im Ohr irgendwelche millionenschweren Geschäfte abwickeln. So zumindest stelle ich es mir vor, und es tut gut, mich in ihre fremden Geschichten zu träumen, weil sie so anders sind als meine, an der ich mich sattgelebt habe. Und dann nehme ich mir vor, solche Ausflüge jetzt einfach fest in meinen Alltag einzuplanen. Nicht zwingend während der Schulzeit, aber eben danach, sobald Theo heil daheim abgesetzt ist.

Mein Herz vibriert bei der Vorstellung.

Okay, es ist vielleicht auch nur mein Handy.

Lust auf ein Frühstück?

Es mag dich überraschen, aber ich hatte schon Frühstück.

Ich garniere meine Antwort mit einem zungerausstreckenden Smiley.

Dann vielleicht ein zweites Frühstück? In Mittelerde hat das ja bekanntlich Tradition.

Tatsächlich habe ich mir heute Morgen nur einen Toast mit Erdnussbutter gegönnt, bevor wir auch schon abdüsen mussten, weil Theo morgens gerne trödelt.

Wenn das so ist, sehr gerne, Frodo.

Jetzt ist er es, der den Smiley als Antwort schickt.

Wie wäre es im *Café Holzapfel*? Kennst du das?

Logo.

Es wundert mich nur, dass er es kennt, weil ich mir Samuel irgendwie nicht in diesem Café mit stilvoller Vintage-Einrichtung, Pflanzendekor, Kunst an den Wänden und veganem Kuchen in der Vitrine vorstellen kann. Und noch während ich es denke, merke ich, wie falsch das ist. Wie sehr ich inzwischen Menschen binnen Sekunden in Schubladen einsortiere, weil ich schnell entscheiden muss, ob ich besagte Person an mich – an uns – heranlasse und ihr traue, oder nicht. Fast so, als würde ich zum Türsteher meines eigenen Lebens werden, der sich von Theos Paranoia hat anstecken lassen und niemandem mehr traut.

Bin unterwegs. Gib mir fünfzehn Minuten.

Ich werde da sein.

Weil ich nur knapp fünf Gehminuten vom dem Café entfernt bin, lasse ich mir Zeit und schicke Theo noch schnell eine Nachricht, in der ich nach seinem aktuellen Zustand frage, und ein Joa, ganz gut zurückbekomme. Bewusst entscheide ich mich dagegen, ihn darüber zu informieren, dass ich a) nicht in der Schule und b) auf dem Weg zu einem Treffen mit Samuel bin.

Sonst müsste er für mich bei Mama lügen, und das möchte ich ihm gerne ersparen. Lügen fressen einen über kurz oder lang von innen auf, und zwar, bis nicht mehr viel übrig ist, das weiß ich. Das Schlimme ist, dass es mir inzwischen so leichtfällt, die einstudierten Lügen abzuspulen, dass sie sich an manchen Tagen sogar fast wie die Wahrheit anfühlen.

Um zum Holzapfel zu kommen, wähle ich den Weg direkt über die Calwerstraße, die kleine, wenn auch feine Parallelstraße zur bekannten Königstraße, auf der sich schicke Läden aneinanderreihen, wo mich aber weniger andere Schulschwänzer sichten können. Auch wenn ich mich gerade ausgesprochen mutig fühle, will ich doch nicht erwischt werden. Umso erleichterter bin ich, als ich das Café schließlich betrete und mir einen Platz weiter hinten, weg von den Fenstern, aussuche und mich für einen Kaffee entscheide. Und nach knapp zwölf Minuten einen weiteren bestelle.

- 31 -
Samuel

Über ihr an der Decke hängen Pflanzen, die ihre Blätter und Äste nach unten recken, als würden sie auf ein Highfive von mir warten. Ihre Jacke liegt über dem Stuhl und das Handy vor ihr auf dem Holztisch, aber sie ignoriert es gänzlich, hält eine Tasse mit Kaffee in den Händen und sieht einfach über den Tassenrand ins Nichts. Kurz fahre ich mir durch die Haare und streiche meinen Pullover glatt, bevor ich auf sie zugehe und sie mich bemerkt.

»Hallo.«

Es ist ihr Lächeln, das ich so vermisst habe. Schon früher in meinem Leben habe ich mich danach gesehnt, zu einer Zeit, als ich es noch nicht mal kannte, das wird mir gerade klar. Es ist offen, vorurteilslos und herzlich. Genau das ist es, wovon ich immer geträumt habe. Aber es wird noch besser.

Marie stellt die Tasse ab, steht auf und begrüßt mich zusätzlich mit einer festen Umarmung, die ich erwidere und genieße. Nur zögernd und fast etwas widerwillig lösen wir uns voneinander, und ich ziehe den Stuhl ihr gegenüber zurecht, als mir eine zweite Tasse Kaffee auffällt. Als sie meinen verwirrten Blick bemerkt, deutet sie feierlich darauf und strahlt mich an.

»Die ist für dich.«

»Für mich?«

»Schwarz und mit Zucker. So, wie du ihn magst. Und bevor du fragst, ja, das habe ich mir gemerkt.«

Reichlich verdutzt lasse ich mich auf den Stuhl sinken und drehe die Tasse weiter in meine Richtung.

»Ich habe dir doch gar nicht gesagt, wie ich meinen Kaffee trinke.«

Sie lächelt verschwörerisch und nimmt erst mal einen Schluck Kaffee, bevor sie nonchalant die Schultern zuckt.

»Aber ich bin eine gute Beobachterin.«

Mir fallen die Plastikbecher und der schlechte Kaffee wieder ein, und zu gerne würde ich ihr sagen, wie sehr es mich freut, dass ihr Details an mir auffallen, weil sie genau hinschaut.

»Danke. Ich hoffe, er schmeckt besser als der aus dem Automaten.«

Sie lacht kurz und nickt. »Spoiler: Das tut er!«

Und dann nehme ich vorsichtig einen Schluck, weil ich nicht weiß, was ich sagen oder fragen soll. Oder ob ich überhaupt fragen darf, was ich wissen will. Doch mit Marie ist selbst Schweigen toll, weil die Stille zwischen uns nicht leer ist. Sie tut nicht weh, so wie die Stille der letzten Wochen und Monate, in denen einfach niemand geantwortet hat. Diese Stille hier ist angenehm warm.

»Wo warst du denn vorhin? Das sah echt toll aus.«

Sie meint das Dach, und ich muss an die Jungs denken, die ich da oben zurückgelassen habe, als ich mich mit der dümmsten Ausrede ever rausgequatscht habe.

»Ich habe ein paar Freunde besucht.«

»Statt in die Schule zu gehen …«

Es klingt nicht wie ein Vorwurf, nur wie eine versteckte Frage, auf die ich keine Antwort habe.

»Ja, ich dachte, es hat keinen Sinn, zurück zur Schule zu gehen.«

»Wieso?«

»Ohne dich hätte ich mich doch ohnehin nur verlaufen.«

Es ist die charmanteste Ausrede, die mir einfällt, und doch ein bisschen die Wahrheit. Sie lässt es mir durchgehen, entscheidet sich, das Kompliment anzunehmen.

»Und was machst du in der Stadt? Ich hielt dich nicht gerade für eine professionelle Schulschwänzerin.«

Sie legt die Stirn kurz in Falten, bevor sie ein bisschen genervt ausatmet.

»Niemand hält mich dafür. Ich bin für alle die brave Schülerin, oder nicht?«

»So war das nicht gemeint.«

»Schon okay. Ich habe mich daran gewöhnt, dass man mich für etwas hält, das ich nicht bin.«

»Zum Beispiel?«

»Theos besorgte Schwester, fleißige Schülerin, guterzogene Tochter, die keinen Ärger macht …«

Marie sieht mit einem Mal sehr müde aus, und ich greife, ohne darüber nachzudenken, über den Tisch nach ihrer Hand.

»Falls es dich interessiert, ich halte dich für viel mehr.«

Sie zieht ihre Hand nicht weg, meine Berührung scheint ihr nicht unangenehm und auch ihr zartes Lächeln kehrt zurück.

»Für was denn?«

»Ich halte dich für sehr witzig, clever, liebevoll und tough.«

Und das sind nur die Worte, die ich mich auszusprechen traue, denn da ist noch mehr. Angefangen bei wunderschön, bezaubernd, intelligent, charismatisch …

»Das sagst du nur, weil ich dich zum Kaffee einlade.«

»Natürlich. Ich habe nur für den Kaffee die anderen stehen lassen und bin extra von Freiberg hierhergekommen.

»Freiberg?«

Fuck.

»Da wohnen meine Kumpels.«

Auch wenn mein ehemaliges Viertel schon lange nicht mehr den hässlichen Ruf von früher genießt, so weiß ich doch genau, dass Freiberg nicht gerade ein In-Viertel ist, wo es die Leute hinzieht. Mit dem hippen Style von Stuttgart-Süd oder -West kann es nicht mithalten und seine versteckte Schönheit sieht man aus der Ferne eben nicht.

»Ich war noch nie in Freiberg.«

Das überrascht mich kein bisschen. An den Stadtrand gedrückt, weit weg von den coolen Locations und Cafés wie diesem, ist es nicht gerade für seine Attraktionen bekannt. Nur sehr selten verirren sich Viertelfremde dahin. Wir waren eine kleine, große Familie, die eng zusammenhält. Man grüßt sich, egal zu welcher Tages- und Nachtzeit, man kennt die Kinder, die auf den Spielplätzen spielen, kennt ihre Eltern oder älteren Geschwister. Und wenn jemand Neues dazukommt, ist da immer dieses Grundmisstrauen, ob man will oder nicht.

»Ich bin dort aufgewachsen.«

Es rutscht mir nur so raus, weil der Kaffee warm ist und ihre Hand unter meiner sich so gut anfühlt.

»Und wie war es?«

»Ganz cool. Bis meine Eltern sich getrennt haben.«

Hör auf zu labern, Nowak! Ich kann Tommis Stimme in meinem Kopf so deutlich hören, als würde er am Nebentisch sitzen und uns belauschen. Aber Tommi ist noch immer auf dem Hochhausdach und redet sich seine Zukunft schön und die Probleme klein.

Außerdem hält er mir dort oben einen Platz frei. Nur für den Fall, dass ich wo anders nicht Fuß fasse.

»Bei wem hast du gewohnt?«

»Bei meinem Vater.«

Sie nickt, dreht ihre Hand unter meiner so, dass unsere Handflächen sich jetzt berühren und unsere Finger ganz automatisch so verrutschen, dass sie sich verhaken.

»Vermisst du deine Mama manchmal?«

»Ich wohne inzwischen bei ihr. Das mit Papa und mir ...«

Als wir vorhin mit dem Fahrstuhl am elften Stock vorbeigeschaukelt sind, da war er plötzlich ganz nah, und doch hat uns mehr getrennt als nur die Stahltür des Fahrstuhls.

»... das ging nicht mehr.«

Dabei trifft Papa keine Schuld, obwohl alle sie bei ihm suchen. Er hat mich nie geschlagen, nie beschimpft, nie misshandelt, er war nur einfach nie da, auch wenn der Kühlschrank immer gefüllt war. Gefehlt hat es mir an nichts, außer vielleicht an Gesprächen und einer Umarmung hier und da. Aber Jungs kommen auch ohne klar – das hat er immer gesagt. Da reicht ein Fistbump mit Kumpels oder die Abschiedsumarmung, nachdem man den ganzen Tag draußen verbracht hat. Kinder gehören an die frische Luft. Und weil Papa seine

Kindheit draußen verbracht hat, wurde von mir das Gleiche erwartet, das würde mir guttun, mich formen und mir zeigen, worauf es im Leben wirklich ankommt.

»Ob ihr noch Kontakt habt …?«

Offensichtlich wiederholt Marie diese Frage gerade für mich, weil ich sie beim ersten Mal, abgedriftet in meinen Gedanken, gar nicht gehört habe.

»Nicht mehr so viel.«

Was ich ihm nicht vorwerfe. Immerhin war ich so doof, mich erwischen zu lassen. *Das* wiederum wirft er *mir* vor.

»Und mit dir und deiner Mama läuft es okay?«

»Na ja. Ich glaube schon.«

Auch wenn sie wenig begeistert davon wäre, dass ich jetzt hier sitze und Kaffee trinke, statt in der Schule zu lernen und einen guten Abschluss zu machen, wie ich es versprochen habe. Aber was ist schon ein Tag? Morgen in der Schule wartet ja schon die nächste Chance auf Bildung.

»Du *glaubst* es nur?«

»Wir nähern uns irgendwie langsam an. Man kann sieben Jahre nicht einfach so bei einem Abendessen überbrücken.«

»Sieben Jahre?«

Ob ihr auffällt, dass sie bei dieser Frage meine Hand drückt?

»Wir haben uns natürlich gesehen. Zuerst jedes zweite Wochenende, aber irgendwann wurde mir das zu doof und ich wohl zu cool. Da hängt man nicht mehr bei Mama rum.«

Inzwischen kommt es mir wie verschenkte Zeit vor, die ich auch anders hätte nutzen können, als mit Tommi durch die Läden zu ziehen und uns zu fragen, was wir wohl als Nächstes klauen könnten.

»Wir lernen uns gerade erst wieder kennen. Manchmal habe ich den Eindruck, sie wartet auf einen Vorwurf meinerseits oder so. Weil ich früher immer was zu meckern hatte. Sie hat echt was mitgemacht mit mir.«

»Du warst wohl einer von der stressigen Sorte?«

»Das kannst du laut sagen. Wenn irgendwo Ärger abzuholen war, dann haben Tommi und ich sofort *Hier* geschrien.«

»*Tommi?*«

Oh Mann. Wieso rutscht mir hier einfach alles so raus?

»Sag mal, bist du *Wonder Woman* mit dem Lasso der Hestia?«

Sie versteht den Verweis sofort und reckt stolz das Kinn vor.

»Wieso, weil du bei mir die Wahrheit sagst?«

»Ganz genau.«

»Vielleicht willst du es mir ja auch einfach nur erzählen. Also: Wer ist Tommi?«

Der größte Chaot, den ich kenne, der Einzige, auf den ich mich bisher immer verlassen habe und der Typ, der mich so sehr hat hängen lassen.

»Mein bester Kumpel.«

»Verstehe. *Double Trouble.*«

Jetzt muss ich lachen, weil sie es perfekt beschreibt, ohne uns damals gekannt zu haben. Sofort fluten zahlreiche Erinnerungen meinen Kopf, wühlen damit verbundene Gefühle auf, und plötzlich fühle ich mich fast mies, weil ich ihn einfach so abgeschoben habe.

»Wir haben so viel Mist zusammen angestellt, das glaubt mir heute kein Mensch mehr. Wir sind irgendwie so was wie Brüder.«

»Damit kenne ich mich aus.«

Ihr Ausdruck wird etwas verträumter, sie wickelt eine Haarsträhne um ihren Finger.

»Theo und ich, wir haben unsere Eltern ganz schön auf Trab gehalten. Er war der frechste Kerl, den du dir vorstellen kannst.«

Es fällt mir ein bisschen schwer, den Theo aus ihren Erzählungen mit dem Jungen von vorhin zusammenzubringen, also nehme ich nur einen Schluck Kaffee und hoffe, dass sie mir mehr erzählt.

»Irgendwann hatte er beschlossen, wir sollten so was wie Skateboard-Twins werden, die mit ihren Videos Millionen auf *YouTube* machen.«

Wieso klingt ihr Lachen bei diesen Erinnerungen so viel gelöster, als alles, was ich bisher gehört habe? Ob auch sie ihr Leben in zwei unterschiedliche Kapitel aufteilt?

»Und wie lief eure neue Karriere?«

Sie zieht ihre Hand von meiner und schiebt den rechten Ärmel des Pullovers nach oben, hält mir stolz den Ellenbogen entgegen, an dem sich eine lange, aber feine Narbe entlangschlängelt.

»Eher so semi-erfolgreich.«

Selbst bei dieser Erinnerung lächelt sie noch immer, und ich fahre sanft über das Narbengewebe auf ihrer Haut, was ihr nichts ausmacht, und nicke anerkennend.

»Alles für die Klicks.«

»Wohl eher, alles für einen Sommer im Gips. Unsere *YouTube*-Karriere haben wir dann beendet.«

»Gibt es die Videos noch irgendwo?«

Sie nickt, aber es scheint ihr ein wenig peinlich, und sie zieht den Ärmel wieder in seine ursprüngliche Position, bevor sie ihre Hand wie selbstverständlich zurück auf meine legt.

»Theo hat sie sicher irgendwo auf seinem Rechner.«

»Fährt er noch Skateboard?«

»Würde er wohl, er hatte deutlich mehr Talent als ich, aber …« Und schon huscht sie wieder hinter die Schutzmauer und nimmt ihr Lächeln mit. Jetzt bekomme ich nur die gedimmte Marie-Version, die ich, bis zu diesem kurzen Strahlen eben, sogar für die echte hielt. »Jetzt ist er lieber für sich.«

Sie weiß, dass ich fragen will, und verhindert es mit einem kleinen Volley zurück in mein Spielfeld.

»Haben Tommi und du auch solche Aktionen gestartet?«

»So ähnliche, ja.«

»Und hast du irgendwelche Narben versteckt?«

»Du meinst außer dieser hier …«

Ich tippe mir kurz an die Lippen, wohin mir ihr Blick sofort folgt und ich dabei fast meine, ihn auf der Haut spüren zu können.

»Außer den offensichtlichen, ja.«

»Die ein oder andere. Aber die kann ich dir hier unmöglich zeigen.«

»Wieso?«

»Weil es mir eine Anzeige wegen Erregen öffentlichen Ärgernisses einbringen würde.«

Vielsagend zwinkere ich ihr zu und greife nach der Kaffeetasse.

»Vielleicht frage ich zu einem anderen Zeitpunkt noch mal nach.«

Es würde mich nicht mal wundern, wenn sie es wirklich so meint.

Diese Vorstellung alleine reicht, um mein Gedankenkarussell ordentlich anzuschubsen, zumindest bis Marie es mit ihrem nächsten Einwand abrupt ausbremst.

»Vielleicht solltest du deiner Mama ja mal eine kleine Freude machen?«

Sie wechselt das Thema zurück zu meiner Mutter, und ich bin froh und enttäuscht zugleich, nicht mehr an Marie und meine Narben denken zu müssen.

»Wie kommst du denn jetzt darauf?«

»Na ja, du hast gesagt, dass es mit dir nicht immer einfach war, und ich dachte, Blumen oder ein Abendessen, so was wäre doch eine nette Geste.«

Bei der Suche nach einer Erinnerung an die letzten Blumen, die ich meiner Mutter mitgebracht habe, stoße ich auf nichts als Leere. Irgendwann habe ich bestimmt mal einen Geburtstagsstrauß übergeben, aber nie einfach so, um ihr eine Freude zu machen.

»Klingt gut. Aber ich bin kein besonders guter Koch.«

»Ich glaube, darauf kommt es gar nicht an.«

Ihr ermutigendes Lächeln lässt mich tatsächlich kurz die wenigen Rezepte durchgehen, die ich schon mal ausprobiert habe, und ich beschließe, zumindest den Blumenpart nachher in Angriff zu nehmen.

»Vielleicht versuche ich es.«

»Mach das.«

»Und wie läuft es bei euch zu Hause? Seid ihr eine normale Familie mit normalen Problemen?«

Marie sieht überrascht von unseren Händen auf und trifft meinen Blick, dabei ist die Frage harmlos genug, um meine Neugier darauf, was mit Theo los ist, nicht zu offensichtlich zu erkennen zu geben.

»Würde sagen, das sind wir. Ziemlich normal und irre langweilig.«

Ich drücke kurz ihre Hand.

»Du bist eine miese Lügnerin, Sternenprinzessin.«

- 32 -

Theo

Mama schließt die Tür leise hinter sich und ich atme erleichtert auf. Natürlich meint sie es nur gut, aber diese Kontrollbesuche alle siebzehn Minuten machen mich wahnsinnig. Was soll sich in einer knappen Viertelstunde schon so Bahnbrechendes in meinem Leben verändert haben?

Der Tee steht unberührt neben meinem Bett, und ich sehe ihm dabei zu, wie er minütlich kälter und der Dampf aus der Tasse immer weniger wird.

Marie ist wieder in der Schule, und ich liege hier wie ein Vollidiot in meinem Bett, weil meine Brust zu eng für ausreichend Sauerstoff ist und ich das Gefühl nicht loswerde, dass mein kompletter Körper kurz davorsteht auseinanderzubrechen. An manchen Tagen, so wie heute, glaube ich, dass ich nur noch von meiner Haut zusammengehalten werde. Langsam strecke ich meine Hand aus und spreize meine Finger, bewege sie zögernd, aber alles sieht total normal aus. Dabei weiß ich genau, dass in mir etwas kaputt ist. Das weiß doch jeder, genau deswegen behandeln sie mich so, wie sie es tun.

Entweder mit Samthandschuhen, damit sie den Theo aus

Glas nicht gänzlich kaputt machen, oder, so wie Andi, mit offener Aggression, weil ein kaputter Typ wie ich sich niemals wehren würde.

Ich balle die Hand zur Faust und sehe den Sehnen auf meinem Handrücken dabei zu, wie sie zucken. Was, wenn ich diese Faust einfach nutzen würde? Nur ein Schlag, in den ich all die angestaute Wut und Enttäuschung packe und sie gegen jemanden wie Andi richte? Klar, er würde mich danach vermutlich windelweich dreschen, aber vielleicht würde ich mich dann besser fühlen?

Wem mache ich da was vor? Zu hartnäckig haben sich die Erinnerungen an meinen letzten Versuch, mich zu wehren, in meinem Gedächtnis eingenistet. Und doch pumpt mein Herz aufgeregt bei der rein hypothetischen Vorstellung, wie ich Andi die Nase breche.

Es ist die Angst, die mich eigentlich in Schach hält. Die Angst vor einer Wiederholung. Die Angst vor dem, was da draußen noch so auf mich lauern könnte. Die Angst vor der Dunkelheit und vor dem Morgen. Diese Angst, die nicht mehr weggeht und so übermächtig geworden ist, dass es gar keinen Sinn mehr ergibt, es überhaupt mit ihr aufnehmen zu wollen. Schädle will immer, dass ich die Panik auf einer Skala von eins bis zehn einordne, und ich bringe es nicht übers Herz, ihr zu sagen, dass die meistens bei zwölf liegt. Mithilfe von Atemübungen soll ich sie irgendwie auf vier runterdimmen, aber im einstelligen Bereich war ich seit Monaten nicht mehr.

Außer meiner Familie glaubt sowieso niemand so recht, dass ich wieder vollständig gesund werde. Wie auch? In der Schule bin ich zu einem wandelnden Freak geworden, einem, dem man ausweicht oder ein Bein stellt und abwartet, ob er wieder aufsteht. Es würde mich nicht mal wundern, wenn Wetten liefen, ob ich irgendwann liegen bleibe oder mich einfach auflöse.

Theo, ja, der ist mal hier zur Schule gegangen, aber der wurde eines Tages zu Kompost.

Ich setze mich auf und spüre sofort, wie mein Kopf erst etwas verzögert mitkommt, sich kurz dreht und schließlich doch auf meinen Schultern sitzen bleibt.

Soll es echt so laufen? Ich bin sechzehn, verdammt noch mal! Wieso bin ich nicht da draußen, quäle mich durch eine unfassbar öde Chemiestunde und lache dann mit meinen Kumpels in der Pause über alles Zeug, das eben lustig ist? Wieso verknalle ich mich nicht Hals über Kopf in ein hübsches Mädchen, in deren Nähe mir alles zu eng wird und ich am liebsten vor Glückshormonen platzen möchte?

Nein. Ich sitze hier in meinem Zimmer, meinen vier Sicherheitswänden, weil sie mich hier nicht holen können. Selbst, wenn sie wüssten, wo ich wohne, sie kämen niemals so weit.

Hier bin ich sicher.

Aber eben auch nur hier.

Setze ich einen Fuß durch diese Tür, sind da Mama und ihre Fragen.

»Wie geht es dir mein Schatz?«

Gut.

»Woran denkst du, mein Schatz?«

An nichts.

»Willst du reden?«

Nein.

»Willst du vielleicht etwas essen?«

Nein.

»Was möchtest du dann?«

Ich möchte, dass es aufhört.

Ich möchte einfach, dass es aufhört. Dass mir die Dunkelheit keine Angst mehr macht und ich nicht nur durch mein Leben schleiche wie ein Schatten, der den dazugehörigen Menschen verloren hat.

Dr. Schädle sagt, dass es normal ist, nach einem Psychotrauma erst mal in einer Art Starre zu verharren. Vermutlich könnte ich mir die Haare noch kürzer rasieren, mir einen neuen Namen zulegen und total durchdrehen, sie würde noch immer nachdenklich nicken und mir versichern, dass auch so was eine normale Reaktion auf das Erlebte sei. Weil es kein Patentrezept für den Umgang damit gibt und jeder Betroffene anders reagiert.

Ich will aber ein verdammtes Patentrezept! Ich will hören, was ich tun kann, um es vollständig zu vergessen oder zumindest die Angst im Griff zu behalten. Wie soll ich denn nur damit umgehen, wenn ich doch weiß, dass es mir und jedem anderen, der mir lieb ist, jederzeit passieren kann? Was, wenn sie das nächste Mal nicht mich, sondern Mama oder Marie erwischen? Was dann? Was, wenn sie nicht so viel Glück hätten wie ich?

Was, wenn sie mich *noch mal erwischen?*

Gerade dann, wenn ich alles wieder zusammengesetzt habe?

Ein Umzug, das klang für uns alle nach der besten Option, aber Marie so kurz vor dem Abschluss aus der Schule zu reißen, das wäre nicht fair gewesen. Und auch meine Eltern haben ein Leben, Jobs, Freunde … wie sollten sie das alles aufgeben, nur weil ich mich nicht zusammenreißen kann.

Reiß dich endlich zusammen, Theo!

Ich schlage mir kurz an die Schläfe, aber ich spüre nichts. Gar nichts. Schnell schlage ich mir erneut einige Male mit der flachen Hand ins Gesicht, aber auch wenn ich weiß, dass es wehtun sollte, spüre ich nichts, außer der mächtigen Wut, die von Minute zu Minute anwächst.

- 33 -

Marie

Wir laufen nicht besonders eilig durch den oberen Schlossgarten in Richtung des Opern- und Schauspielhauses am Eckensee entlang. Ein Ziel haben wir ohnehin nicht, fest steht nur, dass keiner von uns nach Hause will. Samuel balanciert auf dem Rand, der dem Eckensee seine quadratische Form verleiht, und wirkt so viel jünger als in der Schule. Mit einer kindlichen Begeisterung sieht er immer wieder zu mir, um sicherzugehen, dass ich ihn bei seiner waghalsigen Nummer – die gar nicht waghalsig ist – beobachte.

»Wenn das mit der Schule nichts wird, kannst du noch immer beim Zirkus anheuern.«

Er lacht und springt bei der nächsten Gelegenheit elegant ab, landet direkt vor mir und setzt zu einer kleinen Verbeugung an.

»Danke für den Zukunftsnotfallplan.«

Sein Gesicht ist so nah an meinem, dass ich mich nur ein bisschen vorbeugen müsste und schon könnte ich ihn küssen. Denn daran muss ich seit unserem Date im Café die ganze Zeit denken. Daran, wie gerne ich ihn küssen möchte. Um es jetzt nicht zu tun, berühre ich seine Wange sanft mit meiner Hand, was ihn überrascht, aber nicht erschreckt, und fahre vorsichtig mit dem Zeigefinger über die Narbe, die seine Oberlippe ziert.

»Verrätst du mir, wie das hier passiert ist?«

Keine Ahnung, wieso ich meine Frage flüstere oder wieso alles um uns rum an Bedeutung verliert, aber es fühlt sich richtig so an. Samuel macht einen winzigen Schritt auf mich zu und unsere Fußspitzen berühren einander.

»Die Narbe?«

Er flüstert ebenfalls und sorgt damit für eine Gänsehaut auf meinem Körper. Gut möglich, dass die plötzliche Nähe auch eine Rolle dabei spielt. Und weil mein Mund mit einem Mal sehr trocken ist, nicke ich nur stumm.

»Willst du die offizielle Version oder die Wahrheit?«

Er legt den Arm langsam um meine Taille, womit jeglicher Abstand zwischen uns verschwindet.

»Beides.«

Er lächelt ein bisschen.

»Ich habe mich mit dem falschen Typen angelegt, weil der meinen besten Freund abziehen wollte, und habe ordentlich einstecken müssen.«

Die Vorstellung, jemand könnte Samuel wehtun, weckt ein bestens vertrautes Gefühl in meinem Magen, und ich würde gerne etwas dagegen unternehmen.

»Ist das die offizielle Version oder die Wahrheit?«

»Kommt immer darauf an, wer fragt.«

Er legt auch den zweiten Arm um mich und spürt sicher, dass ich weder seiner Nähe noch seiner Berührung ausweiche. Ganz im Gegenteil, ich lehne mich leicht an ihn, hoffe, dass er mein aufgeregtes Herz spüren kann.

»Wonder Woman …«

Doch er antwortet nicht, beugt sich nur zu mir runter und verharrt Millimeter vor meinen Lippen einen kurzen Moment, als wolle er wissen, ob es okay ist.

Ich schließe die Lücke und küsse ihn. Sanft und zögernd, als wären wir uns nicht sicher, was wir hier eigentlich tun. Doch falls mein Puls es noch nicht deutlich genug gesagt haben sollte, merkt er hoffentlich jetzt, wie okay ich es finde. Meine Hände wandern in seinen Nacken, und ich lasse den Kuss intensiver werden und genieße dieses Gefühl, präge es mir fest ein und hoffe, dass es lange bleibt.

Oder zumindest wiederkommt, wenn ich es vermisse. Für die Dauer des Kusses tut nichts weh, und alles ist so, wie es ist, perfekt. Eine Illusion, die ich im Moment als Wahrheit akzeptiere und festhalte.

Auch sein Herz schlägt wie wild. Ich kann es durch die Jacke und den Pullover spüren, wie es gegen meine Brust hämmert. Oder vibriert.

Er löst sich als Erster aus dem Kuss, was ich schade finde und weshalb ich wohl etwas enttäuscht aussehe. Ein freches Grinsen liegt auf seinen frisch geküssten Lippen, ganz unberührt von der Narbe.

»Dein Handy.«

»Was?«

»Du wirst angerufen.« Er deutet so dezent wie möglich auf meine Brust, und erst jetzt verstehe ich, dass dieses hektische Vibrieren gar nichts mit ihm zu tun hat.

»Oh.«

Ich bringe den nötigen Abstand zwischen unsere Körper,

ohne mich zu weit von ihm zu entfernen, und greife nach dem Handy, von dessen Display mich Theo anstrahlt.

In weniger als einer Sekunde wandelt sich das Gefühl in meinem Körper von *Flugstunde verliebter Schmetterlinge* in *Alarmmodus.*

»Theo?«

Ist die Panik in meiner Stimme zu offensichtlich?

»Wo bist du?«

Ich versuche an seiner Stimme auszumachen, wie es ihm geht.

»Noch unterwegs.«

Keine Ahnung, wie viel Zeit vergangen ist. Ehrlich gesagt weiß ich nicht mal, ob überhaupt Zeit vergangen ist, weil um mich herum alles stehen geblieben ist. Sogar meine Sorge um Theo, was sich sofort in einem furchtbar schlechten Gewissen bemerkbar macht. Ich drehe mich von Samuel weg, damit er den weiteren Verlauf des Gesprächs nicht hören kann.

»Was ist los?«

»Kommst du bald heim?«

Es ist also schon nach zwei, und ich sollte so langsam auf dem Heimweg von der Schule sein.

»Ist was passiert?«

»Mama macht mich wahnsinnig. Sie lässt mich keine Sekunde alleine.«

Ein kurzer Blick über die Schulter zu Samuel, der, die Hände in den Jackentaschen, wartend zu mir sieht. Zur Beruhigung schenke ich ihm ein flüchtiges Lächeln und verfluche zum ersten Mal die Tatsache, Theos Nummer eins in Notfällen zu sein.

»Kannst du es noch ein bisschen aushalten?«

Pause.

Es ist das erste Mal, dass ich nicht sofort alles stehen lasse und zu ihm eile, weil er ruft. Ein ungewohntes Gefühl für uns beide.

»Klar.«

»Sicher?«

»Mhm.«

Theo und ich, wir standen uns schon immer ziemlich nah, manchmal frage ich mich, ob wir zeitverzögerte Zwillinge sind, und genau deswegen kann ich in seinem *Mhm* auch eher *SOS* hören, als *Na logo, mach dir ruhig einen schönen Tag mit Samuel.*

»Ich bin unterwegs.«

Bevor er antworten kann, lege ich auf und drehe mich zu Samuel, der trotz des Abstands genug gehört hat, zumindest spiegelt sich Enttäuschung in seinem Blick.

»Du musst los.«

»Leider. Ja.«

»Theo?«

Ja. Theo. *Immer Theo.*

»Er braucht mich.«

»Kann ich was tun?«

Mit wenigen Schritten bin ich bei ihm und ziehe ihn in eine feste Umarmung.

»Ich befürchte, das kann niemand so richtig. Aber danke.«

»Wofür?«

»Dafür, dass du immer fragst.« Und weil ich ihn nicht einfach so stehen lassen kann, küsse ich ihn noch mal, wenn auch zu schnell, zu flüchtig und nicht so, wie ich es gerne tun würde. »Morgen wieder Schule?«

Er nickt langsam, wenig begeistert und doch mit einem Lächeln.

»Ich werde da sein.«

Schon klingt die Vorstellung, mich morgen erneut in den Schulwahnsinn zu werfen, nicht mehr ganz so schrecklich. Nur sehr widerwillig lasse ich ihn los und gehe rückwärts davon.

»Dann sehen wir uns pünktlich zur Doppelstunde Englisch in der dritten und vierten.«

Er salutiert.

»Vorausgesetzt, ich finde den Klassenraum.«

Vor einer Weile wusste ich nicht mal, dass es Samuel gibt, und dann ist er so unerwartet in mein Leben gespült worden wie eine Flaschenpost nach monatelanger Seereise an einen Strand. Weil ich niemals schneller gehen werde, solange ich ihn da so stehen sehe, drehe ich mich um und will in einen leichten Trab verfallen, als er mich ruft.

»Sternenprinzessin!«

Ich bleibe stehen.

»Ja?«

Er tippt sich an die Narbe an seiner Lippe.

»Das hier. Mit drei Jahren bin ich aus dem Bett gefallen.«

- 34 -

Theo

Sie schaut so anders aus.

Dabei sieht sie aus wie immer. Ihre langen Haare offen über die Schultern, ihr sorgenvoller Blick sofort auf Jagd nach einem Indiz, was passiert ist, und ihre Schritte selbstsicher, weil Marie immer schon wusste, wohin es sie führen wird. Und doch ist irgendwas an ihr anders, als sie nach dem obligatorischen Klopfen in mein Zimmer kommt, die weiße Tüte mit meinen neuen Turnschuhen in der Hand, die sie für mich versteckt hatte.

»Wie war die Schule?«

»Okay.«

Ich nicke, und sie nimmt neben mir auf dem Bett Platz, lässt die Tüte am Fußende stehen. Diese dämlichen Schuhe hatte ich fast vergessen, obwohl sie für reichlich Chaos gesorgt haben.

»Hast du Andi gesehen?«

»Nein. Und ehrlich gesagt, lege ich darauf auch keinen gesteigerten Wert.«

»Niemand hat Fragen gestellt, oder?«

»Nein.«

Sie sieht auf ihre Hände, die den Rollerschlüssel mit diesem albernen Schildkrötenanhänger noch immer umschlossen halten.

»Mama ist heute bisschen zu viel für mich.«

Es ist eine blöde Erklärung, aber Marie nickt und tätschelt mir das Knie.

»Ich werde sie ablenken.«

»Wenn ich noch eine einzige Tasse Fencheltee trinken muss, drehe ich durch.« Sie nickt, aber ich werde das Gefühl nicht los, dass sie gar nicht wirklich hier ist. »Nerve ich dich?« Meine Frage erreicht sie trotzdem und sie sieht überrascht zu mir.

»Was? Natürlich nicht! Wieso sagst du so was?«

»Weil ich weiß, dass es nicht immer leicht ist.«

Sonst streitet sie es an dieser Stelle immer ab, versichert mir ausführlich, dass alles kein Problem sei und sie immer für mich da sein wird, aber diesmal ist da dieses Zögern.

»Ist es nicht. Aber es wird besser.«

Alle tragen das wie ein Mantra immer wieder vor, wenn das Thema zur Sprache kommt, und niemand scheint die Alternative zum großen Happy End überhaupt in Betracht zu ziehen.

»Sicher wird es das.«

Ich kann nichts anderes sagen, nicht, wenn sie mich so anlächelt, wie sie es tut. So offen und ehrlich und tatsächlich auch glücklich. Es gefällt mir, sie so zu sehen, weil sie *davor* so aussah, und ich hoffe, dass es irgendwann wieder immer der Fall sein wird. Wenn Marie wieder glücklich wird, dann werden es die anderen vielleicht auch.

»Wie geht es Samuel?«

Meine Frage trifft ihr Ziel, und sie weiß es, sinnlos irgendwas abzustreiten. Sofort färben sich ihre Wangen in einem sanften Rot und sie lässt sich rückwärts auf mein Bett fallen.

»Gut, denke ich.«

Zwischen den Worten versteckt sich eine Hoffnung, die mir Mut macht, und ich strecke mich neben ihr aus, den Blick an die Decke gerichtet.

»Leuchten sie noch?«

Ich weiß sofort, was sie meint, und nicke, auch wenn einige inzwischen an Strahlkraft eingebüßt haben.

»Wenn du willst, kaufen wir ein paar neue.«

Jetzt kann man sie kaum ausmachen, nur wenn man genau weiß, dass sie da sind, erkennt man sie. Kleine Sterne und Smileys, die im Dunkeln leuchten und die Marie damals mühevoll an meiner Decke angebracht hat. Damals, als die Dunkelheit noch richtig fette Panikattacken und Nachhallerinnerungen ausgelöst hat.

»Das ist doch kindisch.«

»Ist es gar nicht.«

Sie dreht sich auf die Seite und sieht mir direkt in die Augen.

»Wenn es dir hilft, dann hilft es dir. Ende.«

»Es sind leuchtende Smileys.«

»Und Sterne.«

Die sie so aufgeklebt hat, dass sie echten Sternbildern nachempfunden sind. Ich kann im Bett jederzeit den großen Wagen betrachten, auch wenn ich nie das ganze Licht im Zimmer lösche. Immer brennt irgendwo eine Lampe, eine Lichtquelle, etwas, das mich vor der Dunkelheit bewahrt.

»Ich bin zu alt für den Mist.«

Vielleicht kann ich mich damit überzeugen, aber nicht Marie. Sie rückt nur noch näher heran und legt einen Arm um mich.

»Egal, wie alt du sein wirst, du bist und bleibst mein kleiner Bruder …«

»Ich bin größer als du.«

»… dann eben mein jüngerer Bruder, und daran wird sich niemals etwas ändern. Und wenn du Smileys an der Decke oder auf dem Daumen brauchst, dann ist es meine Aufgabe als große Schwester …«

»Ich bin immer noch größer als du.«

»… als ältere Schwester, dir die Sterne an deinen Himmel zu kleben. Verstanden?«

»Verstanden.«

Ich lasse meinen Kopf an ihre Schulter rollen und bin einfach nur froh, dass es sie gibt. Manchmal braucht man diese eine Person, die einen so nimmt, wie man ist, auch wenn nur noch die eigene Haut einen zusammenhält. Ich liebe meine Eltern, aber Marie ist die erste Person, die ich anrufe, wenn etwas nicht stimmt.

»Falls du irgendwann mal einen jüngeren, großen Bruder brauchst, dann werde *ich* hoffentlich da sein.« Das Versprechen steht auf wackeligen Beinen, aber es kommt von Herzen. Solange ich da bin, werde ich versuchen, auf Marie aufzupassen.

»Das weiß ich. Danke.« Sie fährt mir durch die Haare. »Lässt du die Locken irgendwann wieder wachsen?«

»Findest du nicht, dass mich die kurzen Haare irgendwie …« Ich will härter sagen, aber gerade nach einem Tag wie heute fühle ich mich nicht besonders hart. »…, älter aussehen lassen?«

»Ich mochte deine Locken.«

Ja. Ich auch. »Ich mag die kurzen Haare mehr.«

Weil ich damit weniger auffalle und gerne mal übersehen werde. So finden sie mich hoffentlich niemals. Dabei mache ich mir nur etwas vor. In meinen Träumen finden sie mich fast jede Nacht, egal, was ich anstelle, es gelingt ihnen immer an all meinen Traumwächtern vorbeizugelangen.

Es klopft an der Tür und Mama erscheint in meinem Zimmer. Sie verschränkt lächelnd die Arme und kommt etwas weiter auf mein Bett zu.

»Ich habe gar nicht gehört, dass du wieder da bist, Marie.«

»Ich war extra leise, falls Theo schläft.«

Natürlich kauft Mama uns auch diese Performance ab, dann fällt ihr Blick auf die Tüte.

»Was ist das denn?«

Marie hat sich schon eine Geschichte ausgedacht, das sehe ich an ihren Augen, und ohne mit der Wimper zu zucken, klärt sie Mama auf.

»Ich war nach der Schule noch kurz in der Stadt und habe Theo ein Paar Schuhe gekauft.«

»Ach, das ist ja aufmerksam von dir. Hoffentlich gefallen sie ihm auch.«

Inzwischen habe ich mich schon längst daran gewöhnt, dass sie über mich sprechen, als wäre ich nicht anwesend. Denn genau genommen bin ich ohnehin nur körperlich da.

»Ich denke, sie gefallen ihm.«

Natürlich gefallen sie ihm. Immerhin habe ich sie ja selber ausgesucht.

»Vielleicht sollten wir Theo jetzt schlafen lassen. Ich mache noch einen Tee, dann kann er sich weiter ausruhen.«

Marie und ich wechseln einen Blick und müssen grinsen. Zu gerne würde ich noch ewig hier mit meiner Schwester liegen und von einer Zukunft ohne Sterne an der Decke quatschen, aber Mama hat andere Pläne.

»Kommst du bitte, Marie? Theo braucht jetzt viel Ruhe.«

Einen Moment lang glaube ich, Marie wird etwas sagen, sie öffnet schon den Mund, aber egal welche Worte sich in ihrem Kopf gebildet haben, sie schluckt sie wieder runter und setzt sich langsam auf, zwinkert zu mir runter.

»Dann lass dir den Tee mal schmecken, Theo.«

- 35 -

Samuel

»Du bist schon zu Hause?«

Mama kann ihre Verwunderung, mich in der Küche anzutreffen, kaum verbergen, aber ich nicke nur und deute auf die Pfanne, in der etwas Brokkoli brutzelt.

»Es gibt gleich Abendessen.«

Im Backofen wartet das Schweinefilet auf den perfekten Gar-Moment und ich darauf, es endlich verschlingen zu können. Mama steht noch immer im Mantel mit der Handtasche über dem Arm und dem Schlüssel in der Hand in der Tür und sieht mich an, als wäre ich eine Fata Morgana.

»Was ist denn?«

Sie schüttelt in Zeitlupe den Kopf, und ich spüre, wie es mir unangenehm wird, je länger sie mich so anschaut. Was sie wohl denkt, während sie mich betrachtet? Ich, mit der Schürze um die Hüften geschlungen, in ihrer beigefarben gekachelten Küche, in der ich mit meinen Vorbereitungen für ein bisschen Chaos gesorgt habe.

»Nichts. Es ist nur …«

Sie nickt zum bereits gedeckten Tisch, auf dem ein kleiner Blumenstrauß in einer provisorischen Vase steht, und ich weiß, dass ich es vermutlich ein bisschen übertrieben habe, aber es ist meine Art mich dafür zu bedanken, dass ich hier wohnen darf und nicht zurück zu Papa muss.

»… das hast du noch nie gemacht.«

Endlich stellt sie alles ab, legt den Mantel über die Stuhllehne und kommt zu mir, dem Duft folgend. Plötzlich komme ich mir mit der Küchenschürze und dem Plan, ihr einen entspannten Feierabend zu bescheren, ziemlich dumm vor. Vielleicht hätten es auch eine Karte und ein Blumenstrauß getan.

»Es ist ja nichts Besonderes.«

Dabei wissen wir beide, dass es genau das ist. Eine verdammt große Sache, auch wenn es sich als ein schlichtes Abendessen tarnt.

»Ich freue mich trotzdem, Samuel.«

»Sag das nicht, bevor du es probiert hast.«

Sie lacht, und diesmal nicht gezwungen oder genervt, sondern weil sie sich tatsächlich freut. Das zumindest ist mir gelungen.

»Ich ziehe mich schnell um, dann bin ich da.«

»Lass dir Zeit, das Fleisch braucht noch ein bisschen.«

Erst als sie die Küche wieder verlassen hat, fische ich mein Handy aus der Hosentasche und checke auf der Koch-App, ob ich irgendwas vergessen habe. Als Schwierigkeitsgrad war *einfach* angegeben, und bisher schlage ich mich mit Kochlöffel und Induktionsherd auch ganz gut. Hoffentlich schmeckt das Ganze dann auch.

Und weil es so lecker aussieht, mache ich schnell einen Schnappschuss und schicke das Foto via *WhatsApp* an Marie.

Meisterkoch in the making.

Wahrscheinlich sitzt sie gerade mit ihrer Familie beim Abendessen und hat ihr Handy nicht in Reichweite. Trotzdem warte ich noch einen Moment, ob das erlösende blaue Häkchen an meiner Nachricht auftaucht und sie als gelesen kennzeichnet. Aber Marie ist nicht online und ich lege das Handy notgedrungen wieder weg. Das Essen verlangt nach meiner Aufmerksamkeit.

Zumindest für die Sekunden, bis das *PLING!* eine neue Nachricht ankündigt. Fast lasse ich alles fallen, so hastig greife ich wieder nach meinem Handy.

Das sieht sehr lecker aus! Wann kochst du mal für mich?

Es heißt ja, wir Menschen müssen gähnen, wenn jemand anderer im Raum gähnt. Bei mir ist es eher so, dass ich lächeln muss, wenn ich an Marie denke.

Sollte meine Mutter das Abendessen überleben, teste ich meine neu erworbenen Kochkünste als Nächstes gerne an dir.

Ist das eine Einladung oder eine Drohung?

Eine Einladung.

Angenommen.

Dann verschwindet das kleine Wort *online* über ihrem Namen wieder, und ich drehe den Kochlöffel zwischen meinen Fingern, als wäre er ein Drumstick und ich Stewart Copeland, der ein letztes Mal mit *The Police* auf Tour geht.

»Wie heißt sie denn?«

Mir rutscht mein Drumstick-Kochlöffel aus der Hand und schlägt verräterisch auf dem Küchenboden vor meinen Füßen auf.

Mama, jetzt im legeren Jogginghosenlook, lehnt neben

dem Tisch, die Arme vor der Brust verschränkt, ein wissendes Lächeln auf den Lippen.

»Wie heißt wer?«

Mich dumm stellen, hat jahrelang funktioniert, aber mein lausiger Versuch, mich aus der Affäre zu ziehen, scheitert grandios.

»Wer auch immer für dein Lächeln und mein Abendessen verantwortlich ist.«

Um nicht antworten zu müssen, bücke ich mich nach dem Kochlöffel und lege ihn in die Spüle, bevor ich mich wieder zu ihr umdrehe. Oft genug habe ich meiner Mutter direkt in die Augen geschaut und gelogen. Ihr genau das gesagt, was sie hören wollte, was die Sorgenfalten auf ihrer Stirn weggebügelt hat, aber diesmal nicht. Diesmal hole ich zur Wahrheit aus.

»Marie. Sie heißt Marie.« *Eigentlich ist sie eine Sternenprinzessin.* Zumindest für mich.

»Marie also.«

»Sie geht in meine Klasse. Oder ich in ihre, wie man es nimmt.«

»Und mag sie dich auch?«

Sofort wandern meine Gedanken zurück zu unserem Kuss vorhin in der Stadt und ich kann mein Lächeln nicht verhindern. Mama nickt.

»Verstehe. Sie mag dich also.«

»Das hoffe ich doch.«

Sie stößt sich vom Tisch ab und kommt auf mich zu, berührt im Vorbeigehen meinen Arm und fischt dann zwei Gläser – das habe ich vergessen! – aus dem Regal über der Spüle.

»Wenn sie dich wirklich kennenlernen darf, dann kann sie gar nicht anders, als dich zu mögen.«

Das sagen Mütter doch immer, wenn es um ihre Söhne oder Töchter geht. Aber ich hoffe sehr, dass es auch ein bisschen der Wahrheit entspricht.

»Weiß sie, dass du …«

Mamas Respekt vor dem Wort *Gefängnis* ist enorm. Sie spricht es nur dann aus, wenn es absolut sein muss, sonst umschifft sie es, und ich ahne nur, wie schwer die letzten Monate auch für sie gewesen sein müssen.

»Nein. Und daran möchte ich im Moment auch absolut nichts ändern.«

»Du musst dich dafür nicht schämen, Samuel.« Sie sieht mich direkt an. »Du hast Mist gebaut und dafür hast du geradegestanden.«

Ehrlich gesagt kann von *geradegestanden* nicht die Rede sein. Die meiste Zeit bin ich eher mit gesenktem Kopf über die Flure der JVA geschlichen. Niemandem ins Gesicht oder die Augen zu sehen, bedeutet, niemanden ungewollt zu provozieren. Nur so konnte man Streit aus dem Weg gehen. Ohne Tommi, die Jungs und den Schutz unseres Viertels war ich ziemlich aufgeschmissen. Das habe ich schnell und schmerzhaft gelernt.

»Ich will trotzdem nicht, dass sie davon erfährt.«

Mama möchte etwas sagen, aber ich bin flotter und wechsele das Thema so schnell, dass kein Blitzer der Welt mich erwischen könnte.

»Das Fleisch muss raus, sonst ist es zu trocken, und da ich keine echte Soße habe, wäre das ziemlich blöd.«

Sanft schiebe ich sie mit der Hüfte aus der Küche in Richtung Esstisch und öffne den Backofen, sodass mir sofort die Hitze ins Gesicht schlägt und ich einen Moment die Augen schließen muss, bevor mich alles wieder einholt.

Marie hat mich geküsst.

Marie hat mich geküsst.

Marie hat mich einfach so geküsst.

Dieser Gedanke vertreibt die anderen, deutlich düstereren Erinnerungen, die sich immer mal wieder anschleichen wollen und die ich tapfer bekämpfe.

Marie hat mich geküsst.

– 36 –

Marie

»Das war das letzte Klingeln.«

Samuel nickt, denkt aber nicht daran, sich aus der Umarmung zu lösen, und obwohl ich genau weiß, dass ich dringend lossollte, wenn ich noch ansatzweise pünktlich zu Französisch kommen will, verharre auch ich noch ein bisschen in seinen Armen.

»Hast du die Blicke der anderen bemerkt?«

Er schüttelt den Kopf, was mich nicht besonders wundert. Nichts von dem, was der Rest des Jahrgangs über ihn flüstert, scheint Samuel auch nur im entferntesten zu interessieren.

»Nun, ich glaube, du wirst jetzt zum Hauptthema einiger Gespräche werden …«

»Ich?«

Leichte Unsicherheit erfasst seine klaren Augen, und ich erlöse ihn mit einem sanften Kuss auf die Wange, verdächtig nah an seinen Lippen.

»Zuerst legst du dich mit Andi an, dann leihst du Theo deine Klamotten und jetzt verdrehst du mir den Kopf.«

»Ich verdrehe gar nichts.«

»Tust du doch.«

»Wer sagt denn, dass ich überhaupt irgendwas verdreht habe und nicht du?«

Er legt die Arme noch etwas fester um mich, und es fühlt sich gut an, hier mit ihm unterhalb der Treppen, geschützt vor den neugierigen Blicken unserer Mitschüler, noch etwas Zeit zu verbringen, bevor die unterschiedliche Wahl der zweiten Fremdsprache uns trennt.

»Du tauchst auf und wirbelst alles durcheinander, und jetzt wache ich morgens mit einem Lächeln auf und koche für meine Mutter.«

»Hat sie es denn überlebt?«

»Sie erfreut sich noch immer bester Gesundheit.«

»Damit bin ich also dein nächstes Versuchsobjekt für ein Abendessen?«

»Soll das Gekoche jetzt etwa zur Gewohnheit werden?«

»Wieso nicht?«

»Weil es mir so gar nicht ähnlichsieht.«

»Menschen ändern sich, habe ich gehört.«

Er nimmt mein Gesicht vorsichtig in seine Hände, und ich könnte mich an dieses Gefühl, ihm so nah zu sein, problemlos gewöhnen.

»Du hast einen guten Einfluss auf mich, Prinzessin.«

»Ich glaube nicht, dass das irgendwas mit mir zu tun hat.«

Er zögert, sein Blick streift zärtlich meine Wange, stolpert kurz an meinen Lippen und findet dann wieder meine Augen.

»Es war deine Idee.«

»Es war nur ein Denkanstoß. Du hast das alles ganz alleine gemacht.«

»Glaub mir, Marie, das war mehr als ein Denkanstoß.«

»Inwiefern?«

Er schüttelt kurz den Kopf.

»Diese Story ist eine Trilogie.«

»Ich bin eine gute Zuhörerin.«

»Daran zweifele ich gar nicht, aber ich werde das Gefühl nicht los, dass du dann zu spät kommst …«

Er hebt den Arm und sieht demonstrativ auf seine Uhr, doch ich denke nicht daran, ihn jetzt schon gehen zu lassen.

»Das Risiko gehe ich ein. Kriege ich wenigstens den Klappentext?«

»Meine Mama hatte viel Grund zur Sorge meinetwegen, und manchmal sehe ich Zweifel in ihrem Blick, wenn ich verspreche, dass ich es diesmal besser mache.«

»Sorge?«

»Vermasselte Geburtstage, miese Noten, Streit mit meinem Vater, Schule geschwänzt … Die Klassiker. Und da habe ich die Schuld eben gerne bei ihr gesucht. Es ist leichter, wenn man sie nicht bei sich selber suchen muss.«

»Das kenne ich. Ich suche sie gerne mal bei Theo.«

Das scheint ihn zu wundern, und ich will den kurzen Ausrutscher schon wieder weglächeln, als er nachfragt.

»Wieso denn Theo?«

»Weil er manchmal alles verkompliziert. Zumindest kommt es mir so vor.«

Ich lehne meine Stirn an seine Brust und schließe kurz die Augen.

»Ich bin ein furchtbarer Mensch, wenn ich zugebe, froh zu sein, dass er heute zu Hause geblieben ist, oder?«

Darauf antwortet er nicht, hält mich einfach nur fest und erlaubt mir, diese Gedanken haben zu dürfen.

»Ich liebe ihn wirklich, wenn es nur nicht so anstrengend wäre, immer für ihn da zu sein, immer aufzupassen, dass er nicht stolpert oder ob es ihm zu viel wird. Aber niemand fragt, ob es mir nicht zu viel wird.«

Samuel küsst sanft meinen Scheitel.

»Wenn es zu viel wird, kann ich ja mal eine Theo-Schicht übernehmen.«

»Das musst du nicht, es ist nicht dein Job.«

»Vielleicht nicht, aber …«

Ich warte, ob er weiterspricht, doch die Pause dauert an, und ich richte meinen Blick fragend auf ihn.

»Es ist auch nicht deiner.«

Sofort will ich ihm widersprechen, weil es sich die ganze Zeit so anfühlt, als wäre es genau das. Meine Aufgabe: ihn hier in der Schule zu beschützen und dafür zu sorgen, dass er heil durchkommt. Es ist mir zur Gewohnheit geworden, ihm jede verbale Tretmine aus dem Weg zu räumen und eine Art Schutzschild für ihn zu sein.

»Mach mal Pause.«

Ein einfacher Satz, der eine Saite in mir zum Schwingen bringt, die ich für eingerostet oder endgültig gerissen gehalten hatte, und langsam nicke ich. Samuel löst die Umarmung nur sehr unwillig, aber wir wissen beide, dass wir uns bereits zu viel Zeit geklaut haben.

»Wenn wir uns nicht langsam auf den Weg machen …«

»Ich dachte, ich soll mal Pause machen.«

»Pause, aber nicht blau …«

»Hast du nicht gestern die Schule geschwänzt?«

»Das war eine einmalige Aktion.«

»Schade eigentlich. Ich hatte gehofft, du bringst mich mal auf das Hochhausdach.«

Sein Lächeln gefriert bei meinem Vorschlag, dabei war es eigentlich nur so dahergesagt. Die plötzliche Unsicherheit in seinem Blick passt so gar nicht zur eigentlich gelösten Stimmung, die gerade noch geherrscht hat.

»Klar. Sicher. Das machen wir irgendwann.«

Sein *Irgendwann* klingt für mich ein bisschen wie *Niemals,* und ich drücke seine Hand, die ich noch immer in meiner halte. Doch bevor ich etwas sagen kann, durchdringt ein anerkennender Pfiff unseren Moment.

Andi Schneider taucht hinter Samuel auf, und etwas an der Art und Weise, wie er uns ansieht, gefällt mir absolut nicht.

»Ach, schau an, wen haben wir denn hier?«

Samuel verdreht die Augen, erkennt ihn offensichtlich schon an seiner Stimme und wendet sich nur sehr langsam in Andis Richtung.

»Probleme?«

Andi schüttelt höchst amüsiert den Kopf. »Ich? Nie.«

»Musst du nicht irgendwo junge Mitschüler nerven?«

»Habe ich schon, danke der Nachfrage.«

Sofort sausen meine Gedanken zu Theo, der heute aber heil in seinem Zimmer hockt und ein bisschen Playstation zockt, während Mama einkaufen fährt, und ich schiebe mich an Samuel vorbei.

»Wo ist dein kleiner Bruder eigentlich? Hängt er mal wieder mit Dünnschiss zu Hause rum?«

»Schwall ins All, Schneider.«

»Oder versteckt er sich vor der bösen, bösen Welt?«

»Lass Theo endlich in Ruhe, sonst ...«

»Ach, Marie, spar dir diese endlosen Drohungen. Es langweilt mich inzwischen.«

Es macht mich unendlich wütend, wie er so überheblich vor mir steht, ein Kerl, der meinen Bruder quält und gegen den ich nichts ausrichten kann, weil ich zu feige bin. Und genau das genießt Andi endlos und reibt es mir auch noch zufrieden unter die Nase.

»Was machst du jetzt, hä? Zum Vertrauenslehrer rennen? *Buhuhu!*«

Wenn er wüsste, wie sehr ich ihn und seine ganze Truppe verabscheue. Wenn er wüsste, wie gerne ich etwas unternehmen würde. Wenn er wüsste ...

Samuel lässt meine Hand los und geht auf Andi zu, der sich Mühe gibt, nicht beeindruckt auszusehen.

»Ich weiß nicht genau, was da vorgefallen ist, aber wenn du Theo noch mal blöde anschaust ...«

»Ja, was dann, hm?«

Sie kommt aus dem Nichts, ohne Vorwarnung oder Blitz, der den Donner ankündigt – und sie trifft Andi ebenso unvorbereitet an der rechten Wange. Eine schallende Ohrfeige, deren Echo genüsslich in meinem Herzen widerhallt. Andis Augen werden so groß wie Untertassen, sein Mund klappt auf, aber es kommt kein Wort heraus, weil der Schock ihn komplett lahmlegt. In einer besseren Welt würde man jetzt Applaus aus den Lautsprechern in der Aula hören, aber stattdessen ist es unheimlich still. Bis Samuel leise weiterspricht.

»Mach einfach einen großen Bogen um Theo, dann haben wir beide auch keine Probleme. Okay?«

Andi starrt Samuel einfach nur an, und ich wette, er ist heilfroh, dass außer uns niemand gesehen hat, was gerade passiert ist.

»Das wird euch noch leidtun.«

»Ich mach mir gleich ins Hemd.«

An Samuels Antwort prallt auch Andis wütender Blick ab, und es bleibt ihm nichts anderes übrig, als auf dem Absatz kehrtzumachen und so lässig wie möglich durch die Aula zu flüchten.

Samuel holt noch mal tief Luft, bevor er sich zu mir wendet: »Entschuldige bitte, ich …«

Aber davon will ich gar nichts hören, schlinge meine Arme um seinen Hals, ziehe ihn zurück in eine Umarmung und küsse ihn.

»Danke!«

»Danke?«

»Andi terrorisiert Theo seit Beginn des Schuljahrs.«

»Deswegen …?«

»Ja. Sie verstecken sein Zeug oder sperren ihn irgendwo in der Toilette ein. Einmal haben sie ihm die Hausaufgaben angezündet, und seine Klamotten verschwinden immer auf unerklärliche Weise.«

Er nickt und ich kann sehen, dass es in ihm arbeitet.

»Was können wir tun?«

»Nicht viel. Theo fleht mich immer an, nichts zu sagen. Weder unseren Eltern noch den Lehrern.«

»Aber er kann sich doch nicht ewig so behandeln lassen.«

Es wäre so einfach, ihm jetzt alles zu erzählen – vor allem, wenn er mich dabei so ansieht, als hätte Andi nicht nur Theo wehgetan, sondern auch mir.

»Theo hat sich mal gewehrt, ist schon eine ganze Weile her.«

»Und?«

Ich kann nur knapp den Kopf schütteln, weil ich noch immer das Bild meines Bruders im Krankenhaus vor meinem inneren Auge sehe. Das geschwollene Gesicht, mit dem er gar nicht mehr wie Theo aussah. Wie immer, wenn ich an diese Nacht denke, löst es in mir Gefühle aus, die über kurz oder lang sicherlich auf die dunkle Seite der Macht führen. Ich spüre die Tränen in meinen Augen erst, als sich die erste über meine Wimpern in die Tiefe stürzt.

»Es hat nicht funktioniert. Ganz im Gegenteil.«

Samuel wischt mir zärtlich eine Träne von der Wange und küsst die nasse Stelle.

»Wird Zeit, dass sich daran was ändert.«

– 37 –

Theo

Sie hat immer ein Lächeln auf den Lippen, selbst wenn nichts Komisches passiert. Ich glaube nicht, dass sie das weiß. Aber es fühlt sich bei ihr nie so an, als würde sie mich auslachen, eher so, als würde alles gut werden. Klar, so soll es wohl auch rüberkommen, wieso sonst kommen die Leute denn sonst zu ihr?

Ich mache das nur für Marie.

Mein Stuhl steht in der Mitte des Raums, Dr. Schädle sitzt mir in sicherem Abstand gegenüber. Außer einem Gemälde hinter ihr über dem ordentlich aufgeräumten Schreibtisch und einer Topfpflanze in der Ecke ist der Raum ziemlich leer. Das ist Absicht, damit man mehr Platz für seine Gedanken und Gefühle hat, wetten? Oder ihr ist die Kohle für die Einrichtung ausgegangen, aber das kann ich mir nicht vorstellen, so gut besucht wie ihre kleine Praxis in Stuttgarts Innenstadt ist. Immer ist gerade jemand drin, wenn ich warte, und immer kommt direkt nach mir der nächste Patient dran. Als ich das erste Mal hier war, hat mich das richtig überrascht, weil ich immer dachte, dass es nur mir so mies geht und ich zu einer Therapeutin muss.

Ich mache das nur für Marie.

»Und was hast du diese Woche so erlebt?«

Schädle hat blonde Haare und trägt eine Brille mit schwarzem Rand, die in ihrem schmalen Gesicht noch größer aussieht. Ich habe mir eine Psychotante ganz anders vorgestellt, aber ich will nicht meckern, sie lässt mich auch mal schweigen, stellt keine blöden Fragen, und manchmal, da fällt es mir total leicht, ihr die Wahrheit zu sagen und einen kleinen Einblick in meinen Kopf – oder die Seele – zu erlauben. An anderen Tagen mache ich sofort dicht, wenn sie zu nah an die Narbe kommt, weil ich niemandem mehr traue. Nicht mal ihr.

Ich mache das nur für Marie.

»Ich hatte eine Panikattacke.«

Sie nickt, aber nicht so, als hätte sie das erwartet, sondern eher so, als wäre es okay, und ich spüre, wie ich mich etwas entspanne und die Armlehnen des Stuhls loslasse.

»Total bescheuert eigentlich.«

»Wo würdest du sie auf der Skala einordnen?«

Siebenunddreißig. »War so eine acht.«

»Wo ist es denn passiert?«

»Ich war gerade Schuhe kaufen. Mit einem Kumpel.«

Wow, das klingt viel zu stolz, als würde ich mit Samuel angeben oder so.

Schädles Augenbrauen schießen nach oben, sie ist davon wohl ebenso überrascht, wie ich es bin, das gesagt zu haben.

»Du hast einen neuen Freund?«

»Ich weiß nicht, ob wir wirklich Freunde sind, aber er ist echt in Ordnung.«

»Und weißt du, was die Panikattacke ausgelöst haben kann?«

Ed Sheeran. »Keine Ahnung.«

»Waren es vielleicht Geräusche oder Gerüche, die Erinnerungen geweckt haben?«

»Nein.«

Es war der ganze Refrain, den ich jetzt verdränge.

Ich komme mir gemein vor, weil ich sie erneut auf diese psychologische Schnitzeljagd schicke, dabei könnte ich ihr helfen und sie direkt mit der Nase auf den Trigger schubsen.

»Ist an dem Tag etwas Besonderes vorgefallen?«

Ich habe ihr nicht von Andi erzählt, weil sie es dann vielleicht doch meinen Eltern sagen würde, Schweigepflicht hin oder her.

»Nichts Besonderes, nein.«

Schädle hat diesen *X-Men* ähnlichen Blick drauf, der mich auf gruselige Art und Weise durchleuchtet. Ich weiche ihm aus, sehe auf meine Hände, die ich zu beruhigen versuche. Da am Handgelenk, wo man den Puls am besten messen kann, hat mir Marie heute früh einen kleinen augenzwinkernden Smiley hingemalt, und ich muss ungewollt lächeln.

»Theo.«

Ich hasse es, wenn sie meinen Namen so ausspricht. So *verständnisvoll.*

»Wir waren nur Schuhe kaufen.«

»Kommen die Erinnerungen zurück?«

»Nicht alle.«

»Möchtest du mir erzählen, *woran* du dich erinnern kannst …?«

Sehe ich so aus? Würde ich dann so nervös mit meinen Fingern spielen und mit dem Fuß wippen, als stünde ich unter

Dauerstrom? Müsste mir sonst meine Schwester ein dämliches Emoji auf die Hand malen, wie damals, als wir zehn und im Ferienlager waren?

»Wir haben doch schon hundertmal darüber gesprochen.«

Schädle setzt zu einem nachsichtigen Lächeln an.

»Nun, ich bin schon älter, hilf mir doch mal auf die Sprünge.«

Sie ist nicht viel älter als meine Mutter, aber ich lasse es ihr durchgehen, hole Luft und spule so schnell wie möglich die ungefährlichen Erinnerungen an jene Nacht ab.

»Ich bin in die U-Bahn gestiegen.«

Das weiß ich noch, und es ist die letzte Sache, die noch nicht wehtut.

»Und dann?«

»Dann habe ich auf meine Haltestelle gewartet. Es war sonst niemand im Wagen, war ja auch schon spät.«

Ich wage einen kurzen Blickkontakt und sehe sofort wieder weg. Immer noch kein Mitleid in ihrem Blick, nur pures Verständnis.

»Und dann bin ich im Krankenhaus aufgewacht.«

Dazwischen erinnere ich mich nur an unbedeutende Kleinigkeiten.

An den schwarzen Kapuzenpullover und das Lachen. An dieses verdammte Lachen, das nur mir galt und zwar nicht, weil ich was Witziges gesagt habe, sondern weil sie wussten, dass ich ihnen ausgeliefert war. Ein hässliches Lachen.

Schädle lehnt sich in ihrem Stuhl zurück und das Knirschen der Lehne lässt mich aufschauen. Sie greift nach einem Klemmbrett, auf dem meine Akte oder so was angebracht ist und überfliegt die letzten Einträge, sieht dann über den Rand ihrer Brille wieder zu mir.

»Was ist mit der Kette?«

»Vielleicht habe ich mich auch geirrt.«

»Also trug er doch keine Kette?«

»Weiß nicht.«

Nein, er trug keine Kette und selbst wenn, ich habe es nicht genau genug gesehen. Näher ran an die verschwommenen Erinnerungen traue ich mich nicht. Aber Schädle lässt nicht locker.

»Und der Gürtel? Du hast gesagt, die Gürtelschnalle ist dir aufgefallen.«

»Ich weiß es nicht mehr, okay?!«

Das wollte ich gar nicht so laut sagen, aber sie ist nicht mal zusammengezuckt, sieht mich einfach nur an. Ihre Ruhe macht mich gerade absolut wahnsinnig. So wahnsinnig, dass ich aufstehe und durch den halb leeren Raum gehe.

»Ich weiß es nicht mehr! Es ist alles so durcheinander da drinnen.« Wie zum Beweis tippe ich mir an die Schläfe und bleibe dann am Fenster stehen. »Sie sind auf einmal eingestiegen, und dann wird es dunkel. Können wir jetzt bitte das Thema wechseln?«

Sie wartet, ob ich meine Meinung noch mal ändere, was ich nicht tue, und legt das Klemmbrett schließlich auf ihren Knien ab.

»Gut. Dann sprechen wir über was anderes, wenn du das möchtest.«

»Danke.«

»Worüber?«

»*FIFA*, *Netflix*, Filme, von mir aus sogar über meine Familie.« *Aber bitte nicht mehr über diese eine Nacht, die alles kaputt gemacht hat.* Ich schleppe mich zurück zum Stuhl, weil meine Energie mit einem Mal wie weggeblasen ist, und lasse mich auf die Sitzfläche sinken, als wäre ich den New-York-Marathon in Bestzeit gerannt.

»Wie läuft es bei euch zu Hause?«

»Meine Eltern denken, ich stehe kurz vor dem großen Durchbruch zurück in die Normalität, und Marie …« Marie ist jetzt in der Schule, und ich sitze hier bei meiner Therapie und kämpfe gegen Erinnerungen, die aufflackern und immer deutlicher werden. Unauffällig fahre ich mit dem Finger über das kreisrunde Gesicht an meinem Handgelenk. »… Marie ist verknallt.«

Schädle lächelt kurz.

»Das ist schön.«

»In Samuel.«

»Ach …«

Ich nicke und lehne mich weiter in den Stuhl zurück.

»Sie denkt, ich checke es nicht, aber es ist so irre offensichtlich.«

»Und stört dich das?«

Schädle stellt die richtigen Fragen, das ist es wohl, weshalb sie mir manchmal unheimlich ist. *Samuel und Marie.* Das ist okay, es freut mich sogar für sie, aber ein bisschen fühlt es sich auch an, als würde ich dabei auf der Strecke bleiben.

»Nein, Samuel ist in Ordnung.«

Sie macht sich eine Notiz auf dem Klemmbrett, und ich frage mich, ob meine Antwort falsch war.

»Wirklich. Er hat mir in der Schule geholfen.«

Das klingt fast so, als hätte er mir Nachhilfe gegeben und nicht sich mit Andi angelegt.

»Das ist gut.«

»Ich mag ihn.«

»Umso besser. Es ist ein großer Schritt, wenn du wieder Freundschaften knüpfst.«

Ich beiße mir auf die Unterlippe, um nicht zu lächeln, weil ich mir dann eingestehen müsste, wie sehr mich das freut.

»Fällt es dir leicht, mit ihm zu reden?«

»Ja, schon. Aber nicht über das hier …«

Ich zeige auf den Raum zwischen uns und bemerke, dass man meinen könnte, die Attacke wäre hier, in ihrem Sitzungsraum passiert.

»Ich verstehe.«

»Er checkt es trotzdem irgendwie. Wieso ich so bin. Und es spielt für ihn gar keine Rolle, er nimmt mich halt so und versucht nicht an mir rumzudoktern wie alle anderen.«

Schädle macht sich wieder eine kleine Notiz und hat keine Ahnung, wie sehr mich das stresst.

»War das die falsche Antwort?«

Verwirrt sieht sie mich durch ihre Brille an, die mir jetzt noch größer vorkommt, den Kugelschreiber noch immer in der Hand.

»Wie bitte?«

»Manchmal, wenn ich etwas sage, machen Sie sich Notizen, als hätte ich falsch geantwortet.«

»Nein. Das sind nur Notizen für mich, damit ich die wichtigen Dinge nicht vergesse.«

Sie klickt auf den Stift und legt ihn, zusammen mit dem Klemmbrett, zurück auf den Schreibtisch.

»Aber ich kann auch versuchen, es mir so zu merken. Du machst gar nichts falsch, Theo.«

Wie schön wäre es, wenn ich ihr glauben könnte, aber ich sitze hier, kaue auf meiner Unterlippe und weiß nicht, wie lange ich die Frage noch für mich behalten kann.

»Was habe ich denn falsch gemacht?«

Da. Ich habe es gesagt.

Ich mache das nur für Marie. Und vielleicht ein winziges kleines bisschen auch für mich.

»Ich meine, als es passiert ist. Was habe ich da falsch gemacht?«

Schädle lehnt sich weit nach vorne und fast, als sie würde gleich aufstehen, aber seitdem ich bei ihr in Therapie bin, hat sie in all den Stunden noch nie ihren Platz verlassen.

»Du hast gar nichts falsch gemacht.«

»Wieso sind sie dann auf mich los? Vielleicht hätte ich ihnen einfach alles geben sollen, oder …«

»Theo.«

»Oder ich hätte wegsehen sollen, oder …«

»Theo.«

»Oder ich hätte sitzen bleiben sollen.«

Statt nach dem rettenden Smiley zu greifen, fahre ich mit dem Finger über meine Harry-Potter-Narbe, nur um zu checken, ob sie auch wirklich noch da ist. Weil sie mich für den Rest meines Lebens daran erinnern wird, was passiert ist.

»Ich habe irgendwas falsch gemacht, oder?«

Sie schüttelt den Kopf, aber ich will eine Antwort.

»Du hast nichts falsch gemacht, Theo. Und es ist auch nicht deine Schuld.«

Schädle steht tatsächlich auf, greift nach einer Taschentuchbox auf ihrem Schreibtisch und reicht sie mir. Mir ist nicht mal aufgefallen, dass ich weine.

»Aber allen geht es jetzt beschissen meinetwegen. Meinen Eltern, Marie …«

Sie legt mir die Hand auf die Schulter und ich wünschte, die Berührung würde sich nicht so schwer anfühlen.

»Du trägst keine Schuld an dem, was dir passiert ist.«

»Wird es irgendwann wieder besser?«

Die Hoffnung in meiner Frage ist nicht zu überhören und Schädle nickt.

»Ja. Aber denk daran: einen Schritt nach dem anderen.«

»Aber es dauert so lange. Ich meine, sollte ich nicht inzwischen schon wieder …« Ich sehe mich in dem Raum um, als wäre das richtige Wort hier irgendwo versteckt, aber die kahlen Wände bieten mir keine besondere Hilfestellung. »… normal sein?«

»Du bist vollkommen normal.«

»Bin ich nicht. Die haben mich kaputtgemacht.«

Schädle schüttelt wieder nur den Kopf, offensichtlich felsenfest davon überzeugt, dass ich mich irre. Sie hat mehr Vertrauen in mich, als ich es gerade habe.

»Lass dir Zeit, Theo. Gesundwerden ist kein Wettbewerb.«

- 38 -

Samuel

Inzwischen laufen wir Hand in Hand durch die Aula, die sich langsam leert, und ich werde das Gefühl nicht los, dass es Marie gefällt, wie die anderen uns anschauen. Sie geht mit erhobenem Haupt und stolzen Schritten in Richtung Ausgang, schnappt sich ihren Helm und blickt dann herausfordernd zu mir.

»Und hast du jetzt noch irgendwelche Verpflichtungen?«

»Du meinst außer für den morgigen Schultag lernen und mir endlich mal die Auswirkungen der Klimakrise auf Australien ansehen, damit wir irgendwann mit diesem Referat loslegen können?«

Meine Antwort überrascht sie ohne Zweifel, aber nicht genug, um sie von ihrem Plan abzubringen.

»Willst du jetzt echt nach Hause und lernen?«

Nein, ich will spazieren gehen, will mich verlaufen und die Tatsache genießen.

»Hast du einen besseren Plan?«

»Da ich heute keine Verpflichtungen habe, die meinen kleinen Bruder beinhalten …« Sie schiebt die Glastür auf und bedeutet mir, ich solle sie zum Roller begleiten. »… dachte ich, wir könnten ein bisschen Zeit zusammen verbringen.«

»Wer kann da denn schon Nein sagen?«

Ich wünschte mir, es bräuchte mehr Argumente, um mich zu überzeugen, aber Zeit mit Marie zu verbringen, das schlägt so ziemlich jede Alternative.

»Wollen wir mal hoffen, dass du einen Quadratschädel wie mein Bruder hast.«

Sie klettert über die hüfthohe Holzabsperrung zum Rollerparkplatz und ich folge ihr.

»Wieso denn das?«

»Weil dir dann sein Helm passt.«

Rollerfahren mit Marie. Ich muss mich zusammenreißen, um nicht die Siegerfaust in den Himmel zu recken. Als ich alleine in meiner Zelle saß und versucht habe, mir auszumalen, was hier draußen alles auf mich warten könnte, hätte ich mir niemals träumen lassen, dass jemand wie Marie eine Hauptrolle in meinem Leben übernehmen würde. Das ist der Jackpot unter allen nur denkbaren Zukunftsszenarien.

Sie schließt das Helmfach am knallroten Roller auf und fischt Theos blauen Helm hervor, den sie prüfend neben meinen Kopf hält.

»Passt Sturköpfen. Probiere ihn einfach mal.«

»Ruiniert der nicht meine Frisur?«

Ihr Blick wandert über meinen Kopf, und ich bin froh, heute Morgen im Bad ein bisschen mehr Zeit fürs Stylen gelassen zu haben.

»Ich denke, das wirst du überleben.«

Ohne auf eine Antwort zu warten, setzt sie sich ihren schwarzen Helm auf und verwandelt sich in eine Rennfahrerin-Version ihrer selbst, steigt auf und steckt den Schlüssel ins

Zündschloss, während ich noch immer den Helm in meiner Hand wiege.

»Was ist? Traust du mir nicht?«

»Doch, klar.«

»Aber …?«

Sie startet den Motor, und ich muss mich beeilen, wenn ich diesen Trip mit ihr tatsächlich machen will. Ich stülpe mir den Helm über, halte dabei den Atem an, als würde ich ins Wasser tauchen, und hole dann tief Luft, als ich spüre, wie er meine Ohren fest andrückt und wenig Platz für mein Kinn lässt.

»Passt er?«

»Ein bisschen klaustrophobisch, aber es wird gehen.«

»Dann spring auf!«

Und ich tue, was sie sagt, brauche einen kurzen Moment, bis ich die passende Sitzposition gefunden habe. Dann bleibt nur noch die Frage nach den Händen.

»Wo soll ich mich denn am besten festhalten?«

Marie dreht ihren Kopf zu mir und lässt den Roller langsam anfahren.

»An mir.«

Dann gibt sie mehr Gas, und ich muss reagieren, wenn ich nicht abgeworfen werden will. Reflexartig schlinge ich die Arme um ihre Hüften und rutsche damit näher an sie heran, spüre wie ihr Körper gegen meinen gepresst wird, wann immer sie bremst oder Gas gibt. In den Kurven müssen wir harmonieren und die Erfahrungen von damals, als Pascal das Mofa seines großen Bruders geklaut hat, kommen mir jetzt gerade recht. Nach der zweiten Ampel kann ich die Fahrt sogar genießen, konzentriere mich auf die Körperstellen, an denen

Marie mich berührt, und mein Herz benimmt sich wie ein Fan in der ersten Reihe eines Live-Konzertes. Da hilft es nicht gerade, dass Marie an der nächsten Ampel ihre Hand auf meinen Oberschenkel legt und sich gegen mich lehnt.

»Alles okay da hinten?«

»Alles bestens.«

Wenn meine Stimme noch eine Oktave höher rutscht, werden die Windschutzscheiben um uns herum früher oder später bersten.

»Ich bin so sehr daran gewöhnt, mit Theo zu fahren, dass es sich jetzt anders anfühlt.«

»Anders?«

»Besser.«

Weil ich meiner Stimme gerade nicht traue, nicke ich nur, was sie im Rückspiegel sehen kann, und versuche mich nicht zu sehr über ihren Kommentar zu freuen. Aber auch für mich ist diese Fahrt mit Marie kein Vergleich zu den Spritztouren mit Pascal oder Tommi früher.

»Wo fahren wir eigentlich hin?«

Bisher hat sie mir unser Reiseziel nämlich noch nicht verraten.

»Wie wäre es mit Freiberg.«

»Was?«

»Du wolltest mir doch dein Hochhaus zeigen.«

»Aber …«

»Ich weiß ungefähr, wie man hinkommt, aber vielleicht möchtest du mein Navi sein?«

Ich sage nichts, versuche blitzartig in meinem Kopf eine Pro- und Kontra-Liste zu erstellen.

Marie in meinem alten Viertel, das überschreitet jede Grenze, die ich mir im Knast mal gesetzt habe, und doch nicke ich jetzt, schlage mit meinem Helm aus Versehen gegen ihren und versuche, meine Atmung so gut wie möglich unter Kontrolle zu halten.

»Ist das okay?«

Ihre Hand ruht noch immer auf meinem Oberschenkel, und ich überzeuge mich innerlich davon, dass schon alles gutgehen wird. Ich muss mich entscheiden, weil die Ampel bereits auf Gelb umschaltet.

»An der nächsten Kreuzung links.«

Ihre Hand wandert von meinem Oberschenkel zurück an den Lenker und bei Grün gibt sie Gas. Unsere Körper werden wieder etwas näher aneinandergedrückt, und ich konzentriere mich ausschließlich darauf, vergesse all die Zweifel, ob das hier so eine gute Idee ist.

Ich zeige ihr nur meine liebste Aussicht auf der ganzen Welt.

Was soll da schon passieren?

- 39 -
Marie

Die vier Hochhäuser stehen Schulter an Schulter und sehen dabei fast identisch aus, nur ihre Farben unterscheiden sie.

Gelb, grün, hellblau und dunkelblau.

Samuel, meine Hand fest in seiner, läuft gezielt auf den zweiten Block zu, der in einer Art Kotzgrün gestrichen ist. Bisher haben uns schon vier oder fünf Leute gegrüßt, zwei Jungs haben ihn umarmt und gesagt, wie schön es sei, dass er wieder da ist. Mich hat er nur mit Namen vorgestellt, wer ich wirklich bin und welche Rolle ich möglicherweise in seinem Leben spiele, hat er ihnen – und mir – verschwiegen. Aber so wie er meine Hand hält, bin ich mir sicher, dass die Leute es auch ohne Worte verstehen.

»Man kennt dich hier.«

Ihm scheint sein Bekanntheitsgrad eher unangenehm zu sein, wieso sonst hält er den Blick gesenkt und geht fast geduckt, mit schnellen Schritten?

»Vielleicht war das keine so gute Idee?«

Aber er drückt nur meine Hand und schüttelt den Kopf.

»Quatsch. Freiberg hat halt nicht den besten Ruf, und ich wollte nicht, dass du mies von mir denkst.«

»Weil du hier aufgewachsen bist?«

Er zuckt die Schultern und klingelt bei drei verschiedenen Parteien im Haus, als wir vor der Tür zum Stehen kommen.

»Klingelstreich?«

»Nee, aber jemand muss uns ja reinlassen.«

»So macht man das also?«

»Glaub mir, es verdrücken sich immer welche hier.«

Wieso er nicht die Klingel neben dem Namen *Nowak* im elften Stock drückt, frage ich nicht, aber es wundert mich. Dennoch ertönt auch so nach wenigen Sekunden der Summer und er schiebt die Eingangstür mit einem breiten Grinsen auf.

»Nach Ihnen.«

Mit einem kleinen Knicks bedanke ich mich und betrete den Hausflur, in dem es ein bisschen wie montags in der Schule riecht. Samuel geht direkt zu einem der beiden Fahrstühle und betätigt den Knopf des rechten.

»Nimm nie den linken, der stottert zu sehr.«

»Das merke ich mir.«

Nicht, dass ich wüsste, wann ich hier mal ohne ihn auftauchen sollte. Sobald das kleine Lämpchen über der schweren Tür des Fahrstuhls angeht, zieht Samuel sie auf und lässt mich zuerst in den orangefarbenen Innenraum treten. Die Wände sind beschmiert mit blöden Sprüchen und Tags. Manche haben sich mehr Mühe gemacht und ihre Message mit dem Schlüssel für immer in den Lack gekratzt. Samuel lehnt sich gegen die Wand und drückt auf den Knopf ganz oben.

»Genieß die Fahrt.«

Ruckelnd setzt sich der Aufzug in Bewegung, und ich

rutsche ein bisschen näher zu Samuel heran, weil mir das Gefährt nicht besonders vertrauenswürdig erscheint.

Dreiundzwanzig Stockwerke gilt es zu erklimmen.

»Ist schon mal jemand hier stecken geblieben?«

Er schüttelt den Kopf, wir passieren den sechsten Stock. Siebzehn to go.

»Nee. Aber wenn das Teil kaputt war, hast du auf den Treppen ordentlich geflucht.«

Ich sehe der Stockwerksanzeige dabei zu, wie sie an- und ausgeht, uns informiert, wie weit wir schon gekommen sind.

»Ich war noch nie in einem Haus mit so vielen Etagen.« Wenn man, so wie ich, in der Innenstadt aufwächst, dann findet man ein fünfstöckiges Haus schon hoch genug – vor allem ohne Aufzug. »Und wann ist der TÜV für diesen Fahrstuhl fällig?«

Samuel grinst verschmitzt.

»Vor zwei Jahren.« Er bemerkt meinen panischen Gesichtsausdruck und muss lachen. »Spaß. Aber das fragen fast alle Besucher. Uns interessiert das ehrlich gesagt nicht so. Wir sind einfach froh, wenn wir nicht zu Fuß laufen müssen.«

»*Wir?* Ich dachte, du wohnst gar nicht mehr hier.«

Sein Lächeln gefriert und sein Blick wandert von mir zur Anzeige der Stockwerke. Wir erreichen den elften Stock und Samuel neben mir wirkt angespannt.

»Hast du Bammel, dass du zum ersten Mal hier drinnen stecken bleibst?«

Er schüttelt, noch immer abwesend, den Kopf.

»Der Fahrstuhl ist noch nie stecken geblieben.«

»Aber einmal ist ja bekanntlich immer das erste Mal.«

Samuels Aufmerksamkeit kehrt zu mir zurück, ebenso wie sein Lächeln.

»Wenn ich mir einen Menschen aussuchen dürfte, mit dem ich zum ersten Mal im Fahrstuhl stecken bleiben müsste …«

Ein kurzer Schluckauf der Technik lässt uns innehalten, aber sobald sich das Ruckeln fortsetzt, spricht auch Samuel weiter.

»… wärst du meine erste Wahl, Marie.«

»Das sagst du nur, weil du mich noch nie im Panikmodus erlebt hast.«

»Wie sieht der denn aus?«

Ich lehne den Kopf gegen die zerkratzte Wand hinter mir und überlege, welche Version ich ihm erzählen soll. Ruiniere ich die Stimmung, wenn ich die Wahrheit sage?

»Dann werde ich ziemlich zickig und attackiere alle um mich rum grundlos, als wäre alles, was jemals in meinem Leben schiefgegangen ist, ihre Schuld.« Samuel mustert mein Gesicht, und weil ich eben doch nicht will, dass die Laune hier kippt, lege ich einen kleinen Scherz nach. »Und ich kratze und spucke.«

»Damit kann ich umgehen.«

»Glaubst du?«

Er legt den Arm um mich.

»Ich weiß es.«

So klein dieser Fahrstuhl auch sein mag, gerade fühlt es sich an, als wäre das hier die ganze Welt. Weit weg von daheim, von den Sorgen und dem Druck, mit Samuel auf dem Weg nach oben.

Von mir aus könnte der Fahrstuhl sogar wirklich in diesem Moment für immer stecken bleiben.

- 40 -
Samuel

Die eiserne Ausgangstür zum Dach geht mit einem zarten *Klick!* auf, und Marie beschenkt mich mit einem kleinen, leisen Applaus.

»Es überrascht mich nicht mehr, dass du dafür keinen Schlüssel brauchst.«

Ich verbeuge mich für dieses Kompliment, auch wenn es eher ein zweifelhaftes Talent ist, das ich mir da über die Jahre erarbeitet habe, und lasse sie als Erste durch die Tür aufs Dach treten.

»Wenn du kostenlos die Aussicht genießen willst, musst du erfinderisch werden.«

Alternativ zum Schlossknacken hätte ich Oli nach dem Schlüssel fragen können, aber dann hätte Tommi zu tausend Prozent hiervon Wind bekommen, und ehrlich gesagt, ist das gerade so ein Moment, den ich nicht mit ihm oder den Jungs teilen will.

Marie sieht sich auf dem Dach um, als wären wir in der Staatsgalerie, wo die tollsten Bilder der großen Künstlern hängen. Die Jungs haben die Gartenstühle nicht weggeräumt, sie stehen verlassen in der Mitte, ebenso das uralte Radio, auf dem wir im Sommer die Hits der Saison gehört und mitgesungen haben.

»*Wow.*«

»Es ist nicht das Empire State Building.«

»Mit ein bisschen Fantasie …« Sie dreht sich zu mir um, aber ich kann nur die eine Hälfte ihres Lächelns erkennen, weil der Wind ihr die Haare wie einen Schleier vor das Gesicht weht. »Ich finde es cool.«

Sie greift nach meiner Hand und zieht mich an den Rand, von wo aus man den besten Ausblick hat. Es erfüllt mich mit absurdem Stolz, dass dieses Hochhausdach ihr so ein Strahlen in die Augen zaubert. Gerade kommen mir die Probleme, die unten auf uns warten mögen, noch kleiner vor als sonst. Vorsichtig traut sie sich bis an die eiserne Brüstung, lehnt sich dagegen und wagt einen Blick durch die Gitter nach unten.

»*Woho.*«

Sofort zuckt sie zurück und prallt gegen mich.

»Das ist hoch.«

Ich verkneife mir ein Grinsen. »Ich hatte angenommen, der Spoiler wäre angekommen.«

»Ja, irgendwann im zwanzigsten Stock dämmerte es mir.«

»Solange du nicht springst, passiert auch nichts.«

Zögernd traut sie sich wieder etwas weiter vor, lässt den Blick aber diesmal sicherheitshalber in die Ferne wandern und entspannt sich langsam. Noch immer stehe ich direkt hinter ihr, und ich glaube, sie genießt diese Nähe.

»Ich muss sagen, beeindruckend.« Sie deutet mit ausgestrecktem Arm irgendwo in Richtung Himmel. »Ich kann bis fast nach Zuffenhausen sehen.«

»Manchmal, wenn ich gar nicht mehr wusste, wohin mit allem, hab ich mir vorgestellt, ich könnte bis über alle Grenzen schauen. Bis dahin, wo mich niemand kennt.« Jetzt spüre ich ganz deutlich, wie sie ihr Gewicht gegen mich verlagert.

»Das klingt gut. Wenn es nach mir ginge, würde ich von hier gerne bis nach Spanien oder so schauen.«

»Dafür schaust du zwar in die falsche Richtung …«

Sie verpasst mir einen sanften Hieb in die Seite.

»Du weißt genau, was ich meine.«

»Soll ich dir ein Geheimnis verraten?«

Marie dreht den Kopf in meine Richtung und ich spüre ihren Atem auf meiner Wange.

»Hm?«

»Hier oben habe ich gelernt, Gedankenspaziergänge zu unternehmen. Wenn du also bis nach Spanien möchtest …« Ich lege meine Hand über ihre, die das Gerüst vor uns umklammert. »… dann können wir auf die Art gehen, wo immer du hinwillst.«

Marie schließt die Augen und atmet langsam ein, verharrt einen Moment in dieser Position, bevor sie mich ansieht.

»Wenn ich die Schule fertig habe, dann gehe ich weg.« Ihre Stimme klingt entschlossen. »Theo wird enttäuscht sein. Meine Eltern wohl auch, aber ich halte es nicht mehr aus. Sie haben so viel kaputt gemacht.«

»Deine Eltern?«

»Nein. Diese Idioten, die Theo damals überfallen haben. Sie haben ihn einfach ausgenommen und dann kaputt zurückgelassen. Sind auf Nimmerwiedersehen verschwunden, ungestraft.«

Ihre Stimme klingt so gefasst, aber ich kann das eben Gesagte nur schwer begreifen.

»Wo ist das denn passiert?«

»Haltestelle Staatsgalerie.«

»Und es gab keine Zeugen?«

»Nein. Es war zu spät am Abend, und die Kameras funktionieren da nicht, wegen der blöden Umbauarbeiten. Weißt du, zuerst habe ich gedacht, er würde sich davon erholen.«

Ihr Blick wandert wieder davon, als folge er ihren Gedanken.

»Aber es wurde nur immer schlimmer. Therapie hin oder her, es wird einfach nicht besser. Meine Eltern sind ratlos, aber das geben sie nicht zu. Sie arrangieren sich mit dem Ist-Zustand und verlangen das auch von mir.«

Obwohl ihre Stimme langsam wackelt, spricht sie weiter.

»Aber ich kann das nicht. Mein Leben steht seit dem Tag X auf Pause, weil wir uns alle um Theo drehen. Und ich *will* ihm helfen, aber ich weiß einfach nicht mehr, wie.« Wieder schließt sie die Augen. »Er zieht sich immer weiter zurück, lügt uns an, wenn wir fragen, wie es ihm geht, und erwartet von mir, dass ich lächelnd nicke, während er immer weiter verschwindet.« Mit einem Mal reißt sie die Augen auf und ihr Blick ist wütend, fast brennend. »Ich wünschte mir, die Typen würden endlich geschnappt, dann könnte Theo vielleicht endlich damit abschließen und noch mal von vorne anfangen.«

Jetzt ergibt alles, was Theo mir über Stuttgart als sein Gefängnis erzählt hat, viel mehr Sinn.

»Das tut mir leid.«

»Allen tut es leid. Aber niemand kann helfen.« Marie schüttelt den Kopf und bringt plötzlich Abstand zwischen uns. »Manchmal bin ich so wütend. Auf Andi, auf alle, die wegschauen, auf alle, denen Theo egal ist, auf meine Eltern, auf mich …«

»Vielleicht solltest du das mal rauslassen.«

»*Rauslassen*?«

Ich nicke, stelle mich neben ihr auf und umklammere das Gitter vor uns, so fest, als befürchtete ich, der Wind könne mich wegblasen. Dann denke ich an all die Dinge, die ich vergessen will. An die Schikane in der JVA, die Prügel und alles dazwischen, hole tief Luft und schreie, schicke meine Gefühle über die Hausdächer meines Viertels, bis über die Stadtgrenzen und noch viel weiter hinaus.

Einmal angefangen, kann ich gar nicht mehr aufhören, nehme nur wahr, dass Marie in mein verletztes Gebrüll mit einfällt. Wir stehen da und schreien so lange, bis wir heiser und leer sind. Dabei weiß ich nicht, ob es der Wind ist, der mir die Tränen in die Augen treibt, oder ob sie doch von ganz woanders herrühren.

Erst, als nichts mehr da ist, hören wir auf und sehen der ausgebrüllten Wut hinterher, die der Wind mit sich nimmt und deren Echo sicher noch irgendwo zu hören ist.

»Das hat sich ganz gut –«

Weiter komme ich nicht, weil Marie den Kragen meiner Jacke schnappt und mich zu sich runterzieht. Ihre Lippen treffen meine, so verzweifelt, dass ich schnell die Arme um sie schlinge, aus Angst, sie könnte das Gleichgewicht verlieren oder ich mich Hals über Kopf in sie verlieben.

Letzteres ist ohnehin schon längst passiert.

- 41 -

Theo

Mama lässt mich nach der aufwühlenden Stunde bei Schädle in Ruhe, informiert mich aber noch darüber, dass Essen im Kühlschrank steht und ich sie jeder Zeit anrufen kann, falls ich sie oder sonst was brauche. Auch Papa, der im Büro ist, weiß Bescheid und ist auf Abruf bereit. Kein 5-Sterne-Hotel bietet eine bessere Versorgung, und doch stellt sich das entspannende Gefühl erst ein, als die Haustür ins Schloss fällt und ich tatsächlich alleine bin.

Nur um sicher zu sein, dass sie wirklich weg ist, trete ich auf den Flur und horche in die Stille der Wohnung. Es ist schon ein bisschen irre: Während mir die Dunkelheit fast die Luft zum Atmen abschnürt, ist es die Stille, die mir die Freiheit zum Denken gibt. Nur dann klopft mein Herz ganz normal, nur dann kann ich es überhaupt spüren, denn sonst ist der Lärm drumrum zu laut. *Mamas Kummer, Papas Ablenkungsversuche, Maries Sorgen, Andis gehässige Bemerkungen, Schädles Fragen.* Da passiert es schnell, dass man seine Gedanken nicht mehr hört.

Der Flur in unserer Wohnung ist mein persönlicher Spießrutenlauf. Unsere ganze Familiengeschichte hängt in Form von gerahmten Fotos an der Wand, eines neben dem anderen, perfekt ausgerichtet. Eine Retrospektive in Schwarz-Weiß. Die Hochzeit unserer Eltern, Maries Geburt, ihre ersten Schritte, dann mein Auftritt, das erste Gruppenfoto als vierköpfige Familie, Einschulungen, Sommerurlaube, Sportfeste, noch mehr Urlaube, aus Kleinkindern werden Leute, Papas Haare etwas kürzer, meine Locken dafür umso wilder.

Wenn man fast an der Küchentür ist, endet die Geschichte abrupt. Das letzte Foto dort zeigt mich, wie ich stolz grinsend neben Marie stehe, die ihren Rollerführerschein bekommen hat, die rote Vespa thront – wenn auch auf dem Bild etwas farblos – neben uns.

Wenn ich mir heute den Jungen auf dem Bild so anschaue, fällt es mir schwer, mich noch darin zu erkennen. Was war damals wohl meine größte Sorge? Was meine größte Angst? Die Englischhausaufgaben? Das nächste Update von *Fortnite*? Ich muss wegsehen, weil es so wehtut zu wissen, dass ich mal *er* gewesen bin.

Schnell gehe ich weiter ins Wohnzimmer und nehme auf Papas Fernsehsessel Platz, lasse ihn mit der Fernbedienung so weit zurückfahren, dass ich mich entspannt reinfläzen kann, die Füße hochgelegt und – dank jahrelanger Versuchsreihen – in der korrekten Position, um den perfekten Blick auf den Bildschirm an der Wand zu haben. Nur schalte ich ihn nicht ein. Kein Programm um diese Uhrzeit interessiert mich. Kochsendungen machen hungrig, Polizeisendungen – ob nun gescriptet oder nicht – sorgen für Herzrasen, und 500 Euro in vier Stunden würde ich doch eh nur für Turnschuhe ausgeben, egal zu welchem Wochenmotto.

Ein Blick auf die Uhr reicht, um zu wissen, dass Marie bald nach Hause kommt und mit ihr alle News aus der Schule – wo man mich bestimmt nicht vermisst hat. Andi wird ein anderes Opfer gefunden haben, und auch wenn er oder sie mir leidtut, so bin ich doch einfach nur dankbar, dass es mal nicht mich erwischt. Das Mitgefühl der meisten Menschen ist vermutlich nur Erleichterung, dass es nicht sie selbst erwischt hat.

Es klingt so, als wäre Mama schon wieder zurück, ein Wagen fährt auf den Parkplatz vor dem Haus, und ich greife nach der Fernbedienung. Das war eine kurze Verschnaufpause. Wie im Flugzeug bewege ich den Sessel zurück in eine aufrechte Position, damit ich schnell genug alle Spuren verwischen und zurück in mein Zimmer flüchten kann –

Der Knall und das berstende Glas treffen mich aus dem Nichts.

Die Glassplitter schießen wie gefährliches Konfetti aus einer Kanone, gehen über dem roten Teppich im Wohnzimmer nieder und ich rutsche aus dem Sitz in Deckung hinter den Sessel, wage nur einen kurzen Blick in Richtung des Fensters, das jetzt ein faustgroßes Loch ziert. Knapp neben dem Couchtisch liegt der Eindringling.

Ein roter Backstein.

Dann höre ich das Lachen, Autotüren und einen heulenden Motor.

Ich muss zum Fenster, muss nachsehen, wer es war, was für ein Automodell es ist, welche Farbe, wer am Steuer sitzt.

Doch ich spüre nur, wie mein Körper zittert, und höre das Summen in meinem Kopf. Meine Haut prickelt, als hätten die Glassplitter mich und nicht den Boden getroffen.

Meine Hand tastet nach dem Handy, dass ich bei der Flucht hinter den Sessel habe fallen lassen, und ich tippe verzweifelt zweimal den falschen Code ein, weil meine Daumenerkennung nicht funktioniert. Egal, wie oft ich den Kopf schüttele, das Lachen in meinem Schädel verschwindet nicht, es wird nur immer lauter.

Endlich wähle ich Maries Nummer und halte mir das Smartphone so fest ans Ohr, als könnte ich mich ihr dadurch näher fühlen.

Es klingelt.

Und klingelt.

Und klingelt wieder.

Wo steckst du?

Horrorszenarien vermischen sich in meinem Kopf und ich schlage mir mit der flachen Hand gegen die Schläfe, will die Bilder aufhalten, die mein Kopfkino fluten, aber es wird noch schlimmer.

»Hey, hier ist Marie, ich kann gerade nicht rangehen, aber hinterlass mir eine Sprachnachricht und ich rufe asap zurück. Ciao!«

Ihre Stimme klingt so fröhlich und sorglos, weil die Ansage vor dem Überfall aufgenommen wurde, als alles noch in normalen Bahnen verlief und wir nur irgendeine Familie in gerahmten Fotos waren.

»Marie … komm bitte nach Hause. Bitte. Bitte. Bitte. Komm nach Hause.«

- 42 -

Marie

Wir sitzen hinter dem Geländer auf der Brüstung, nur unsere Beine baumeln zwischen den Stäben hindurch über dem Abgrund, und es hat gute vierzig Minuten gedauert, bis ich mich das getraut habe. Aber so langsam entspanne ich mich und fange an, das alles zu genießen. Samuel sitzt so dicht neben mir, dass unsere Hüften sich berühren, und ich will, dass es für immer so bleibt.

»Meinst du, wir sind dem Himmel hier näher als der Erde?«

Meine Frage lässt Samuel kurz nachdenken, bevor er den Arm in die Höhe reckt und dann nickt.

»Ich glaube, ja. Habe gerade eine Wolke gestreichelt.«

»Wenn das so ist …«

Ich strecke meine Hand ebenfalls aus und gönne mir den naiven Moment, der mir hier oben leichtfällt und sich befreiend anfühlt.

»Wenn du mit deinen Kumpels hier oben warst, hast du sicher keine Wolken gestreichelt.«

Er muss bei dieser Vorstellung lachen und schüttelt entschlossen den Kopf.

»Niemals. Da haben wir eher Rauchwolken produziert.«

»So, so.«

»Die Jungs waren schon in Ordnung. Wenn es uns in der Familie zu viel wurde, haben wir hier eben ein bisschen entspannt.«

»Partys gefeiert auch?«

»Mit denen war immer irgendwie Party.«

Mir fällt auf, dass er oft bei den Erzählungen über seine Freunde die Vergangenheitsform benutzt.

»Aber jetzt nicht mehr?«

»Nein.«

»Weil du ach-so-erwachsen geworden bist?«

»Auch.«

Und das klingt ernster, als ich erwartet hatte.

»Ist irgendwas passiert?«

»Wird das hier ein Verhör?«

»Nein, es interessiert mich nur.«

»Wieso?«

»Weil du mich eben interessierst, Samuel.«

»Verstehe.«

Er sieht raus auf die Stadt, stützt die Hände hinter sich ab und lehnt sich zurück, legt den Kopf in den Nacken und sucht den Himmel wohl nach der nächsten Wolke ab.

»Ich habe mich einfach in eine andere Richtung entwickelt.«

Er spricht leiser, und ich nehme das als Vorwand, mich noch etwas dichter an ihn zu lehnen.

»Sie haben alle keinen Fahrplan fürs Leben und ich …«

Er zuckt, so gut es in der Position eben geht, mit den Schultern, und ich lasse ihm Zeit, seine Gedanken in die richtigen Worte zu verpacken.

»… ich werde nervös. Was soll ich mit dem ganzen Zeug anstellen?«

»Mit welchem Zeug?«

»Der Zukunft.«

»Hast du dir denn nie Gedanken darüber gemacht?«

»Ehrlich gesagt, nein. Wenn du glaubst, dein Leben läuft auf ewig in eine bestimmte Richtung und dann merkst du, das ist gar nicht so –«

Hinter uns fliegt die Tür auf und Schritte ertönen auf dem Betonboden. Samuel zuckt so sehr zusammen, dass ich mich ebenfalls erschrecke. Schneller, als ich reagieren kann, steht er schon auf der Brüstung. Fast erwarte ich, dass er die Fäuste hochreißt, aber es ist doch nur ein Zucken, dann hebt er eine Hand, was wie ein Gruß aussieht.

»Hi, Jungs.«

Drei Jungs, alle in unserem Alter, stehen grinsend wie Orgelpfeifen aufgereiht und sehen immer wieder von Samuel zu mir, wieder zu ihm, dann wieder zu mir, als wären sie ein animiertes *GIF*.

»Stören wir?«

»Quatsch.« Samuel springt von unserem Sitzplatz runter und geht auf sie zu, begrüßt sie mit einer Umarmung und deutet dann auf mich. »Das ist Marie.«

Alle drei winken mir zu.

»Und das sind Sinan, Oli und Pascal.«

Jetzt bin ich es, die winkt und langsam von der Brüstung klettert, noch immer etwas benommen, dass unser Moment so abrupt beendet wurde.

»Hast du das Schloss geknackt?«

Samuel nickt.

»Verfügt ja nicht jeder über den Luxus eines Schlüssels.«

»Hättest klingeln können, ich hätte ihn dir schon gegeben.«

Langsam komme ich auf die Gruppe zu, unsicher, wie ich mich verhalten soll. Zwar hat Samuel mich vorgestellt, mir aber wieder keine Rolle zugeteilt, also schnappe ich mir einfach die, die mir gefällt, und greife nach seiner Hand.

»Ihr seid also *die Jungs*, ja? Hab schon viel von euch gehört.«

Keinem entgeht, dass wir jetzt Händchen haltend dastehen, und die Tatsache, dass Samuel unsere Finger verhakt, gefällt mir.

»Ja, wir sind *die Jungs*.«

»Aber einer fehlt.«

»Tommi.«

Ich kann nicht so genau sagen, ob Samuel traurig oder erleichtert ist, dass Tommi gerade nicht hier ist.

»Wo steckt er denn?«

Weder Sinan noch Pascal oder gar Oli scheinen auf Samuels Frage eine Antwort parat zu haben, zumindest betrachten sie auf einmal höchst interessiert ihre Schuhspitzen oder den einen Punkt am Horizont ganz hinten.

»Der ist … busy.«

Samuel nickt, seine Kiefermuskeln spannen sich an.

»Verstehe.«

Ein Seitenblick zu mir, wohl um sicherzugehen, dass ich zwischen den Zeilen nicht lesen kann, dass sein Kumpel sicher nicht nur *busy* ist.

»Nun, wir ziehen dann mal weiter. Ihr wisst ja, was man sagt. Fünf Leute sind drei zu viel für Zweisamkeit.« Mit einem Lächeln, das ihm schon viel besser zu Gesicht steht, wendet er sich zu mir. »Wollen wir?«

»Klar.«

Die Jungs verstehen offensichtlich auch, dass unsere Flucht die beste Idee ist und verabschieden sich von mir, verkünden, dass es schön war, mich zumindest kurz kennengelernt zu haben, und sehen uns dann nach, als wir durch die Tür ins Gebäude treten. Fünf Stufen später stehen wir wieder vor dem Fahrstuhl, und erst jetzt entspannt sich Samuels Kiefer. Ich gönne ihm eine Verschnaufpause, bevor ich ihm eine Frage stelle.

»Auf einer Skala von eins bis zehn, wie awkward war das für dich?«

»Sieben.«

»*Wow.*«

Der Fahrstuhl kommt und Samuel zieht die Tür auf, lässt mir erneut den Vortritt.

»So schlimm?«

»Ich wollte einen klaren Cut.«

»Mit deinen Jungs?«

Nickend drückt er auf den Knopf, der dem Fahrstuhl den Auftrag erteilt, uns wieder heil ins Erdgeschoss zu bringen.

»Das hier …« Er deutet auf den Fahrtstuhl um uns herum, aber ich verstehe, dass seine Geste viel mehr umfasst. »… gehört nicht mehr zu mir. *Ich* gehöre nicht mehr hierher.«

Fast überschlagen sich die Worte, die er schnell hervorschleudert.

»Ich wollte nicht mehr in dieses Haus, zu den Jungs oder auf das Dach kommen. Aber manchmal ist es leichter, das zu tun, was immer funktioniert hat, als bei null anzufangen. Und dann kamst du und warst meine Null.«

»Danke auch.«

»Nein. Ich meine, bei dir wollte ich bei null anfangen. Eine neue Chance und so.«

Er muss merken, dass mich seine Worte verwirren, weil ich wohl nicht die ganze Geschichte kenne.

»Ich habe früher richtig viel Mist gebaut. So richtig.«

»Soll heißen?«

War der Fahrstuhl bei der Fahrt nach oben auch schon so eng und stickig?

»Wir haben immer Ärger gemacht, und irgendwann wurde ich erwischt.«

»Wobei?«

Ich will nicht so kühl klingen, aber es ist nötig, damit ich einigermaßen ruhig bleibe. Reicht der Sauerstoff für zwei Menschen in diesem Fahrstuhl?

»Wir haben Autos geknackt und Zeug rausgeklaut, um es zu verkaufen.«

»Du hast Zeug geklaut?«

»Ja. Und zwar oft.«

Ich nicke, obwohl mein Kopf sich ganz ohne mein Zutun zu drehen beginnt.

»Und du wurdest erwischt.«

»Ja.«

»Und dann?«

Jetzt kommt offensichtlich der Teil, der ihm schwerfällt,

den ich aber hören will. Hier gibt es keine Flucht, keinen Ausweg, hier drinnen will ich die Wahrheit.

»Dann wurde ich verurteilt.«

Und nun hält der Fahrstuhl. Der doch angeblich noch nie stecken geblieben ist, aber bevor mein Panikmodus kicken kann, bemerke ich, dass wir einfach nur in einem Stockwerk gehalten haben und die Tür aufgeht, damit ein weiterer Fahrgast zusteigen kann.

»Ach, schau an ...«

Der Mann bleibt in der Tür einen Moment lang stehen, er trägt einen dunkelblauen Jogginganzug zu Hausschuhen und einem *Haarbürste-ist-heut-nicht*-Styling. In der Hand hält er eine brennende Zigarette und eine leere Einkaufstasche. Samuels Gesichtsfarbe wird von Sekunde zu Sekunde blasser, und ich habe keine Ahnung, ob einer der beiden noch weiß, dass ich auch hier bin.

»... mit dir hätte ich hier ja nicht gerechnet.«

Mit einem Schritt ist der Typ im Fahrstuhl und die Tür schließt sich zur Fahrt durch die letzten Stockwerke. Seine Haare sind schon ziemlich grau für sein Alter, denn die Augen verraten, dass er jünger ist, als sein Auftreten vermuten lässt. Am Kinn verbreitet sich ein ausgewachsener Dreitagesbart. Alles in allem wirkt er unausgeschlafen. Samuel sagt noch immer nichts, starrt den Mann nur an und ich stehe verloren in meiner Ecke.

»Wie lange bist du schon zurück?«

»Bin nur kurz auf dem Dach gewesen.«

Kurz ist gelogen, wir waren locker zwei Stunden da oben.

»Und da kamst du nicht auf die Idee, mal vorbeizuschauen?«

»Ich wollte dich nicht stören.«

»Du hast doch noch immer den Schlüssel.«

Samuels Sekundenblick trifft mich, aber ich rühre mich nicht, akzeptiere die Rolle der stummen Beobachterin.

»Den habe ich nicht dabei.«

»Dann klingle einfach.« Der Mann legt die Zigarettenhand auf Samuels Schulter, der unter dieser Geste schrumpft. »Gut siehst du aus. Hätte es schlimmer erwartet.« Samuel nickt, hat Schwierigkeiten, den Blickkontakt zu halten. »Hat dieser Liebig gesagt, dass ich dich sprechen wollte? Du hast ja wohl kein Handy mehr.«

»Ich bin noch nicht dazu gekommen, das alles zu organisieren. Muss noch viel anmelden und so.«

»Klar. Verstehe.« Der Mann nimmt die Hand weg, führt sie zum Mund und gönnt sich einen tiefen Zug aus der Zigarette, bevor er auf den Boden zwischen seinen Füßen ascht.

»Hoffe, du hast was daraus gelernt.«

»Hab ich.«

»Mein Sohn ist nämlich keine Weichbirne.«

Blitzschnell und heftiger als nötig schlägt er ihm mit der flachen Hand in den Nacken. Und Samuel wehrt sich nicht mal. Ich habe solche Szenen in letzter Zeit zu häufig gesehen und noch viel häufiger den Mund gehalten.

»Hey!«

Beide Köpfe drehen sich in meine Richtung, als wäre ihnen erst jetzt eingefallen, dass sie nicht alleine sind, aber nur Samuel sieht sofort wieder weg. Sein Vater mustert mich eingehend, bevor seine Mundwinkel sich zu einem lässigen Lächeln hinreißen lassen.

»Und wer bist du?«

»Ich bin Marie.«

Irgendwie reicht mir diese Erklärung nicht.

»Samuels Freundin.«

- 43 -

Samuel

Papa geht neben uns her, und ich möchte am liebsten zu einer Wolke werden und zurück aufs Dach schweben. Marie nimmt die Situation so wie sie ist, ich sehe keine Wertung in ihrem Blick, sie unterhält sich ganz normal mit Papa, der ihr erzählt, dass er noch schnell zum Discounter muss, weil ihm das Brot ausgegangen ist und jeder Haushalt einen Toastvorrat haben muss. Aber in meinem Kopf tickt die ganze Zeit der Countdown der Wahrheitsbombe, die jeden Moment hochgehen kann. Aber Papa schafft es, meine Vergangenheit aus dieser Konversation zu filtern, und ich bin ihm dafür sogar dankbar.

»Es war schön, dich kennenzulernen, Marie. Vielleicht kannst du ja besser auf meinen Jungen aufpassen.«

Wieso fühle ich mich plötzlich wieder wie zwölf und so, als ob ich tatsächlich einen Aufpasser bräuchte? Sie schütteln sich die Hände, bevor er sich mir zuwendet.

»Würde mich freuen, wenn wir mal etwas länger Zeit für ein Gespräch hätten.«

Nicht, wenn es nach mir geht. Trotzdem nicke ich und werde zur Salzsäule, als er mich überraschend in eine muffige Umarmung zieht.

»Diesel vermisst dich ganz schön.«

Ist es schrecklich von mir, dass ich den Hund mehr vermisse als meinen Vater?

»Bau keine Scheiße mehr, okay?« Er flüstert es inklusive miesem Atem an meine Wange und löst sich dann von mir. Nicht ohne mir noch eine liebevolle Backpfeife mitzugeben. »Schönen Tag euch noch.«

Dann verabschiedet er sich winkend und geht in Richtung Einkaufszentrum davon. Sein Gang ist noch schlurfender geworden, die Knieschmerzen haben wohl in letzter Zeit zugenommen, und es ist mir ein bisschen peinlich, dass dieser ungepflegte und von der Arbeit gezeichnete Mann mein Vater ist. Marie wartet, bis er außer Hörweite ist, bevor sie sich wieder zu mir dreht.

»Er macht einen interessanten Eindruck.«

Ich muss lachen, weil ich noch nie eine passendere Beschreibung meines Vaters gehört habe.

»Wohl wahr.«

»Ihr scheint ein bisschen Redebedarf zu haben.«

»Ich habe ihm eigentlich nicht mehr so viel zu sagen.«

Trotzdem kann ich meinen Blick noch immer nicht von seinem blauen Polyesterrücken abwenden, der fast das Einkaufszentrum erreicht hat.

»Und hast du *mir* vielleicht noch was zu sagen?«

Richtig. Unser Gespräch wurde durch Papa jäh unterbrochen, und obwohl mein Kopf gerade ziemlich voll ist, weiß ich noch ganz genau, wo wir waren.

»Schon.« *Ich muss nur die richtigen Worte finden.*

»Du wurdest verurteilt?«

Marie weiß also auch noch, wo wir waren.

»Zehn Monate.«

»Bewährung?«

Jetzt kommt der Teil, von dem immer alle gesprochen haben. Die Wahrheit sagen und trotzdem normal weiterleben, weil niemand schlecht von dir denkt. Die Angst drückt mir die Kehle zu. Bei manchen Leuten wäre es mir vielleicht wirklich egal, ob sie mich danach anders sehen. Aber nicht bei Marie.

»Nein.«

Sie haben mich einfach nur dank meiner guten Führung einen Monat früher entlassen. Marie gibt sich Mühe, nicht merken zu lassen, was sie darüber denkt.

»Wie lautete denn die Anklage?«

»Diebstahl und Sachbeschädigung.«

Das zumindest stimmt, und Maries Blick lässt mich nicht für einen Wimpernschlag los. Der Kloß in meinem Hals wird jede Sekunde größer, drückt auf die Stimmbänder und will sie lähmen, mich mit der Halbwahrheit davonkommen lassen. Ich schlucke hart, versetze dem Kloß damit den Todesstoß.

»Und Körperverletzung.«

Es wäre gelogen zu behaupten, dass es mir leichtfällt. Und es wäre auch gelogen zu behaupten, sie würde nicht kurz wegsehen. Klar, ich hatte gehofft, sie würde sagen, dass es kein Problem sei. Dass ich ja meine Strafe abgesessen hätte. Eben genau das, was man mir vor der Haftentlassung vorgekaut hat. *Vollwertige Resozialisierung.* Wieder ein Teil der Gesellschaft werden.

»Du hast also jemanden verprügelt?«

Ich nicke.

»Einfach so?«

»Nein.« *Doch. Einfach so.* »Ich wollte sein Handy und die Kohle.«

»Theo haben sie auch das Handy, die Schuhe, die Kopfhörer und die Kohle geklaut. Bevor sie ihn verprügelt haben, weil er sich gewehrt hat.«

Und in ihrer Welt bin ich kein bisschen besser als diese Idioten.

»Du hast jemanden verprügelt, weil du sein Zeug klauen wolltest und er sich gewehrt hat.«

Keine Frage mehr, nur die nüchterne Feststellung.

»Ja.«

»Weißt du, wie es der Person jetzt geht?«

»Nein.«

»Hast du dich entschuldigt?«

»Ja.«

»Hat die Person die Entschuldigung angenommen?«

Sie will das Märchen hören, das auch ich geglaubt habe, weil es einfacher ist als die Realität.

»Nein.«

»Und wie geht es dir damit?«

Als ob das jemanden interessiert.

»Geht so. Ich weiß jetzt halt, dass ich für ihn viel kaputt gemacht habe.«

Auch wenn der Mann, den ich verprügelt habe, deutlich älter als Theo ist, muss ich natürlich an ihn denken. Und daran, was Marie mir erzählt hat.

»Und für dich auch.«

Ein Satz wie eine Ohrfeige. Marie sieht mich an, aber ich habe keine Ahnung, was in ihr vorgeht und ob sich ihre Meinung über mich grundlegend verändert hat. Sie sieht von mir zu den Betonhochhäusern, Spielplätzen und Autos, sucht wohl eine Erklärung für meine Tat und kehrt doch wieder zu mir zurück.

»Das ist eine Menge, Samuel.«

»Ich weiß.«

»Das ist so …«

»Ja, ich weiß.«

Und genau das ist die Reaktion, mit der ich und auch die anderen jederzeit gerechnet haben. Weil es einfach immer ein Teil unserer Scheißbewerbung auf eine zweite Chance sein wird, und daran wird sich nie was ändern.

»Ich muss nach Hause.«

Klar. Natürlich muss sie das. Vielleicht muss sie aber auch einfach nur weg von mir.

»Sehen wir uns morgen in der Schule?«

Das zumindest muss ich fragen, bevor sie sich in Richtung des Rollers aufmacht, der rot glänzend zwischen den Mofas steht.

»Ich werde da sein.«

Sie dreht sich nicht um, und so kann ich nicht sagen, ob sie dabei lächelt oder nicht. Sie *muss* sich noch mal umdrehen, nur damit ich weiß, ob es nicht doch vielleicht stimmt, was Typen wie Liebig mir erzählt haben. Von wegen zweiter Chance und all dem. Sie schnappt sich ihren Helm, den sie an den Lenker gekettet hatte, wirft die Haare über die Schultern und verschwindet dann hinter ihrem Visier.

Dreh dich bitte noch mal um.

Nur ein Blick zurück, nur ein Rettungsseil für mich, irgendwas.

Sie steigt auf den Roller, dreht den Schlüssel im Schloss und der Motor brummt, sie gibt locker ein bisschen Gas und lässt ihre Vespa vom Ständer rutschen.

Dreh dich bitte noch mal um.

Sie fährt langsam Richtung Parkplatzausfahrt und hat keine Ahnung, dass sie gerade mein Herz überrollt hat. Ich reiße den Blick von ihr los und lasse ihn die Hausfassade nach oben wandern. Dorthin, wo Oli, Pascal und Sinan rumhängen und wo, laut Tommi, noch immer mein Platz ist.

Das laute Hupen weckt mich aus dieser Zukunftsvision, und ich sehe zurück zur Straße, wo Marie den Roller gewendet hat und langsam wieder auf mich zufährt.

Knapp vor mir bremst sie und klappt ihr Visier hoch.

»Danke für heute. Und das Wolkenstreicheln.«

»Jederzeit.«

Auch wenn ich das Gefühl nicht loswerde, dass es bei einer einmaligen Aktion bleiben wird.

– 44 –

Theo

Papa spricht mit dem Polizisten, der als Erster hier ankam und den »Tatort« fotografiert hat. Mama beantwortet die Fragen der Polizistin, die auch schon mit mir gesprochen hat. Und ich sitze auf dem Sofa und rühre mich nicht, weil ich am liebsten woanders wäre.

Als die Tür aufgeht, sehen alle sofort zum Flur, und es würde mich nicht mal wundern, wenn einer der Beamten die Knarre aus dem Halfter zieht. Ein bisschen *CSI Miami*-Style halt, aber es ist nur Marie, die mit ihren Schulsachen und dem Helm unterm Arm die Bühne betritt und deren Gesichtszüge sofort entgleisen. Sie sieht die Scherben und Splitter auf dem Boden, die Polizisten und unsere Eltern. Zum Glück parkt sie den Roller immer hinten, sonst hätte sie das Aufgebot unserer Freunde und Helfer in der Auffahrt gesehen.

»Wo warst du denn bis eben?«

Der Vorwurf in Mamas Stimme ist deutlich.

»Ich habe was für das Referat gemacht. Mit Samuel.«

»Wir haben dich angerufen, dein Handy ist aus.«

Der Vorwurf unserer Mutter schlägt so heftig ein, wie vorhin der Backstein.

»Ich habe es ausgeschaltet.«

Deswegen ist sie also nicht rangegangen. Es fehlt nur, dass Mama scharf einatmet und sich dramatisch die Hand auf die Brust legt. Aber nichts passiert und Marie ist noch immer irritiert von den Polizisten.

»Was ist denn passiert?«

Sofort sieht sie zu mir, sucht mein Gesicht nach Wunden oder Spuren ab, aber ich schüttele nur knapp den Kopf. Niemand muss sich Sorgen machen, mir geht es super. Nur eine Nahtod-Panikattacke, aber hey, ein bisschen Melissentee und ich bin quasi wieder der Alte.

»Jemand hat ein Attentat auf Theo verübt!«

Mama ist die Meisterin der Übertreibung, zumindest, wenn es um mich geht. Auf Maries fragenden Blick schüttele ich wieder nur den Kopf, und Papa relativiert Mamas Aussage sofort.

»Jemand hat sich einen Streich erlaubt und einen Stein durchs Fenster geworfen.«

Diese Version trifft es zwar auch nicht zu hundert Prozent, aber wie so oft liegt die Wahrheit irgendwo dazwischen.

»Aber wer?«

Eine Frage, die Marie wohl den Polizisten stellt, ich zucke jedenfalls nur die Schultern, obwohl ich eine Vermutung habe. Genau wie Mama.

»Vielleicht sind es dieselben Männer, die Theo damals überfallen haben.«

Unwahrscheinlich, woher sollten sie wissen, wo ich wohne? Bisher hatten meine Eltern mir diesen Gedanken jedes Mal wieder ausgeredet, wenn ich ihn ausgesprochen hatte.

Marie kommt langsam weiter ins Wohnzimmer, betrachtet den Teppich, auf dem wir früher barfuß Fangen gespielt haben und der jetzt mit Glassplittern in allen Größen verziert ist.

»Vielleicht galt es ja gar nicht mir.«

Mein Versuch abzulenken, aber Marie schüttelt den Kopf. Sie schüttelt einfach den Kopf. *Oh-oh.*

»Vielleicht war es auch jemand aus der Schule?«

»Habt ihr denn Ärger in der Schule?«

Muss es schön sein, in einer Illusion zu leben, in der Marie und ich nur normale Schüler sind. Wehe Marie zerstört das jetzt.

»Andi.«

Verwirrung bei den Erwachsenen, Unbehagen bei mir und Verrat in Maries Worten. Wie kann sie es wagen, diesen Namen vor unseren Eltern ins Spiel zu bringen?

»Andi?«

Sie muss das SOS in meinen Augen sehen. *Nicht jetzt. Nicht vor der Polizei.* Sie hat es mir versprochen!

»Vielleicht hat Papa auch recht, und es war nur ein blöder Streich.« Meine Worte schlagen verbale Purzelbäume, aber mich hat sowieso niemand gehört.

»Welcher Andi?«

»Andreas Schneider. Er geht in Theos Klasse.«

Niemand kann Marie folgen, und ich hoffe, dass sie ihr als Nächstes eine Zwangsjacke anlegen und sie abführen, bevor sie mein Geheimnis weiter ausplaudern kann.

»Andi hat damit sicher nichts zu tun. Wieso sollte er?« Wieder werden ich und mein Einwurf ignoriert und Mama greift nach Maries Hand.

»Wieso sollte er das tun?«

»Weil Samuel ihm heute eine Ohrfeige verpasst hat.«

Samuel hat was? Ich muss lächeln und gleichzeitig wird mir schlecht, dabei habe ich heute noch gar nicht viel gegessen.

»Ich verstehe nicht …«

Und so wie Mama geht es wohl auch den Beamten, die sich jetzt Marie vornehmen.

»Wie kommst du auf den Jungen? Das ist eine schwere Anschuldigung.«

Marie will antworten, aber zuerst sieht sie zu mir. Sie sieht mir sogar direkt in die Augen, sie sieht alles. Sie weiß alles. Und dann spricht sie eiskalt weiter und zündet unser ganzes mühevoll zusammengezimmertes Lügengerüst einfach an.

»Theo wird seit Beginn des Schuljahres von Andi gemobbt. Ziemlich übel sogar. Heute hat mein Freund ihm eine verpasst, und das hat Andi nicht gefallen.«

»Wie hat er reagiert?«

Marie überlegt kurz, aber es ist ohnehin schon zu spät. Mama und Papa sehen zu mir und ich kann ihren Blicken nicht standhalten.

Es war unser Geheimnis. Maries und meines. Und seit Neuestem auch Samuels. Es jetzt auszusprechen ist Verrat. Ich kann einfach nicht fassen, dass sie mir das antut. Auch noch vor der Polizei!

Maries Mund bewegt sich, und ich ahne, was sie alles erzählt, aber ich höre sie gar nicht. Ich höre Ed Sheeran und das Lachen der Jungs, zu dem sich jetzt auch noch Andis mischt. Alle lachen mich aus. Sogar Marie.

Allen voran Marie.

Marie, auf die ich mich immer verlassen konnte, die immer da war und die vorhin meinen Anruf einfach nicht angenommen hat. Weil sie bei Samuel war. Das ist so unfair. Ich bin für sie zu Dr. Schädle gegangen, habe mir von ihr in der Seele rumwühlen lassen, und meine Schwester lässt mich einfach so hängen.

Die Polizistin macht sich Notizen, und Mama kommt um den Couchtisch auf mich zu, aber ich schwöre, wenn mich jetzt jemand berührt, dann können sie nachher auch meine Splitter vom Teppichboden aufsaugen.

Ich schließe die Augen, wähle bewusst die Dunkelheit, weil sie mir gerade weniger Angst macht, als alles, was sich hier abspielt.

Das Lachen wird lauter, meine Haut spannt am Ellenbogen, mein Hals wird zu eng und mein Schädel platzt einfach, pustet meine Gehirnmasse über die Wand hinter mir wie ein abstraktes Werk von Jackson Pollock.

Aber als ich die Augen wieder öffne, sind noch immer alle Blicke auf mich gerichtet und ich halte mir die Ohren zu.

Es ist zu laut, das Gebrüll hört nicht auf, und es dauert ein paar Sekunden, bis ich bemerke, dass ich es bin, der schreit.

- 45 -
Marie

Theo ist in seinem Zimmer. Wo auch sonst.

Die Polizei ist wieder weg, eine festgeklebte Mülltüte verschließt jetzt provisorisch unser Fenster. Papa telefoniert mit einer Glaserei und Mama sitzt mir in der Küche gegenüber.

»So lange geht das schon?«

Vermutlich hat sie etwas geahnt, aber manchmal ist es wohl leichter wegzusehen oder zumindest nicht genau genug hinzuschauen. Das weiß ich leider nur zu gut.

»Wieso hast du denn nicht mit uns gesprochen?«

Nachdem ich versucht habe zu erklären, was zwischen Theo und Andi los ist, prasseln all diese Fragen auf mich ein.

»Theo wollte es nicht.«

»Natürlich wollte er es nicht, aber du weißt doch auch, warum. Wie kannst du ihn das noch mal alleine durchmachen lassen?«

Sie meint es nicht so, wie es mir gerade um die Ohren fliegt, aber das ändert nichts daran, dass sie es gesagt hat.

»Er war ja nicht alleine. Ich war jeden Tag bei ihm.«

»Natürlich war er alleine! Du sagtest, er hat ihm Kleidungsstücke gestohlen!«

»Unter anderem.«

»Und du hast nichts unternommen.«

Keine Frage mehr, nur eine Aussage. Ich will das von mir schieben, aber ich weiß, dass sie recht hat. Möglich, dass Theo sich immer alleine gefühlt hat, obwohl ich dabei war. Obwohl ich versucht habe, ihm so gut wie möglich den Rücken freizuhalten.

»Du weißt genau, wie schlimm es für ihn war. Du weißt, was Dr. Schädle gesagt hat, du weißt …«

»Er hat mich darum gebeten!« Angefleht *trifft es wohl besser.*

»Aber du …«

Egal, was sie sagen wollte, sie verkneift es sich, sieht mich nur an, und ich höre all die Dinge, die *ich* sagen will in meinem Kopf.

»Das neue Fenster kann erst morgen eingesetzt werden.«

Papa kommt in die Küche, das Handy noch immer in der Hand.

»Wo ist Theo?«

Da, wo er immer ist. »In seinem Zimmer.«

»Wir sollten über eine stationäre Therapie nachdenken.« Papa nimmt auf dem Hocker neben mir Platz und stupst kurz mein Knie an, eine kleine Geste, die mich wissen lässt, dass er mich nicht hasst. »Vielleicht kann Dr. Schädle uns ein passendes Therapiezentrum nennen.«

Schädle, die von Anfang an der Meinung war, die drei Wochen im Schwarzwald waren für Theo zu kurz. Mama, die ihre Hände nervös knetet, scheint von Papas Vorschlag wenig begeistert.

»Das möchte Theo aber nicht.«

Fast möchte ich lachen, verkneife es mir aber doch noch im letzten Moment, presse nur ein kurzes Schnaufen hervor.

»Theo hat bisher aber nicht die besten Entscheidungen getroffen.«

»Ihn wegzuschicken wird ihm nicht helfen.«

Meine Eltern sind sich also nicht einig, wie sie Theos Zukunft gestalten wollen.

»Wir als Familie können ihm aber vielleicht helfen.«

»Ja, weil das bisher so wahnsinnig gut funktioniert hat. Der Junge braucht professionelle Hilfe!«

»Willst du ihn irgendwo an die Ostsee schicken, wo sie ihn 24 Stunden am Tag beobachten?«

Papa zuckt die Schulter. »Ich weiß es nicht. Ich weiß nur, dass es ihm schlecht geht und ich mit meinem Latein am Ende bin.«

Wie bei einem Tennismatch fliegen die Worte über den Küchentresen. Meine Eltern liefern sich einen erbitterten Ballwechsel, der selbst das Finale der *Australian Open* Serena vs Venus Williams in den Schatten stellt. Zumindest bis Mama nach Papas verbalem Schmetterball eine Pause braucht und meinen Blick auffängt.

»Wieso lächelst du?«

»Weil ihr auch nicht wisst, wie wir damit umgehen sollen.«

»Wie bitte?«

Ich rutsche vom Hocker und merke erst jetzt, wie wackelig nicht nur meine Beine sind.

»Ihr macht mir Vorwürfe, weil ich nicht gut genug auf Theo aufgepasst habe, als wäre das mein Job gewesen.«

Mama holt Luft, um etwas zu sagen, aber ich bin schneller, bevor mich der Mut verlässt.

»Ich bin siebzehn. Ich stecke im letzten Schuljahr. Ich habe vielleicht auch andere Dinge im Kopf als immer nur Theo!«

»Diesen Samuel?«

Ich wünschte, dass Samuel den Platz in meinem Kopf haben könnte, den ich ihm so gerne zukommen lassen würde. Aber er muss ihn sich mit ganz anderen Sorgen teilen.

»Nein, Mama, nicht *diesen Samuel.* Sondern meine Zukunft. Die Frage, was ich nach der Schule mit meinem Leben anfangen soll. Die Frage, ob ich von hier überhaupt weggehen kann, wenn es Theo so mies geht. Die Frage, ob ihr euch überhaupt noch für mich interessiert.«

Jetzt ist es Papa, der antworten will, aber ich weiß genau, was er sagen wird. Er, der immer versucht hat, alles ein bisschen runterzuspielen, der Alibifragen am Esstisch gestellt und versucht hat, so zu tun, als wäre alles in bester Ordnung.

»Es ist manchmal so eng hier, dass ich gar nicht mehr weiß, ob hier noch Raum für mich ist!«

Ich wünschte mir, sie würden jetzt etwas erwidern, von mir aus sogar eine blöde Lüge, begleitet von einer Umarmung und dem Versprechen, etwas besser auf mich zu achten. Aber sie bleiben stumm.

Sie sehen mich nur an, und ich komme mir erst recht fehl am Platz vor.

»Ich weiß, dass es Theo schlecht geht. Ich weiß es so, so sehr. Ich weiß es vielleicht sogar besser als ihr.«

Nicht, weil sie nicht hingesehen haben, sondern weil Theo es vor *ihnen* versteckt und mit *mir* geteilt hat.

»Wenn es mir schlecht geht, sage ich nichts, weil es mir nie so schlecht wie Theo geht. Und wenn es mir gut geht, weil etwas Tolles passiert ist, sage ich nichts, weil es Theo so schlecht geht.«

Sie erwidern noch immer nichts, und weil mich diese Stille verrückt macht, rede ich einfach immer weiter.

»Und ja, ich hätte so viel früher etwas sagen müssen, aber Theo …«

Ich breche ab, weil er im Türrahmen auftaucht und ich nicht weiß, wie viel er schon gehört hat.

»Was ist mit mir?«

Er sollte es eigentlich schon längst wissen, aber vielleicht muss ich es ihm gegenüber einfach mal aussprechen. Obwohl er nicht so aussieht, als ob er irgendwas von mir hören will, komme ich auf ihn zu und greife nach seiner Hand, die er zuerst wegziehen will, aber ich bin hartnäckig. Wenn er mich schon nicht ansehen will, dann muss er mich zumindest spüren.

»Du bist so verdammt wichtig für mich. Du bist mein Bruder und ich liebe dich.«

Ich male mit dem Zeigefinger einen Smiley in seine Handfläche.

»Aber ich brauche auch ein bisschen Platz.«

Und weil ich den hier im Moment nicht kriege, drücke ich seine Hand, hoffe, er kann den Smiley trotzdem spüren, und gehe.

- 46 -
Samuel

Mama hat einfach noch einen Teller dazugestellt, als ich gesagt habe, dass Besuch kommt. Vermutlich hat sie mit Tommi gerechnet und nicht mit Marie, die das Gulasch ganz aufgegessen und meiner Mutter Komplimente für das leckere Essen gemacht hat. Ihre Unterhaltung war ganz ungezwungen, niemand hat etwas über Maries gerötete Augen gesagt, ich habe sie nur bei ihrer Ankunft ganz fest umarmt.

Erst jetzt, als Mama sich nach dem Essen ins Wohnzimmer verabschiedet hat, traue ich mich zu fragen, was wirklich passiert ist, aber Marie steht nicht der Sinn nach Antworten. Sie sieht sich in der kleinen Küche um, und ich überlege, ob es mir peinlich sein sollte, dass es hier so eng ist.

»Deine Mutter ist sehr nett.«

»Mhm.«

»Du siehst ihr sehr ähnlich.«

Ihr Blick landet wieder auf der geblümten Plastiktischdecke, von der sich Soßenflecken leichter abwischen lassen, und fährt mit dem Zeigefinger über eine aufgedruckte Blume.

»Ich wollte nicht so bei euch einfallen, aber ich wusste nicht, wohin sonst.«

Die Tatsache, dass sie nach meinem Geständnis überhaupt an mich gedacht hat, lässt meine Hoffnung weiteratmen.

»Hier bist du schon richtig.«

»Darf ich denn noch eine kleine Weile bleiben?«

»Klar.«

Mama hat hoffentlich nichts dagegen, dass es kurzfristig noch ein bisschen enger wird. Maries Handy vibriert jetzt schon zum wiederholten Male auf dem Tisch neben ihr, aber sie denkt nicht daran, den Anruf entgegenzunehmen. Von meinem Platz aus kann ich sehen, dass es ihre Mutter ist, die sie erreichen will. Auch ihr Vater hat sein Glück schon versucht.

»Magst du nicht rangehen?«

Marie schüttelt den Kopf und zuckt dann die Schultern, verpasst ihrem Handy einen Stups, dass es ein paar Runden auf dem Tisch dreht.

»Weiß nicht, was ich sagen soll.«

»Darf ich?«

Marie nickt, aber wohl nur, weil sie dieses stumme Klingeln endlich abwürgen will.

»Hallo?«

»Hallo … äh … ist Marie da?«

Körperlich, ja.

»Ja. Sie ist bei mir zu Hause. Mein Name ist Samuel.«

»Hallo, Samuel, könnte ich mit meiner Tochter reden?«

Marie winkt ab.

»Im Moment braucht sie wohl eine kleine Pause. Aber sie will, dass Sie sich keine Sorgen machen.«

Ihre Mutter holt tief Luft, dann legt sie die Hand über die

Sprechmuschel, und ich höre gedämpft, dass sie mit ihrem Mann spricht.

»Samuel?«

»Ich bin noch dran.«

»Kannst du ihr sagen, dass sie bitte nach Hause kommen soll?«

»Das mache ich.«

Und obwohl ich genau weiß, dass Marie unser Gespräch mithört, sehe ich keine Emotion in ihrem Gesicht. Fast so, als hätte sie ihre Gefühle für den Tag schon aufgebraucht. Ihre Augen sind ebenso leer wie ihr Gesichtsausdruck.

»Aber vielleicht kommt sie erst morgen nach Hause.«

»Oh. Äh. Nun … das ist …«

Wir wissen beide nicht, wie es ist oder was wir daraufhin sagen sollen, und so schließt Maries Mutter das Gespräch mit einer Bitte: »Pass bitte auf sie auf, ja?«

»Versprochen.«

Damit reiche ich das Smartphone Marie zurück, die es sofort ausschaltet und so weit von sich weglegt, als wolle sie damit zumindest für heute nichts mehr zu tun haben.

»Danke.«

»Nicht dafür.«

»Doch. Auch dafür.«

Sie deutet an mir vorbei auf das Foto hinter mir an der Wand, das sie schon einige Mal an diesem Abend angesehen hat. Eines, das Mama auch auf mehrfachen Wunsch einfach nicht abnehmen will. Ich bei der Einschulung mit Schultüte, breitem Grinsen und einem Schulranzen, der fast doppelt so groß ist, wie ich es damals war.

»Erzähl mir was über den da.«

Zumindest ihr Lächeln ist in Ansätzen zurückgekehrt. Um etwas Bedenkzeit zu gewinnen, drehe ich mich um und gebe den Ahnungslosen.

»Den Knirps? Noch nie gesehen.«

»Komisch, er hat den gleichen trotzigen Blick, wie du.«

»Findest du?«

»Und das süße Lächeln.«

»Meine Mutter hat mir damals noch mit der Heckenschere die Haare geschnitten.«

Zumindest würde das die schreckliche Frisur erklären, die wirklich aussieht, als wäre ich unter den Rasenmäher gekommen. Kein Wunder, dass mich damals noch niemand ernst genommen hat.

»Warst du ein braves Kind?«

Erst jetzt sehe ich wieder zu Marie, die sich in ihren Stuhl zurückgelehnt hat und noch immer zum gerahmten Foto blickt.

»Nein.« *Nicht in meiner Erinnerung.* »Also. Na ja. Manchmal schon. Aber ich habe auch den Papierkorb in meinem Zimmer angezündet, weil ich in Mathe eine Fünf hatte. Und einmal habe ich das Fahrrad von einem Freund verkauft, obwohl es mir gar nicht gehört hat.«

»Wieso hast du das gemacht?«

»Ich habe Geld für ein Playstation-Spiel gebraucht.«

Wieder sehe ich zu meiner Mini-Me-Version, die mir manchmal so fremd vorkommt.

»Die meisten Kids hatten Geschwister, also habe ich mir auch einen Bruder gewünscht. Und dann kam Tommi, und es hat sich angefühlt, als hätte ich einen großen Bruder. Obwohl er zwei Monate jünger ist. Zu zweit war alles leichter. Auch der ganze illegale Mist.«

Das Eis bricht ein bisschen unter diesem Thema, und ich weiß, dass es nicht mehr lange dauert und ich ihr alles erzähle. Die Dinge, die ich nicht mal meinem Jugendgerichtshelfer erzählt habe. Die Dinge, von denen Mama nichts wissen soll. Dinge, die ich nicht mal Tommi sagen kann. Dinge, die wehtun, je länger ich darüber schweige.

Marie macht es mir einfach, weil sie nur zuhört und sich ihr Blick kein bisschen verändert.

»Wenn zwei Leute was klauen, dann ist es nicht so schlimm, oder? Wenn zwei Leute was wollen, dann ist das irgendwie okay. So habe ich mir das zumindest immer gedacht.«

Noch immer sieht sie mich einfach nur an.

»Irgendwann hat Tommi den ersten Faustschlag ausgeteilt, und für mich war klar, dass ich mitmache. Weil, wenn zwei es tun …« Ich zucke bei dieser bescheuerten Erklärung etwas hilflos die Schultern. »Er hat immer gesagt, entweder du schlägst zuerst zu oder du kassierst als Erster. Und wir wollten auf keinen Fall die sein, die kassieren und abgezogen werden.«

»Also habt ihr zugeschlagen.«

Es aus ihrem Mund zu hören tut weh.

»Ja. Und wenn du wütend bist, dann suchst du ein Ventil, und wenn du erst mal eines gefunden hast, dann ist es schwer, das wieder zuzudrehen.« Selbst in meinen Ohren klingt es wie eine dieser lahmen Entschuldigungen, die wir früher immer und immer wieder abgespult haben. »Bis du halt mal jemanden triffst, der so viel wütender ist, als du es je sein könntest.«

Das Geräusch der brechenden Nase ist wieder so laut in meinem Kopf, dass ich ganz automatisch in mein Gesicht greife und fast erwarte, das warme Blut zwischen meinen Fingern zu spüren. Aber da ist nichts, nur die Erinnerung.

»Und hast du diesen jemand getroffen?«

Maries Stimme ist leise und sanft, wie eine zärtliche Berührung, und ich nicke etwas benommen von dem Schlag, der über acht Monate zurückliegt.

»Allerdings.«

Ein heftige Schmerz an den Rippen pocht durch meinen Körper, obwohl mich niemand verdrischt.

»Tommi war nicht mehr da, und ich plötzlich allein, die anderen dafür zu viert. Da merkst du ganz schnell, wie hart oder weich du wirklich bist.« Ich versuche mich an einem Lächeln, das mir aber nur rechts meiner Narbe gelingt. »Ich habe mich vorher nie gefragt, wie es dem anderen geht. Dem, der auf dem Boden liegt, während wir zugeschlagen haben. Wozu auch? Wir sind ja immer triumphierend abgezogen.«

Es ändert nichts an den Dingen, die wir getan haben. Egal, wie oft ich die Aktionen in meinem Kopf immer und immer wieder durchspiele, ich kann sie nicht mehr ändern oder ungeschehen machen. Viele unserer Opfer wohnen nicht mehr in Freiberg, die Jungs sind irgendwann weggezogen, und ich habe sie nie mehr gesehen. Andere weichen mir vermutlich noch immer aus, weil sie sich zu gut an Tommi und mich erinnern.

»In der JVA haben sie mir einen Anti-Aggressionskurs aufgebrummt. Und den fand ich natürlich erst mal scheiße.«

»Aber?«

»Weißt du, ich glaube, man kann Wut nicht abstellen. So funktionieren Menschen nicht. Aber ich habe da drinnen Jungs gesehen, die haben für einen Zehner jemanden abgestochen. Einfach so. Und die schlafen gut. Manche besser als andere.«

Sofort sehe ich die Typen vor meinem inneren Auge, wie sie lachend über den Flur gehen, zu Späßen aufgelegt, als wäre das alles gar nichts.

»Einigen siehst du das nicht an, weil sie höflich sind und dir sogar die Hand geben. Und die sagen eben alle zur Begründung für ihren Mist: *Na ja, ich war halt sauer.*« Ich zucke nur die Schultern, weil der Rest meines Körpers noch von den Flashbacks gelähmt ist. »Ich bin im Knast mit eingezogenem Kopf über die Gänge, habe mich aus allem rausgehalten und wollte nur weg da. Ich war plötzlich auf der anderen Seite und ziemlich alleine dort.«

Marie greift unvermittelt nach meiner Hand und streichelt meine Handfläche.

»Das ist für dich.«

Sie wiederholt die Berührung.

»Ein Smiley?«

Sie nickt und schließt meine Hand um den imaginären Smiley, der jetzt meine Haut ziert.

»Theo war schon immer irgendwie sensibler als die anderen Kinder. Er hat genauer hingeschaut, mehr gesehen, weißt du? Es war leicht, ihn zu verunsichern.«

Sofort weiß ich, was sie meint. Tommi hat solche Leute immer *Opfer* genannt.

»Also habe ich mir dieses Ritual einfallen lassen.«

»Ritual?«

Sie nickt, plötzlich ganz da, ganz aufgeregt, und das vertreibt für den Moment die Erinnerungswolken in meinem Kopf.

»Wenn er krank war oder es ihm nicht gut ging, habe ich ihm versteckte Smileys hinterlassen.« Ihr Lächeln ist zurück, auch wenn es der Vergangenheit und nicht dem Jetzt gilt. »Ich habe einen in sein Schulheft gemalt und gewartet, bis er ihn entdeckt hat. Oder mit Edding in den Waschzettel seines Shirts gemalt. Wenn er die Smileys dann gesehen hat, musste er lächeln. Das hat ihm immer geholfen.«

»Versteckte Botschaften.«

»Ja. Ein bisschen *Hey, das wird schon.*«

Sie wiederholt den Smiley in meiner Handfläche und ich spüre nur noch das. Den kleinen Kreis, das Grinsen und die Strichaugen.

»Danke.«

Mehr kriege ich nicht über die Lippen, weil mein Mund staubtrocken ist und ich keine Sandwolke auspusten will.

Bei einem leisen Klopfen drehen sich unsere Köpfe abrupt zu meiner Mutter, die lächelnd im Türrahmen steht. Ich hoffe, sie hat nicht zu viel von unserem Gespräch mitgekriegt. Sie soll das alles schließlich nicht wissen.

»Marie, ich habe dir ein Handtuch rausgelegt und Samuel versorgt dich sicher mit Schlafklamotten. Frisches Bettzeug liegt auch bereit. Fühl dich bitte wie zu Hause.«

Sie legt die Hände ineinander und zuckt die Schultern, bevor sie uns eine gute Nacht wünscht und uns wieder alleine lässt.

»Wir sollten auch langsam Feierabend machen.« Marie sieht inzwischen ziemlich müde aus, sie kann ein bisschen Ruhe sicher gut vertragen. Ich nicke auf die leeren Teller vor uns. »Noch mal Nachschlag oder kann ich abräumen?«

»Ich helfe dir.«

»Quatsch. Du bist Gast. Und Gäste genießen das volle Programm.«

Mit beiden Tellern stehe ich auf und gehe zur Spüle, wo ich das Wasser aufdrehe und das Geschirr abstelle. In Ermangelung einer Spülmaschine kann man in Mamas Küche noch als Tellerwäscher für den Aufstieg zum Millionär üben. Doch bevor ich das Spülmittel ins Wasser schütten kann, schlingt Marie ihre Arme von hinten um mich und lehnt ihre Wange an meinen Rücken.

»Wieso ist manchmal alles zu viel für einen Tag?«

»Ist es gar nicht.« Ich greife mit spülwassernassen Händen nach ihren, drücke sie kurz. »Es ist zu viel für eine Person.«

Ich drehe mich in der Umarmung, damit ich sie ansehen kann und hinterlasse eine nasse Spur auf ihrer Wange, wo meine nassen Finger ihre Haut berühren.

»Du musst das nicht alles alleine mit dir ausmachen, Marie.«

Sie will sofort widersprechen, und ich kenne diesen Impuls, der nur einen Zweck hat: das Gegenüber weit genug von der Wahrheit wegzuschubsen.

»Wenn du mich lässt, bin ich auch noch da.«

- 47 -
Theo

Sie ist nicht zurückgekommen.

Meine Nachttischlampe strahlt hell genug, um zumindest meine Bettseite zu beleuchten, und ich starre an die Decke, wo sich die Sterne ein bisschen zeigen.

Sie ist nicht zurückgekommen.

Das ist noch nie passiert. Klar, gestritten haben sie immer mal wieder, auch meinetwegen, aber meist eher deswegen, weil Marie nicht auf eine Party durfte oder so was. Aber sie ist noch nie deswegen über Nacht weggeblieben und hat mich einfach so alleine gelassen.

Mama und Papa haben sich damit abgefunden, vielleicht ist es ihnen auch ganz recht, dann können sie sich in Ruhe im Wohnzimmer über die weitere Planung des Projekts Theo unterhalten.

Ich weiß, dass es für alle schwer ist, aber ich wollte nie, dass es für Marie so eine Last wird. In meiner kleinen Blase habe ich das gar nicht mitgekriegt. Und jetzt dreht sich in meinem Kopf das Schuldgefühl-Karussell: Du hast Maries Leben echt schwer gemacht. Du hast Maries Leben versaut. Du hast Marie ihr Leben gestohlen.

Und irgendwann kommt es kreischend bei: *Es wäre besser für alle, wenn du gar nicht mehr da wärst,* zum Stehen.

Vielleicht hätte man mich auf den Schienen liegen lassen sollen.

Ich taste nach der Narbe, da ist sie.

Und ich bin es auch.

Es klopft leise an meiner Tür und die Hoffnung pumpt Adrenalin durch meine Adern, ich setze mich blitzschnell auf.

»Herein!«

Es ist Papa.

»Na? Wie geht es dir?«

»Ganz gut.«

Ich frage mich nur gerade, ob es besser wäre, wenn ich nicht mehr hier wäre.

»Wir wollten dich fragen, was du davon hältst, wenn du morgen noch zu Hause bleibst und wir …«

»Nein.«

»Dr. Schädle hätte Zeit für uns.«

»Ich verpasse so schon zu viel in der Schule.«

Er schließt die Tür und kommt weiter in mein Zimmer. Ein sicheres Zeichen, dass es jetzt Zeit für ein ernstes Gespräch wird.

»Hör mal, Theo …«

Er nimmt auf dem Bett Platz und es fühlt sich falsch an. Anders als bei Marie.

»… du hast dieses Schuljahr ohnehin keine so guten Noten geschrieben.«

»Ich weiß.«

»Das ist kein Vorwurf.«

Vielleicht wünsche ich mir aber, dass es mir mal jemand vorwirft.

»So, wie es aussieht, wäre es besser, wenn wir dich für eine kleine Weile von der Schule nehmen.«

Meine Finger kribbeln.

»Damit du erst mal wieder wirklich auf die Beine kommst.«

Ich hasse diese beschissene Redewendung. Als würde ich nicht auf meinen eigenen Beinen jeden Tag in die Schule und durch mein Leben marschieren. Sehen sie denn nicht, dass ich nicht einfach liegen geblieben bin?

»Und dann schauen wir, wie es schultechnisch weitergehen kann. Einige Therapiezentren …«

»Ich gehe in keine Klapse.«

»Es sind *Therapiezentren*. Da wird es dir besser gehen.«

»Ihr wollt mich abschieben?«

»Unsinn. Außerdem kommen wir dich besuchen.«

»Ja, einmal im Monat.«

»Öfter, wenn es möglich ist.«

Papa war immer eine Art Superheld für mich. Wenn wir früher in Italien Strandurlaub gemacht haben, war er ganz der coole Dad, der jederzeit mit mir Fußball oder Tischtennis gespielt hat.

Die anderen Väter waren meist älter, teilweise auch nicht mehr so fit und haben ihren Nachwuchs lieber in diesen komischen *Kids-Club* gesteckt, wo Animateure sich um ihn gekümmert hat. Quasi die Urlaubsversion der Therapiezentren, von denen er jetzt spricht.

»Ich will da nicht hin.«

Mein Vater legt mir die Hand auf die Schulter.

»Theo. Wir können dir nicht mehr helfen, aber ein Profi kann das. Und es wird Zeit, dass wir dir alle Hilfe bieten, die du brauchst.«

Immer und immer wieder male ich den Smiley auf meiner Handfläche nach, den mir Marie zum Abschied dagelassen hat.

»Außerdem müssen wir mit der Schule sprechen. Und mit den Eltern von diesem Andreas. Falls er wirklich den Stein durchs Fenster geworfen hat…«

Mir ist also nicht mehr zu helfen. Wow.

Papa redet weiter, erzählt irgendwas von wegen *Versicherungsfall* und *Mobbing* und all solches Zeug.

Ich habe schon längst auf stumm geschaltet und konzentriere mich nur noch auf den Smiley in meiner Handfläche.

Was würde ich jetzt für eine Umarmung von Marie geben: Sie würde mir sagen, dass alles gut wird und sie mich auch besuchen kommt, falls meine Eltern mich wirklich an die Ostsee abschieben.

Aber sie ist nicht hier.

- 48 -
Marie

Die Badezimmertür steht einen Spalt offen, und ich kann sehen, wie er in schwarzen Boxershorts vor dem Waschbecken steht und sich die Zähne putzt. Ich trage ein ähnliches Outfit, erweitert durch eines von Samuels alten T-Shirts. Dazu hat er mir eine seiner Sporthosen aus dem Regal gegeben, bevor er das Klappsofa in ein Bett für mich verwandelt und das Bettzeug frisch bezogen hat. Ich komme leise näher, bis ich fast direkt hinter ihm stehe und vorsichtig seine Schulter berühre.

Dann passiert alles sehr schnell, er fährt herum, packt mein Handgelenk und verdreht es so, dass ich einen stechenden Schmerz spüre. Sofort lässt er mich los, stolpert zurück und prallt gegen das Waschbecken, rammt sich dabei fast die Zahnbürste in den Rachen.

»Entschuldige …«

Ich reibe mir das Handgelenk und spüre meinen Puls überall, vor allem in den Ohren.

»Es tut mir leid, ich wollte dir nicht wehtun …«

Die Zahnpasta läuft ihm über das Kinn, tropft auf den blauen Badezimmerteppich unter seinen Füßen.

»Fuck.«

Er spuckt aus und wischt seinen Mund ab, bevor er sich wieder zu mir dreht.

»Marie …« Seine Stimme zittert, ebenso wie seine Hand. »Es ist nur … eine Scheißerinnerung.«

Dabei kann er mir nicht in die Augen sehen, starrt lieber den Zahnpastafleck auf dem Boden an, und ich gehe einen Schritt auf ihn zu.

»Ich wollte dich nicht so erschrecken.«

Das, was er mir vorhin in der Küche erzählt hat, passt zu seiner Reaktion, und ich kann die Narbe an seiner Schulter sehen. Anders als meine Narbe vom Skateboard-Fail ist seine frischer. Er deutet auf mein Handgelenk, das ich noch immer umklammert halte, obwohl der Schmerz nachgelassen hat.

»Tut es sehr weh?«

»Nein.«

»Ich wollte das nicht, es war ein Reflex. Entschuldige bitte.«

Zumindest für den letzten Satz finden seine Augen meine, und ich kann sehen, dass er versucht, die Tränen zurückzuhalten. Was ihm nicht so richtig gelingt. Ich berühre seinen Unterarm.

»Sie waren zu viert?«

Er will wegsehen, kommt aber nicht weit, da mache ich den letzten Schritt auf ihn zu und bleibe direkt vor ihm stehen.

»Ja.«

Samuel, der keine Angst vor Andi Schneider hat und sich einfach so vor Theo gestellt hat, kommt mir jetzt wie ein kleiner Junge vor, der nicht so recht weiß, wohin mit sich.

»Ich war noch im Duschraum, die anderen waren schon weg.«

So leise, wie er spricht, bin ich mir nicht sicher, ob ich ihn richtig verstanden habe.

»Ich hatte noch Shampoo in den Augen, und dann hat der Erste zugeschlagen. Ich habe ihn weder kommen hören noch gesehen.«

So selbstbewusst wie er in der Schule durch die Flure streift, ist es schwer vorstellbar, dass ihm überhaupt jemand etwas anhaben könnte. Er beißt sich auf die Unterlippe, will so die Tränen aufhalten, aber dafür ist es schon längst zu spät.

»Der Nächste hat mir in die Kniekehle getreten, und ich bin mit dem Kinn auf die Fliesen geknallt.«

Wieder will er wegsehen, aber ich berühre schnell seine Wange, halte den verirrten Blick damit fest.

»Es hat sich wie eine Ewigkeit angefühlt.«

Er schließt die Augen, schmiegt seine Wange in meine Handfläche, und ich weiß nicht, wie viel er mir verschweigt.

»Es tut mir leid, Marie.«

»Was?«

Ein unsicheres Schulterzucken.

»Ich wollte dich nicht erschrecken.«

Vorsichtig lege ich die Arme um seinen Hals und halte ihn einen Moment lang fest. So lange, bis er nicht mehr zittert und sich aus der Umarmung löst. Schnell wischt er sich über die Augen, aber ich hoffe, er weiß, dass es ihm nicht peinlich sein muss.

»Entschuldige bitte.«

»Du musst dich dafür nicht entschuldigen.«

Auch das hat ihm wohl noch niemand gesagt, denn es dauert einen Moment, bis er nickt und wieder zu sich findet.

»Ich habe übrigens was für dich.«

»Ja?«

Sein Lächeln kehrt, wenn auch nicht besonders überzeugend, zurück, bevor er mir eine originalverpackte Zahnbürste reicht und das Thema hinter sich lässt.

»Ta-dá!«

Er hält sie mir feierlich entgegen, und ich frage mich, ob das eben wirklich passiert ist.

»Für mich?«

»Es mag dich überraschen, aber ich erwarte nicht noch weitere Übernachtungsgäste.«

Die Zahnbürste zwischen uns macht klar, dass er nicht weiter darüber reden will und es ihm wohl am liebsten wäre, wenn ich es einfach vergesse. Den Gefallen kann ich ihm zwar nicht tun, aber für den Moment gönne ich ihm die Pause und nehme die Zahnbürste. Samuel öffnet den Spiegelschrank über dem Waschbecken, in dem sich alle möglichen Pflegeartikel befinden. Drei verschiedene Zahnpasten, Zahnseide, Rasierschaum, Aftershave, das Parfüm seiner Mutter, Rasierer, Mundspülung, Deoroller.

»Du hast die Auswahl zwischen Minze, Vanille und Erdbeere. Frag nicht, Mama hat gerne Abwechslung.«

Ich entscheide mich ganz klassisch für Minze, packe die Zahnbürste aus, schmiere etwas von der Paste drauf und fange an, mir die Zähne zu putzen. Wir stehen nah beieinander, teilen uns ein Waschbecken und berühren uns dabei unweigerlich immer mal wieder. Einen Moment hängen wir beide unseren eigenen Gedanken nach, dann drehe ich mich zu ihm.

»Hast du dir eigentlich jemals überlegt, wieso wir Zahnpasta und nicht Zahnpaste sagen? Ich meine … *Pasta* sind doch eigentlich Nudeln.«

Bei meinem Versuch ihn abzulenken, erzähle ich den Unsinn, der mir oft nachts durch den Kopf geht und mich vom Schlafen abhält.

»Oder hast du schon Mal *Zahnpasta Bolognese* bestellt?«

Samuel, der jetzt neben mir am Waschbecken lehnt und mit der Zahnseide in seiner Hand spielt, schüttelt den Kopf und schenkt mir ein Lächeln, das sagt: *Danke, dass du es mir so leicht machst.*

»Sind das die weltbewegenden Fragen, die dich beschäftigen?«

Als Antwort bekommt er mein Zahnpastalächeln.

»Wenn ich Unsinn rede, ist das ein gutes Zeichen. Bedeutet, ich fühle mich wohl bei dir.«

Einfach so. Unsere Blicke treffen sich über den Spiegel vor uns, der bei dem grellen Neonlicht nicht besonders charmant mit unseren Gesichtern umgeht, und Samuel sieht mich etwas unsicher an.

»Wirklich?«

Ich nicke. »Tu mir nur bitte nicht weh.«

Sofort schüttelt er den Kopf. »Niemals.«

Meine Bitte und sein Versprechen schweben über uns im Raum, während ich mir die Zähne putze und er sich das Gesicht wäscht. Als wir fertig sind, greift er nach meiner Hand, und ich folge ihm zurück zu dem winzigen Zimmer, das zumindest für diese Nacht meines ist.

»Falls du noch irgendwas brauchst, du findest mich im Wohnzimmer.«

»Okay. Und du bist sicher, dass es okay ist, dein Zimmer zu belagern?«

Er nickt und macht eine wegwerfende Handbewegung.

»Schlafcouch ist Schlafcouch.«

Er deutet auf eine kleine Einhornlampe, die in dem Regal an der Wand steht.

»Falls du ein bisschen Licht brauchst. Mama hat ein Faible für so Zeug.«

Damit ist alles gesagt, und wir stehen einen Moment unsicher voreinander, bevor er sich zu mir beugt und meine Wange küsst.

»Morgen sieht die Welt schon wieder ganz anders aus.«

Ich nicke, will ihm glauben, und doch graust es mir vor dem morgigen Tag, wenn ich wieder nach Hause fahren muss und nicht so recht weiß, was mich da erwartet.

»Schlaf gut.«

Bevor er sich wieder aufrichten kann, küsse ich schnell seine Lippen, die unter meinem Kuss ein sanftes Lächeln formen. Wir lösen uns im dunklen Flur wieder voneinander, und ein Teil von mir fragt sich, ob meine Schlafcouch für zwei Personen ausreichen würde.

»Gute Nacht, Marie.«

Er geht über den kleinen Flur zum Wohnzimmer, bleibt dort noch mal kurz stehen und winkt mir zu, bevor er verschwindet und das Licht in der Wohnung ausgeht.

In fremden Wohnungen muss man sich erst an die Geräusche gewöhnen. Das Klackern der Heizung, die Klospülung im Bad eine Etage höher, das Knarren der Türen. Samuels Zimmer, so klein es auch sein mag, verfügt über ein ganzes

Orchester an neuen Geräuschen und so entscheide ich mich, das Einhorn heute Nacht leuchten zu lassen und nehme mit dem Handy in der Hand auf dem Bett Platz. Es ist nicht zu übersehen, dass dieses Mini-Zimmer nie als Schlafzimmer geplant war und auch jetzt eher eine Übergangslösung zu sein scheint. Hier gibt es keinen echten Kleiderschrank, nur ein Regal, in dem Samuel seine Klamotten stapelt. Dann treffen noch zwei unterschiedliche Technikgeneration aufeinander. Der kleine Röhrenfernseher auf dem niedrigen Tisch ist an die aktuelle Playstation angeschlossen, die auch in Theos Zimmer steht.

Ich strecke mich auf dem Bett aus und sehe an die Decke, die nur vom Licht des Einhornbauchs angestrahlt wird, und meine Gedanken wandern raus aus diesem Zimmer, schleichen vorbei am Wohnzimmer, wo Samuel jetzt vermutlich auch noch wach liegt, zur Haustür hinaus und zurück nach Hause.

Ob ich Theo eine Nachricht schicke? Ich wüsste nicht, was ich schreiben soll oder er hören will. Heute ist so viel auf mich eingeprasselt, dass ich es noch nicht geschafft habe, alles zur sortieren.

Ich entsperre mein Handy und checke, ob mein Bruder irgendwo in den sozialen Medien Fußspuren für mich hinterlassen hat, aber seine Profile schweigen, wie schon so lange.

Aber auf meiner Mailbox warten allerdings noch fünf Nachrichten.

Die erste kam schon kurz nach zwei Uhr mittags rein.

»Marie … komm bitte nach Hause. Bitte. Bitte. Bitte. Komm nach Hause.«

Theos Stimme geht mir durch Mark und Bein, ich kann ihn fast vor mir sehen, wie er ängstlich im Wohnzimmer kauert und auf meine baldige Rückkehr hofft.

»*Marie, sie haben die Scheibe eingeschmissen. Ich weiß nicht, ob sie noch da sind. Bitte, bitte, bitte, ruf mich an! Ich drehe hier durch!*«

Er hat geweint, das verrät mir seine Atmung, die Hastigkeit, mit der er spricht. Mein Herz bekommt Risse.

»*Ich weiß, dass du nicht da bist, aber ich höre deinen Mailboxspruch und bilde mir ein, dass du gleich hier bist. Komm bitte heim!*«

Ich setze mich langsam wieder auf, und obwohl ich genau weiß, dass er diese Notrufe vor Stunden abgesetzt hat, verspüre ich das dringende Bedürfnis, ihn sofort in die Arme zu nehmen.

»*Weißt du noch früher? Also du gesagt hast, dass die Monster unter dem Bett uns beide holen müssen, weil wir zusammen in einem Zimmer schlafen und sie uns nicht trennen können? Da haben wir noch gedacht, die Monster leben unter dem Bett. Dabei leben sie einfach so unter uns da draußen.*«

Tatsächlich habe ich ihm die Geschichte vor einer Ewigkeit mal erzählt, weil wir beide Angst vor diesen bescheuerten Monstern hatten, die es gar nicht gibt. Später, als wir uns häufiger stritten und ich nicht mehr mit meinem Bruder in einem Zimmer schlafen wollte, habe ich ihm immer gedroht, die Monster würden ihn holen, wenn er nicht nett zu mir ist.

Aber niemals hätte ich damit gerechnet, dass es auf absurde Art wirklich passieren würde.

- 49 -

Samuel

Abgesehen davon, dass nichts mehr so ist wie noch gestern, deutet alles auf einen ganz normalen Schultag hin. Es verblüfft mich jedes Mal, wie die Leben all der anderen Menschen, unbeeinflusst von den Dingen, die meines für Monate haben stehen bleiben lassen, weitergehen können. Dabei ist heute alles anders. Marie weiß mehr über mich, als ich wollte, und ich hoffe trotzdem, dass sie mich noch immer so sieht wie zuvor.

Heute ist nur ein normaler Schultag.

Dabei ist Marie gestern in meinem Bett eingeschlafen und heute Morgen dort auch aufgewacht. Und obwohl ich in einem anderen Zimmer lag, fühlte es sich doch an, als wäre ich ihr gestern Nacht nähergekommen.

Wie um alles in der Welt kann heute also ein normaler Schultag sein?

Hand in Hand betreten wir die Pausenhalle, und offensichtlich sind wir nicht mehr das Tratschthema Nummer eins, die meisten nehmen uns nicht mal wahr, sind viel zu vertieft in ihre Gespräche. Am liebsten würde ich alle um Aufmerksamkeit bitten, nur damit sie sehen, wie glücklich ich bin.

Gesprächsfetzen wehen zu uns rüber, während wir uns weiter durch die Aula vorschieben. »Ich habe gehört, dass sogar die Polizei dabei war? Stimmt das?« – »Sie werden ihn sicher heute gleich festnehmen.«

Polizei und *Festnahme:* Obwohl ich nichts angestellt habe, stellen sich meine Nackenhaare auf.

Doch als wir an der Säule ankommen, die Maries und Theos Treffpunkt ist, merke ich, dass es diesmal nicht um mich geht. Maries Familie steht dort und spricht mit einem Mann in einem matschbraunen Anzug, der mir an meinem ersten Schultag als Direktor Arentz vorgestellt wurde.

Theo wirkt, als wäre ihm nicht nur die Jacke, sondern seine gesamte Haut zu eng. Den Blick vor sich in den Boden gebohrt und die Schultern so tief hängend, dass er einen bleibenden Haltungsschaden riskiert.

Maries Schritte werden kurz langsamer, bevor sie wieder an Geschwindigkeit zulegt und meine Hand loslässt. Weil es sich nicht um meine Geschichte handelt, halte ich ein bisschen Abstand und beobachte, wie Theo sie bemerkt, sein Blick sich ganz kurz aufhellt. Sie tauschen ein paar Worte, dann nimmt Marie ihren Bruder fest in die Arme, der aber eher leblos in dieser Umarmung hängt. Als sein Blick mich trifft, schicke ich ein aufmunterndes Lächeln zu ihm rüber, das er mit einem kurzen Schulterzucken quittiert.

»Ich wette, Schneider fliegt von der Schule!«

»Verdient hätte er es.«

Eine Gruppe Jungs schlendert an mir vorbei, und obwohl ich ihre Namen nicht kenne, kommen mir ihre Gesichter vage vertraut vor. Sie sind in Theos Jahrgang, und wenn ich mich nicht irre, haben sie nie etwas gegen Arschloch-Andi unternommen.

Allgemein scheint die Stimmung heute eher Anti-Andi zu sein, manche lachen bei der Vorstellung, die Polizei würde ihn nachher mit einem Streifenwagen abholen, aber ich bezweifele, dass so was passieren wird.

»Ich habe gesehen, wie er Theo in die Mülltonne gestopft hat. Die große hinter der Schule.«

»Ja, krass, ich habe mitgekriegt, wie er ihm in die Schuhe gepisst hat.«

Theo, der dank Maries Anwesenheit zumindest ein bisschen mehr Haltung angenommen hat, ist diese ganze neu gewonnene Aufmerksamkeit offensichtlich zu viel.

Nun trabt Arentz den Flur hinunter, die Familie Mulden im Schlepptau. Marie sieht zu mir, und das sanfte Lächeln auf ihren Lippen lässt mich hoffen, dass sich die Familienwogen glätten werden. Ich bleibe zurück und sehe ihnen nach, so wie die halbe Aula auch.

»Seinen Rucksack haben sie angezündet, beim Fahrradkeller, ich habe das mitgekriegt.«

Es passiert ganz automatisch, ich packe den blonden Jungen am Ärmel seiner Jacke und zwinge ihn stehen zu bleiben.

»Was geht denn mit dir?«

Eine vermutlich berechtigte Frage, aber ich schüttele nur den Kopf.

»Nee, was geht bitte mit dir?«

Ich hasse die Tatsache, dass ich gerade wie Tommi klinge und es auch funktioniert. Blondschopf zieht merklich den Kopf ein.

»Wenn du mitgekriegt hast, wie sie Theos Zeug abgefackelt haben, wieso hast du nichts gesagt?« Dann sehe ich zu seinen beiden Kumpels, die jetzt ebenfalls zu Salzsäulen werden. »Wieso habt ihr alle die Klappe gehalten, wenn ihr gewusst habt, was Schneider abzieht?«

Sie können mir kaum in die Augen sehen.

»Na, weil wir Schiss hatten, dass es dann auch uns erwischt.«

Es ist die Ehrlichkeit dieser Antwort, die sich wie ein Magenschwinger anfühlt.

»Klar, voll scheiße für Theo, aber na ja …«

Er sieht hilfesuchend zu seinem Kumpel, der den Satz für ihn beendet.

»… lieber er als wir.«

Ich lasse den Ärmel des anderen los. »Wegsehen als Lösung, ja?«

»Nee. Ich habe schon was gesagt, wollte zum Vertrauenslehrer gehen, aber Schneider hat mir das Fahrrad im Neckar versenkt halte.« Er sieht auf seine Schuhe. »Da hab ich die Klappe gehalten. Ich kenne Theo nicht mal richtig.«

Sein Kumpel versucht die Situation aufzulockern: »Ist jetzt auch egal, sie haben ihn ja gekriegt. Wenn wir Glück haben, fliegt Andi von der Schule.«

»Und wenn nicht?«

Sie tauschen einen Blick aus.

»Dann geht es halt so weiter.«

Damit traben sie davon, und ich beobachte die anderen, höre Gerüchte und absurde Versionen der Dinge, die angeblich passiert sind.

Aus dem Backstein, der bei Theo durchs Fenster geflogen kam, wird ein Molotowcocktail, der Besuch der Polizei weitet sich je nach Story zu einem Feuerwehreinsatz aus. Die Geschichten verstummen erst, als Andi Schneider auftaucht, flankiert von seinen Eltern, die so gar nicht glücklich aussehen. Andi wird irgendwann die hängenden Mundwinkel seiner Mutter und den harten Blick seines Vaters erben, eine reizende Familie. Als er mich erkennt, lässt er sich ein bisschen zurückfallen, aber ich denke nicht daran, wie die anderen wegzusehen. Er zeigt mir den Mittelfinger, den ich mit einem Handkuss pariere und ihm zufrieden dabei zusehe, wie er in die gleiche Richtung geführt wird, in der auch die Muldens verschwunden sind.

- 50 -

Theo

Die ganzen Gerichtsfilme sind nichts gegen das, was in Arentz' Büro abgeht. Meine Eltern diskutieren mit Andis Eltern, die nicht glauben wollen, dass ihr wohlerzogener Junge all diese Gräueltaten begangen haben soll. Zu meiner Überraschung ist es Papa, der kaum an sich halten kann und ein Feuerwerk an Vorwürfen abschießt. Marie, die neben mir sitzt, nagelt Andi auf der anderen Seite des Raums mit ihrem Blick fest. Ich hoffe einfach nur, das hier geht so schnell wie möglich vorbei.

Bisher hat noch niemand mich befragt, und ich drifte in Gedanken ab, wandere raus aus dieser Schule und dieser Stadt, lande irgendwo am Meer und lausche dem Rauschen. Bis Marie mich anstupst und ich aufsehe. Alle schauen mich an. Alle, außer Andi. Dem bin ich heute wohl seine Aufmerksamkeit nicht wert.

»Stimmt das, Theo?«

»Stimmt was?«

Nach der unruhigen Nacht ohne Schlaf nehme ich heute alles ein bisschen zeitverzögert wahr. Arentz wiederholt seine Frage, den Blick prüfend auf mich gerichtet. »Hat Andreas deinen Schulrucksack angezündet?«

Andi spielt mit dem Handy in seiner Hand, hängt entspannt in seinem Stuhl und wirkt von der ganzen Szene eher gelangweilt. Er denkt garantiert, dass er hier rauskommt, weil ich die Klappe halten werde. Seine Drohungen waren deutlich genug. Ich sehe zu Andis Mutter, die maximal genervt aussieht, als würde dieser Termin sie von ihrer Pilatesstunde abhalten, und sein Vater tippt etwas in sein Handy, entschuldigt sich wohl beim Kollegen, dass er heute etwas später ins Büro kommt, weil ein Spinner aus Andis Klasse Lügenmärchen über seinen Sohn verbreitet.

»Ja.«

Nur kurz unterbricht er das Getippe, sieht mit hochgezogener Augenbraue zu mir und schnaubt dann verächtlich, bevor er sich wieder dem Chat widmet. Ich höre das Lachen in meinem Kopf.

»Und er hat mein Fahrrad geklaut.«

Andis Mutter schüttelt den Kopf.

»Das ist doch Unfug. Andreas hat ein eigenes Fahrrad, er hat es nicht nötig, dir deines zu stehlen.«

»Er hat es nicht gestohlen, um es zu benutzen. Er und seine Kumpels haben es in den Feuersee geschmissen.«

Andi lacht leise und sieht noch immer nicht zu mir, also lehne ich mich ein bisschen nach vorne.

»In meine neuen Schuhe hat er gepisst, meine Hose geklaut und mein Handy ins Klo geworfen.«

Er soll mich ansehen. Er soll mich verdammt noch mal ansehen!

»Wieso sollte mein Sohn so was machen? Das sind haltlose Anschuldigungen.«

Natürlich ist seine Mutter davon überzeugt, dass ich rumspinne. Marie hebt die Hand.

»Ich habe das mit dem Fahrrad auch gesehen.«

»Natürlich hast du das. Für deinen Bruder lügen, macht es noch lange nicht wahr.«

»Ist es aber!« Meine Stimme zittert, weil ich nicht will, dass er davonkommt. Wenn ich in so ein scheiß Therapiezentrum muss, dann soll sich für Andi hier wenigstens auch was ändern! »Es macht ihm Spaß, mich zu mobben. Weil er zu Hause nichts zu melden hat und er sich nur dann cool fühlt, wenn er andere kleinmachen kann.«

Für den Bruchteil einer Sekunde schießt Andi einen Blick in meine Richtung und ich stehe langsam auf.

»Weil es ihm Spaß macht zu sehen, wie ich vor Angst fast nicht mehr atmen kann. Weil er sonst nichts hat.«

»Ich muss doch sehr bitten …«

Andis Vater will mich unterbrechen, aber ich schüttele den Kopf, höre nicht auf ihn, sehe nur zu Andi und erinnere mich an all die Dinge, die er mir angetan hat.

»Sieh mich an!«

Doch er denkt nicht daran, dreht das Handy lässig in seiner Hand und checkt mit einem Seitenblick bei seinen Eltern, ob sie mir glauben.

Sein Vater schiebt das Kinn vor und funkelt mich an.

»Nicht in diesem Ton, junger Mann.«

»Er soll mich ansehen!«

Ob es die Lautstärke meiner Stimme oder das knappe Nicken seines Vaters ist, Andi hebt den Blick zu mir und ich sehe nur Langeweile in seinen Haifischaugen.

»Gib es wenigstens zu.«

Meine Hände ballen sich zu harmlosen Fäusten. Sein Vater ergreift wieder das Wort.

»Andreas, hast du den Stein durch das Fenster der Muldens geworfen?«

»Nein.«

Er lügt so kalt, dass mir ganz anders wird. Ich frage mich, ob die anderen es auch sehen können – wie alles unter meinen Füßen nachgibt.

Seine Mutter klatscht einmal laut in die Hände und erhebt sich. »Dann hätten wir das geklärt.« Sie sieht zu Mama. »Und Sie hören von unserem Anwalt.«

Arentz, etwas unsicher, ob die Sache hiermit wirklich »geklärt« ist, sieht von unserer Familie zu Andis, sagt aber nichts, und so steht auch Andi auf.

»Kann ich dann los, ich verpasse sonst Chemie?«

»Natürlich.« Seine Mutter berührt kurz seine Wange, dort, wo ihn mein Schlag treffen sollte, und er läuft einfach zur Tür. Niemand hält ihn auf, keiner sagte mehr etwas, und Andi geht zurück nach draußen, wo sich für ihn nichts ändern wird und auf mich die Hölle wartet.

Hilfesuchend drehe ich mich zu Marie, die aufsteht und mich in den Arm nimmt, aber diesmal fühlt es sich so an, als würde sie mich durch Luftpolsterfolie berühren.

- 51 -

Samuel

Ich habe Mühe, mit Marie Schritt zu halten, wie sie fluchend an mir vorbei durch die Aula aus der Schule rausstürmt. Theo ist mit seinen Eltern bereits wortlos verschwunden, und ich habe noch immer keine Info dazu, was passiert ist.

»Wie ist es gelaufen?«

»Beschissen! Sie glauben uns nicht, weil Andi lügt und … was zum Henker?«

Marie bleibt wie angewurzelt am Rollerparkplatz stehen und betrachtet den Tatort ungläubig, während ich auf ihre Vespa zugehe und den abgeschlagenen Seitenspiegel aufhebe.

»Lass mich raten, heute Morgen war er noch dran.«

War sie eben noch komplett unter Strom, ist sie jetzt leer wie ein Handy-Akku, das man vergessen hat aufzuladen.

»Natürlich.« Sie geht schleppend um ihre Vespa herum, bemerkt auch noch einen Kratzer, der sich über die komplette linke Flanke zieht. »Das darf doch nicht wahr sein …«

Ich checke alle anderen Roller, die ebenfalls auf dem Parkplatz stehen.

»Die anderen sind okay. Ein Unfall war das sicherlich nicht.« Ich wiege den Seitenspiegel in meiner Hand und muss nicht besonders angestrengt darüber nachdenken, wer wohl der Übeltäter hinter dieser Aktion sein mag.

Und als ob er meine Gedanken lesen könnte, taucht Andi Schneider mit seiner Gefolgschaft auf. Ihre zufriedenen Gesichter würden jeden Richter von ihrer Schuld überzeugen.

»Oh nein, wie ärgerlich. Hat jemand deinen schicken Roller beschädigt?«

Marie ist gerade nicht in der Stimmung für solche Spielchen, und so stelle ich mich vor sie, bevor sie auf Schneider losgehen kann.

»Du hast ihren Roller mutwillig beschädigt!«

Andi tut überrascht und hebt die Hände. »Ist heute Tag der Anschuldigungen, oder was? Wieso sollte ich so was abziehen, hm?«

»Weil du ein Arschloch bist!« Marie ist noch immer im erhöhten Drehzahlbereich, ich kann rote Flecken an ihrem Hals erkennen und reiche ihr den Seitenspiegel.

»Wir sollten das hier reparieren lassen und uns nicht mit solchen Blechbirnen beschäftigen.«

»Er war es, Samuel!«

Ich nicke wissend. »Das können wir aber nicht beweisen.«

Sie muss mir recht geben, aber kampflos lässt sie Andi seinen Triumph nicht genießen. »Du bist echt so ein Schlappschwanz, Andi.«

»Ach, bin ich das?«

Ich verschränke die Arme vor der Brust und sage: »Mit Theo nimmst du es auf, mit einem Roller, aber mit jemandem in deiner Gewichtsklasse? Das ist nicht so dein Stil, oder?«

Ich verscheuche die Warnungen in meinem Kopf und gehe auf Andi und die anderen zu, halte die ganze Zeit über Blickkontakt mit ihm. Er weicht ein bisschen zurück, will aber vor seinen Anhängern cool wirken, allerdings sehen die gerade nicht so aus, als ob sie im Notfall auf ihn warten würden.

»Willst du mir jetzt die Nase brechen oder was?«

»Nein. Aber blöde Unfälle sollen passieren, hab ich gehört.«

»Du bist doch irre.«

»Die Frage ist doch: Bist *du* irre genug, um es darauf ankommen zu lassen?«

Ist er nicht. Das habe ich gecheckt, als er zurückgewichen ist, und deswegen wundert es mich jetzt auch nicht, dass er mit seiner kleinen Armee und einem lahmen Spruch den Rückzug antritt: »Wir sprechen uns ganz sicher noch, Samuel.«

Marie taucht neben mir auf, ihre Hand greift nach meiner.

»Ich wünschte, er würde einfach verschwinden.«

Ich ziehe sie in eine Umarmung und halte sie fest.

»Vielleicht wird er das ja irgendwann.« Noch immer gibt es diese eine Hoffnung.

»Aber jetzt kümmern wir uns erst mal um deinen Roller. Einen Schritt nach dem anderen.«

»Dieser blöde Roller … wie soll ich das denn reparieren?«

Ich habe eine Idee.

Es ist keine gute Idee, sie ist nicht mal in den Top 100 der guten Ideen, aber sie drängt sich so unverschämt in den Vordergrund wie ein Hardcore-Taylor-Swift-Fan auf einem ihrer Konzerte.

»Ich kenne jemanden, der uns helfen kann.«

Und kaum ausgesprochen, wähle ich schon die Nummer 1 in meinem Handy, die ich eigentlich löschen wollte. Nach dem dritten Klingeln höre ich seine verschlafene Stimme.

»Ja?«

»Hab ich dich geweckt?« Ich muss nicht erst auf die Uhr schauen, um zu wissen, dass es viel zu spät fürs Aufstehen ist. Aber in Tommis Leben ticken die Uhren eben anders.

»Hast du. Und ich hoffe, es gibt einen verdammt guten Grund dafür.«

Er gähnt geräuschvoll, und kurz ist es mir peinlich, dass Marie so nah bei mir steht, dass sie alles hören kann.

»Hör mal, Tommi, ich bräuchte einen neuen Rückspiegel für eine Vespa.«

»Fährst du jetzt Hipsterroller, oder was?«

»Ist nicht für mich, sondern für …« Marie steht dankbar lächelnd vor mir, und ich merke, dass mir die Worte fehlen, um sie Tommi vernünftig vorzustellen. »… eine Schulfreundin.«

Das ist nah genug an der Wahrheit dran, und sie scheint es mir nicht mal übel zu nehmen.

»*Schulfreundin*, ja?«

Ich höre, wie die Bettdecke raschelt und er sich wohl aufsetzt. Dann das vertraute Klicken eines automatischen Feuerzeugs, ein tiefer Atemzug, und erst dann ist Tommi wieder bei mir.

»Ist diese Schulfreundin die Kleine vom Dach?«

Wieso wundert es mich nicht, dass die Jungs ihm sofort und brühwarm davon erzählt haben?«

»Möglich.«

»Komm mit der Kiste vorbei, und ich schaue, was ich machen kann.«

Damit ich diesen Vorschlag nicht ablehnen kann, legt er auf, ohne mir die Chance für einen Gegenvorschlag zu geben. Ich sehe zu Marie, die heute eine gute Nachricht verdient hat.

»Kann er uns helfen?«

Eine verdammt gute Frage.

– 52 –
Marie

Theo sitzt in der Küche und kaut lustlos auf einem Toast, als ich nach Hause komme. Von Mama und Papa nichts zu sehen. Wer weiß, vielleicht sind sie wirklich bei einem Anwalt und lassen sich informieren, wie wir gegen Andi vorgehen können. Zu meiner Überraschung freut sich mein Bruder sichtlich, dass ich endlich wieder da bin. Es fehlt noch eine Aussprache, und ich weiß gerade nicht, wie ich das anstellen soll.

»Hi.«

»Na?«

Ich lasse den Rucksack auf einen Stuhl fallen und komme um die kleine Theke in unserer Küche auf Theo zu. Um nicht sofort loslegen zu müssen, deute ich auf seinen Toast.

»Kann ich?« Er schiebt mir den Teller kommentarlos über die Theke und ich beiße ein großes Stück ab. »Wo sind Mama und Papa?«

Auf meine Frage, die ich mit vollem Mund stelle, sieht Theo sich kurz in der Küche um, als wäre ihm gar nicht aufgefallen, dass unsere Eltern nicht mehr da sind.

»Papa klärt was mit dem Glaser, Mama …« Er lässt mich

im Dunkeln, was Mama wieder im Schilde führt. »Das lief ja nicht so gut heute.«

Es ist die Untertreibung des Jahrhunderts, und ich nicke niedergeschlagen.

»Wir gehen heute Abend noch zu Schädle und suchen das passende Therapiezentrum aus.« Er klingt ein bisschen gleichgültig, und ich kann es ihm nicht mal übel nehmen. Woher soll er jetzt noch Hoffnung herzaubern?

»Es tut mir leid, Theo. Ich dachte wirklich, dass es etwas bringt. So lange haben wir einfach den Mund gehalten, und ich hatte gehofft ...«

Auf ein Märchen habe ich gehofft, und jetzt komme ich mir so unendlich dumm vor, weil ich es für Theo noch schlimmer gemacht habe. Er zuckt nur kraftlos die Schultern.

»Ist jetzt eh egal, es hat halt nicht funktioniert. Andi hat gewonnen.«

»Hat er nicht.«

Hat er wohl, und wir wissen es beide. Auch wenn ich es noch nicht akzeptieren will.

»Marie, tu mir einen Gefallen und pass ein bisschen auf.«

»*Ich?*«

»Wenn ich nicht mehr da bin, wird Andi sich auf dich einschießen. Nicht so offen, wie bei mir, aber na ja ...«

»Das hat er schon.«

Theos Gesichtsfarbe passt sich der weißen Wand hinter ihm an.

»Was?«

»Er hat meinen Roller beschädigt.«

»*Was?*«

»Ja. Seitenspiegel und Kratzer. Samuel kümmert sich darum.«

»Hat ihn jemand erwischt?«

»Andi? Nee, aber er schlich ganz scheinheilig drum herum.« Betont gleichgültig winke ich ab, will verhindern, dass er oder sonst wer sich Sorgen macht. »Mit Schneider werde ich schon fertig.«

Theo lässt mich keine Sekunde aus den Augen, und ich befürchte, dass er durch den rissigen Verputz all meine Gefühle durchscheinen sieht.

»Komisch, genau das habe ich auch immer behauptet, und du hast es mir nie geglaubt.«

Touché.

»Also pass einfach auf, Marie.«

»Mache ich.« Wieso klingt das alles so sehr nach Abschied? Das letzte Stück Toast lasse ich zurück auf den Teller sinken und schiebe alles zur Seite. »Vielleicht ist das mit der stationären Therapie echt keine so schlechte Idee.«

Er nickt, sieht mich dabei aber nicht an.

»Du wärst weg von dem ganzen Mist hier.«

Weg von Andi, weg von all den Erinnerungen, die ihn belasten, weg von uns, die wir ihm doch eh nur auf die Nerven gehen. Er hebt den Blick von der Granitfläche vor uns, und zum ersten Mal seit unendlich langer Zeit habe ich das Gefühl, er zeigt mir seine wahren Gefühle.

»Weißt du, Marie, nur, weil ich weggehe, bedeutet das nicht, dass die Probleme auch weggehen.« Er merkt, dass ich nicht verstehe. »Egal, wohin ich auch gehe, der Scheiß begleitet mich.«

Sofort will ich den Kopf schütteln, aber Theo ist schneller.

»Andis gibt es auch woanders, aggressive Arschlöcher auch abseits von U-Bahn-Stationen und diesen scheiß Erinnerungen …«

Er fährt sich mit dem Finger über die Stirn.

»Die sind überall da, wo auch ich bin.«

- 53 -
Samuel

Was ist das denn für ein Pussy-Roller?«

Tommi grinst so breit, dass ich mir recht sicher sein kann, was er gefrühstückt hat. Ich nehme den Helm ab, der mir etwas zu klein ist und sicherlich deutliche Abdrücke in meinem Gesicht hinterlassen hat.

»Rot steht dir, Meister.«

Er kommt auf mich zu, wir klatschen ab, und er zieht mich in eine Bro-Umarmung, die von einem süßlichen Duft begleitet wird.

»Automatik, nicht mal mit echter Schaltung.« Er lacht, was eher wie ein Kichern klingt, und ich schubse ihn aus der Umarmung. »Ist das der Roller deiner *Schulfreundin*?«

Es muss ihn einiges an Überwindung kosten, mir dabei nicht ins Gesicht zu lachen.

»Ja, es ist ihr Roller.«

»Ihr Roller. Verstehe.«

Sein Blick, so vernebelt er auch sein mag, streift die Vespa fachmännisch, und einmal mehr frage ich mich, wieso er seine Ausbildung nach nur knapp drei Wochen einfach in den Sand gesetzt hat. Dabei wissen alle hier, dass er mehr Ahnung von Motoren und Vergasern hat als die Hälfte aller Kfz-Mechaniker.

»Mein Cousin hat bestimmt irgendwo einen passenden Spiegel rumliegen, den schrauben wir an und basta.« Dann tritt er näher an den Roller und bemerkt den mutwillig verabreichten Kratzer. »Fuck, was soll das denn?«

Er sieht zu mir und wartet auf eine Erklärung für den Lackschaden, obwohl sein unausgebildeter Fachmannblick sicher schon erfasst hat, was passiert ist.

»Jemand mag sie nicht besonders.«

»Alter, ich dachte das ist so eine Schule für wohlerzogene Kiddies mit einem Fünf-Jahres-Plan?«

»Ist es auch. Aber ein Arschloch findest du ja überall.«

Er kratzt sich am Kinn, sieht wieder zum Roller und schüttelt den Kopf. Manchmal irritiert es mich, was Tommi aufregt. Jemand kann in der Bahn blöd angemacht werden und er sieht in die andere Richtung, eine ältere Dame braucht einen freien Sitzplatz und Tommi macht sich doppelt breit, aber wenn jemand einen Hund ärgert oder einen Roller zerkratzt, sieht er sofort rot.

»Soll ich den Typen mal besuchen?«

»Quatsch. Ich kriege das schon hin.«

»Wenn du dem die Nase brichst, buchten sie dich sofort wieder ein.«

»Ich weiß. Deswegen will ich es ja auch anders klären.«

Er lacht auf, lauter als nötig, und schüttelt sich, als hätte ich gerade den Gag des Monats gebracht.

»Und wie willst du das anstellen? Ihn zu einer Debatte herausfordern?«

»Vielleicht gehe ich auch einfach zum Vertrauenslehrer.«

Tommi sieht mich ungläubig an, bevor er kopfschüttelnd auf mich zukommt und den Arm um meine Schulter legt.

»Samuel, die haben dir da echt eine Gehirnwäsche verpasst. Typen, die Roller beschädigen, denen muss mal ganz klare und deutliche Ansagen machen. Ende.«

»Mensch, Zecher …«

»Nein, nicht du.« Er tätschelt meine Wange. »Du bist da fein raus. Aber ich bin dein bester Freund, und ich halte dir den Rücken frei. Also. Wie heißt er?«

Es ist keine gute Idee, das Tommi zu verraten.

»Andreas Schneider.«

»Was ein scheiß Name. Wo wohnt er?«

»Keine Ahnung.«

Sofort schnappt sich Tommi sein Handy. »Hat der Vogel Insta?«

Erstaunlich, wie gleich wir ticken, auch ich habe sein Profil bei Instagram gesucht und gefunden, also nenne ich Tommi seinen Namen dort und sehe zu, wie er sich wenige Sekunden später durch Andis Feed scrollt. Sein Gesicht sagt nur zu deutlich, was er von dem Typen hält, und sein Kopfschütteln bei jedem neuen Selfie, das auftaucht, wird immer heftiger.

»Was 'ne Pfeife. Der denkt wohl, er wäre der Checker.«

»An der Schule widerspricht ihm da auch niemand.«

»Der Typ wird Augen machen. Den finde ich.« Er packt sein Handy wieder weg und grinst mich an. »Entspannt dich, Meister. Ich will mich nur mal mit ihm unterhalten.«

Er vergisst, wie gut ich ihn kenne.

»Im Ernst, Tommi, ich kriege nur Ärger.«

»Mach dir doch nicht gleich ins Hemd.« Die Genervtheit kehrt zurück in seine Stimme und er stippt mich dreimal mit dem Zeigefinger in die Brust.

»Früher hast du dir nicht so eine Platte gemacht, wenn es darum ging, einem mal gepflegt die Meinung zu sagen.«

»Früher war auch früher.«

»Ach was. Hast du im Knast einen Philosophiekurs belegt?«

»Ich bin vorbestraft!«

»Hörst du schlecht? Dich halten wir da komplett raus! Wir machen das.«

Wir machen das also.

»Der wird deine Süße danach nie wieder auch nur schief angucken.«

»Das weiß ich zu schätzen, aber …«

Er steckt sich die Zeigefinger in die Ohren und grinst so frech wie früher.

»ICH KANN DICH NICHT HÖREN!«

»Du bist so ein Spinner.«

»ICH HÖRE DEIN WEICHGESPÜLTES GEQUATSCHE NOCH IMMER NICHT!«

Erst als ich eine kleine Weile schweige, nimmt er die Finger aus den Ohren und beruhigt sich.

»Erst mal kriegt deine Freundin wieder einen Rückspiegel. Wir wollen doch, dass sie ordnungsgemäß durch den TÜV kommt.«

»Sie ist nicht meine Freundin.«

Aber Tommi kennt mich zu gut, als dass er mir diese Lüge einfach so abkauft. Sein Gesichtsausdruck verändert sich, wird ernster und klarer, fast könnte man meinen, er wäre wieder nüchtern.

»Du kannst froh sein, dass ich deine blasse Visage so sehr mag, sonst wäre ich jetzt echt beleidigt. Lüg von mir aus deinen Bewährungshelfer an, aber nicht mich. Du bringst sie zu uns aufs Dach. Du hast noch nie ein Mädchen aufs Dach mitgebracht.«

»Ich kenne sie kaum.«

»Und trotzdem hat sie dich schon um den Finger gewickelt.«

Sofort will ich widersprechen, aber er schüttelt nur den Kopf und nickt in Richtung der Garage seines Onkels. Dort lagert er seinen ganzen Kram, den er nicht immer auf legale Weise ergattert hat.

»Stellen wir das Teil mal unter und dann gehen wir essen.«

»Ich hab keine Zeit, muss den Roller heute noch zurückbringen.«

»Ja, schon gecheckt, aber für gutes Essen muss immer Zeit sein.« Er schlägt mir blitzschnell, aber sehr leicht in den Magen.

»Und du siehst aus, als ob du wieder ein bisschen was auf die Rippen kriegen könntest.« Er zieht vielsagend die Augenbraue hoch. »Nicht, dass deine Freundin, die nicht deine Freundin ist, erschrickt, wenn sie entdeckt, dass unter dem Pulli eine leere Tüte steckt.«

Ein frecher Witz auf meine Kosten, wie wir sie früher ständig hin und her geschmettert haben, und doch trifft er mich heute unerlaubt in die Weichteile. Was Tommi sofort bemerkt.

»Was ist denn jetzt? Darf ich nicht mehr witzig sein?«

»Doch. Lache ich nicht laut genug?«

»Okay. Ich schlage dir einen Deal vor.«

»Hm?«

»Wir kümmern uns jetzt erst mal um den Roller. Vielleicht finden wir hier in dem Chaos auch noch einen Vespa-Lackstift in der passenden Farbe und *zack!* bist du ihr Held. Wen juckt es da noch, dass du mal im Knast warst?«

Er lächelt mir aufmunternd zu.

»Wir machen aus dir noch einen waschechten Ehrenmann, wirst schon sehen.«

Wieso ist es so verdammt leicht, Tommi zu glauben, wenn er solche Dinge sagt und mich dabei so ansieht?

»Deal?« Er hält mir die Hand entgegen.

»Deal.«

– 54 –

Theo

Schädle hört meinen Eltern genau zu, und ich muss mich erst noch daran gewöhnen, dass plötzlich vier Personen in diesem Raum sind, der doch sonst nur ihr und mir gehört hat. Er kommt mir überfüllt und zu eng vor, dabei steht der Stuhl meines Vaters eine gute Armlänge von meinem entfernt.

Meinen Vorschlag, man solle auch Marie mitbringen, haben meine Eltern abgeschmettert, weil es ja um *mich* ginge.

Schon klar, aber eben auch um Marie. Um uns alle.

Seit knapp einer halben Stunde sprechen Mama und Papa, bringen Schädle auf den neuesten Stand meiner »Situation«, und ich frage mich, ob sie alle vergessen haben, dass auch ich anwesend bin und eine eigene Stimme habe.

Zu hören, wie unterschiedlich meine Eltern die vergangenen Tage wahrgenommen haben, gibt mir die letzte Bestätigung, dass sie mit allem gnadenlos überfordert sind. Vor allem mit mir.

»Vielleicht sollten wir Theo mal fragen, wie er sich die Zukunft vorstellt.«

Erst als mein Name fällt, stelle ich alle Sensoren wieder an und schaue zwischen den erwachsenen Gesichtern hin und her.

»*Zukunft?*«

Nicken.

Wie soll das denn gehen, wenn ich mir nicht mal sicher bin, wie ich den heutigen Tag überstehe?

»Ich denke nicht so weit.«

Für Schädle ist das keine große Überraschung, so oft, wie wir darüber gesprochen haben. Nur meine Eltern blicken entgeistert.

»Wir sprechen ja nicht über einen endgültigen Lebensplan, aber wie stellst du dir denn den weiteren Verlauf der Therapie vor?«

Es muss für Schädle unangenehm sein, dass unsere Gespräche nichts gebracht und wir kaum einen Schritt nach vorne gemacht haben. Klar, sie behauptet immer das Gegenteil und lobt jeden Millimeter, den wir uns irgendwohin bewegt haben, aber für mich fühlt es sich trotzdem nach Stillstand an.

»Was wären deine Ziele für das Leben danach?«

Ziele. Okay, wenn sie es hören wollen. Meine Ziele, Träume und Pläne.

»Das Licht ausmachen.«

Papa legt mir die Hand auf die Schulter.

»Schon klar, aber wir dachten mehr daran, ob du danach wieder an die Schule willst …«

Sie haben es nicht kapiert. Mein Blick wandert hilfesuchend zu Schädle, die mir aufmunternd zunickt. *Okay.* Ich atme tief durch und richte mich ein bisschen mehr in dem Stuhl auf.

»Ich möchte U-Bahn fahren, das Licht ausmachen, Musik hören und nicht jedes Mal zusammenzucken, wenn jemand hinter mir lacht. Das ist alles.«

»Und deinen Abschluss irgendwann nachholen, nicht wahr?« Mamas Hand landet auf meinem Knie, und wieder sehe ich zu Schädle, die mit einer müden Handbewegung die Brille abnimmt und sich die Nasenwurzel massiert.

»Vielleicht möchten Sie Theo erst mal zuhören.«

»Aber wir hören ja zu, wir fragen uns nur …«

»Scheiß auf die Schule. Ich will das Licht ausmachen können, Mama.« Diesmal wiederhole ich meinen Wunsch etwas nachdrücklicher und entziehe mich ihren Berührungen. »Für euch ist das vielleicht nicht wichtig, ihr wollt einen guten Schulabschluss von mir, eine Ausbildung oder ein Studium, ihr wollt, dass ich ganz normal bin. So wie davor. Euer toller Sohn, auf den ihr so richtig stolz sein könnt!«

Ich hole erneut tief Luft. Jetzt kommt der Sprung vom Fünf-Meter-Brett, für den es Anlauf und Mut braucht.

»Ich kann nicht mehr besonders lange so weitermachen.«

»Aber …« Mama will etwas sagen, weiß wohl aber nicht mehr, was. Ihr Satz baumelt ohne Ende im Raum.

»Ich kann nicht mehr, Mama. Es geht einfach nicht mehr.« Zu lange habe ich geschwiegen, weil ich dachte es wäre leichter für die anderen, wenn sie gar nicht erst wüssten, wie beschissen es für mich ist.

»Wieso hast du denn nichts gesagt?« Mama streichelt kurz meine Schulter, die wie im Reflex wegzuckt.

»Was hätte es denn groß verändert? Nichts! Ich habe der Polizei damals alles erzählt, was ich weiß, und nichts ist passiert! Nichts!« Niemand kann mir widersprechen, weil es genau so war. »Und bei Andi wollte ich nichts sagen, weil es nur noch schlimmer werden konnte! Und dieses ständige Reden.

Immer und immer wollen alle wissen, wie es war, wie ich mich fühle, was in mir vorgeht. Aber niemand versteht es!«

Sie starren mich an und hören zu. Sie hören endlich mal zu.

»Und ich weiß, dass ihr alle wollt, dass es besser wird und ich wieder der alte Theo werde. Aber selbst wenn es besser wird, es wird nie mehr so wie davor.« Ich klopfe mir hart auf die Brust, spüre aber nichts. »Da drinnen ist alles kaputt.« Mir fällt das Atmen schwer, mir fallen keine Worte mehr ein, ich weiß nicht mehr, wieso ich überhaupt noch hier rumsitze. »Ich funktioniere nur noch für euch.«

Irgendwo hinter diesem Tränenschleier sitzen noch immer meine Eltern und schauen beklommen. Ich wische mir mit dem Ärmel über die Augen, aber die Tränen hören nicht auf, da kommen immer mehr und noch mehr. Meine Panik klettert auf der Skala in die Höhe wie sonst nur das Thermometer im Klimawandelsommer.

»Ich muss mal an die frische Luft.« *Ich muss weg. Ich muss einfach weg.*

Sie rufen meinen Namen, wollen, dass ich bleibe, aber statt auf sie oder den Aufzug zu warten, haste ich die Treppen nach unten, durch die Glastür nach draußen, wo mich zwar frische Luft, aber auch all meine Dämonen begrüßen, als wären wir alte Freunde, die sich lange nicht mehr gesehen haben, und ich stürze mich in ihre Umarmung.

- 55 -
Marie

Das Handy klingelt und durchbricht die Stille, an die ich mich gerade gewöhnt habe. Ob Samuel schon News vom Roller hat? Selbst wenn nicht, die Vorstellung seine Stimme zu hören, weckt mich aus meiner Trance.

»Hallo?«

»Marie, ist Theo daheim?« Mamas Stimme klingt wie eine Alarmsirene, und ich schüttele den Kopf, obwohl sie mich nicht sehen kann. Sie wiederholt die Frage etwas schriller, und spätestens jetzt weiß ich, dass etwas nicht stimmt. »Ist er daheim?«

»Nein. Ich glaube nicht.«

»Du *glaubst* es?«

»Was ist denn passiert?«

Sie klingt aufgelöst und panisch, aber viel schlimmer als sonst. So, wie ich sie seit dem Anruf damals aus dem Krankenhaus nicht mehr erlebt habe. Und weil wir offensichtlich ähnlich ticken – obwohl ich gerne das Gegenteil behaupte –, eile ich jetzt in Theos Zimmer, um sicherzugehen, dass er nicht heimlich nach Hause gekommen ist.

Aber sein Zimmer ist leer, das Bett ungemacht, die Playstation unberührt, von ihm selbst fehlt jede Spur.

»Er ist nicht hier.«

Mama atmet am anderen Ende, allerdings viel zu schnell, und ich verstehe, das hier ist keine Übung, sondern der Ernstfall.

»Wir wissen nicht, wo er steckt. Hast du eine Idee?«

Theos Safe-Space ist sein Zimmer, hier versteckt er sich, ausschließlich hier hat er quasi die letzten Monate gelebt.

»Nein.«

Mama sagt nichts, und ich gehe im Geiste alle Orte durch, die infrage kämen, Orte, die wir früher vielleicht zusammen besucht haben.

»Okay, Papa sucht ihn hier in der Stadt, ich …« Sie bricht ab, und ich höre, dass sie weint. Zu gerne würde ich sie jetzt umarmen und sagen, dass Theo bestimmt nur ein bisschen spazieren geht. Aber wir reden über Theo, und Theo geht eben nicht mehr spazieren, er geht zumindest nicht alleine spazieren.

Nicht in der Stadt.

Nicht ohne mich.

»Ich weiß nicht, wo er sein könnte, Marie. Ich weiß gar nichts mehr über ihn.« Mama klingt so verzweifelt, es bricht mir das Herz.

»Ich gehe los und suche ihn.«

»Melde dich bei uns, wenn du ihn findest.«

Damit beendet sie das Gespräch, und ich stehe mit dem Handy in der Hand plötzlich alleine in der leeren Wohnung, in der ich mir neulich noch mehr Platz gewünscht hatte. Doch mit einem Mal kommt sie mir viel zu groß vor.

Niemand ist da, um mir zu sagen, dass alles gut wird, also

wähle ich blind die letzte Nummer, die ich hinzugefügt habe und muss knapp vier Klingeltöne warten.

»Hallo?« Samuel klingt entspannt, kein bisschen nervös oder so panisch wie Mama.

»Theo ist weg.«

Statt meinen Namen zu nennen oder zu fragen, wie es ihm geht, feuere ich sofort diesen Schuss auf ihn ab und hoffe, er kann sich gerade noch rechtzeitig ducken.

»Wie weg?«

»Weg weg.«

Im Hintergrund höre ich noch eine andere Stimme, die nachfragt, ob alles okay sei.

»Ich weiß nicht, wo er ist.« Dieser Gedanke lähmt alle anderen und meinen Körper noch dazu. Verloren stehe ich mitten in Theos Zimmer. »Ich weiß nicht, wo er ist.« Vielleicht geht der Druck auf meinen Lungenflügeln weg, wenn ich es immer wieder sage. So oft, bis auch andere Worte wieder Platz in meinem Kopf haben.

»Wo war er denn zuletzt? Gab es Streit?«

»Mit meinen Eltern bei der Therapie.«

»Okay. Wir gehen gleich los. Wo ist die Therapie?«

»Stadtmitte. Am Rotebühlplatz.«

»Schick mir seine Nummer als *WhatsApp*, vielleicht geht er bei mir ran.« Samuel übernimmt das Kommando, und ich hole tief Atem. »Bist du zu Hause?«

»Ja.«

Da, wo viel zu viel Platz ist.

»Bleib dort, für den Fall, dass er heimkommt. Wir melden uns.«

Wir. Keine Ahnung, wen er meint und welchen Suchtrupp er auf die Schnelle zusammengetrommelt hat, aber ich bin unendlich dankbar. Auch dafür, dass ich jetzt nicht wie ein Huhn ohne Kopf im Kreis durch die Stadt rennen muss.

»Mach dir keine Sorgen, wir finden ihn!« Samuel hat mich noch nie angelogen. Nicht mal, als es um seine Vergangenheit ging, und so beschließe ich, ihm auch jetzt einfach zu glauben. »Wir finden ihn, Marie.«

Dann erst legt er auf, und ich bleibe in Theos leerem Zimmer zurück. Langsam sehe ich mich um und frage mich, wie es sein wird, wenn er nicht mehr nach Hause kommt. Habe ich etwas übersehen? Eine Warnung, einen stummen Hilfeschrei, irgendwas? War ich doch zu sehr mit meinem kurzen gestohlenen Glücksmoment beschäftigt?

Socken liegen neben dem Bett, die Jeans von gestern erinnert entfernt an eine Kobra, die es sich auf dem Zimmerboden gemütlich gemacht hat, und ich klettere auf sein Bett. Wie oft habe ich ihm hier die Geschichte mit den Monstern erzählt?

Mein Blick wandert zur Decke, wo die blassen Sterne und Smileys kleben. Und zum ersten Mal sollen sie mir und nicht ihm die Angst nehmen.

- 56 -

Samuel

Wie sieht dieser Theo denn überhaupt aus?«

»Dunkle kurze Haare.«

»Geht es ein bisschen genauer?«

»Schmächtiger Typ, recht groß, trotzdem leicht zu übersehen.«

Tommi schüttelt den Kopf. »Beste Voraussetzung für die Sherlock-Holmes-Nummer hier.«

Wir schieben uns an einer Gruppe Schüler vorbei, die lachend die Königstraße entlangschlendern und ich sehe mich weiter suchend um.

»Ruf ihn noch mal an.«

Das habe ich auf dem Weg hierher schon dreimal versucht, und jedes Mal klingelt es so lange, bis ich zur Mailbox geschickt werde. Auch diesmal läuft es nicht anders, ich höre seine Stimme, aber sie kommt vom Band und verrät mir rein gar nichts über seinen Aufenthaltsort.

»Vielleicht ist er auch einfach nur irgendwo einen Burger essen.«

Tommi nimmt die Sache nicht so ernst wie ich, immerhin weiß er nicht, wieso die Annahme so absurd ist.

»Ist er sicher nicht.«

»Veganer?«

»Nein.«

Kopfschüttelnd sehe ich mich weiter um, versuche mich daran zu erinnern, was für Klamotten Theo heute anhat, aber alles, was mir einfällt, ist sein Blick, den er mir über Maries Schulter zugeworfen hat.

Tommi zündet sich erst mal eine weitere Zigarette an, bevor er sich wieder mir zuwendet.

»Okay, wenn du dieser Theo wärst, wo würdest du hingehen?«

»Nach Hause.«

Tommi klatscht einmal kurz in die Hände und grinst dann schief, die Kippe im Mundwinkel hängend.

»Perfekt. Fall gelöst, er ist daheim.«

»Dann hätte Marie mich schon längst angerufen.«

»Du magst sie wirklich, hm?«

Das ist nicht der richtige Moment, um über meine Gefühle für Marie zu sprechen. Je länger Theo verschwunden bleibt, desto größer auch die Wahrscheinlichkeit, dass er irgendwas Dummes macht.

»Nicht mal bei Denise Martinek bist du so verknallt rumgelaufen.«

»Damals war ich zwölf.«

»Und verknallt.«

Ich lege ihm die Hände auf die Schultern und sehe ihn an.

»Tommi, diese Sache ist echt wichtig.«

»Schon klar. Sie ist *echt* wichtig, weil du diese Marie *echt* magst.«

»Hör zu, Theo hat Probleme, und gerade geht es ihm ziemlich beschissen.«

»Wie beschissen?«

Tommi und ich, wir haben einen Aktenschrank voller beschissener Momente. Ärger mit den Eltern, Ärger in der Schule, Ärger mit der Welt. Er weiß, wie es sich anfühlen kann.

»*Richtig* beschissen. Er meidet Menschenmengen, hasst es, alleine irgendwo unterwegs zu sein, und hat die nächste Panikattacke immer im Schlepptau. Wenn er also freiwillig abgehauen ist, dann ist das kein gutes Zeichen.«

Das ist mehr, als ich ihm erzählen wollte, aber wenn Tommi mir hier wirklich helfen will, dann braucht er zumindest ein paar Grundinfos.

Ohne mich aus den Augen zu lassen, nimmt er einen tiefen Zug und pustet den Rauch, nachdem er ihn einen langen Moment in seinen Lungen behalten hat, nur durch die Nase wieder aus.

»Okay. Wir brauchen einen Plan.« Tommi löst seinen Blick von mir und sieht sich auf dem Schlossplatz um. Ich habe keine Ahnung, wieso ich ihn hierhergebracht habe, immerhin wird Theo sich wohl kaum in der überfüllten Innenstadt aufhalten. »Welches wäre der letzte Ort, an dem du ihn suchen würdest?«

Obwohl ich Theo kaum gut genug kenne, um da wirklich eine qualifizierte Antwort abzugeben, kommt mir mein Gespräch mit Marie in den Sinn, als sie mir von dem Überfall auf Theo erzählt hat.

»U-Bahnhaltestelle Staatsgalerie.«

Tommis Zigarettenmundwinkel zuckt zu einem halbseitigen Lächeln, und er setzt sich in Bewegung, ohne auf mich zu warten.

»Wenn du gefunden werden willst, schleichst du da rum, wo Leute nach dir suchen.« Ich schließe zu ihm auf und er spricht weiter. »Aber wenn du nicht gefunden werden willst, dann hängst du da ab, wo die Leute nicht nach dir suchen.« Er schnippt den Stummel im Gehen einfach weg und sieht zu mir. »Wenn es deinem Kollegen so beschissen geht, wie du sagst, dann gehört er definitiv in die zweite Kategorie.«

»Wieso bist du dir da so sicher?«

Erst will er mich nicht ansehen, kaut eher genervt auf der Unterlippe, und ich wette, er überlegt, wo er jetzt überall sein könnte, statt mit mir bei dieser Schnitzeljagd durch die Stadt zu irren.

»Weil ich weiß, wie es ist, sich zu verstecken, wenn man keinen Bock auf Besuch hat.« Er feuert einen Blick in meine Richtung. »Deswegen bin ich mir da so sicher.«

Sofort muss ich an all die Male denken, an denen Tommi einfach weg war. Unauffindbar, sogar für mich.

Oder vor allem für mich?

Wir erreichen den vorübergehenden Eingang zur Haltestelle Staatsgalerie, und wie schon die letzten Jahre finde ich den Anblick auch heute ziemlich gruselig. Man muss eine Art Einstiegsluke finden, die man schnell verpasst, wenn man nicht weiß, wonach man sucht. Der graue Gang liegt trostlos vor uns, der Boden gesprenkelt von Kaugummiflecken und anderen Dingen, über die wir lieber hinwegsteigen.

»Richtig gemütlich hier.«

Tommi zuckt nur die Schultern.

»Kannst ja schneller laufen, wenn du Schiss hast.«

Das beklemmende Gefühl in engen Gängen, die mich zu sehr an die Flure in der JVA erinnern, teilt er offensichtlich nicht, so selbstbewusst, wie seine Schritte von den beschmierten Wänden widerhallen. Über uns an der Decke verlaufen massenweise Kabel, von denen wohl niemand mehr weiß, welchen Zweck sie erfüllen, und dazwischen hängen trübselige Lampen, die gerade genug Licht spenden, um zu wissen, wohin man seinen Fuß als Nächstes nicht setzen sollte.

Tommi und ich folgen der an der Decke rausquellenden Dämmwolle und erreichen die Rolltreppe, die heute einen gnädigen Tag hat und zur Abwechslung mal funktioniert. Wenn man bis hier gekommen ist, hat man es fast geschafft und ich werfe einen Blick zurück. Kein Spaziergang für jemanden wie Theo, der hier den schlimmsten Tag seines Lebens erlebt hat.

»Ist das ein scheiß Umweg. Wehe, der Typ ist nicht hier.«

Stotternd ruckelt die Rolltreppe unter meinen Füßen, und ich lasse meinen Blick suchend über die wartenden Fahrgäste gleiten, noch bevor wir unten angekommen sind. Tommi sieht in eine andere Richtung.

»Schmächtiger Typ, recht groß, trotzdem leicht zu übersehen. Das sollte spaßig werden.«

- 57 -

Theo

Nur die Schuhspitzen.

Nur ein bisschen.

Nur ein kleines bisschen mehr.

Ich kann die Schienen sehen, wie sie unverändert und ahnungslos daliegen, als hätten sie mich vergessen. Dabei zuckt mir in Gedanken sofort wieder der Schmerz des Aufpralls durch den Körper. Ich weiß noch zu genau, wie ich das Gleichgewicht verloren und bei dem Versuch Halt zu finden ins Nichts gegriffen habe.

Die Durchsagedame brüllt irgendwas in die Station, aber niemand bewegt sich, vor allem ich nicht.

Die Kopfschmerzen wandern von meiner Schläfe weiter in Richtung Stirn, mir wird ein bisschen schwindelig, und ich bin mir nicht sicher, ob ich das Gleichgewicht halten kann oder ob der Boden unter meinen Füßen überhaupt noch stabil genug ist, mich und all die Fahrgäste, die hier rumstehen, zu tragen. Wer hat denn plötzlich diesen Wellengang eingestellt?

Ich kann den Wind spüren, den muffigen Wind, der an meiner Kleidung ziehen will, an mir und an all den Dingen in meinem Kopf.

Es wäre nur ein Schritt.

Ein Schritt und alles wäre vorbei. Die Kopfschmerzen, das Wegrennen, all die scheiß Gedanken, all das, was das Leben für meine Familie so kompliziert macht.

Ich *mache es kompliziert.*

Niemand würde mich vermissen, alle würden einfach nur tief durchatmen.

Nur ein Schritt.

Meine Schuhspitze berührt schon den Abgrund.

Nur ein Schritt.

Wieso ist ein scheiß Schritt so verdammt schwer? Wieso will so viel von mir noch immer hier sein? Warum kann ich nicht einfach loslassen?

Ich höre die U-Bahn einfahren, und es wäre so einfach und gleichzeitig so schwer.

Nur ein Schritt.

Die Musik ist wieder da, als wäre sie nie weggewesen. Auch wenn nur ich sie hören kann.

Ich schließe die Augen, lass die Dunkelheit zu, die mich sofort verschlingen wird.

I've been sitting here for ages
Ripping out the pages
How'd I get so faded?

Das Piepen der Türen, ich muss mich beeilen, erwische die Bahn noch, schaffe es rein, bevor sich die Türen hinter mir schließen und ich schwer atmend die freie Platzwahl habe. Einen Viersitzer ganz für mich alleine, um die Uhrzeit keine

Besonderheit und doch immer wieder schön. Diese U1 ist meine ganz private U-Bahn-Limo, die nur mich durch das undurchschaubare Gleissystem unter der Erde kutschiert. Dazu noch mein liebster Song *Bloodstream,* der durch die *AirPods* auf meine Ohren gefeuert wird. Ich bewege meinen Kopf im Takt des Songs, der immer schneller wird. Wenn man mich fragt, der vielleicht beste Song von Ed Sheeran und total unterschätzt. Jedes Mal, wenn er bei der Shufflefunktion loslegt, mache ich lauter, damit auch die Leute um mich rum was davon haben, und bewege meine Lippen stumm zum Liedtext.

This is how it ends. I feel the chemical burn in my bloodstream.

Dann die kurze Verschnaufpause, bevor es richtig losgeht.

Mein Kopf wippt immer heftiger, es gibt nur noch Ed und mich, mein Fuß bewegt sich, dann mein Oberkörper, und ich wippe im Sitz, als wäre ich auf dem Konzert. Wer muss schon auf irgendwelche Partys, wenn er das hier haben kann.

So tell me, when it kicks in.

Ich liebe diesen Song.

»Ob wir stören, habe ich gefragt?«

Die Musik ist so laut in meinen Ohren, dass ich die Frage nur gedämpft durch den Refrain hören kann und abrupt aufhöre, mich zu bewegen. Ich habe verpasst, dass wir schon bei der nächsten Station gehalten haben und einige Jungs eingestiegen sind. Langsam ziehe ich einen *AirPod* aus dem Ohr und der Typ neben mir wiederholt die Frage.

»Stören wir dein Privatkonzert?«

»Nein, gar nicht.«

Er trägt einen schwarzen Kapuzenpullover, den er tief in die Stirn gezogen hat, als er sich mir gegenüber hinsetzt. An den Türen lehnen die andere Jungs, auch alle eher dunkel gekleidet, einer sieht nervös aus. Sie tragen Mützen oder Kapuzen, ich sehe nur kurz in ihre Gesichter, dann auf den *AirPod* in meiner Hand.

»Was hörst du denn da?«

»Ed Sheeran.«

Er beugt sich ein bisschen vor, ich weiche automatisch zurück, drücke meinen Rücken fest in die Lehne. Er streckt die Hand aus, deutet auf den einsamen *AirPod* in meiner Hand und ich verstehe nicht so recht, was er will.

»Gib mal her.«

Vielleicht will er nur in den Song reinhören, und so reiche ich ihm den Kopfhörer, nicht ohne ihn vorher flüchtig an meiner Jeans abzuwischen.

»Und den anderen.«

Es heißt, wir Menschen haben dieses Alarmsystem, das uns wissen lässt, wann wir in Gefahr sind. Dann pocht das Herz schneller, die Pupillen vergrößern sich, Adrenalin übernimmt das Kommando und der Schweiß setzt ein. Ursprünglich hatte das alles seinen Sinn, aber gerade fühlt es sich schrecklich unangenehm an. Vielleicht gebe ich ihm deswegen auch den zweiten Kopfhörer und sehe dabei zu, wie er beide in seiner Hosentasche verschwinden lässt.

»Hast du auch die Ladebox? Ohne kann ich nichts damit anfangen.«

Mama sagt immer, man soll nicht wegen eines Handys oder so streiten. Lieber alles direkt abgeben, denn das Zeug kann man nachkaufen. Ohne zu diskutieren, reiche ich ihm auch die weiße Box, die mir meine Eltern zu Weihnachten geschenkt haben und die mich seitdem fast bei jedem meiner Schritte mit Musik versorgt hat. Ein letztes Mal fahre ich mit dem Daumen über den Halbmondkratzer auf der Rückseite,

Der Typ steckt sie ein, ich starre nur noch auf seine Füße, will mir sein Gesicht nicht merken, will einfach nur, dass sie wieder gehen. Sie sind zu viert, ich alleine, und älter sind sie auch noch. Mein erster und einziger Faustkampf fand im Sandkasten des Kindergartens statt, weil mir jemand meine *Ironman*-Figur wegnehmen wollte. Es war auch gar kein Faustkampf, es war Gezerre, Gespucke und viel Geschrei.

Ich habe hier keine Chance.

»Schicke Schuhe hast du da.«

»Danke.« *Die vermutlich dümmste Antwort.*

»Die würden mir stehen.«

Sie sind ein Geschenk von Marie.

»Aber das sind meine Schuhe.«

So schnell, wie der Schlag mich knapp unterhalb des linken Ohres trifft, kann ich nicht reagieren. Ich spüre nur, wie mein Kopf nach hinten fliegt, mir die Tränen in die Augen schießen und ein Piepen in meinem Ohr meine Angst eine Sekunde lang übertönt.

»Ja, und jetzt sind es meine.«

Mein Pullover klebt an meinem Rücken, meine Hände zittern und ich bücke mich, um die Schnürsenkel zu lösen, dabei mache ich einen Knoten rein, fluche und höre meinen Atem zu schnell und zu heftig.

»Bist du blöd? Zieh sie aus!«

Ohne den Knoten aufzubinden, ziehe ich mir zuerst den linken, dann den rechten Schuh vom Fuß und schiebe sie zu ihm rüber. Er hebt sie auf, wirft sie locker zu einem seiner Kumpels und ich weiß, dass ich sie nie wiedersehen werde. Noch immer leicht gebückt sitze ich da und bete. Ich bete irgendwas von wegen *Steigt einfach wieder aus* und *Ich will nach Hause* und *Hilfe*, was mir gerade so durch den Kopf geht.

Die anderen Jungs machen es sich auf dem Vierersitz neben uns bequem, und ich senke den Blick tiefer, will keinen weiteren Schlag abbekommen, denn noch immer pfeift mein Ohr unangenehm.

»Ein netter Junge wie du, der hat doch sicher auch ein Handy dabei.«

Diesmal wehre ich mich nicht, fische sofort das *iPhone* aus der Innentasche meiner Jacke und halte es ihm entgegen, dabei zittern meine Hände so sehr, dass ich es fallen lasse.

»Und ein Idiot bist du auch noch.«

Ich widerspreche nicht.

»Aufheben!«

Ein brüllender Löwe starrt mich an, weit aufgerissenes Maul, wütende Augen. Ja, das passt. Die silberne Gürtelschnalle ist sicher kein Zufall, die hat der Typ mir gegenüber ganz bewusst ausgesucht. Zitternd halte ich mein Handy fest, kann mich nicht davon trennen. Es ist voll mit meinen liebsten Fotos, allen wichtigen Telefonnummern, Playlisten und Erinnerungen an Urlaube. Nichts davon wird für ihn eine Bedeutung haben. Er weiß nicht, wie schön unser Sommer in Kroatien war, als Marie und ich in dieser kleinen Spielhalle Air Hockey gespielt haben, bis wir vor Lachen Bauchschmerzen hatten. Er weiß nicht, dass der Sperrbildschirm ein von Marie gemalter Smiley ist, oder was er für eine Bedeutung hat. Er wird das Handy – und all meine Erinnerungen – einfach verkaufen.

Wir fahren in die Haltestelle *Staatsgalerie* ein, die Türen öffnen sich und ich hoffe, dass irgendjemand einsteigt. Vielleicht eine größere Gruppe oder ein Polizist oder ein Superheld, irgendwer. Aber die Haltestelle ist leer und meine Gedanken drehen komplett hohl.

Kurz sehe ich zur Tür, die anderen Jungs sind inzwischen in ein Gespräch vertieft, diskutieren über einen Film oder eine Serie. Sie sind abgelenkt. *Wenn ich nur schnell genug bin.* Wenn ich es rausschaffe, kurz bevor sich die Türen schließen, ist es vorbei.

Das Piepen ertönt, ein Zeichen dafür, dass man sich beeilen muss. Mein Körper besteht inzwischen zu neunzig Prozent aus Adrenalin.

Alles überschlägt sich, als ich losrenne und vergesse, dass ich nur mit Socken an den Füßen keinen echten Grip habe und nicht durchstarten kann. Ich muss nur zur Tür raus.

Nur raus.

Ich rutsche, stolpere und springe durch die Türen, als eine Hand den Kragen meiner Jacke zu fassen kriegt und mich mit einem Ruck nach hinten reißt. Ich rutsche mit den Socken auf dem glatten Bahnsteigboden aus, rudere noch mit den Armen, bevor ich mit dem Hinterkopf aufschlage. Sofort wird es dunkel, dann so hell, dass ich keine Umrisse mehr erkenne.

Ich habe es geschafft. Ich bin draußen.

Aber nicht allein, drei von ihnen sind mir nachgekommen.

Mich trifft ein Tritt in die Seite, flammender Schmerz breitet sich in meinen Rippen aus, von denen mindestens eine nachgegeben hat.

»Wolltest abhauen, du Pisser?«

Der Löwe steht direkt über mir, der nächste Tritt erwischt meine Schulter, und ich versuche mich zusammenzurollen, mich zu schützen, so gut es geht, aber der Tritt in die Nierengegend lässt mich wie ein Klappmesser auseinanderschnellen.

Eine Faust landet wuchtig in meinem Gesicht, das kurze harte Knallen in meinem Schädel kommt erst etwas zeitverzögert an. Einer stellt seinen Fuß auf meine Hand, ich versuche mich zu wehren und klinge doch nur wie ein Kleinkind, das nicht alleine aufstehen kann. Der nächste Schlag landet auf meiner Nase, mein Blick verschwimmt endgültig, Blut läuft über meinen Mund und tropft auf den Boden und meinen Pullover. Einer greift in meine Haare und zerrt mich auf die Beine, ich torkele, als hätte ich zu viel getrunken. Mein Magen krampft, mein Gesicht fühlt sich an, als wäre es explodiert. Das Blut hinterlässt einen metallischen Geschmack, atmen tut weh, jede Bewegung schmerzt. Alleine stehen kann ich kaum, sie haken sich bei mir unter und ich lasse es geschehen.

»Wolltest abhauen, ja?«

Er presst seine Stirn gegen meine, aber ich erkenne nichts mehr, alles ist aus dem Fokus geraten, die Augen halte ich kaum offen. Ein Magenschwinger knockt mich aus, ich rutsche auf die Knie, verliere den Halt, greife ins Leere.

Sie fluchen, ich falle.

Als ich auf den Gleisen aufschlage, explodiert fast mein Kopf.

Ihre Stimmen sind weg, als hätte jemand die Stummschalttaste gedrückt.

Alles ist irgendwie weg.

Sogar ich.

Vor allem ich.

Als wolle ich mich dagegen wehren, schlage ich um mich, will mich befreien, aber sie halten mich fest.

»Komm runter, Theo.«

Die Stimme passt nicht zur Erinnerung in meinem Kopf, und ich versuche mich hastig aus dem Klammergriff zu befreien.

Vorsichtig öffne ich die Augen. Die U-Bahn steht noch immer genau vor mir.

»Was war das denn für eine Aktion?«

Die Hände lassen mich los, und ich sollte fliehen, aber ich stehe wie angewurzelt einfach da, bin nicht gefallen, nicht auf den Gleisen.

Ich bin noch da.

Langsam stellt sich mein Blick endlich von damals auf jetzt scharf.

»Samuel?«

Er ist es wirklich. Er und ein anderer Typ, der nur ein paar Schritte neben ihm steht und mich aus zusammengekniffenen Augen mustert.

»Marie hat mich angerufen, deine ganze Familie dreht durch vor Sorge!«

Samuel ist wütend. Auf mich. So langsam lässt der höllische Kopfschmerz nach.

»Was sollte der Scheiß eben?«

Gute Frage. Nächste Frage, bitte.

»Du kannst doch nicht so was abziehen!«

»Ich wollte ...« Haben meine Knie eben auch schon so gezittert? Zum Glück hält mich Samuel noch immer an der Schulter, ich lehne mich in seinen Griff, weil meine Beine mich nicht mehr tragen, und er reagiert blitzschnell, legt den Arm um mich. »Ich wollte nur ...«

Samuel und dieser Typ neben ihm halten ihre Blicke direkt auf mich gerichtet, aber ich kann ihnen nicht standhalten.

»Ich wollte wissen, wie weh es tut.«

Diese eine Nacht lag verbuddelt unter all dem Schutt, der mal mein Leben war, aber ich weiß inzwischen, dass ich mehr als nur diese scheiß Nacht bin.

Das Piep-Stakkato gellt über den Bahnsteig, bohrt sich in mein Ohr, arbeitet sich durch alle Gehörwindungen seinen Weg bis zum Zentrum meines Hirns vor. Dann schließen sich die Türen und ich sehe der U-Bahn dabei zu, wie sie sich in Bewegung setzt und im Tunnel verschwindet. Samuels Blick ruht auf mir und ich kann die Sorge dahinter spüren.

»Tommi hier und ich haben dich gesucht, Mann. Alles okay bci dir?«

Ich starre auf Tommis Gürtelschnalle.

»Ja, alles okay.«

Nichts ist okay.

- 58 -
Samuel

Theo ist blass, fast ein bisschen grün, und er hängt wie ein lebloser Crashtest Dummy auf der Bank neben mir. Ich habe Marie eine knappe Nachricht geschickt, dass wir ihn gefunden haben, aber ich weiß nicht, ob sie schon durchging, weil wir noch immer in der Haltestelle sitzen. Tommi hockt neben mir, breitbeinig wie immer, und beobachtet ein Mädchen, das am Kartenautomaten steht und ihn gekonnt ignoriert.

»Ist das nicht diese Lisa?«

Für ihn ist das Thema Theo erledigt, immerhin haben wir ihn gefunden. Auf ins nächste Kapitel.

»Keine Ahnung.«

»Doch, ich wette, das ist Lisa aus der Suttnerstraße.« Er reicht mir mein Ticket. »Brauchst du mich noch als sein Zivi?« Er nickt zu Theo, der hinter seiner Schutzmauer verschwunden ist. »Oder kann ich mal rübergehen und Hallo sagen?«

»Tu, was du nicht lassen kannst.«

Augenzwinkernd steht er auf und marschiert einfach zu ihr rüber, spricht sie an und lächelt so charmant, dass ich mich frage, wie er das immer anstellt. Aber wenigstens habe ich jetzt die Chance, mich in aller Ruhe Theo zu widmen.

»Geht es?«

Er spricht nicht, starrt nur vor sich ins Gleisbett, wo inzwischen schon drei U-Bahnen ein- und ausgefahren sind.

»Mhm.«

Seine Hände zittern. Einige Leute starren uns schon unsicher an, und ich versuche sie mit bösen Blicken auf Abstand zu halten.

»Tief atmen.« Keine Ahnung, wieso ich das sage. Vermutlich, weil das jeder immer in solchen Situationen sagte. Ich habe es auch immer zu hören gekriegt, wenn alles zu viel wurde und ich entweder etwas kaputthauen oder heulen wollte. Dabei bin ich mir gar nicht sicher, ob Theo überhaupt noch atmet.

Schließlich bewegt er seinen Kopf ein bisschen in meine Richtung.

»Wie hast du mich gefunden?«

»Marie hat mir erzählt, was passiert ist. Und du warst nicht zu übersehen.«

Er nickt matt, zeigt auf die Schienen vor uns.

»Direkt da haben sie mich liegen lassen.«

»Wie bitte?«

»Sie haben auf mich eingeprügelt und -getreten, ich wollte mich wehren ...« Seinen Blick noch immer starr auf die Gleise gerichtet, rattert er die Infos runter, als wären sie nur Vokabeln, die es vorzutragen gilt, bevor er sie vergisst oder der Mut ihn verlässt. »Dann haben sie mich auf die Gleise geschubst. Einfach so.«

Mir wird bewusst, dass ich ihn nur anstarre, und räuspere mich, bemüht darum, wieder etwas die Fassung zu gewinnen.

»Jemand hat die Polizei angerufen und zwei Männer haben mich dann vom Gleisbett gezogen, bevor die Bahn kam.«

Seine Stimme klingt so dünn, dass ich ihn kaum verstehe, und so lehne ich mich weiter in seine Richtung.

»Seitdem kann ich das nicht mehr. Die Dunkelheit, Musik, Menschen … es ist alles so viel, und ich bewundere euch, dass ihr mit all den Wellen klarkommt.«

Das hat Marie mir alles verschwiegen, und es erklärt so vieles. Wieso Theo so ist, wieso er so reagiert – oder eben nicht reagiert. Er wurde nicht einfach nur ausgeraubt, nein, er wurde brutal verprügelt und dann liegen gelassen. Mein Magen krampft sich bei der Vorstellung zusammen, dass er hilflos auf den Gleisen lag, und sofort scanne ich Theos Gesicht, als könnte ich dort Spuren dieser Geschichte finden. Spuren, die ich zu genau kenne.

»Deswegen all das?«

Er lässt den Kopf gegen die Wand sinken, seine Akkus sind leer.

»Weil es zu viel ist. Es geht nicht mehr.« Er sieht mir direkt in die Augen, und es erschreckt mich, wie wenig ich darin finde. »Wenn ich weg wäre … ginge es allen besser.«

Es klingt viel zu endgültig, und ich lehne mich noch ein bisschen weiter zu ihm rüber.

»Du kannst nicht einfach auf Gleise springen und glauben, dass es für die anderen dann vorbei ist.« Kurz warte ich, ob er hier dazwischengrätschen will, aber so platt, wie er jetzt neben mir hängt, glaube ich nicht mal, dass er mich überhaupt hören kann. »Marie würde durchdrehen. Komplett.«

»Oder auch nicht.«

»Ich weiß, dass es dir beschissen geht, aber sei kein Arsch, ja?« Damit habe ich seine Aufmerksamkeit wieder.

»Nichts für ungut, Samuel, aber du hast doch keine Ahnung, wie es ist.«

»Natürlich nicht. Weil ich nicht genau das erlebt habe, was dir passiert ist. Aber …« Keine Ahnung wieso, aber ich werfe einen Blick zurück zu Tommi, der neben dieser Lisa am Automaten lehnt und sie vollsülzt, obwohl sie nicht besonders interessiert aussieht. »Mir ist so was auch passiert.«

Obwohl ich mit Theo spreche, halte ich meinen Blick auf den lachenden Tommi gerichtet.

»Ich war keine fünf Tage drinnen, dann war schon klar, ich passe ihnen nicht. Einmal habe ich in die falsche Richtung geschaut und sie sind komplett durchgedreht. Einfach so. Die anderen haben so getan, als ob sie nichts mitkriegen, und bis der erste Beamte kam, war schon alles vorbei. Sie haben mich einfach liegen lassen.«

Der Schmerz ist wieder da, aber viel schlimmer sind die Scham, die Wut und die Vorwürfe. Ich muss schlucken, bevor ich weitersprechen kann.

»Jedes Mal, wenn jemand zu dicht an mir vorbeigeht, mich im falschen Moment überrascht oder ich nur dieses fucking Aftershave von dem Typen rieche, will ich weg. Aussteigen.« Theo lässt mich die ganze Zeit über keine Sekunde aus den Augen, obwohl ich ihn erst jetzt wieder direkt ansehe. »Ich wollte auch nicht mehr.«

»Gar nicht mehr?«

So schnell und knapp wie es geht, schüttele ich den Kopf. »So gar nicht mehr.«

»Wie hast du es geschafft?«

Wenn es darauf eine vernünftige Antwort gäbe, würde ich sie ihm sofort verraten. Nur läuft das nicht so, jeder kämpft seinen eigenen Kampf, oftmals unbemerkt vom Rest der Welt.

»Keine Ahnung. Weil ich irgendwie hoffe, dass es irgendwann einen Samuel gibt, dem es besser geht als dieser Version jetzt.«

»Dir merkt man das alles gar nicht an.«

»Nur, weil ich U-Bahn fahren kann, heißt es nicht, dass es mir gut geht.« Man sieht die Geschichten dahinter nicht immer sofort, manchmal sogar gar nicht. Niemand kann durch unsere provisorisch aufgebauten Schutzmauern schauen. »Weißt du, Theo, es wird immer einen Andi geben und immer eine U-Bahn, die du nicht nehmen willst. Aber es gibt eben auch Marie, deine Eltern, mich und …« Ich stupse sein Knie mit meinem an. »… dich. In tausend Versionen, die irgendwo da draußen in der Zukunft rumspringen.«

Er sagt nichts, aber seine Augen sind wieder ein bisschen klarer.

»Wer weiß, wer du in fünf Wochen oder fünf Monaten bist. Willst du nicht wissen, wie du mit achtzig sein wirst?« Ich greife in meine Jackentasche. »Oder welche Musik man dann hört?«

Er sieht auf meine *AirPod*-Box, die ich ihm reiche, und die er sofort annimmt, die Box fest umschließt. Noch immer zittert er ein bisschen, aber zumindest mache ich mir keine Sorgen mehr, dass er mir gleich umkippt. Er fährt mit dem Daumen über die Ladebox, sieht nicht zu mir, obwohl er mit mir spricht.

»Ich habe früher immer Musik gehört, aber jetzt ist Musik einfach scheiße.«

»Wieso?«

Er zuckt mit den Schultern, was wie eine Kapitulation wirkt.

»Unser Gehirn verknüpft einfach beschissen.«

»Vielleicht brauchst du einfach nur wieder den richtigen Song.«

Fast ist da ein schiefes Grinsen auf seinem Gesicht, aber es verschwindet, bevor es die Mundwinkel erreichen kann. Im Geiste gehe ich meine liebste Playlist durch, auf der Suche nach einem Song, der Theo so lange ablenkt, bis ich ihn zu Hause abgeliefert habe.

»Das war gar nicht Lisa.« Tommi lässt sich neben uns auf die Bank fallen und schüttelt den Kopf, bevor er genervt ausatmet und gar nicht bemerkt, wie sehr er gerade stört. »Was ein Reinfall, der Tag heute.« Er greift in seine Jackentasche und zieht eine Zigarettenpackung hervor.

»Hier ist Rauchverbot, Zecher.«

»Ein Glück bist du kein Bulle.« Er verdreht angesichts meines strengen Blicks die Augen und lässt die Kippe zurück in die Schachtel rutschen. »Ich nehm die nächste Bahn. Meine Anwesenheit wird ja nicht mehr gebraucht, oder?«

Er sieht zu Theo, der neben mir schockgefroren sitzt und auf seine Schuhe starrt. Sein blasses Gesicht ist jetzt doch wieder in den grünen Farbtopf gefallen, aber bevor ich fragen kann, ob alles okay ist, beugt er sich vor und kotzt einfach auf den Boden vor uns. Tommi schafft es gerade noch, seine Füße zur Seite zu retten.

»Ganz großes Kino, Meister.« Angewidert erhebt er sich und klopft mir auf die Schulter, als die Bahn in die Haltestelle einfährt und zum Stehen kommt. »Viel Spaß beim Aufwischen.«

Kaum hat er die U1 bestiegen, lässt er sich auf den Platz neben der falschen Lisa nieder und schenkt ihr sein Gewinnerlächeln. Sie streicht sich unsicher eine Haarsträhne hinter das Ohr, ergibt sich dann aber Tommis Hartnäckigkeit und lächelt zurück. Die Bahn setzt sich in Bewegungen und verschwindet im Tunnel – ohne dass Tommi noch mal zu mir schaut.

Ich wende mich wieder Theo zu, der so aussieht, als hätte ihn gerade jemand zusammengeschlagen.

- 59 -

Marie

Theo ist in seinem Zimmer. Da, wo ich vorhin noch sein Kissen umarmt habe.

Als ich ihn dann doch selbst in die Arme schließen durfte, kam er mir wie eines dieser Strichmännchen vor. Dünne, ungelenke Arme, wackelige Beine, ein zu großer Kopf. Aber er ist wieder da und Samuel hat ihn zurückgebracht.

Mama und Papa sitzen mit jeweils einer Tasse Tee vor sich an unserem Küchentresen. Samuel und ich, ohne Tee, dafür mit Cola, ihnen gegenüber. Mamas Augen sind geschwollen, die Nase gerötet und ihr Gesicht einfach nur müde. Papa ringt darum, sich seine vergossenen Tränen nicht zu sehr anmerken zu lassen, aber alle wissen, dass auch er geweint hat. Mehr noch als Mama.

Unser Hausarzt war da, hat sich um Theo gekümmert und ihm ein Beruhigungsmittel gegeben, damit er schlafen kann. Trotzdem habe ich dafür gesorgt, dass seine Nachttischlampe an ist, nur für den unwahrscheinlichen Fall, dass er heute Nacht doch noch mal wach wird.

»Wir sind dir wirklich unglaublich dankbar, Samuel.«

Das hat Mama so oder so ähnlich schon einige Mal gesagt

und wieder nickt Samuel etwas schüchtern und spielt mit dem Glas in seiner Hand. Die ganze Aufmerksamkeit ist ihm offensichtlich unangenehm.

»Wir wusste einfach nicht mehr weiter …«

»Wir hatten nur Glück.«

Die Geschichte, wie er und Tommi Theo gefunden haben, gehört für mich seit heute zu den Top 3 der schönsten Happy End-Geschichten.

»Wir würden uns auch gerne bei Thomas bedanken.«

Beim Namen *Thomas* sieht Samuel hoch, und ich spüre, wie seine Haltung sich verändert.

»Ich werde es ihm ausrichten.«

»Oder er kann gerne mal vorbeikommen. Vielleicht zum Abendessen.«

»Tommi hat gerade ziemlich viel um die Ohren.«

Nicht genug, um abends mit auf die Suche nach meinem Bruder zu gehen.

Meine Eltern nicken verständnisvoll.

»Theo hat es in letzter Zeit nicht gerade leicht gehabt.« Diese Worte aus Papas Mund zu hören, überrascht mich. Bisher war er es, der die ganze Sache eher locker genommen und stets auf ein gutes Ende gehofft hatte. »Diese Typen haben ihn einfach alleine erwischt und …«

Er bricht ab, sein Blick unruhig, bis er Samuels findet.

»Sie haben ihn richtig übel zugerichtet. Er sah gar nicht mehr aus wie mein Sohn. Das geschwollene Gesicht, die vielen Blutergüsse. Er könnte jetzt genauso gut auch …«

Ich berühre Papas Fuß mit meinem, hoffe, ihn so davon abzuhalten, das auszusprechen, was Mama nicht hören soll.

»Wir hätten ihn unterwegs verlieren können. Und jetzt kommen wir nur noch schwer an ihn ran.«

Samuel nickt nur leicht, wirft einen kurzen Blick zu mir, und ich würde ihn gerne aus dieser Situation retten, aber ich will einfach nicht, dass er schon geht. Auch wenn die Zeiger der Uhr an der Wand sich für meinen Geschmack viel zu schnell auf die Zwölf zubewegen.

»Manchmal glaubt man ja, als Elternteil alles zu verstehen, aber Teenager sehen das natürlich anders.«

Papa sieht zu Mama, die sein Lächeln aber nicht erwidert und stattdessen nur in ihre Tasse starrt.

Wenigstens Samuel schenkt meinem Vater das ihn erlösende Lächeln.

»Wir werden Theo fürs Erste aus der Schule nehmen. Er muss zur Ruhe kommen. Und er braucht Hilfe, die wir ihm nicht mehr geben können und …«

Mama steht so unvermittelt auf, dass wir alle überrascht aufschauen.

»Es war ein langer Tag. Entschuldigt mich, ich bin müde.«

Nur wenn sie Samuel ansieht, erreicht ihr Lächeln auch die Augen, so groß ist der Dank, den sie ihm entgegenbringt. Der Rest von ihr ist farblos und unscharf.

»Bleib gerne noch hier, wenn du magst. Und danke, dass du uns Theo zurückgebracht hast.« Beim letzten Satz wackelt ihre Stimme, und sie dreht sich in Richtung Spüle, damit wir das verdächtige Glitzern in ihren Augen nicht sehen können.

Bevor sie die Küche verlassen kann, stelle ich mich ihr in den Weg und ziehe sie in eine feste Umarmung, die sie ebenso fest erwidert.

»Gute Nacht, Mama.«

Sie küsst meine Wange, und ich weiß nicht, ob mir jemals aufgefallen ist, wie zierlich meine Mutter geworden ist. Sie war doch immer die Chefin dieser Familie, die alle Probleme aus dem Weg geräumt und mir mit einem Lächeln Mut machen konnte. Sie jetzt aus der Küche schleichen zu sehen, gefolgt von meinem Vater, der uns ebenfalls eine gute Nacht wünscht, tut ein bisschen weh.

»Ich sollte wohl auch langsam los …« Samuel rutscht vom Hocker, aber als er mein Gesicht sieht, verharrt er einen Moment. »Alles okay?«

»Woher wusstest du denn, wo er ist?«

Er kommt langsam auf mich zu, vielleicht um etwas mehr Bedenkzeit zu bekommen.

»Ich weiß es wirklich nicht. Ich musste daran denken, was du mir erzählt hast und …« Er zuckt die Schultern. »… ich wusste nicht, wie krass das alles für ihn war.«

»Ich wollte es dir nicht erzählen.«

»Wieso?«

»Weil Theo es nie jemandem erzählt hat.«

Samuel sieht müde aus, und ich habe ein bisschen Angst, dass die Informationen des Tages ihn überfordert und von mir weggeschoben haben.

»Aber *dir* hat er es erzählt. Von sich aus. Das bedeutet etwas, Samuel.« Er nickt nachdenklich, und ich bete, dass er Theo oder mich jetzt nicht anders behandelt. »Willst du nicht noch ein bisschen hierbleiben?«

Er legt die Arme um mich und sofort fühle ich mich sicher. Kein Wunder, dass Theo ihm alles erzählt hat.

»Würde ich gerne, aber meine Mutter macht sich bestimmt Sorgen.«

Samuels Gesicht, das ich vor ein paar Wochen nicht mal gekannt habe, kommt mir jetzt schon so vertraut vor. Die Augen, die manchmal seine ganze Geschichte und manchmal nichts erzählen. Sein Lächeln, geteilt und doch ganz, weil es von Herzen kommt. Ich lege meine Hand an seine Wange und gönne mir diesen kurzen Moment.

»Ich hab Angst, dass am Ende alles kaputtgeht.«

Er schüttelt den Kopf. »Nichts geht kaputt. Du wirst sehen, Theo kommt irgendwie wieder auf die Füße.«

Wie kann er sich da so sicher sein, nachdem er das heute alles so hautnah miterlebt hat?

»Versprochen?«

Es ist zu viel verlangt, weil am Ende niemand weiß, wie Theos oder unsere Geschichte ausgehen mag, aber er nickt trotzdem, lügt mir ins Gesicht und ich bin ihm dafür dankbar.

»Versprochen. Am Ende wird alles gut.« Er beugt sich zu mir, küsst mich und verharrt mit seinen Lippen auf meinen. »Und wenn nicht, dann ist es noch nicht das Ende.«

Ich muss ein bisschen lächeln und spüre, wie seine Lippen es auch tun.

»Ich muss jetzt.«

Nickend lasse ich ihn los und bringe ihn zur Tür, wo er sich noch mal zu mir umdreht.

»Kannst du Theo ausrichten, dass er …« Sein Blick wandert an mir vorbei den Flur entlang, hofft vielleicht, dass mein Bruder noch mal auftaucht und er es ihm persönlich sagen kann. »Sag ihm einfach, dass mir das alles leidtut.«

– 60 –

Theo

Sie setzen das Glas ganz vorsichtig ein, tragen Handschuhe und verstehen sich blind. Papa beobachtet ihre Arbeit interessiert, lobt ihre Präzision und nickt anerkennend. Nach knapp dreißig Minuten erinnert nichts mehr daran, dass die Scheibe mal kaputt war. Faszinierend, wie wir dazu neigen, zu glauben, mit der Erneuerung von Dingen alles Kaputte aus unserem Leben verbannen zu können. Mama hat sogar den Teppich in die Reinigung bringen lassen, weil sie nicht wollte, dass winzig kleine Glassplitter sich in den Fasern versteckt halten und sich im Sommer – wenn wir das hier schon längst vergessen haben – in unsere nackten Fußsohlen bohren.

»Sieht doch wieder aus wie neu.«

Papa, die Hände in die Hüften gestemmt, betrachtet unser neues Fenster, das noch so sauber ist, als wäre es gar nicht da, und ich nicke von meinem Platz auf der Couch aus.

»Wie neu.«

Er dreht sich zu mir und lächelt, aber ich kann sehen, wie viel Kraft es ihn kostet. Die Augenringe in seinem Gesicht sind heute dunkler als sonst, und auch wenn er vortäuscht nach dem zweiten Kaffee nur so vor Elan zu strotzen, kann ich sehen, dass er eine unruhige Nacht hatte. Aber wie so oft denken meine Eltern, dass ihre gute Laune wie kleine positiv geladene Flöhe auf mich überspringt und mich anstecken kann.

Zu gerne würde ich ihnen den Gefallen tun, aber gerade fühle ich mich – *wattiert*. Keine Ahnung, welche Tabletten mir gestern gegeben wurden, aber ich spüre noch deutlich die Nachwirkungen. Alles ist merkwürdig zeitverzögert und sanfter als sonst.

»Wie geht es dir denn heute?« Papa nimmt auf seinem Fernsehsessel Platz – den Mama natürlich mit dem Staubsauger von potenziellen Glasscherben befreit hat – und legt die Hände in den Schoß, als hätte er plötzlich vergessen, wozu sie gut sind.

»Müde.«

Und das, obwohl ich bis kurz nach elf geschlafen habe.

»Hör mal, Theo …«

So fangen keine guten Gespräche an. Nirgends in der Geschichte hat jemals irgendwas Weltbewegendes mit den Worten *Hör mal* … angefangen.

»Das gestern …« Er knetet seine Hände, und ich kann auf nichts anderes mehr achten. »Willst du mit mir darüber reden?«

»*Reden?*«

»Ich weiß, du hast die Schnauze voll von dem ganzen Reden, aber …« Er zuckt die Schultern und legt die Hände jetzt auf seine Oberschenkel. »… ich würde dich so gerne verstehen. Ich würde so gerne wissen, was in deinem Kopf vorgeht.«

Das wüsste ich auch gerne, aber gerade ist da eben nur massig Watte.

»Da ist nicht sehr viel, was du verpasst, Papa.«

»Ich denke schon. Zum Beispiel, dass es meinem Sohn so schlecht geht, dass er lieber vor einen Zug springt, als mit mir zu reden. Vielleicht habe ich auch verpasst, dir *richtig* zuzuhören.«

Doch gerade kann ich *ihm* nicht zuhören, denn seit gestern steht alles Kopf. Seit ich sie gesehen habe.

Die Gürtelschnalle.

Dieser grimmige Löwenkopf aus poliertem Silber, der einen anstarrt, ob man will oder nicht.

Exakt der Löwenkopf, der so lange nur als blasse Erinnerung irgendwo in meinem Schädel existiert hat und jetzt wieder so unerbittlich brüllt.

»Wenn du also mal einen Zuhörer brauchst …«

Papas Gesicht verrät mir, wie sehr ihm das alles zusetzt. Aber ich sage nichts, sehe ihn nur an und frage mich, wann er so alt geworden ist. Er steht langsam auf und will zurück in die Küche, als ich mich räuspere. Sofort bleibt er stehen, dreht sich aber noch nicht zu mir um, und das ist auch gut so. Noch brauche ich einen Moment, bis ich die Worte so sortiert habe, dass sie Sinn ergeben.

Für mich und den Rest der Welt.

»Papa …?«

»Hm?«

Alles zittert.

»Ich glaube, ich weiß es wieder.«

- 61 -
Marie

Von Samuel fehlt heute jede Spur.

Es herrscht eine seltsame Stimmung auf den Fluren. Einige werfen mir im Vorbeigehen entschuldigende Blicke zu, und ich wette, dass sie alle mitgekriegt haben, was Theo Andi vorwirft. Schneider und seine Truppe habe ich nur kurz in der Aula gesehen, bin ihnen sonst aber aus dem Weg gegangen.

»Marie?«

So tief in meinen eigenen Gedanken versunken, stolpere ich jetzt fast gegen Frau Fischer, die wie aus dem Nichts vor mir auftaucht und mich offen anlächelt.

»Ja?«

Sie wird nach Theo fragen, wetten? Dabei haben meine Eltern heute Morgen angerufen und erklärt, dass sie ihn von der Schule nehmen. Zu seiner eigenen Sicherheit.

»Du bist doch mit Samuel Nowak … befreundet, nicht wahr?«

Sie lässt genug Spielraum um das *Befreundet*, immerhin haben uns die Lehrer auf den Gängen zusammen gesehen.

»Ja.«

»Weißt du denn, wo er heute ist?«

Wer hätte gedacht, dass die ganze Lügerei für Theo mir irgendwann eine Zusatzqualifikation einträgt? Ich lächele ein bisschen.

»Es ging ihm gestern nicht so gut. Vermutlich hat er etwas Falsches gegessen.«

Fischer glaubt mir kein Wort, und ich habe genau diese Geschichte in der Vergangenheit schon zu oft, wenn auch deutlich überzeugender vorgebracht.

»Nun, es wäre schön, wenn er sich im Krankheitsfall abmeldet. Sonst müssen wir davon ausgehen, dass er die Schule schwänzt.«

»Er ist krank.«

Sie nickt, lässt sich von meiner Version aber nicht überzeugen.

»Dürfen Schüler nicht mehr krank sein?«

»Natürlich dürfen sie das. Aber Samuel hat …« Sie mustert mich, will wohl wissen, wie viel von Samuels Story ich kenne. »… Samuel hat eine Vorgeschichte.«

»Ich weiß.«

Das überrascht sie, dennoch überspielt sie es mit einem frostigen Minilächler.

»Dann verstehst du auch, wieso wir ihn genau im Auge behalten müssen. Ärger an der Schule brauchen wir wahrlich nicht.«

»Wir haben schon lange Ärger hier, und das hat absolut nichts mit Samuel zu tun.«

»Ich habe das von deinem Bruder gehört.« Für einen kurzen Moment hellt sich ihr Gesicht auf und ich erkenne Spuren von Mitgefühl. »Vielleicht sollten deine Eltern über professionelle Hilfe für ihn nachdenken?«

Damit lässt sie mich stehen und geht in Richtung Lehrerzimmer davon.

Ich warte, bis sie nicht nur außer Sicht-, sondern auch Hörweite ist und greife nach meinem Handy. Er wird nicht rangehen, und ich weiß nicht, wieso, aber trotzdem versuche ich mein Glück und wähle seine Nummer. Es klingelt nicht mal, die Mailbox springt sofort an.

»Hi, ich kann gerade offensichtlich nicht rangehen, quatscht aufs Band, dann rufe ich beim nächsten unpassenden Moment zurück.«

»Samuel, mich hat die Fischer gerade nach dir gefragt. Du hast dich nicht krankgemeldet … wo steckst du? Melde dich bitte bei mir.«

Schon gestern hatte ich dieses komische Gefühl, als er mir nicht recht sagen konnte, wie er Theo gefunden hat. Und seit auch Theo mir heute früh ausgewichen ist, wirbelt da eine ganze Menge Staub in meinem Herzen herum. Vielleicht wünsche ich mir deswegen so sehr, dass Samuel einfach auftaucht und mich in den Arm nimmt.

Doch gerade läuft nichts so, wie es sollte, und statt Samuel taucht Andi vor mir auf.

»Hi.«

Mein Plan, ihn einfach stehen zu lassen, scheitert, weil er mir immer wieder den Weg verbaut.

»Kann ich bitte vorbei?« Mein eisiger Blick dürfte einige Frostbeulen in seinem Gesicht hervorrufen, aber er denkt nicht daran, auch nur einen Schritt zu weichen.

»Wo ist es?«

»Wo ist was?«

»Mein Zeug. Mein Rucksack, meine Schuhe, mein Handy. Alles.« Er zischt mir seine Antworten zu und wirkt angespannt, wie ich ihn selten erlebt habe. Dabei sollte doch ausgerechnet er vor Freude durch die Schule tanzen, weil alle ihm und nicht uns glauben.

»Ich habe keine Ahnung, wovon du quatschst.« Und keine Lust, mich noch länger mit ihm zu unterhalten. Er packt grob meinen Arm, als ich an ihm vorbei will.

»Erzähl keinen Scheiß! Wo sind meine Sachen?«

Er tut mir weh, aber das werde ich ihn nicht wissen lassen, stattdessen reiße ich mich von ihm los und funkle ihn wütend an.

»Ich bin nicht Theo. Ich habe keine Angst vor dir, also fass mich ja nicht an!« Meine Knie zittern, aber nur, weil es so viel Energie kostet, ihm nicht direkt eine zu knallen.

»Jemand hat mein ganzes Zeug geklaut, und ich weiß, dass es dein scheiß Freund war.«

Samuel. Der Junge, der angeblich für Ärger sorgt.

»Ja, dann sprich doch mit ihm, ich bin nicht seine Sekretärin.«

»Würde ich ja, aber der Wichser kneift.«

»Er ist krank.«

Andi lacht auf und gibt sich nicht mal Mühe, es ehrlich klingen zu lassen. Kopfschüttelnd schiebt er die Hände in die Taschen seiner Jeansjacke mit den bunten Aufnähern.

»Der Typ hat wirklich keine Ahnung, mit wem er sich anlegt.«

»Ich glaube nicht, dass Samuel deinetwegen mit den Knien schlottert.«

Andis Grinsen wird eine Spur bösartiger.

»Mein Vater und Herr Köhler sind im gleichen Tennisclub, wusstest du das?«

Herr Köhler unterrichtet Physik und Sport bei den Jungs. Ein Schulterzucken dürfte als Kommentar zu Andis brandheißer Information reichen.

»Und Köhler hat ihm erzählt, dass dein feiner Freund im Knast war.« Andi kann an meiner Reaktion ablesen, dass mir kurz übel wird. »Wusstest du das etwa nicht?«

Er will mir pseudo-mittfühlend die Hand auf die Schulter legen, aber ich haue sie sofort weg.

»Doch, Andi, es mag dich überraschen, aber ich wusste es. Samuel macht daraus kein Geheimnis.«

Das wiederum überrascht ihn tatsächlich, und ich sehe in seinen Augen, wie er seinen Plan in Sekundenschnelle ändert.

»Hat er dir auch erzählt, was er angestellt hat?«

Nicht so genau. Die Details hat er für sich behalten, aber die groben Eckdaten haben mir gereicht.

»Ja.«

Andi legt den Kopf ein bisschen schief und schürzt die Lippen.

»Ach ja?«

Ich nicke, will Andi nicht zeigen, wie nervös es mich macht, dass er Bescheid weiß.

»Und schämst du dich nicht, mit einem Typen rumzumachen, der einen hilflosen alten Mann ausgeraubt und ins Krankenhaus geprügelt hat?«

Er lügt. Typen wie Andi lügen, um zu bekommen, was sie wollen. Ich schlucke.

»Nein.«

»Er hat ihn einfach blutend liegen lassen. Er hätte sterben können. Krass, oder?«

Das ist ein fieser Mindfuck von Andi, nicht mehr. Sein Grinsen wächst und wächst, als gäbe es dafür keine natürlichen Grenzen.

»Was meinst du, wie die anderen hier darüber denken, hm?«

Ich trete direkt vor ihn, baue mich auf und würde ihm am liebsten an die Gurgel springen, aber das würde weder Samuel noch mir etwas bringen.

»Irgendwann wirst du so dermaßen auf die Schnauze fallen mit all deiner Gehässigkeit. Und ich werde dann bei deinem Aufschlag einen Logenplatz mit der besten Sicht haben.«

»Dein Loverboy soll mir mein Zeug wiedergeben, sonst erzähle ich es hier und überall sonst.«

»Samuel hat dein Zeug nicht geklaut.«

»Natürlich war er es! Er hat mir neulich auf dem Parkplatz gedroht und meine Jungs haben es gehört. Wer soll es denn sonst gewesen sein?«

»Vielleicht gibt es ja noch mehr Leute hier, die dich nicht leiden können.«

Wieder lacht er und schüttelt den Kopf, arrogant wie immer.

»Okay. Ich hatte dich gewarnt.« Ohne den Blick von mir zu nehmen, hält er den nächstbesten Schüler am Arm fest und dieser erstarrt unter Andis Berührung.

Es ist Lukas, ein schüchterner Typ aus meinem Jahrgang. »Hast du gewusst, dass Samuel Nowak im Knast war? Körperverletzung, fast ein ganzes Jahr saß er ein. Krasser Scheiß, oder?«

Dann lässt er Lukas los und verschränkt zufrieden die Arme vor der Brust. Der Schneeball dieser Information, die niemanden etwas angeht, rollt langsam den Hang hinunter. Lukas wird es seinen Kumpels erzählen, die ihren Freundinnen und die dann ihren, und bevor der Schultag zu Ende ist, werden es alle wissen. Andis Triumph spiegelt sich in seinem Gesicht und ich kann nicht anders. Meine Ohrfeige trifft ihn mit voller Wucht, verrückt das fiese Lächeln aber keinen Zentimeter.

»Von einem Logenplatz aus werde ich deinen Absturz erleben. Merk dir das, Schneider.«

Wütend spucke ich ihm die Worte ins Gesicht, bevor ich mich abwende und mit zittrigen Knien davonschreite. So weit, bis ich sicher sein kann, dass er mir nicht mehr folgt oder mich hören kann. Meine Atmung ist zu schnell, mein Puls jagt fast durch die Decke, und ich lehne mich gegen den Kopierer, der in der hintersten Ecke der Schule bei der Kartensammlung steht.

So ein verdammter Mist.

- 62 -
Samuel

Mama denkt, ich bin in der Schule, und so früh, wie ich heute Morgen abgehauen bin, soll sie das auch. Statt mich in die Schule zu quälen, vor allem nach der unruhigen Nacht, bin ich hierhergekommen. Wenn man nicht mehr weiß, wohin, kehrt man an den letzten sicheren Ort der eigenen Geschichte zurück, und für mich ist das, wohl auch aus jahrelanger Gewohnheit, eben noch immer dieses Hochhausdach. Weil mich der Ausblick beruhigt und mir das Gefühl vermittelt, ich wüsste, wo ich stehe oder wohin ich will.

Und vielleicht wollte ich auch einfach nach Tommi schauen, aber dem stand der Sinn gerade nicht nach einer ausgiebigen Unterhaltung vor dem ersten Kaffee und einem Rührei. Er hat mir nur den Rollerschlüssel in die Hand gedrückt und mich dann aus der Wohnung geschmissen, weil er noch ein paar Stunden Schönheitsschlaf nachholen müsse. Das gibt mir noch ein bisschen Zeit für meine Gedankenspaziergänge.

Zumindest, bis die Tür hinter mir aufgeschoben wird. Hat sich Tommi also doch aus dem Bett gequält. Aber als ich mich umdrehe, steht da nicht mein bester Freund, sondern Marie.

Sie hat ihre Haare wieder unter der roten Mütze versteckt und den Kragen ihrer olivgrünen Jacke hochgeschlagen. Den Rucksack trägt sie lässig über der Schulter und die schweren Boots begleiten ihr Näherkommen bei jedem Schritt mit lautem Applaus. Schnell werfe ich einen Blick auf die Uhr. Die Schule ist noch lange nicht aus.

»Was machst du denn hier?«

Nicht gerade die Begrüßung, die sie sich von mir gewünscht hat, aber ihr Überraschungsauftritt hat mich aus der Bahn geworfen.

»Du gehst nicht an dein Handy, du bist nicht daheim, da dachte ich, vielleicht versteckst du dich ja hier.«

Das mit dem Verstecken stimmt zumindest schon mal. Ihre Stimme verrät mir nicht, ob sie sauer oder einfach nur müde ist.

»Ich wollte mich heute noch bei dir melden.« Kurz halte ich den Schildkrötenanhänger samt Schlüssel in die Luft. »Dein Roller war fertig, den wollte ich nur abholen.«

»Deswegen schwänzt du gleich komplett die Schule? Hätte das nicht Zeit bis später gehabt?«

»Bist du jetzt meine Bewährungshelferin?«

Schnell schiebe ich ein Lächeln hinterher, aber all das prallt an Marie ab. Sie kommt langsam auf mich zu, sucht aber keinen Körperkontakt. Sie lehnt sich einfach neben mir an die Brüstung und sieht über die Stadt. Irgendwas stimmt nicht, und obwohl ich meinen ersten Kaffee des Tages schon intus habe, wirft mein Hirn keine Idee aus, was es sein könnte.

»Andi weiß es.«

»Andi weiß was?«

Noch immer sieht sie nicht zu mir, und mit jeder blickkontaktlosen Sekunde werde ich nervöser.

»Dass du verurteilt wurdest.«

Sie vermeidet die Worte *Knast, Gefängnis* und *JVA*. Dabei klingt sie ein bisschen wie meine Mutter, die auch so tut, als wäre es kein Problem, dass ich im Jugendknast gesessen habe, aber es direkt aussprechen, kann sie trotzdem nicht. Ich räuspere mich kurz, versuche meiner Stimme etwas mehr Power zu verleihen.

»Woher?«

Andi Schneider ist mir, ehrlich gesagt, ziemlich egal. Jetzt, da Theo nicht mehr auf die Schule geht, wird Andi sich ein anderes Opfer suchen und so lange weitermachen, bis ihn jemand mal auf frischer Tat ertappt. Aber dass er was über mich weiß, passt mir trotzdem nicht.

»Nicht von mir.«

Immerhin sieht sie mich jetzt kurz an, aber trotzdem spüre ich vor allem den Abstand zwischen uns, wo gestern noch diese warme Vertrautheit herrschte.

»Das habe ich auch nicht gedacht.« Ich rutsche etwas näher neben sie, berühre ihren Ellenbogen mit meinem und stupse sie kurz an. Mein Signal, dass ich keinen Streit will. Nicht mit Marie, nicht heute, nicht morgen. »Wie geht es denn Theo?«

Meinen Themenwechsel und das darin versteckte Friedensangebot schlägt sie aus, hakt noch mal nach.

»Wieso hast du dein Handy ausgemacht?«

»Ich musste ein bisschen nachdenken.«

Marie nickt, ist aber nicht überzeugt, und es wundert mich

nicht, meine Lüge klang selbst für mich durchschaubar. Aber wie soll ich ihr erklären, dass ich nach gestern einfach eine Pause von allem brauche?

»Worüber denn?«

Sie sieht müde aus, die Aufregung um ihren Bruder hat deutliche Spuren in ihrem Gesicht hinterlassen.

»Weißt du, ich habe wirklich gedacht, er macht es.« Jetzt bin ich es, der sie nicht ansehen kann. »Theo. Ich habe wirklich gedacht, er macht diesen einen Schritt und das …«

Ich kann es nicht mal aussprechen, mein Körper wehrt sich dagegen, und jetzt stupst Marie mich an.

»Er hat es aber nicht gemacht.«

Mir geht sein Gesicht trotzdem nicht mehr aus dem Kopf, egal, wie fest ich die Augen schließe. Diese Mischung aus Angst und Schmerz, diese Leere dazwischen. Zu oft habe ich genau das vor mir gesehen, und nie hat es mich so sehr berührt oder interessiert wie gestern, als hätte Theo einen Schalter in mir umgelegt.

»Ich muss dich was fragen, Samuel.«

»Dann frag.«

Vielleicht lenkt mich ihre Frage von meinen Gedanken ab.

»Andi hat gesagt, der Mann, den du verprügelt hast …« Sie wartet, bis ich sie ansehe, bevor sie weiterspricht. »… war schon älter.«

»Das ist keine Frage.«

»Stimmt das?«

»Macht es denn einen Unterschied?«

Sie will nicken, aber es bleibt nur ein kurzes Kopfzucken. »Er konnte sich ja nicht wehren, oder?«

»Sagt das Andi?«

»Stimmt es denn?«

Sie weiß es noch nicht, aber sie will die Wahrheit gar nicht hören. Danach wird sie anders über mich denken. Das tut sie jetzt schon, und genau davor habe ich mich gefürchtet.

»Ja.«

Sie sieht kurz weg, atmet durch und dreht sich dann wieder zu mir, aber nun ist alles anders.

»Es stimmt also? Du hast einen Rentner verprügelt.«

»Wieso willst du das alles wissen?«

»Vielleicht, weil ich es verstehen möchte.«

»Ja. Ich habe einen Rentner verprügelt.«

»Und ihn dann liegen lassen?«

Ihre Augen füllen sich mit Tränen, ob aus Mitgefühl für einen ihr völlig Fremden oder wegen Theos Geschichte, ich habe keine Ahnung.

»Ja, ich bin abgehauen, aber die Polizisten haben mich geschnappt.«

»Er hätte sterben können.«

Das hat gesessen, das kann sie in meinem Gesicht sehen, zumindest bevor sie wegsieht, und ich weiß, dass sie mich in den gleichen Topf wirft wie die Typen, die auf Theo losgegangen sind. Kopfschüttelnd sehe ich wieder über Freiberg und muss immer an Tommis Worte denken, denen ich keinen Glauben schenken wollte. Ausgerechnet Marie bestätigt sie jetzt mit ihrer Reaktion.

Hier gehöre ich hin, hier werde ich immer hingehören. Selbst Marie kann jetzt nur noch an meine Vergangenheit denken, wenn sie mich ansieht.

»Ich habe Leute überfallen, die jünger waren, älter, Mädchen, Jungs, Pärchen. Ich habe Scheiße gebaut, Marie.«

So viel Wahrheit wollte sie dann wohl doch nicht hören, denn der Abstand zwischen uns wird immer größer.

»Die ganze Zeit erzählen sie mir, dass ich meine Schuld abgesessen habe, dass es vorbei ist, wenn ich ab jetzt alles richtig mache. Dann bekomme ich eine neue Chance. Trotzdem schreiben sie es fett in meine Akte, damit die Leute es eben doch nicht vergessen und Idioten wie Andi es rumtratschen können.«

»Du hättest es mir aber erzählen sollen.«

»Ich habe es dir erzählt.«

»Nicht alles.«

»Nein. Nicht alles. Aber mehr als allen anderen.« Hat sie unsere Gespräche wirklich vergessen? Spielen die jetzt keine Rolle mehr, weil Arschloch-Andi ihr die fiesen Details meiner Tat verraten hat? »Ich war ehrlich. So ehrlich, wie ich sein konnte, ohne das hier zu bekommen …«

Ich deute auf ihr Gesicht und sie runzelt die Stirn. Natürlich versteht sie nicht, was ich meine. Vermutlich bemerkt sie den Unterschied nicht mal, aber ich kann nur noch das sehen. Wie sie ihren Abstand hält und ich im Schatten meiner Vergangenheit immer mehr verschwinde.

»Du siehst mich an wie einen Schwerverbrecher.«

»Unsinn.«

Wen auch immer sie mit dieser Lüge überzeugen will, hier oben hört sie niemand. Ich schiebe mich ein bisschen in ihre Richtung, sie weicht nicht zurück.

»Ich hätte Theo nicht liegen lassen.«

Denn das ist es doch, was sie denkt. Daran, wie sich ihr Blick verändert, erkenne ich, dass sie mich genau so sieht. Wie einen seiner Täter.

Mir fällt ein, wie nah wir uns in dem kleinen Badezimmer gekommen sind, wie gut es sich angefühlt hat, ein bisschen Alltag ganz selbstverständlich mit ihr zu teilen, weit weg von all dem Mist. Wie ich in diesem Moment Liebigs Monologen über meine Chancen auf Resozialisierung Glauben geschenkt habe. All das rückt jetzt in unendliche Ferne, und es fühlt sich an wie lauter kleine Papierschnittwunden. Man sieht sie nicht, aber sie tun höllisch weh. Ob sie jemals wieder mich als Ersten aufsuchen wird, wenn sie nicht weiß, wohin sonst? Wohl kaum …

»Ich habe es dir nicht erzählt, weil ich gerne jemanden gehabt hätte, der mich so kennenlernt. Einfach so, ohne alles. Einen Freund.«

»Es ist nur … gerade sehr viel, Samuel. Und das mit Theo …«

Zu viel. Das will sie eigentlich sagen, und ich kann es ihr nicht mal so richtig übel nehmen. Mit Theo und dem ganzen Drama um Andi hat sie ordentlich was um die Ohren, wer braucht da noch einen Problemfreund?

»Verstehe.« Enttäuscht greife ich nach dem Rollerschlüssel und schiebe ihn ihr rüber. »Er ist wieder intakt, niemand wird merken, dass er beschädigt war.«

Bevor sie die Chance hat, noch etwas zu sagen, drehe ich mich um und gehe auf die Tür zu, bevor sie sehen kann, wie weh es mir tut, dass sie mich so ansieht.

»Samuel!«

Nicht stehen bleiben. Nicht stehen bleiben.

Ich bleibe stehen.

»Danke wegen des Rollers.«

Nicht gerade Abschiedsworte, die in die Geschichte eingehen werden, aber alles, was sie mir noch zu sagen hat.

- 63 -

Marie

Manchmal springt er nicht sofort an, Papa meint, es hat was mit dem Standgas zu tun, aber heute zickt mein Roller länger, als mir lieb ist. Ich kann sehen, dass er vollgetankt wurde, und der Kratzer ist nur noch dann zu bemerken, wenn man ganz genau hinschaut.

»Komm schon, komm schon.«

Je länger ich brauche, desto unwohler fühle ich mich. Als wären die vielen Fenster der Hochhäuser Augen, die mich beobachten und jede meiner Bewegungen verfolgen.

»Du musst mehr Gas geben.«

Ich fahre erschrocken herum und erkenne einen jungen Mann, der langsam auf mich zukommt. In seiner Hand hält er eine Zigarette, auf seinem Gesicht liegt ein Lächeln.

»Danke für den Tipp.«

Wieder versuche ich es, aber er will einfach nicht anspringen.

»Du solltest das Standgas überprüfen lassen.«

»Ich weiß.« Ganz so knapp angebunden will ich gar nicht sein, aber mich beschleicht ein ungutes Gefühl. Etwas an dem Typen gefällt mir nicht, die Art wie er mich ansieht vielleicht.

»Ich habe schon meine Eltern angerufen, die müssten gleich hier sein.«

Ein billiger Trick.

»Lass mich mal.«

Er will nach dem Lenker greifen, aber ich schüttele den Kopf.

»Ich kriege das auch alleine hin, danke.«

Er hebt die Hände und macht einen Schritt zurück.

»Ich habe nie behauptet, dass du es nicht kannst. Ich wollte nur helfen.«

»Ja, ist aber nicht nötig.«

Doch auch der nächste Startversuch scheitert, und ich verfluche die Vespa innerlich für ihr zickiges Verhalten zum denkbar schlechtesten Zeitpunkt.

»Samuel hat gar nicht gesagt, dass du so tough bist.«

Er kennt Samuel. Sofort sehe ich wieder zu ihm, lasse meinen Blick über seine Klamotten und sein Gesicht wandern und suche nach einem Indiz dafür, dass auch ich ihn kenne. Aber er war damals auf dem Dach nicht dabei, an ihn würde ich mich definitiv erinnern.

»Ich bin Tommi.«

Tommi. Das ist er also. Der bei uns auf dem Pausenhof war.

Er reicht mir die Hand, und es wäre schrecklich unhöflich, sie nicht anzunehmen.

»Marie.«

»Die Freundin, die nicht seine Freundin ist.«

Damit trifft er den Nagel schmerzhaft genau auf den Kopf, denn nach Samuels Abgang weiß ich nicht, wie wir zueinander stehen. Ich weiß gar nichts mehr.

»Hast *du* den Roller repariert?«

Tommi nickt, nimmt einen Zug von seiner Zigarette und deutet auf die Stelle, wo der Kratzer war.

»Musste ein bisschen tricksen, aber es ging schon. Fast wie neu.«

»Schulde ich dir etwas dafür?«

»Du mir?«

Tommis Blick ist irgendwie merkwürdig, ich bin mir nicht sicher, ob er sich über mich lustig macht oder mit mir flirten will.

»Du hast ihn ja repariert.«

Mit dem nächsten Zug kommt er einen Schritt näher auf mich zu, und ich gebe mir Mühe, nicht zurückzuweichen.

»Du schuldest mir gar nichts. Der Typ, der diese Aktion für wahnsinnig witzig hielt, der schuldet mir vielleicht was.«

»Andi?«

»Andi, Florian, Jakob, Markus, wer auch immer. Man zerkratzt nicht einfach Motorroller.«

Es fällt mir schwer, ihm das abzukaufen. Wenn ich an Samuels Erzählungen denke, ist auch Tommi kein Kind von Traurigkeit.

»Mach dir keine Platte. Du bist Samuels Freundin. Und seine Freunde sind meine Freunde.«

Falls er den Spruch aus einem Robert-De-Niro-Film hat, spricht das für seinen Geschmack. Trotzdem kann ich ein unangenehmes Gefühl im Magen nicht leugnen. Tommi strahlt etwas aus, das mir ein bisschen Angst macht, nur will ich es mir nicht anmerken lassen.

»Wenn das so ist, dann bedanke ich mich recht herzlich.«

»Alles gut.«

»Auch für gestern. Ihr habt meinen Bruder gefunden.«

Wieder nimmt er einen Zug, nickt nur minimal.

»Heftige Geschichte.«

»Er wird es packen.«

Wieso fühlt sich diese Unterhaltung so schräg an? Wieso versuche ich mir jedes Detail an Tommi einzuprägen, und wieso will ich plötzlich so schnell wie möglich nach Hause?

»Ja dann, bis bald.« Bevor ich erneut versuchen kann, den Roller zu starten, ist er direkt neben mir und legt seine Hand auf meine. »Mehr Gas.«

Ich versuche seiner Anweisung zu folgen, aber nichts passiert. Tommi schüttelt den Kopf.

»Mit mehr Gefühl.«

Er dreht den Gasgriff langsam gemeinsam mit mir, und ich höre, wie der Motor der Vespa langsam aber sicher anspringt und schließlich das vertraute Schnurren zu hören ist. Tommi nickt zufrieden, seine Hand liegt noch immer auf meiner.

»Danke.«

Mein Mund ist trocken, sein Lächeln breiter.

»Gern geschehen, Marie.«

Erst jetzt nimmt er seine Hand weg, geht rückwärts und deutet auf mich.

»Wenn es möglich wäre, könntest du Samuels Herz ganz lassen? Unter dem ganzen Staub ist er nämlich ein verdammt guter Kerl.«

Augenzwinkernd klemmt er sich die Kippe wieder zwischen die lächelnden Lippen.

»Wir sehen uns.«

Es klingt wie ein Versprechen.

- 64 -
Theo

»Und du bist dir ganz sicher?«

Nein. Ja. Keine Ahnung. Ich weiß nur, dass ich gestern die ganze scheiß Nacht noch einmal erlebt habe.

»Ich schätze schon.«

Papa reibt sich über das Kinn und schüttelt den Kopf.

»Theo, wir müssen zur Polizei.«

»Ich kann nicht.«

Wie soll ich es erklären? Nur weil ich glaube, eine Gürtelschnalle erkannt zu haben? Sie werden fragen, und ich muss es dann NOCH mal erleben.

»Aber …«

So lange habe ich von diesem Moment geträumt. Diese Hoffnung zwischen den ganzen Albträumen, dass ich irgendwann wieder weiß, wer es war und sie anzeigen kann. Dass die Täter erwischt und weggesperrt werden.

Doch jetzt würde ich am liebsten *mich* in meinem Zimmer einsperren.

Papa tigert in der Küche noch immer auf und ab, als wolle er einen Kilometerrekord brechen.

»Du sagtest, es waren damals mehrere Jungs?« Ich nicke

und massiere mir die Schläfen. Es war ein Fehler, ihm davon zu erzählen. »Vielleicht seine Freunde? Was ist mit Samuel? Kannst du dich an ihn erinnern?«

»*Was?*«

Papa stützt sich auf die Arbeitsfläche und sieht mich ernst an.

»Ob du glaubst, dass Samuel auch dabei war?«

Seit gestern versuche ich genau darüber *nicht* nachzudenken.

»*Nein!*«

»Bist du sicher? Du hast gesagt, nicht alle haben mit dir gesprochen. Was, wenn du deshalb seine Stimme nicht gehört hast? Dann kann er trotzdem dabei gewesen sein.«

Er will, dass ich mich erinnere, und ich will ihm gerne den Gefallen tun, aber meine Amnesie hält die Tür zu manchen Details des Abends noch immer gut verschlossen. Schädle predigt immer, dass ich mich deswegen nicht stressen soll, aber das muss ich auch gar nicht, es machen ja schon alle anderen für mich.

»Denk nach, Theo, das ist wichtig.«

»Ich erinnere mich nicht.«

Nur der blöde Löwenkopf, Tommis tiefe Stimme und sein Lachen, das alles kommt mir so verdammt bekannt vor. Und selbst da könnte ich mich irren.

»Die Größe? Passt er von der Größe her denn dazu?«

»Papa …«

»Theo, das ist ernst. Ich weiß, du magst ihn, aber wenn ich ehrlich bin, irgendwas an ihm ist verdächtig.«

Das sah gestern aber ganz anders aus, als meine Eltern ihn

fast minutenlang umarmt hielten, meinen Retter, der mich entgegen aller Widrigkeiten gefunden hat.

Woher wusste er so genau, wo er suchen sollte …?

Papa scheint seine Verdächtigen gefunden zu haben, hartnäckig erstellt er seine Version meiner Geschichte.

»Ist es nicht sehr merkwürdig, dass er plötzlich auftaucht, dir in der Schule hilft, um Marie herumschleicht und sich mit euch gutstellen will …?«

»Er mag Marie eben. Und sie ihn auch.«

Papa zieht eine Augenbraue hoch, will mich damit wissen lassen, dass er der Sache nicht traut, aber ich schüttele den Kopf. So oft ich auch versuche das Puzzle zusammenzusetzen, Samuel passt nicht so recht als das fehlende Stück.

»Ich denke nicht, dass Samuel dabei war.« Das hoffe ich zumindest.

Nur Papa ist nicht überzeugt, Sorge spiegelt sich in seinem Gesicht.

»Du denkst es? Oder du weißt es?«

Meine Kopfschmerzen sind schon seit ein paar Stunden wieder zurück, ihr Kurzurlaub ist vorbei, auch wenn ich mir wünschte, sie hätten gleich hinterher eine Weltreise gebucht.

»Denk nach, Theo.«

Wütend schlage ich mit der flachen Hand auf die Arbeitsplatte vor mir und funkele Papa an.

»Ich weiß es nicht, okay? Ich kann mich nicht auf Knopfdruck wieder an alles erinnern, und es hilft nicht, wenn du mich unter Druck setzt!«

»Wir wollen doch nur, dass es für dich vorbei ist, mein Schatz.«

Bis Papa angefangen hat, diese ganzen Fragen zu stellen, hätte ich zu hundert Prozent gesagt, dass Samuel keiner von ihnen war.

Aber wieso sind seine AirPods dann meine?

Meine *AirPods*, die sie mir an dem Abend abgenommen haben und die jetzt in Samuels Besitz sind. Das ist sicher, daran besteht kein Zweifel. Ich weiß noch ganz genau, woher die Schramme an der Rückseite der Ladebox stammt und wie unangenehm es Marie war, sie reingehauen zu haben. Vor allem aber weiß ich noch, wie sich die halbmondförmige Schramme unter meinem Daumen angefühlt hat, jedes Mal, wenn ich darübergestrichen habe, beim Warten auf die Bahn oder wenn ich sonstwo unterwegs war. Sie ist zu meiner Schramme geworden.

Meine Schramme, meine *AirPods*, nicht seine. Da bin ich mir seit gestern sicher.

»Theo, ich weiß, dass ihr beide Samuel mögt, aber es geht hier nicht um Maries Liebesleben. Es geht hier um die Typen, die dich auf die Gleise gestoßen haben!«

»Nein. Es geht um *mich*, Papa. Und ich will zuerst mit Marie reden.«

Und wie aufs Stichwort öffnet sich hinter uns die Tür und Marie betritt, ihren Helm unter dem Arm, die Küche.

»Hi, ihr beiden.«

Sie gibt sich Mühe, gut gelaunt zu wirken, aber etwas sagt mir, dass ihr ganz anders zumute ist. Ihr Blick wandert von mir zu Papa, dann wieder zu mir.

»Ist alles okay?«

»Den Umständen entsprechend, ja.«

Papa räuspert sich, aber ich bringe ihn mit einem Blick zum Schweigen und er lässt uns allein.

Marie rutscht auf den Hocker neben mich. »Wie geht es dir wirklich?«

Natürlich macht sie sich Sorgen um mich, aber bin noch nicht so weit, ihr die Wahrheit zu sagen.

»Es geht. Bisschen neblig hier oben.« Ich tippe mir kurz an die Stirn, und sie nickt, als wüsste sie genau, was ich meine. Bilde ich mir das ein, oder sehen ihre Augen verweint aus?

»Und bei dir?«

»Okay so weit.«

Meine Schwester ist eine überzeugende Lügnerin, das muss ich ihr lassen, aber heute ist ihre Performance nicht gerade Spitzenklasse.

»Ich bin weder Mama noch Papa, du kannst ruhig ehrlich sein.«

Etwas zu lange für meinen Geschmack zögert sie, lässt ihren Blick durch die Küche wandern, bis er wieder mich findet.

»Andi weiß etwas über Samuel, das er nicht wissen sollte …«

»Fuck.«

Es rutscht mir nur so raus, und Marie lehnt sich etwas in meine Richtung, ahnt wohl etwas und fragt nach: »Sag bloß, du weißt es auch schon?«

»Samuel hat es mir erzählt, das mit dem Knast.« Eigentlich habe ich es nur belauscht, aber das tut jetzt auch nichts zur Sache, und Marie ist ohnehin schon verwirrt genug.

»Ja, wegen Körperverletzung. Samuel hat einen Rentner verprügelt.«

»Krass.« So weit ist Samuel damals nicht ins Detail gegangen. Mein bereits angespannter Magen verknotet sich noch ein bisschen mehr, kein Problem, nur her mit den Doppelknoten, habe ja noch Platz.

»Ich kann mir das bei Samuel gar nicht wirklich vorstellen …«

Ich will Marie recht geben, muss dann aber an gestern denken, als ich ihn mit Tommi gesehen habe. Der wohl so was wie sein bester Freund ist.

»Zeig mir deine Freunde, und ich sag dir, wer du bist.« Eigentlich murmele ich es nur so vor mich hin, weil ich nicht an Tommi denken will, aber ich kann grade gar nicht anders.

»Da sagst du was. Ich durfte diesen Tommi jetzt auch kennenlernen …«

Sofort gefrieren meine Gedanken, und ich lasse meinen Blick über ihr Gesicht wandern, fast erwarte ich eine Schramme oder Ähnliches. Aber sie sieht nur auf die Tischplatte vor sich.

»Und wie fandest du ihn?«

Marie muss nicht besonders lange über meine Frage nachdenken und sieht etwas verunsichert zu mir. »So ganz anders als Samuel. Irgendwie einschüchternd.«

Wie perfekt sie ihn mit diesem Wort beschreibt und wie deutlich ich den Löwenkopf wieder vor mir sehe, bei dessen Anblick ich sofort erwartet habe, einen Schlag abzukriegen. Selbst jetzt, wo er nicht mal in der Nähe ist, spüre ich die Gänsehaut an meinem Rücken und unterdrücke nur mit Mühe ein Schütteln. Ich will es Marie erzählen, das, was ich glaube, und das, was wieder zurückgekommen ist, aber ich bringe es nicht übers Herz, nicht jetzt, wo sie so verloren in der Küche neben mir sitzt.

»Wolltest du das gestern wirklich tun?«

Maries Frage rüttelt nur noch mehr an dem instabilen Gerüst meines Gemütszustandes.

Für diesen Themenwechsel muss ich erst mal meine Gedankenschienen neu verlegen.

»Weiß nicht.« Ich weiß im Moment gar nichts mehr, und gleichzeitig droht mein Gehirn vor Überlastung beinahe zu explodieren.

»Theo.«

In letzter Zeit habe ich meinen Namen auf so viele verschiedene Arten gehört, und langsam aber sicher habe ich mich sattgehört. Ich wünschte mir, sie würden alle vergessen, wie ich heiße und mir einen neuen Namen geben. Einen, der an eine andere Geschichte geknüpft ist.

»Ich weiß es nicht, Marie. Vielleicht. Aber vielleicht auch nicht.«

Jetzt wird sie mir gleich erzählen, wie egoistisch es von mir ist, wie sehr sie mich vermissen würde und wie unfair es meinen Eltern gegenüber wäre.

»Ich wünschte, ich könnte was tun. Irgendwas, damit du lieber hier bei uns bist als … woanders.«

»Es ist ja nicht so, als ob ich nicht gerne hier bei euch wäre.«

Sie zuckt nur die Schultern und stützt ihr Kinn in die Hände.

»Du würdest mir so schrecklich fehlen.«

»Aber dann hättest du mehr Platz für dich.«

Sie sieht zu mir.

»Ich will mir lieber den engsten Wandschrank der Welt mit dir teilen, als in der schönsten Villa ohne dich leben, Theo.« Tränen sammeln sich in ihren Augen und ich greife nach ihrer Hand.

»Ich bin ja hier.«

»Aber bleibst du auch?«

»Ja.«

Das ist keine Lüge, aber auch kein Versprechen.

- 65 -
Samuel

Liebig sitzt in unsere Küche und das gefällt mir nicht, ebenso wenig wie das angespannte Gesicht meiner Mutter. Natürlich weiß ich, wieso er hier ist und lasse den Rucksack, den ich heute nur als blödes Alibi mitgenommen habe, im Flur liegen.

»So hoher Besuch?«

Er schüttelt den Kopf, ist nicht zu Späßen aufgelegt, und ich bleibe in der Tür stehen. Ist heute Tag all der Dinge, die schieflaufen können?

»Möchtest du uns vielleicht was erklären?«

Ich habe genug Gespräche mit Liebig geführt, um an der Art, wie er die Frage stellt zu erkennen, dass er richtig sauer ist.

»Sieht eher so aus, als wäre das überflüssig.«

»Die Schule hat mich angerufen.«

»Ach was.«

Mama sieht mich an, und es ist die Enttäuschung in ihrem Blick, die wehtut, nicht so sehr der Ärger, der dahinter lauert.

»Samuel, wir hatten doch eine klare Absprache!«

»Ich hatte heute nur was zu klären.«

»Es ist schon der zweite Schultag, den du versäumst.«

»Ja, ich hatte an beiden Tagen was zu klären.«

»Samuel, das ist kein Spiel.« Liebig deutet auf den freien Platz am Tisch ihres Tribunals, aber mir steht gerade nicht der Sinn nach weiteren Anschuldigungen und Erklärungsversuchen.

»Ich bin ziemlich fertig, können wir das Gespräch nicht morgen oder so führen?«

Liebig schüttelt entschlossen den Kopf und deutet diesmal deutlicher auf den Stuhl. »Setz dich. Ich will wissen, wo du warst.«

»Ja, und *ich* will wissen, wieso so ein Idiot in der Schule mein Geheimnis ausplaudern darf?«

Liebig sieht kurz weg, er weiß natürlich davon, weil sie ihn bestimmt informiert haben. Er hat auch garantiert schon einen seiner zahlreichen Pläne, wie man damit umgehen kann und wie ich daran nur wachsen werde und dieses ganze Blabla.

»Das ist tatsächlich sehr ärgerlich.«

»Sie haben gesagt, dass ich eine zweite Chance bekomme!«

»Das ist auch immer noch so, Samuel. Aber dafür musst du dich an unseren Deal halten. Und der lautet, keinen Kontakt mit deinen alten Kumpels, zur Schule gehen und zwar *jeden* Tag, nicht nur dann, wenn du Lust dazu hast. Keine krummen Dinger drehen, Abstand zu deinem alten Leben.«

»Ich drehe keine krummen Dinger. Und ich halte mich von den Jungs fern.«

»Indem du den Tag mit ihnen verbringst?«

»Tommi ist mein bester Freund.«

»Er ist kein guter Umgang!«

»Ich kann ihn nicht einfach so aus meinem Leben schneiden. Das geht nicht von heute auf morgen!«

Wieso versteht das keiner? Wieso sieht keiner ein, dass Tommi jahrelang alles war, was ich hatte, und wenn ich ihn jetzt verliere, stehe ich am Ende alleine da. Marie sucht schon das Notausgangsschild raus aus meinem Leben, Theo wird ihr folgen, und so wie Mama mich ansieht, ist es nur eine Frage der Zeit, bis auch sie *Experiment Samuel* für gescheitert erklärt.

»Tommi hat dich nie besucht, Samuel, vergiss das nicht.«

»Ich weiß.« Und dafür war ich lange genug sauer auf ihn, aber es ändert nichts daran, dass er früher immer für mich da war. *Und er ist es auch jetzt noch!*

»Und er hat dich damals hängen lassen.«

»Sagen Sie das nicht so, als ob Sie wüssten, wie es ist, *wir* zu sein.«

»Wieso nimmst du ihn jetzt in Schutz?« Liebig steht viel zu dicht vor mir, dabei weiß er doch, dass mich das nervös macht. »Tommi tut dir nicht gut, Samuel. Noch können wir es abwenden …«

»*Abwenden*? Was denn abwenden?«

»Ich werde mit der Schule sprechen, eine Entschuldigung für dich aufsetzen und …«

»Für mich? Die sollen sich verdammt noch mal bei mir entschuldigen!« Liebig fährt sich durch die Haare, die immer grauer werden, je mehr Zeit wir zusammen verbringen. Vermutlich ist er komplett ergraut, bevor unsere gemeinsame Zeit vorbei ist. »Sie haben es verkackt, und jetzt wollen Sie es mir und Tommi in die Schuhe schieben.«

Liebig legt mir die Hand auf die Schulter und ich schlage sie heftiger als nötig weg, versuche ruhig zu atmen und komme doch kein Stück runter.

»Fassen Sie mich nicht an!«

»Samuel …«

»Nein! Sie wollen doch nur gut dastehen und reden sich jetzt raus. Wie es für mich ist, wieder in diese Schule zu spazieren, geht Ihnen doch am Arsch vorbei.«

»Reg dich bitte nicht auf.«

»Ich habe jedes Recht, mich aufzuregen, weil mir verdammt noch mal niemand zuhört!«

Dabei steht er vor mir, ruhig und gefasst, bereit, sich mein Gebrüll um die Ohren fliegen zu lassen. So wie früher, als ich ihn gerade kennengelernt hatte und nicht wollte, dass er mir zu nahekommt, weil ich niemandem mehr vertraute. Wozu auch? Fallen mir ja doch alle in den Rücken.

So wie jetzt auch.

»Weil ich für euch doch immer der böse Junge bleibe, der Mist gebaut und einen Rentner ausgeraubt hat! Ich bin ein Dieb, ein Verbrecher, ein Arschloch! So wie Tommi.«

Je lauter ich werde, desto heftiger schüttelt Liebig den Kopf, aber zumindest fasst er mich nicht mehr an.

»Das stimmt so nicht und das weißt du.« Er deutet zu meiner Mutter, die in sicherer Entfernung regungslos auf dem Stuhl sitzt und mir nicht ins Gesicht sehen kann. »Deine Mutter hat dich sofort aufgenommen.«

»Weil ich sonst auf der Straße gelandet wäre!«

»Reg dich bitte nicht so auf, Samuel.«

Doch zu spät, alle Sicherungen brennen der Reihe nach

durch, schalten die Vernunft aus und lassen nichts als den Geruch verbrannter Elektrogeräte zurück.

»Der Einzige, auf den ich mich verlassen kann, ist Tommi!«

Er hat mir geholfen, Theo zu finden, er hat mir geholfen, Maries Roller zu reparieren, er war da.

Mama schiebt den Stuhl zurück und erhebt sich, steigt endlich auch in das Gespräch ein, und ich kann es kaum erwarten, ihre Vorwürfe zu hören.

»Ich habe heute mit deinem Vater gesprochen.«

Noch so ein Tiefschlag. Mama und Papa, die reden nicht miteinander, die schreien sich nur an. Unendlich weit weg liegen die Erinnerungen an die glücklichen Tage meiner Kindheit, als meine Eltern noch zusammen und wir eine Familie waren.

»Worüber?« Meine Stimme ist tonlos, die Antwort will ich gar nicht hören.

»Darüber, wie es jetzt weitergehen soll.«

Atmen, Samuel. Atmen!

»Womit?«

»Mit dir.«

Sie gibt auf. Nach knapp zwei Wochen gibt sie auf.

Alles ist sofort wieder da, und ich spüre, wie sich meine Hände zu Fäusten ballen. So wie damals. Als sie mich aus verweinten Augen angesehen und mit einem traurigen Lächeln gesagt hat, dass ich bei Papa bleibe. *Weil es besser so wäre.*

Für wen, wollte ich noch fragen, aber da hat sie mich schon umarmt, ihre Koffer genommen und ist gegangen. Umgedreht hat sie sich nicht mehr.

»Du schiebst mich wieder ab?«

Sie schüttelt den Kopf, aber das Lächeln ist so traurig wie an dem Tag damals, und auch ihre Augen füllen sich schon wieder mit Tränen.

»Das war so klar.«

Bevor sie sehen kann, wie tief es mich trifft, drehe ich mich zur Tür und will nur raus hier, als Liebig erneut nach meiner Schulter greift und ich seine Hand tränenblind wegschlage und aushole.

Es wäre nur ein Schlag. Nur einer.

Meine Faust donnert gegen den Türrahmen, mein Abschiedsgeschenk.

Umdrehen werde ich mich nicht mehr.

- 66 -

Theo

Die Hochglanzbroschüren liegen verteilt auf dem Boden neben mir. Ich soll nur mal reinschauen, aber gerade finde ich es spannender, mit dem VfB Stuttgart gegen den FC Barcelona zu gewinnen. Passiert im echten Leben ja nicht mehr, wieso also nicht zumindest auf der Playstation? Dream big und so.

Zu dumm, dass ich immer wieder abgelenkt werde, weil die ansprechenden Fotos, die sie als Deckblatt gewählt haben, mich immer wieder magisch anziehen. Sie buhlen um Patienten, als ginge es darum, mich als Studenten für ihre Elite-Uni zu gewinnen. Nur läuft es hier irgendwie andersrum. Nicht die Besten kommen rein, sondern nur diejenigen, die so richtig im Eimer sind. Kurz unterbreche ich meinen Angriff über den rechten Flügel und schnappe mir eines der Heftchen, spüre das Gewicht in meinen Händen und betrachte die lächelnden Gesichter der Mitarbeiter, alle weiß gekleidet vor einem modernen Gebäude mit viel Glas.

Im Innenteil zeigen sie Kids und Teens, die auf Sitzsäcken hocken wie früher im Stuhlkreis und zufrieden lächeln. Gruppengespräche. Mir graust es jetzt schon.

Die Zimmer sind alle so schrecklich bunt eingerichtet, jedes Bett hat eine andere Farbe, alle Schubladen und die Stühle. Man könnte meinen, es handelt sich um Pippi Langstrumpfs Villa Kunterbunt, nur eben für Freaks wie mich – und ohne Affe und Pferd.

Ich blättere um und muss fast lachen.

Kinder streicheln ein Pferd, während ein anderes mit Helm im Sattel sitzt. Fehlt nur noch der Affe.

Frustriert schleudere ich das Heft durch mein Zimmer, wo es gegen die Tür knallt und aufgeklappt wie ein Zelt liegen bleibt.

Nicht mal die Tatsache, dass der VfB unrealistische zwei Tore vorne liegt, kann mich begeistern, und so strecke ich mich auf dem Boden vor meinem Bett aus, verschränke die Arme hinter dem Kopf und sehe an die Decke, wo die Sterne und der Smiley darauf warten, ihre Nachtschicht zu starten.

Doch egal wie sehr ich auch versuche mich abzulenken, meine Gedanken kreisen immer wieder um diese silberne Gürtelschnalle. Vielleicht würde ich mich wohler fühlen, wenn mein Gedächtnis keine kratergroßen Lücken in Bezug auf den Abend hätte. Wenn ich mir wirklich sicher sein könnte, dass die Gürtelschnalle nicht nur so ähnlich aussah, sondern wirklich den brüllenden Löwen gezeigt hat.

»Was machst du da?« Marie klopft für gewöhnlich, und es hat sicher was zu bedeuten, dass sie es diesmal nicht getan hat.

»Ich denke nach.«

»Störe ich die Gedanken?«

»Nein.«

Ehrlich gesagt, bin ich ganz froh, wenn ich mal pausieren

kann und nicht wie ein blinder Sherlock Holmes durch meine Gehirnwindungen tapsen muss, ständig auf der Suche nach einem Hinweis auf Tommi. Oder Samuel.

Sie deutet auf die ganzen Broschüren, die sich als Teppichläufer in meinem Zimmer bewerben.

»Schon entschieden?«

»Nein. Sie klingen alle gleich schlimm.«

Umständlich steigt sie über das Zeug hinweg, lässt sich im Schneidersitz neben mir nieder und greift nach dem Heftchen, das ihr am nächsten liegt.

»Schwarzwald. Das ist nicht zu weit weg.«

»Schon. Aber schau dir mal die Infos zum Freizeitangebot an.«

Marie blättert sich interessiert durch die Seiten, betrachtet in aller Ruhe die Bilder und liest den Text, der nur ein Ziel hat: mich davon zu überzeugen, dass dieses Zentrum perfekt für mich ist.

»Das liest sich gruselig.«

Die Broschüre segelt einmal quer durch mein Zimmer, landet in der Nähe der Tür auf dem Boden und ich atme erleichtert auf. Kurz hatte ich befürchtet, sie würde mir erzählen, wie großartig es doch wäre, wenn ich mich für den Schwarzwald entscheide. Jetzt greift sie nach dem nächsten Exemplar, und ich rücke etwas näher an sie heran, werfe ebenfalls einen Blick hinein und muss zugeben, dass es weder so irre bunt ist wie der erste Bewerber noch so gruselig wie der Schwarzwald.

»Sieht zumindest mal nett aus.«

Ich nicke zustimmend und versuche an den Gesichtern der

abgebildeten Jugendlichen abzulesen, ob sie für dieses Fotoshooting bezahlt wurden, unter Drogen gesetzt oder eventuell sogar ehrlich lächeln.

»Da kannst du den Segelschein machen.« Marie ist vor allem von diesem Punkt besonders angetan und tippt auf ein Bild, das einige kleine Segelboote zeigt.

»Ja, das ist hier natürlich von wahnsinnigem Vorteil.«

»Spielverderber.«

Jetzt sieht sie statt zu mir auf das eingefrorene Bild des Fernsehers, wo ich zweiundzwanzig Spieler in die Zwangspause geschickt habe.

»Alles okay?«

»Ach, ich habe ein Erdkundeprojekt mit Samuel, aber so wie wir heute auseinandergegangen sind, glaube ich kaum, dass wir es zusammen beenden.«

»Habt ihr euch gestritten?«

Sie nickt und sieht dabei ziemlich niedergeschlagen aus, vorbei die leichte Stimmung, die eben noch zwischen uns geherrscht hat.

»Ich komme nicht darüber weg, was er getan hat.«

Zum Glück bemerkt sie nicht, wie unwohl mir bei dem Thema ist, immerhin beschäftige ich mich mit Samuel und seiner Vorgeschichte gerade viel zu intensiv. Passt er nun in das neblige Puzzle meines Horrorabends?

»Dabei mag ich ihn so sehr, Theo. So, so sehr.«

In meinem Hals wächst ein fetter Kloß.

»Er mag dich auch, das sieht echt jeder.«

»Vielleicht mag ich ja nur die Version von ihm, die er mir gezeigt hat.«

Ihr Blick wandert vom Bildschirm zu mir, und ich kann sehen, wie sehr ihr das alles zusetzt.

»Er hat mir geholfen, Marie. Einfach so. Gegen Andi und gestern …« *Will ich damit sie oder mich von Samuels Unschuld überzeugen?* »Vielleicht kennst du ja als Einzige die echte Version – weil er bei dir sein kann, wie er eben ist.«

»Glaubst du?«

»Zumindest weiß ich, wie es sich anfühlt, immer eine Maske zu tragen. Gut möglich, dass er die nur bei dir einfach abnimmt.« Selten habe ich so sehr gehofft, dass meine Worte auch der Wahrheit entsprechen mögen.

Nachdem wir eine Weile beide unseren Gedanken nachgehangen haben, nickt Marie und deutet auf das Spiel, das nach wie vor darauf wartet, dass ich entweder weiterspiele oder aufgebe.

»Wer gewinnt?« Ihre Stimme klingt wieder etwas fröhlicher, wenn auch nur ein bisschen.

»Stuttgart.«

»Gegen?«

»Barca.«

Lächelnd nickt sie und greift nach dem zweiten Controller, der schon lange genug ungenutzt rumgelegen hat.

»Vielleicht kann Barca in der zweiten Hälfte ja noch aufholen.« Eine Ewigkeit haben wir nicht mehr gegeneinander gezockt, dabei war das früher unser Ritual, wenn unsere Eltern bei Freunden oder im Theater waren. Jetzt wählt sie sich in das Spiel ein, wechselt auf die Seite der Katalanen und sieht mich auffordernd an. »Bereit für eine Abreibung?«

Sie lässt die Augenbrauen wackeln und sieht mich herausfordernd an. Für die nächsten paar Minuten erwartet niemand von mir, dass ich mich an irgendwas erinnern kann, entscheiden oder reden muss. Das klingt wie das verloren geglaubte Paradies.

»Bereit, wenn du es bist.«

Wer hätte gedacht, dass eine Partie *FIFA* mir ein bisschen das Gefühl von früher wieder in mein Herz spült? Eine kleine Weile geht es hin und her, bis ich einfach sage, was ich gerade empfinde: »Ich habe das hier vermisst.«

Zwischen Gelber Karte und Freistoß dreht sie sich zu mir und holt sich das verdiente Lächeln ab. Schädle hat vielleicht doch recht, kleine Schritte, auch die winzigen, zählen. Ich nutze die kurze Ablenkung und zirkele den Ball ins obere rechte Eck, springe auf und reiße die Arme in die Höhe!

»WAS FÜR EIN TRAUMTOR!«

- 67 -

Samuel

Wieder Ärger?«

Tommis Schatten trifft mein Gesicht, während ich in der schwachen Sonne am Fuß der Hochhäuser bei den Garagen sitze und mich frage, was während der letzten vierundzwanzig Stunden nur alles schiefgegangen ist.

»Ja. Mama und Liebig stressen rum. Ich kann nicht dahin zurück.« Die kürzeste Zusammenfassung der letzten zwei Stunden.

»Und jetzt?«

Ist es nicht bezeichnend genug, dass ich bei Ärger automatisch hierherkomme? Und das sicher nicht, weil ich bei meinem Vater Zuflucht suche.

»Keine Ahnung.«

Tommi schenkt mir ein zerknirschtes Grinsen und nickt in Richtung Häuser. Hinter ihm.

»Na komm schon, du pennst bei mir.«

Ich muss nicht mal fragen, er bietet es an, weil er genau weiß, dass ich sonst keinen Ort habe, an den ich so spontan flüchten kann. Er verlangt keine Details, keine Erklärungen, nichts. Er bietet mir einfach an, sein Zimmer mit mir zu teilen. Wie kann Liebig da von mir verlangen, ihn für immer hinter mir zu lassen?

Mit einem Ruck stoße ich mich von der Wand zum Parkhaus ab und setze mich in Bewegung. Mit Tommi an meiner Seite überquere ich den großen Hof, komme mir endlich nicht mehr ganz so alleine vor und betrete nach ihm zuerst das Foyer und schließlich den Fahrstuhl. Wir lehnen nebeneinander an der Wand, starren vor uns auf die Tür und zählen die Stockwerke stumm in unseren Köpfen, so wie wir das immer gemacht haben.

»Deine Marie ist übrigens echt eine Süße.« Er versucht meine miese Stimmung aufzulockern, aber er wählt dafür leider das falsche Thema.

»Sie ist nicht mehr *meine* Marie.«

War sie auch nie. Marie war immer nur Marie, und für die kurze Zeit, in der ich in ihrer Sphäre rumschwirren durfte, war es toll. Nur leider viel zu kurz.

»Ärger im Paradies?«

»Ja, genau. Zufrieden? Für sie bin ich bloß noch ein vorbestrafter Spinner, dem man nicht mehr trauen kann.«

Damit hat Tommi nicht gerechnet, denn er sieht ein bisschen überrascht zu mir.

»Was ist denn los?«

»Dieses blöde Arschloch hat in der Schule rumerzählt, dass ich die letzten Monate nicht auf Malle in der Sonne lag.«

»Dieser Schneider?«

Ich nicke.

»Scheiß drauf, der Typ ist 'ne Pfeife. Was juckt es dich, was der rumquatscht?«

»Jetzt denken alle, ich war im Knast.«

»Newsflash, Nowak, du *warst* im Knast.«

Wütend trete ich gegen die Fahrstuhlwand und Tommi hebt sofort die Arme.

»Okay, okay, ich verstehe es. Ja, *mimimi*, alle sind gemein. Als ob das was Neues für uns wäre.« Er boxt mir leicht gegen die Schulter, ein breites Grinsen im Gesicht und das Wissen im Genick, dass er recht hat. Mal wieder.

»Aber im Ernst. Tut mir leid wegen Marie, scheint ein nettes Mädel zu sein.«

»Du kennst sie doch gar nicht.«

»Wir hatten unser kurzes Date.« Mein Kopf schießt wieder in seine Richtung, aber er legt mir beschwichtigend die Hände auf die Schultern. »Entspann dich, wir haben uns unterhalten, als sie den Roller geholt hat. Just that.«

Er rückt näher zu mir, greift in die Jackentasche und zaubert seine Zigarettenschachtel hervor wie ein Magier beim Kartentrick.

»Wenn sie nicht merkt, was sie an dir hat, dann ist es ihr Verlust und nicht deiner.«

»Sicher.«

»Hör zu, Samuel, wir haben uns noch nie auf andere verlassen oder auf sie gehört. Wenn die Idioten an der Schule dir die Tour versauen wollen, dann scheiß drauf und zieh dein Ding durch. So wie immer.« Das schiefe Grinsen auf seinem Gesicht soll sagen, dass er an mich glaubt, wenn die anderen es nicht tun. »Und ich werd dich sicher nicht zurück zu deinem Vater lassen.«

Der Fahrstuhl hält im neunten Stock, und Tommi macht

Anstalten auszusteigen, aber ich rühre mich nicht. Er bleibt in der Lichtschranke stehen und wartet auf mich – und darauf, seine Kippe endlich anzünden zu können.

»Alter, muss ich dich noch mit Rosen und Schokolade bezirzen oder kommst du endlich? Schwing deinen Hintern da raus und dann vergessen wir den Mist dort draußen.«

Er hält mir die Hand entgegen, und ich packe sie wie ein Ertrinkender das Rettungsseil. Mit Kraft zieht er mich in seine Richtung und aus dem Fahrstuhl. Unser Lachen hallt von den Wänden des Flurs wider, und plötzlich ist alles wieder wie damals. Wir zwei, Tommis Arm um meine Schulter, im Gleichschritt und keine Sorgen im Hinterkopf. Das ist genau, was ich jetzt brauche, auch wenn wir keine zwölf mehr sind.

Tommi schließt die Haustür auf und lässt mich eintreten, wobei ich wieder mal über seine Schuhsammlung steigen muss und einen Blick in die Küche werfe.

»Wo ist deine Mutter?«

Er zuckt die Schultern, hängt seine Jacke an die Garderobe, und auch wenn er sich Mühe gibt, unbeschwert zu wirken, erkenne ich den leichten Schleier in seinen Augen.

»Unterwegs.«

Ob er sich auch manchmal fragt, was aus uns hätte werden können, wenn unsere Familien stabiler gewesen wären?

»Ich hab Thunfischpizza im Kühlfach. Nicht die billige mit dem Fake-Käse, sondern handgeformt und Mozzarella ohne Ende. Bock?«

Er schiebt sich an mir vorbei in die Küche, aber ich halte ihn auf und will, dass er weiß, wie dankbar ich bin, hier sein zu können.

Aber Tommi ist nicht der Typ, der auf große Gesten steht, und es ist ihm immer peinlich, wenn ich emotional werde. Ein kurzes Nicken reicht, er weiß, was ich sagen will.

»Habt ihr Zwiebeln? Thunfischpizza ohne Zwiebeln ist nichts.«

Sein Grinsen ist ansteckend und er nickt.

»Wir haben sogar Knoblauch.«

Es gibt Freundschaften, die dauern so lange wie eine Bestellung am Drive-Inn-Schalter.

Und dann gibt es Tommi.

- 68 -

Marie

Es ist noch immer ein komisches Gefühl, ohne Theo in die Schule zu kommen. In letzter Zeit hatte ich mich so sehr an seine ständige Anwesenheit gewöhnt, dass es sich jetzt so anfühlt, als hätte ich etwas total Wichtiges daheim vergessen. Einen Teil von mir zum Beispiel.

Und auch der andere Teil, den ich vergeblich in der Menge suche, fehlt wieder. Noch will ich mir nicht eingestehen, dass es wehtut, wie leicht er einfach so ohne mich weitermachen kann, aber keine Sorge, der Schmerz wartet nur den perfekten Moment ab, um mich zu überfallen. Die Tatsache, dass weder eine Nachricht noch sonst eine Reaktion kam, sagt alles. Bei Theo weiß ich wenigstens, wo er steckt und wie es ihm geht. *Aber Samuel …*

»Wie schön, dass sich wenigstens eine von der trüben Truppe blicken lässt.«

Andi taucht links neben mir auf und erntet mein genervtes Augenrollen. Sonst kann ich seinen fauligen Geruch schon fünf Meter gegen den Wind ausmachen, aber heute war ich zu sehr in Gedanken versunken.

»Ich habe heute echt keine Nerven für dich, Schneider.«

Statt stehen zu bleiben, gehe ich zielstrebig weiter, doch er folgt mir.

»Gerüchte besagen, dein Lover könnte von der Schule fliegen!«

In der Nähe des Vertretungsplans, dem der erste Blick eines jeden hoffnungsvollen Schülers gilt, bleibe ich schließlich stehen und hebe die Arme in die Luft.

»Würde mich nicht mal wundern. Du darfst fleißig weiter Schüler mobben, aber Samuel fliegt von der Schule.« Damit schiebe ich ihn ruppig zur Seite und will weiter, als ihm noch etwas einfällt.

»Wie geht es eigentlich deinem Roller?«

Wenn ich Schneiders Provokationen nicht so müde wär, würde ich ihm vielleicht eine passendere Reaktion schenken, so aber hebe ich nur den Mittelfinger in die Luft. Ohne mich noch mal umzudrehen, lenke ich meine Schritte weg von der Menge und dem Lärm in die Ruhe der Mädchentoilette. Heftiger als nötig schleudere ich die Kabinentür hinter mir zu und verriegele sie.

Andi hat es sich zum Ziel erklärt, mir das Leben zur Hölle zu machen, jetzt da Theo nicht mehr hier ist. Und weil er genau weiß, dass ich nicht so leicht zu beeindrucken bin wie mein Bruder, benutzt er Samuel dafür. Das ist die Masche von echten Arschlöcher, um dir über Umwege das Messer ins Herz zu rammen.

Schritte sind auf der anderen Seite der Tür zu hören, und ich halte kurz den Atem an. Das Getrippel von Schuhen und das Gekicher von zwei oder drei Mädchen ist zu hören. Wann ist die ungeliebte Schultoilette denn zum Hotspot geworden?

»Er sah ja auch schon so aus, oder?«

»Also, ich finde, er hat da so was in seinem Blick. Ich würde die Straßenseite wechseln.«

»Er hat Andi ja auch geschlagen.«

»Echtes Aggressionspotenzial.«

»Ich sage, wie es ist, ich finde, einer wie Samuel hat hier nichts zu suchen.«

Obwohl ich die Tränen in den Augen schon spüre, reiße ich die Tür unvermittelt auf und tauche im Spiegel hinter den drei Mädchen auf, die sofort verstummen.

»Ihr glaubt diesen Mist, den Schneider rumerzählt, ja?« Keine bewegt sich, vermutlich halten sie mich für eine Irre, und ich kann es ihnen nicht mal übel nehmen, denn das Mädchen im Spiegel erkenne nicht mal ich auf den ersten Blick. »Wieso sollte Andi, der Arsch, schon lügen, nicht wahr?«

Ich schiebe mich neben sie, drehe den Wasserhahn auf und spüre das kühle Nass auf meiner glühenden Haut.

»Nicht etwa, dass er ein manipulatives Arschloch wäre, oder?« Wenn meine Stimme noch ein paar Oktaven drauflegt, stehen die Chancen gut, dass der Spiegel vor uns zersplittert. »Ich wünschte, ihr würdet irgendwann mal wirklich hinschauen und selber nachdenken. Oder ist das zu viel verlangt?«

- 69 -
Samuel

Etwas trifft mich an der Schulter, und ich rolle mich noch im Halbschlaf zu einer menschlichen Kugel, reiße die Hände hoch und will mein Gesicht schützen, bevor der nächste Tritt mit mehr Wucht auf mein Gesicht zielt.

»Du hast verschlafen, Meister.«

Im Flur zwischen friedlichem Tiefschlaf und Aufwachphase irre ich noch einige Sekunden hilflos umher, bevor ich realisiere, dass es Tommis Stimme ist, die ich höre, und es Kaffeeduft ist, den ich rieche.

Langsam, noch etwas unsicher, ob es nur ein Traum ist, blinzele ich gegen das matte Licht an, das durch die ungeputzten Fenster ins Zimmer fällt. Mein Blick huscht von Tommi zu seinem Bett, zu den Postern an der Wand, durchs Fenster in den grauen Tag und wieder zu meinem Kumpel, der mit einem Teller und einer Tasse in der Hand über mir steht. Ich liege auf einer ausgeleierten Matratze, auf der ich schon so oft gepennt habe, und nehme wahr, wie der polternde Puls in meinen Ohren langsam zur Ruhe kommt.

»Du kommst zu spät, also schwing deinen Arsch unter die Dusche und dann Frühstück.«

»Was?«

»Wir haben nur *Wannabe*-Nutella im Haus, aber das isst du doch, oder?«

Er platziert den Teller auf dem Nachtkästchen neben der Matratze und reicht mir die Tasse mit dem dampfenden Kaffee, die ich etwas irritiert annehme. Dann lässt er sich aufs Bett fallen und tippt sich dramatisch übertrieben auf die Uhr an seinem Handgelenk.

»Du kommst zu spät zur Schule.«

Bevor ich seine Aussage irgendwo in meinem Gehirn anständig verarbeiten kann, nehme ich erst mal einen vorsichtigen Schluck aus der Tasse und hoffe, das Koffein wird schnell etwas Klarheit in meinen verschlafenen Geist pusten.

»Scheiß doch auf die Schule.«

Tommi greift nach seinem Kissen und schleudert es über Kopf direkt in mein Gesicht. Gerade rechtzeitig kann ich die Tasse vor einem Volltreffer retten und verschütte nur ein wenig Kaffee auf die Bettdecke.

»Spinnst du?«

Tommi, schon dabei sich eine Kippe aus der Schachtel zu ziehen, lacht leise.

»Ob ich spinne? Kollege, du verpennst den Unterricht. Trödel nicht dämlich rum, ja?«

»Ich geh da nicht mehr hin.«

Sein Kissen als Rückenpolster nutzend, lehne ich mich an die Wand und nehme noch einen Schluck Kaffee, aber Tommi hält in seiner Bewegung inne, die Kippe im Mund, das Feuerzeug in der Hand.

»Alter, red keinen Müll.« Er klingt ernst und sein Blick

unterstreicht das Ganze noch mal zusätzlich. »Klar gehst du zur Schule.«

Wovon redet er? Hat er nicht die ganze Zeit davon gequatscht, dass hier mein Platz ist und ich an seine Seite in unser altes Viertel gehöre?

»Wieso?«

»Wieso? Erstens verstößt Schwänzen garantiert gegen deine Bewährungsauflagen.«

Wie ein trotziges Kind zucke ich die Schultern und starre in meine Tasse.

»Zweitens musst du nur noch dieses Jahr rumkriegen, dann hast du deinen Abschluss und tschüs!«

»Als ob.«

»Und drittens wartet Marie dort auf dich.«

Marie, an die ich nicht mehr denken will und die sich immer weiter in das Zentrum meines Gedankenspielfelds mogelt. Wenn ich die Augen schließe, sehe ich sie ganz klar vor mir, wie wir zusammen im Bad standen, spüre ihre Berührung auf meiner Haut und die Umarmungen, die sich immer fest und nie fake angefühlt haben.

»Ich weiß nicht …«

Tommi wirft das Feuerzeug auf die Fensterbank und rutscht an die Bettkante, die Kippe noch immer harmlos unangezündet zwischen den Lippen, was auch das leichte Nuscheln erklärt.

»Willst du echt, dass die gewinnen?«

Wen auch immer er mit *die* meint, irgendwie haben sie doch schon längst gewonnen.

»Was glaubst du, wie dumm die gucken, wenn du den Abschluss machst und ihnen schön den Mittelfinger ins Gesicht hältst! Du, ausgerechnet du, wirst denen zeigen, dass wir gar nicht so bescheuert sind, wie sie denken!«

Tommis Pep-Talk macht mich wach, aber auch irgendwie müde. Seine Version meiner Zukunft gefällt mir – aber sie klingt auch nach sehr viel Arbeit.

»Willst du, dass sie recht behalten?«

»Nein …«

»Samuel, die denken vielleicht, dass du ein gescheitertes Projekt bist, aber die kennen dich nicht so, wie ich dich kenne.« Er nimmt endlich die Kippe aus dem Mund und richtet sie wie einen Laserpointer auf mich. »Ich würde meine ganze Kohle auf dich setzen, Nowak. Alles, was ich habe.«

»Ganze drei Euro fünfzig? Ich bin gerührt.«

»Du bist doch keiner, der kneift.«

»Keine Ahnung, ob ich Marie wirklich wiedersehen will. Und Andi …«

»Ach. Schneider, richtig?«

Ich nicke, der Gedanke an Typen wie ihn sorgt nicht gerade für Hochgefühle.

»Da habe ich noch was.«

Er greift unter die Matratze seines Betts und zieht ein Handy hervor.

»Vielleicht hilft das. *1893* ist der Code.«

Er wirft es mir zu, aber bevor ich wirklich checke, was er mir damit sagen will, sieht er wieder auf die Uhr und deutet dann auf die offene Zimmertür.

»Geh duschen, ich leg dir Klamotten raus. Mach keinen Lärm, wenn du gehst, ich leg mich wieder pennen. Der Schlüssel hängt vorne am Brett, weißt ja wo.«

Ich nicke.

»Was hängst du noch rum? Los jetzt!«

Wie ein Boxer, der gerade die Motivationsansprache seines Trainers in der Ecke abgekriegt hat, stehe ich auf, bereit für die nächste Runde. Egal, wie viele unerlaubte Tiefschläge das Leben noch austeilen will, uns kriegt es nicht klein.

»Danke.«

Tommi nickt zufrieden und schnappt sich das Feuerzeug wieder. Während er für mich in der Küche ein Nutellabrot geschmiert hat, gibt es für ihn nur eine Kippe to-go als Frühstück.

Unter der Dusche, die rutschiger als die daheim ist, spüle ich mir den Schlaf aus den Augen und den Staub von meinem Glauben an mich selbst. Wenn Mama und Papa aufgeben wollen, wenn Marie abhauen will und Liebig in mir nur ein misslungenes Projekt sehen will, sollen sie doch! So langsam verstehe ich, was Tommi meinte, als er mir versprochen hat, hier einen Platz für mich freizuhalten. Es ging ihm nie darum, mich wieder auf die Straße zu bringen. Er wollte, dass ich weiß, selbst dann, wenn alles schiefgeht, wird er mir den Rücken freihalten.

Und gerade scheint die Vorstellung, nach der Schule mit ihm vielleicht irgendwann in eine WG zu ziehen, gar nicht mehr als das schlechteste Los, das ich in der Losbude des Lebens ziehen kann.

Frisch geduscht und mit geputzten Zähnen komme ich zurück ins Zimmer, wo Tommi irgendwo unter der Decke seinen Schönheitsschlaf nachholt, und sehe die dunkle Jogginghose, den grauen Pullover und die rote Trainingsjacke.

An seinem Modegeschmack müssen wir noch arbeiten, aber gerade bin ich einfach nur dankbar, dass ich nicht alleine bin. So leise wie möglich steige ich in seine Klamotten, die mir ein bisschen zu groß sind und mich wie eine billige Kopie eines Straßenrappers aussehen lassen, bevor ich über den Flur schleiche und mir den Schlüssel vom Brett schnappe. Fast geräuschlos ziehe ich die Tür hinter mir zu und nehme einen tiefen Atemzug.

Mich begrüßt ein vertrauter Ausblick über Freiberg und der beißende Geruch von Essigreiniger.

Alles wie immer also.

- 70 -
Marie

Die Frage ist aber doch, was Mephisto meint, wenn er …«

Ohne ein Klopfen öffnet sich die Tür und Samuel erscheint auf der Bühne des Deutschkurses – und damit erst zur zweiten Schulstunde –, was zu sofortigem Schweigen führt. Nicht mal Herr Müller sagt mehr etwas, stattdessen beobachten wir alle nur, wie Samuel die Tür wieder schließt und auf den leeren Platz in der Reihe vor mir zugeht, der artig auf ihn gewartet hat. Blickkontakt mit mir vermeidet er, aber das hält mich nicht davon ab, ihn genau zu betrachten.

Seine Kleidung fällt ein bisschen zu groß aus, als wolle sie ihn verschlucken und kleiner machen. Noch immer unter unser aller Blicke packt er sein Schulzeug aus, Heft, Buch, Block, Stift und fragt seinen Nebenmann nach der Seitenzahl im Buch, auf der wir uns gerade befinden. Mir fällt die Schwellung an den Fingerknöcheln seiner rechten Hand auf.

Samuel lächelt Müller zu, der vor der Tafel steht und so aussieht wie die Spieler von Theos Playstation, wenn der *Pause* drückt.

»Von mir aus könnten wir dann weitermachen.«

»Wie schön, dass Sie es für die letzten …« Müller wirft

demonstrativ einen Blick auf seine Uhr, obwohl er ebenso wie wir alle ganz genau weiß, wie spät es ist. »… achtzehn Minuten noch einrichten konnten, Herr Nowak.«

»Habe die Bahn verpasst, sorry.«

Müller zögert einen Moment, offensichtlich unsicher, wie er mit dem Zuspätkommer umgehen soll, entscheidet dann, sich wieder der Beziehung zwischen Mephisto und Faust zuzuwenden. Gleich darauf geht das Getuschel los und mein Gefühl sagt mir, dass es weder um Mephisto noch um Faust oder gar Gretchen geht. Ein deutlicher Schmerz, einer von der stechenden Sorte, macht sich in meinem Brustraum bemerkbar, wenn ich daran denke, dass wir von dem, was auch immer wir waren, zu fast Fremden geworden sind.

Das Eck meines halb beschriebenen Blatts muss herhalten, weil die modernen Kommunikationsmöglichkeiten versagen.

Können wir nachher reden? X. M.

Es ist nicht wirklich das, was ich sagen oder schreiben will, aber es ist ein Anfang. Er soll wissen, dass er mir nicht von heute auf morgen egal geworden ist, auch wenn er das wohl annimmt. Nachdem die Tinte getrocknet ist, knülle ich den Zettel zu einer kleinen Papierkugel zusammen und werfe sie, genau dann, als Herr Müller sich der Tafel zuwendet, auf seinen Tisch. Ich halte den Atem an, warte Samuels nächsten Zug ab. Noch liegt die Kugel unbeachtet auf seiner Hälfte des Tisches und versucht seine Aufmerksamkeit auf sich zu ziehen, aber es vergehen gefühlte Stunden, bis er endlich danach greift und sie in seiner Hosentasche verschwinden lässt.

Wieder warten. Dabei will ich doch nur wissen, wie es ihm

geht und wieso er auf meine Nachrichten nicht geantwortet hat. Das nächste Eckchen des Blatts muss daran glauben.

Check den anderen Zettel! PS: Du fehlst mir.

Wieder passe ich den perfekten Moment ab, bevor auch diese Nachricht bei ihm landet. Weil auch diese ungelesen im Spam-Ordner seiner Hosentasche verschwindet, schreibe und werfe ich drei weitere Nachrichten.

Erst dann kippelt Samuel seinen Stuhl zurück und flüstert über die Schulter: »Das grenzt an Stalking.«

»Wie geht es dir?«

»Wieso willst du das wissen?«

»Weil ich gestern nicht so reagiert habe, wie ich wollte …«

Er zieht die Augenbrauen zusammen und wartet ab, ob ich noch etwas mehr erklären will, aber ich deute nur auf seine Hosentasche, wo sich meine Botschaften an ihn verstecken, aber er schüttelt den Kopf.

»Ich hab gerade echt andere Sorgen.«

»Was für welche?«

»Was geht es dich an?«

Meine Antwort wird von einem dumpfen Surren unterbrochen, und Samuel löst unseren Blickkontakt, um nach seinem Handy zu greifen. Er lässt den Stuhl wieder in seine normale Position kippen und liest eine eingegangene *WhatsApp*-Nachricht. Sofort verändert sich seine ganze Körperhaltung, die Schultern spannen sich an, er zögert einen Moment, dann beginnt er alles wild und durcheinander wieder in seinen Rucksack zu stopfen, obwohl er es gerade erst ausgepackt hat. Müller sieht genauso überrascht zu ihm wie der Rest der Klasse, als Samuel unvermittelt aufsteht und den Rucksack schultert.

»Herr Nowak, das war aber ein kurzer Besuch.«

»Sorry, ich muss wieder weg.«

»Ein wichtiger Termin?«

Keine Ahnung, wieso, aber mich beschleicht ein merkwürdiges Gefühl zwischen Übelkeit und Herzrasen.

»Ziemlich. Entschuldigung.«

Ohne auf Müllers Einwand zu warten, geht Samuel mit eiligen Schritten zur Tür und verschwindet so abrupt, wie er eben erst aufgetaucht ist. Etwas perplex sehe ich ihm nach, bis ich kurz entschlossen meinen Stuhl zurückschiebe, ebenfalls aufstehe und dafür einen irritierten Blick von Müller ernte.

»Ja, Frau Mulden?«

»Ich bin gleich wieder da.«

Ohne mich umzudrehen, renne ich los, durch die Tür und den Flur und hole ihn erst auf den Treppen wieder ein, wo er jeweils zwei Stufen auf einmal nimmt.

»Samuel! Warte!«

Obwohl er mich gehört hat, geht er weiter, und mir bleibt nichts anderes übrig, als meine Schritte zu beschleunigen, bis ich seine Schulter zu fassen kriege und er endlich stehen bleibt.

»Marie, ich habe es echt eilig.«

Er greift nach meiner Hand, will sie wegschieben, und mir fällt erneut die Schwellung an seinen Knöcheln auf.

»Was hast du da gemacht?«

»Was denkst du denn? Vielleicht habe ich einen Senioren auf dem Schulweg vermöbelt und ihm seine Rente abgeknöpft.«

»Sei kein Arsch, Samuel.«

»Vergiss es einfach, Marie.«

Schon will er weiter, wieder schneide ich ihm den Weg ab.

»Wo willst du denn hin?«

Er greift in seine Jackentasche und zieht mit einem Ruck sein Handy raus.

»Tommi ist in Schwierigkeiten.«

Das wundert mich, ehrlich gesagt, nicht, aber ich nicke schweigend, und Samuel spricht weiter.

»Er wurde von der Polizei abgeholt und sitzt jetzt auf dem Revier fest.«

»Aber du bist doch nicht sein Anwalt.«

Samuel mustert mich, und sein Blick wird ein bisschen kühler, während er das tut und schließlich den Kopf schüttelt.

»Tommi hatte recht. Du und ich, wir sind zu unterschiedlich.«

Wieder macht er Anstalten weiterzugehen, wieder verhindere ich es.

»Das stimmt nicht.«

»Tommi braucht keinen Anwalt, sondern einen Freund. Und da, wo ich herkomme, da hilft man sich, wenn jemand mal Mist baut, und haut es einem nicht Monate später um die Ohren.«

Der hat gesessen. Entmutigen lasse ich mich trotzdem nicht.

»Können wir denn danach vielleicht reden? Wenn du Tommi geholfen hast?«

»Wieso?«

»Weil ich vielleicht auch einen Freund brauche.«

Samuel rührt sich nicht, sieht an mir vorbei und sortiert wohl seine Gedanken. Dann zieht er ein weiteres Handy aus der Hosentasche und reicht es mir, wobei sich unsere Hände kurz berühren. *Zu kurz.*

»Kannst du das Theo geben? Sag ihm, wenn er reinwill, soll er an den VfB denken.«

Ich verstehe nicht, was er meint, aber intuitiv weiß ich, dass jetzt nicht der richtige Moment für eine Nachfrage ist, und so nicke ich kurz und lasse das Handy in meiner Jackentasche verschwinden. Samuel setzt sich wieder in Bewegung und geht in Richtung der Aula davon. Erst an der Doppeltür dreht sich Samuel noch mal zu mir und klopft sich auf die Hosentasche, wo meine kleinen nichtssagenden Briefchen stecken, und zwinkert mir zu.

»Wir sehen uns, Sternenprinzessin.«

- 71 -

Samuel

Man sagt mir, ich soll auf einem der Stühle Platz nehmen und warten, man würde sich dann um mein Anliegen kümmern. Mir ist ein bisschen heiß und gleichzeitig kalt, weil ich mich zu genau daran erinnere, was das letzte Mal passiert ist, als ich hier war. Gut, da trug ich Handschellen und kürzere Haare, aber das beklemmende Gefühl von damals kann ich nicht so leicht abschütteln. Dabei will ich einfach nur wissen, was überhaupt los ist und wieso Tommi mal wieder knietief in der Scheiße steckt. Die Worte von Liebig nagen sich langsam aber sicher durch meine Gehirnwindungen, und ich schüttele immer mal wieder den Kopf, weil ich sie nicht hören will. Egal, was Tommi angestellt haben soll, ich will es von ihm hören.

Die Tür zum Vernehmungszimmer im Flur öffnet sich und ich recke automatisch den Kopf. Aus Erfahrung weiß ich genau, wie wichtig ein vertrautes Gesicht nach so einer Befragung ist, und deswegen setze ich schon mal zu einem Lächeln an, als der junge Mann aus dem Raum tritt und unsere Blicke sich treffen.

Theo.

Gefolgt von seinen Eltern.

Ich stehe auf, dabei weiß ich nicht mal, wieso, und will gerade die Hand zum Gruß heben, als sein Vater sich zwischen uns schiebt und den Blickkontakt abrupt beendet.

»Wir gehen, Theo. Nicht stehen bleiben.«

Die Stimme seiner Mutter klingt kühl und bestimmt, die warme Dankbarkeit von neulich ist verschwunden, als sie mich mit einem Blick streift, der sicher Kratzspuren in meinem Gesicht hinterlässt. Theo lässt sich einen halben Schritt zurückfallen und sieht zu mir.

»Es tut mir leid …«

Das ist alles, bevor sein Vater ihm den Arm um die Schultern legt und damit automatisch ihre Schritte beschleunigt. Gerade, als ich ihnen folgen und fragen will, was denn passiert ist, wird eine weitere Tür geöffnet und ein uniformierter Beamter führt Tommi heraus. Sein Gesicht, verschlossen und blass, hellt sich augenblicklich auf, als er mich sieht.

»Alter, was machst du denn hier?«

Der Beamter mustert mich im Vorbeigehen, was ein sicheres Zeichen dafür ist, dass er mich nicht mag, aber auch dafür, dass Tommi nicht hierbleiben muss.

»Ich bin sofort los, als ich deine Nachricht gelesen habe.«

Etwas unsicher deute ich den Flur entlang in das Vernehmungszimmer.

»Was wollen die denn von dir?«

»Ach, die wollen mir was anhängen.«

Er klopft seine Jackentasche ab, und ich muss nicht lange rätseln, was er sucht.

»Du rauchst zu viel.«

Zufrieden fischt er seine Zigarettenpackung aus der Innentasche seiner Jacke und grinst mich schief an.

»Ich wurde gerade fast 'ne Stunde zu einem Raubüberfall in einer U-Bahn ausgefragt, da darf ich mir ja wohl ein Kippchen gönnen.«

Er nickt in Richtung Ausgang, und ich sehe mich zuerst noch mal nach dem Beamten um, unsicher, ob Tommi vielleicht einfach nur seine Flucht plant und ich mal wieder als Komplize mit drinhänge.

»Lassen sie dich gehen?«

»Ja, haben keine echten Beweise, nur eine Aussage.« Jetzt richtet er seinen Blick wieder auf mich und seine dunklen Augen durchbohren mich. »Von deinem neuen Kumpel.«

»Theo?«

Jetzt ist es Tommi, der sich umsieht.

»Lass uns hier verschwinden, ich fühl mich beobachtet.«

Mit überraschend ruhigen Schritten verlassen wir das Polizeirevier und laufen über die Treppe nach unten zurück in die Freiheit. Kaum unten angekommen, glimmt die Kippe zwischen Tommis Lippen auch schon.

»Dein feiner Theo will mich am Arsch kriegen.«

»Ich checke es nicht.«

Wütend atmet Tommi den Rauch aus, bevor er in Richtung Stadtmitte stampft und ich ihm folge.

»Letztes Jahr am 6. April wurde er wohl überfallen. Handy, Geldbeutel, Schuhe, Kopfhörer, das ganze Programm.«

»Ich weiß. U-Bahn Staatsgalerie.«

An der Ampel bleibt er stehen, obwohl das grüne Männchen uns dazu ermutigt, weiterzugehen. Er nimmt einen weiteren Zug und sieht mich unter zusammengezogenen Augenbrauen düster an.

»Deswegen haben wir ihn dort gefunden, oder?«

»Ja.«

Er nickt, sieht weg und geht los, obwohl das grüne Männchen just in diesem Moment von seinem roten Kollegen abgelöst wurde. Wir müssen das letzte Stücke rennen, weil die Autos hupen. Auf der anderen Straßenseite packe ich Tommi an der Schulter und hindere ihn am Weitergehen.

»Und?«

»Und was?«

Tommi ist wie ein schlafender Vulkan, jahrelang bleibt alles ruhig, eine wahre Touristenattraktion, doch irgendwann bricht er aus, spuckt Lava und dreht komplett durch. Ohne Vorankündigung auf den ersten Blick, aber ich kenne ihn zu gut und weiß, dass er kurz vor einem Ausbruch steht.

»Warst du es?«

Das war die falsche Frage, denn sofort steht Tommi zu dicht vor mir, seine Stirn berührt meine, und ich kann die Hitze der Lava bereits spüren. Sie wird mich mit voller Wucht treffen.

»Dein scheiß Ernst?«

Nein, nicht mein scheiß Ernst, nur mein scheiß Gefühl.

»Ein Typ wird abgezogen, und da denkst du sofort an mich?« Tommis Laune kippt, und ich komme mir plötzlich wie ein Vollidiot vor. Lasse ich mich wirklich so schnell verunsichern? »Ich hab dir gestern geholfen, den Typen zu finden, du Arschloch!«

»Ich weiß.«

Theo konnte Tommi kaum in die Augen schauen, die Panik in seinem Gesicht, das Gekotze … und jetzt die Anzeige. Tommi schüttelt den Kopf direkt an meiner Stirn.

»Wo warst *du* denn am 6. April, Nowak?«

»Keine Ahnung.«

»Wie gut, dass du zu wissen glaubst, wo ich da war.«

»Ich dachte nur …«

»*Was* hast du gedacht? Wie oft du dabei warst, als wir Leute beklaut haben?«

»Nein.«

»Weshalb genau warst du noch mal in der JVA? Weil du eine Mülltonne umgeschubst hast?«

»Nein.«

»Neun verfickte Monate hinter Gittern und jetzt du bist der Typ mit dem Heiligenschein?« Gerade als ich antworten will, spricht Tommi weiter, steigert sich in seine Wut. »Du hast auch Scheiße gebaut, Nowak, und zwar nicht zu knapp!«

»Ich weiß.«

»Ja? Vergessen, wie wir diese Kids durch halb Mönchsfeld gejagt haben, um ihnen dann alle Handys abzunehmen und ihnen noch eine ordentliche Packung verpasst haben?«

Das liegt so lange zurück, dass es mir wie aus einem anderen Leben vorkommt, und doch erinnere ich mich genau daran.

»Nein.«

»Da hätte auch dein *Kumpel* Theo dabei sein können!« Er hat nicht unrecht, und ich kann spüren, dass der Sauerstoff um uns herum für uns beide nicht mehr reicht. »Und jetzt kommst du rum und quatscht mich so an?«

»Es war eine Frage.«

»Ja, dieser Theo wurde abgezogen, und jetzt war auf einmal ich es? Weil es keine anderen Arschlöcher da draußen gibt?«

Er ist richtig sauer. Tommi muss erst mal runterkommen, bevor er mich wieder wahrnimmt.

»Es war nur eine Frage.«

»Die gleiche scheiß Frage, die mir dieser Bulle vorhin auch gestellt hat. Und hier ist meine Antwort: *Fick dich*, Samuel.«

»Tommi …«

»Ich habe den Typen gestern zum ersten Mal gesehen. Also, nein, ich war es nicht.«

Tommi war es nicht.

Der Stein, der von meinem Herzen fallen will, bewegt sich keinen Zentimeter, weil der Preis für diese Antwort vielleicht zu hoch war.

Warum zweifele ich plötzlich an meinem besten Freund, der mir gestern Nacht ohne mit der Wimper zu zucken einen Schlafplatz klargemacht hat?

»Weißt du, Nowak, es juckt mich nicht, was die Bullen glauben, aber von dir …« Der Blick aus seinen funkelnden Augen brennt sich durch meine Jacke, den Pulli darunter und schließlich durch meine Haut, aber ich halte ihm stand. »… hätte ich so was nicht erwartet.«

»Tommi …«

»Und ich Idiot mache noch die Drecksarbeit für dich. Roller reparieren, Theo suchen und was weiß ich noch …« Ich mache mich auf eine Ohrfeige gefasst, aber er hält sich zurück, stattdessen verpasst er mir eine Kopfnuss, die aber nicht halb so wehtut, wie das, was folgt. »*Verpiss dich.*«

Ich könnte warten, bis er zuerst weggeht, aber so funktioniert das Spiel mit Tommi nicht. Langsam trete ich ein paar Schritte zurück, halte seinen brennenden Blick noch immer, und erst, als ich gut fünf Meter Abstand zwischen uns gebracht habe, dreht er sich weg und geht in die andere Richtung davon. Mit den Händen in den Hosentaschen warte ich, ob er sich noch mal zu mir umdreht, aber er hat mich schon wieder vergessen. Meine Finger berühren die Papierkugeln, die Marie mir heute in der Schule zugeworfen hat. Zögernd ziehe ich eine heraus und entwirre das Papier, als wäre es die Botschaft eines Glückskeks, der mir jetzt gleich meine Zukunft vorhersagt.

Doch da steht gar nichts, es lächelt mich nur ein liebevoll gezeichneter Smiley an. Ihre Art, mir zu sagen: *Hey, das wird schon.*

Nur fühlt es sich gerade nicht so an.

- 72 -
Theo

Die ganze Rückfahrt über erzählen mir Mama und Papa, wie stolz sie auf mich sind und dass ich das Richtige getan habe. Ich sitze auf der Rückbank und starre aus dem Fenster, fühle gar nichts mehr, da ist nur diese große Leere.

Der Polizeibeamte war sehr nett, hat sich Zeit für mich und meine Anzeige genommen, obwohl ich meine Aussage zweimal unterbrechen musste, weil mir irgendwie schlecht war und ich mich nicht übergeben wollte.

»Schatz, wir sind wirklich sehr stolz auf dich.«

Hoffentlich kann ich selbst das irgendwann auch sein, aber gerade ist das schwer vorstellbar. Das alles fühlt sich eher wie das Ende eines Fußballmatchs an, bei dem man nach der Verlängerung noch immer keinen Sieger hat. Aber da ist auch so etwas wie Ruhe, mein Puls hat sich beruhigt, und ich atme nicht mehr so flach wie vorhin im Polizeirevier, als man mir all diese Fragen gestellt hat.

Niemand kann mir was vormachen, die Geschichte ist damit noch lange nicht vorbei, und solche Sprüche wie *Jetzt wird alles gut* sind auch nur Überlebensfloskeln, die sich bestimmt auch die Passagiere der zweiten Klasse auf der *Titanic* ins Ohr geflüstert haben, nachdem das Schiff den Eisberg gerammt hatte. Aber trotzdem, etwas von dem Druck ist jetzt weg.

Trotzdem geht mir Samuels Blick nicht aus dem Kopf.

Was hat er überhaupt auf dem Revier gemacht? Haben sie ihn angerufen? Wird er auch vernommen? Wie soll ich ihm das alles erklären?

Wieder ist da dieser Anflug von Übelkeit, aber im Stuttgarter Mittagsverkehr möchte ich nicht unbedingt aus dem Auto kotzen.

»Jetzt ist es vorbei, mein Schatz.«

Mamas Blick sucht mich im Rückspiegel, aber ich sitze absichtlich so, dass ich im toten Winkel meine Ruhe habe. Vorbei also. Wieso fühlt es sich dann nicht wie ein Ende an? Eher kommt es mir wie ein Anfang vor. Kein Anfang eines neuen Kapitels, nein, vielmehr einer neuen Geschichte, von der ich noch nicht weiß, ob es eine romantische Komödie, ein Drama oder ein Thriller ist. Und das macht mir Angst.

Immer und immer wieder spiele ich das Gespräch in meinem Kopf durch, höre die Fragen, meine Antworten, immer wieder ermutigt durch das Nicken meiner Eltern, die ebenso wie ich doch nur wollen, dass der ganze Mist endlich vorbei ist.

Habe ich alles genau so beschrieben, wie es sich abgespielt hat? Haben sie verstanden, dass ich nur ein ziemlich sicheres Gefühl habe, wer es war, aber keine Beweise außer diesem ätzenden Kurzfilm, der sich immer und immer wieder in meinem Kopf abspult? Manche Details sind unscharf, aber einiges – viel mehr, als mir lieb ist – sehe ich klar und deutlich. Schnell schaue ich wieder aus dem Fenster, um das Gedankenkarussell aufzuhalten.

Unwillkürlich muss ich an all diese Broschüren in meinem Zimmer denken, die ich mir durchgelesen habe, auch wenn ich vor meinen Eltern das Gegenteil behaupte. Was ist so verkehrt daran, einen Schritt nach dem anderen zu setzen – und zwar nicht mehr in Richtung Gleise, sondern davon weg? Weit weg. Weg von Typen wie Andi.

Zurück zur Schule muss ich erst mal nicht, das haben meine Eltern mir versprochen. Schule ja, aber nicht auf Teufel komm raus, sondern langsam. Erst gesund werden, dann irgendwann die Klasse wiederholen, wenn ich mich fit genug fühle. Es tut gut zu wissen, dass sie einen Gang runtergeschaltet haben und den Druck von mir nehmen wollen. Obwohl ich genau weiß, dass mich daheim ein ganz neues Minenfeld erwartet.

Marie. Meine Entscheidung, meine Aussage, alles wird auch Auswirkungen auf ihr Leben haben, und damit muss sie dann erst mal klarkommen. Unsere Eltern werden es ihr erklären, falls ich nicht die richtigen Worte finde. Vielleicht hätte ich gestern schon mit ihr reden sollen, aber da war ich noch zu durcheinander und der Zweifel an Tommis Schuld viel zu groß.

Ich lasse das Fenster ein bisschen runter und frische, kühle Luft streift mein Gesicht.

Das Handy vibriert in meiner Gesäßtasche, und ich ignoriere es, weil mir nicht nach sozialem Kontakt ist. Als würde mein Handy diese Herausforderung annehmen, vibriert es jetzt im Sekundentakt, dabei bekomme ich selten mehr als zwei Nachrichten am Tag, und die sind entweder von meinen Eltern oder von Marie.

Schnell greife ich doch nach meinem Handy und sehe eine Nachricht bei *WhatsApp* von einem Absender, mit dem ich jetzt wirklich nicht gerechnet hätte.

Samuel.

- 73 -

Marie

Niemand ist zu Hause, und einen Moment bleibe ich im Flur stehen und genieße die Ruhe, die ich heute nicht zu finden glaubte.

Keiner da, keine Fragen. Nicht von Mama, die wissen will, wie es mir geht – worauf ich ohnehin keine Antwort hätte. Nicht von Papa, der wissen möchte, ob ich mich auch schön von Samuel ferngehalten habe – und den ich nun nicht anlügen muss. Nicht von Theo, der wissen will, was in der Schule so geht.

Die Küche sieht aus, als ob meine Familie blitzartig die Flucht ergreifen musste. Halb leer gegessene Teller noch auf dem Tisch, das rote Licht an der Kaffeemaschine brennt, und benutzte Tassen, die es nicht mal bis zur Spüle geschafft haben. Das sieht meiner Mutter gar nicht ähnlich, in ihrem Hoheitsgebiet herrscht Ordnung, daran halten wir uns alle.

Irgendwas stimmt hier nicht.

Ich hasse die Tatsache, dass mein Körper sofort in den Panikmodus schaltet, wenn etwas auch nur im Ansatz nicht so ist, wie ich es gewohnt bin.

»Hallo?« Obwohl ich keine Antwort erwarte, rufe ich. Die

Türen zu allen Zimmern sind offen, durch die frisch eingesetzte Fensterscheibe im Wohnzimmer fallen einige Sonnenstrahlen, die es draußen mit dem grauen Himmel aufnehmen.

»Jemand da?«

Wie das nächste Opfer in einem Teenie-Slasher-Film rufe ich nach der Katastrophe, die ohne Zweifel heranrollen wird. Mein Herz weiß es schon, wieso sonst krampft es so?

Als es an der Tür klingelt, zucke ich so sehr zusammen, dass man meinen könnte, Pennywise persönlich wäre gerade um die Ecke gekommen. Mein Herz rutscht noch weiter runter, bis es auf meinem Magen aufprallt. Mama, Papa und Theo, alle haben einen Schlüssel. Meine zittrigen Schritte führen zur Tür, und ich hole tief Luft, bevor ich ohne die Gegensprachanlage zu bedienen, den Türsummer drücke. Schnelle Schritte hallen im Treppenhaus wider, während ich in der geöffneten Tür stehe und darauf warte, dass das Schicksal erneut zuschlägt und mir einmal mehr den Boden unter den Füßen wegzieht.

»Samuel?«

Etwas außer Atem erklimmt er die letzten Stufen und steht dann wie aus dem Nichts aufgetaucht vor mir. Mit ihm habe ich nicht gerechnet, bin aber froh und erleichtert. So sehr, dass ich einfach meine Arme um seinen Hals schlinge und die Augen schließe. Zu meiner Enttäuschung erwidert er die Umarmung nicht, sondern schiebt mich sanft, aber bestimmt von sich, woraufhin ich die Augen öffne. Was ich sehe, gefällt mir nicht.

»Ist Theo da?«

»Nein …«

Er wirft einen Blick an mir vorbei ins Innere unserer Wohnung, aber dort wird er meinen Bruder nicht finden.

»Willst du auf ihn warten?«

Vielleicht kann ich Samuel dann zu unserem längst fälligen Gespräch überreden, aber noch immer kann er mir nicht wirklich in die Augen schauen.

»Du hättest mich zumindest warnen können, Marie.«

»*Warnen?*«

Er schnaubt verächtlich, und sein Blick wird noch etwas härter, was aber nicht so recht zu seiner unsicheren Körperhaltung passt.

»Tommi ist mein bester Freund!«

»Ich weiß. Wovor hätte ich dich da warnen sollen?«

Er schüttelt enttäuscht den Kopf und ich mache einen Schritt zur Seite.

»Willst du nicht reinkommen?«

»Damit deine Eltern mich wegen Hausfriedensbruch oder so 'ner Scheiße anzeigen?«

»Was?«

Sein Blick wird etwas durchdringender, und er prüft mein Gesicht, als wäre ich nicht gerade jemand, dem man vertrauen könnte.

»Ach so. Du weißt es noch gar nicht.«

Keine Frage, und dennoch schüttele ich den Kopf. Hat die Welt eben einfach so zwei Gänge hochgeschaltet und vergessen, mir das Memo zu schicken? Denn irgendwie überholt mich gerade die Situation, während ich offensichtlich mit Startschwierigkeiten zurückbleibe. Zum Glück klärt Samuel mich auf.

»Theo hat Tommi angezeigt. Wegen des Überfalls damals in der U-Bahn.«

»*Was …?*«

»Wir haben ihn gestern vor einer üblen Dummheit bewahrt, und jetzt marschiert er zu den Bullen und zeigt ihn an?« Samuel erwartet auf die Frage sicherlich keine Antwort, aber ich versuche es trotzdem, will meinen Bruder in Schutz nehmen.

»Vielleicht hat er Tommi ja wiedererkannt. Vielleicht war er es. Du hast selbst erzählt, dass ihr oft genug andere abgezogen habt.«

»Ja, genau. Wie passend, oder? Tommi und ich, wir sind die bösen Buben und passen perfekt als Sündenböcke! Nicht wahr?«

»Theo würde so was nicht machen, wenn er sich nicht sicher wäre.«

Samuels hohles Lachen hallt im leeren Treppenhaus viel zu laut, und ich spüre die dadurch ausgelöste Gänsehaut meinen Körper erobern. Er weiß nicht, wie es für Theo war, all die Tage und Nächte, die Angst vor den Erinnerungen und die Hoffnung, dass sie doch irgendwann zurückkommen würden. Niemals würde er so etwas behaupten, wenn er Zweifel hätte. Aber Samuel scheint da ganz anderer Meinung.

»Tommi war es nicht.«

»Aber Theo lügt nicht.«

»Wieso bist du dir da so sicher?«

»Weil ich meinen Bruder kenne. Besser, als ihm lieb ist.«

»Ja, und ich kenne Tommi!«

Er klingt trotzig, ist nicht überzeugt und verschränkt die Arme. Unten wird die Haustür aufgeschlossen, und ich höre die Stimmen meiner Eltern. Samuel dreht den Kopf, sobald Schritte auf den Treppen zu hören sind, und schon taucht

Theo auf. Als er Samuel erkennt, bleibt er vorsichtig stehen. Waren die beide nicht gerade eben noch so was wie Freunde? Haben ihn meine Eltern nicht gestern noch mit Dankbarkeit überschütten wollen? Wieso ist es dann jetzt so eiskalt im Treppenhaus?

»Samuel. Hi.«

»Hi. Hast du mir vielleicht irgendwas zu sagen?«

Papa tritt dazwischen und baut sich schützend vor seinem Sohn auf, funkelt Samuel an. Ich habe ihn schon ewig nicht mehr so erlebt.

»Es wäre besser, wenn du jetzt gehst, Samuel.«

»Wieso? Rufen Sie sonst die Polizei?«

»So weit muss es nicht kommen, wenn du jetzt gehst.« Sie spielen dieses bescheuerte Blickespiel, bei dem verliert, wer zuerst wegsieht. »Und auch nicht mehr wiederkommst.«

»Tommi war es nicht.«

»Das wird dann das Gericht entscheiden müssen.«

Ohne sich von meinem Vater beeindrucken zu lassen, geht Samuel einige Schritte zur Seite und sieht zu Theo.

»Ich verstehe, dass du möchtest, dass es vorbei ist. Aber Tommi war es nicht.« Papa will nach Samuels Schulter greifen, aber der weicht seinem Griff aus, geht weiter auf Theo zu. »Vielleicht verwechselst du ihn ja.«

Theo schüttelt langsam den Kopf, aber er wirkt nicht eingeschüchtert, sondern nur sehr müde und ein bisschen traurig.

»Hast du deine *AirPods* dabei?«

Samuel nickt, will schon in seine Tasche greifen, als Theo weiterspricht.

»Die Schramme an der Box, wie ein Halbmond. Die hat

Marie reingehauen, als ich sie ihr mal geliehen habe.« Samuel verharrt mit der Hand in der Jackentasche, sein Gesicht ausdruckslos. »Das sind meine *AirPods.*«

»Bullshit.«

»Wo hast du sie denn her?«

»Sie waren ein Geschenk.« Wenn ich mich nicht irre, zittert Samuels Stimme ein bisschen.

»Von Tommi?«

Theos Frage schlägt direkt im Zielort ein, und Samuels knappes Nicken wackelt so sehr, wie dieses ganze Treppenhaus, das plötzlich zu eng für meine Familie und Samuel ist.

»Hast du Tommi gefragt, ob er es war?«

»Ja. Und er sagt, er war es nicht. Wieso sollte er mich anlügen?«

Theo zuckt die Schultern. »Warum sollte ich dich anlügen?«

Samuel sieht von Theo zu mir, dann wieder zu meinem Bruder und schüttelt den Kopf, die Hand noch immer in der Tasche, wo er wohl die beschriebene Schramme unter seinen Fingern spürt.

»Weil du willst, dass es vorbei ist.« Damit setzt sich Samuel in Bewegung, schiebt sich an Theo und meiner Mutter vorbei und wirft schließlich krachend die Eingangstür hinter sich zu, was wie ein Ausrufezeichen durch den Raum hallt. Theo sieht zu mir, und ich weiß nicht genau, seit wann ich weine, aber die Tränen laufen über meine Wangen, bis er ganz nah vor mir steht.

»Es tut mir leid.«

Kopfschüttelnd ziehe ich ihn fest in meine Umarmung.

»Dir muss gar nichts leidtun.«

- 74 -

Samuel

Es ist nie ein gutes Zeichen, wenn ich lieber die Treppe nehme, als auf den Aufzug zu warten, der meine ohnehin strapazierte Geduld zusätzlich testen könnte. Mit der Hand auf dem Geländer ziehe ich mich ab dem fünften Stock jeweils zwei Stufen nach oben, meine Lungen lassen mich wissen, dass ich etwas außer Form bin und unbedingt mal wieder ein bisschen Sport treiben sollte. Jetzt habe ich allerdings ein klares Ziel und ohnehin keine Zeit für Liegestützen.

Die ganze Fahrt hierher habe ich mir den Kopf darüber zerbrochen, wann Tommi mir die Kopfhörer geschenkt hat und ob es zeitlich in den Rahmen passt, aber der Aufenthalt im Knast hat mein Zeitgefühl ziemlich durcheinandergewirbelt. Alles, was davor passiert ist, kann ich nur schwer genau einordnen und die derzeitige Verwirrung in meinem Kopf sorgt zusätzlich für etwas mehr Gedankensuppe als sonst.

»Da bist du ja!«

Im siebten Stock und damit vollkommen unerwartet taucht mein Vater vor mir auf und bringt mich so sehr aus dem Tritt, dass ich die letzte Stufe übersehe und fast hinknalle. Er trägt seinen weiß-roten VfB-Trainingsanzug und Plastikhausschuhe, die seine nackten Zehen zur Schau stellen. Heute ist er rasiert, was ihn minimal jünger wirken lässt, aber auch verrät, wie eingefallen seine Wangen wirklich sind. Papa sieht immer irgendwie ungesund aus, was an seinem Kippen-, Bier- und Käsetoast-Konsum liegen könnte.

»Deine Mutter dreht durch vor Sorge. Sie ruft stündlich bei mir an.« Er packt mich an der Schulter, der Vorwurf hallt im ganzen Treppenhaus wider. »Die Schule hat angerufen und …«

Jeder hat plötzlich wieder was zu sagen, jeder will plötzlich wieder eine Rolle in meinem Leben spielen, und jeder gibt vor, genau zu wissen, wie ich mich fühle. Zu dumm nur, dass ich gerade niemandem traue. Mit einer deutlichen Handbewegung bringe ich meinen Vater zum Schweigen.

»Papa, ich habe gerade keine Zeit für eine erzieherische Maßnahme.«

Mein Ton gefällt ihm nicht, das sehe ich, weil sein Blick von *besorgt* zu *angepisst* wechselt, sodass ich einen winzigen Schritt zurückweiche.

»Ach, du hast gerade keine Zeit. Verstehe. Der Herr hat andere Dinge zu tun, nehme ich an?«

»Ich muss nur was klären.«

»Dann hör mal zu, *Sohnemann.*«

Er hat mich schon früher *Sohnemann* genannt, immer dann, wenn er sauer auf mich war, was gegen Ende unserer WG-Zeit recht häufig vorkam.

»Du bist kaum drei Wochen draußen und baust schon wieder Mist? Hast du wirklich nichts gelernt?« Er tippt mir mit dem Finger an die Schläfe, was sich so anfühlt, als wolle er durch meinen Schädel direkt in mein Gehirn piken.

»Glaubst du, es gibt noch mehr zweite Chancen für dich?«

Ich kriege gefühlt nicht mal *eine* zweite Chance. So, wie mich Maries Eltern vorhin angesehen haben, gehöre ich für sie klar zum Kreis der Verdächtigen.

»Denkst du in deiner ganzen Ignoranz auch mal an deine Mutter?«

Das kann nicht sein Ernst sein. Nach all den Jahren, in denen ich mir beim Abendessen nur Scheiße über Mama habe anhören müssen, will er jetzt wirklich diese Karte spielen? Ein Lachen kann und will ich mir nicht verkneifen.

»Findest das Ganze auch noch witzig, ja?«

»Ja, Papa, ich finde es sogar irre witzig. Hast *du* in deiner ganzen Ignoranz eigentlich mal an Mama gedacht?«

»Es geht gerade nicht um mich, Samuel.«

»Doch, Papa. Wenn du nämlich vielleicht mal gefragt hättest, wo ich die ganze Zeit war, mit wem ich mich rumtreibe, welche krummen Dinger ich drehe oder wie es mir geht, dann hätte ich *vielleicht* das Gefühl gehabt, dass sich überhaupt jemand für mich interessiert!«

Wie gerne hätte ich ihm das alles schon so viel früher gesagt, aber ich hatte Angst, er würde mich dann vor die Tür setzen. Jetzt ist es mir egal.

»Schieb das bloß nicht alles auf mich.«

»Wieso? Weil es zu einfach wäre oder weil es wahr ist?«

»Ich habe dafür gesorgt, dass du immer was zu essen hattest, ich habe die Miete bezahlt und dich nie verdroschen!«

Lautet so die Jobbeschreibung für den Vater des Jahres? Da muss es doch irgendwo was Kleingedrucktes geben von wegen Umarmungen, Liebe und Interesse am *Sohnemann*.

»Du checkst es nicht mal, oder?«

Die Fragezeichen in seinen Augen sind deutlich, und mir bleibt nichts anderes übrig, als den Kopf zu schütteln und mich an ihm vorbeizuschieben.

»Ich melde mich bei Mama, sie soll sich keine Sorgen machen.«

Ein Teil von mir wünscht sich, dass Papa mich am Weitergehen hindert oder zumindest Anstalten macht, mir zu folgen, aber nichts passiert. Er sieht mir nur nach, wie ich die nächsten Stockwerke in Angriff nehme, und eine Kälte greift nach mir, die ich schon seit Jahren immer wieder im Genick gespürt habe. Obwohl meine Lungen deutlich nach einer etwas längeren Pause betteln, renne ich jetzt die Treppen nach oben, überspringe keine einzige, spüre den Schmerz in den Waden und das Zwicken in meiner Seite. Stufe für Stufe quäle ich mich nach oben, bis ich endlich völlig außer Atem und mit Tränen in den Augen im neunten Stock ankomme und meine heiße Stirn gegen die kühle Wand im Treppenhaus lehne. Nur einen kurzen Moment durchschnaufen, den Schmerz abschütteln und weitermachen.

So wie immer.

Mit dem Schlüssel aus meinem Rucksack schließe ich Tommis Wohnung auf und betrete sie mit Seitenstechen. Mit eiligen Schritten will ich weiter in Tommis Zimmer, stolpere aber über die scheiß Turnschuhe, die überall wie erschossene Tiere rumliegen, und lande der Länge nach auf dem Teppichboden.

Einen Moment bleibe ich dort liegen, balle die Hände zu Fäusten und will schreien, aber damit wäre niemandem geholfen. Ein Problem nach dem anderen lösen, danach kümmern wir uns um seine Turnschuhsammlung, bevor sich noch jemand wegen ihnen den Hals bricht.

Ich schiebe die *Adidas Superstars* mit den schwarzen Streifen einfach mit dem Fuß zur Seite und will nach den *Nike Air Max Bubble Pack* greifen, die er nur selten und zu besonderen Anlässen trägt. Sie sind weiß, dazwischen grün, blau und rot meliert, zählen zu den teuersten in seiner Sammlung, aber noch bevor ich danach greife, sehe ich es.

Nie habe ich auf die Sohle geachtet, wieso auch? Damit rennt man doch nur über den Asphalt, den Beton und das Gras. Niemand interessiert sich dafür, was auf den Sohlen abgeht, nur ob man darauf schnell genug abhauen kann.

Mein Herzschlag setzt aus.

Lange, fast zu lange, und ich weiß nicht, wann er wieder einsetzt.

Er hat gesagt, er war es nicht.

Er hat mir in die Augen geschaut und gesagt, dass er es nicht war.

Und ich habe ihm geglaubt, weil dort, wo wir herkommen, ein Wort noch ein Wort ist.

Vor allem unter Freunden wie wir es sind.

Vorsichtig nehme ich den Turnschuh in die Hand, glaube fast, er würde sich auflösen, wenn ich ihn berühre, aber nichts passiert.

Leicht fühlt er sich an, den Namen *Air* hat er definitiv verdient. Tommi achtet immer darauf, seine Schuhe so sauber wie möglich zu halten, kauft jedes Spray, das sie einem im Schuhladen andrehen wollen und reinigt sie alle paar Wochen.

Deswegen sieht dieser Turnschuh auch aus wie neu. Und doch erkenne ich Spuren von jemand anderem daran. Mein Blick verschwimmt und das Atmen tut weh.

Ich drehe den Schuh so, dass ich die Sohle noch besser unter die Lupe nehmen kann und erkenne den liebevoll mit *Edding* gemalten Smiley.

So einen, wie Marie ihn auch mir gemalt hat.

So einen, wie sie ihn Theo immer malt.

- 75 -
Marie

Meine Tür ist zu, das ist so was wie der internationale Code für *Ich möchte nicht gestört werden*. Es sollte mir irgendwo angerechnet werden, dass ich diesen Schultag überhaupt überstanden habe, mit gebrochenem Herzen Stochastik lernen, das ist sicher eine besondere Erwähnung im Zeugnis wert, oder?

Bis zum Bett schaffe ich es noch, dann lasse ich los und drücke mein Gesicht ins Kissen, in der Hoffnung, dass es irgendwann nicht mehr so wehtut.

Samuel und Theo. Zu genau erinnere ich mich an meine erste Begegnung mit den beiden im Doppelpack. Samuel hatte Theo geholfen, sich gegen Schneider gestellt, und plötzlich war alles anders. Auf den ersten Blick eine kleine Geste, betrachte ich die Szene jetzt rückblickend aus allen Winkeln, suche nach einem Indiz, einem Beweis, irgendwas, das mich davon überzeugt, dass Samuel uns angelogen haben könnte. Dass er wusste, dass es Tommi gewesen ist. Aber da sind nur ehrliche Augen und ein lächelnder Theo.

Nach einem Sicherheitsblick zur Tür ziehe ich dieses andere Handy aus meiner Tasche. In der Schule hatte ich keine Möglichkeit, es in Ruhe zu inspizieren. Ein Geschenk für Theo, ein

Handy mit deutlichen Gebrauchsspuren und in den Flugmodus versetzt. Noch hat es knapp zwanzig Prozent Akkuleistung, und vom Sperrbildschirm grinst mich Andi Schneider an, mit Sonnenbrille und Basecap, an irgendeinem Strand.

Es ist Andis Handy. Das er so dringend wiederhaben wollte und das Samuel geklaut haben soll. Mit schwirrenden Gedanken und kribbelnden Fingern halte ich es fest, nicht gewillt, es so schnell wieder herzugeben. *Theo soll an den VfB denken.* Das hat Samuel doch gesagt, oder? Einen Versuch wäre es wert, also tippe ich *1893*, das Gründungsjahr unseres Heimatvereins ein und habe Glück. Mir stehen alle Apps, Kontakte, *WhatsApp*-Chats und damit Schneiders ganzes Leben offen. Ich öffne sofort die Fotogalerie und scrolle mich durch die Bilder, die ein überhebliches Grinsen auf jedem Selfie zeigen.

Andi vor dem Spiegel, oben ohne und mit angespanntem Bizeps.

Andi mit Sonnenbrille an einem sonnigen Strand.

Andi im Fitnessstudio, wie er sich an Klimmzügen versucht.

Andi mit einem Joint auf dem heimischen Balkon.

Die Fotos zeigen noch etwas anderes. Eine Leere in seinem Blick, das Fehlen von Freunden außerhalb der Schule. Es gibt keine Fotos von ihm mit Kumpels oder Freundinnen, es fehlen Partyfotos oder Ähnliches. Auch bei Familienfotos herrscht gähnende Leere. Dafür sehr viel Andi, wie er gerne wäre oder sich sehen will.

Seine Videos hingegen zeichnen ein ganz anderes Bild von ihm.

Theo, wie er unsicher inmitten einiger Jungs steht, die ihn alle schubsen oder in die Kniekehle treten.

Theo, der dabei zusehen muss, wie Andi breit grinsend seinen Rucksack in den Mülleimer ausleert und anzündet.

Theo, wie er halb nackt in der Umkleidekabine von den anderen gehänselt wird, während Andi ihm die Klamotten klaut.

Theo, wie er mit Tränen in den Augen dasteht und alles über sich ergehen lässt, dazu Andis Gesicht und das hämische Lachen der anderen Jungs.

Wie auch immer Samuel an dieses Handy gekommen ist, die Videos alleine sind Beweis genug, um Andi von der Schule fliegen zu lassen.

Das Klopfen höre ich, ignoriere es aber, weil ich nicht reden will. Nicht mit Mama und auch nicht mit Papa, ich will nicht hören, dass sie mich ja gewarnt hätten oder es ihnen leidtut.

»Störe ich?«

Theo. Ich bin nicht in der Lage, auch ihn aus meinem Zimmer zu werfen. Nicht Theo, also schiebe ich das Handy unter mein Kissen und sehe zur Tür, die er bereits wieder hinter sich geschlossen hat.

»Nein.«

»Ich wollte es dir vorher schon erzählen, aber …«

»Du musst gar nichts erklären, Theo. Ganz im Gegenteil, es ist gut, dass du dich erinnert hast.«

Er zieht eine Augenbraue in die Höhe, stößt sich von der Tür ab und kommt auf mein Bett zu.

»Also, ich meine, es ist gut, wenn du irgendwann damit abschließen kannst.«

»Dabei habe ich deine Welt aber auch ziemlich durcheinandergebracht.«

Er nimmt am Fußende Platz, aber ich klopfe auf die Decke

neben mich, weil er nicht glauben soll, ich wäre in irgendeiner Weise sauer auf ihn. Zögernd nimmt er meine Einladung an und rutscht neben mich, lehnt sich an das Kissen und sieht bedrückt zu mir.

»Wieso behaupten sie immer, dass alles wieder an den richtigen Platz rutscht, wenn man sich erinnert?«

»Weil es irgendwann so sein wird. Mit der Zeit.«

Wir schweigen eine kleine Weile, hängen unterschiedlichen Gedanken mit den gleichen Protagonisten nach. Schließlich deutet er in Richtung Tür.

»Papa ist sich so sicher, dass es jetzt vorbei ist.«

»Und was denkst du?«

Theo drückt sich fester in das Kissen und sieht an die Decke, wo keine Sterne und Smileys kleben.

»Sie wollen alle, dass es vorüber ist. Und ich habe sie schon so lange enttäuscht.«

»Niemanden hast du enttäuscht.«

»Als ich an der U-Bahn stand, als Samuel und Tommi mich gefunden haben, da war alles wieder da. Alles. Die Gürtelschnalle, Tommis Stimme und dann auch noch Samuels *Air-Pods* …«

Eine Frage, die mich nicht in Ruhe lassen will, schwirrt seit vorhin wie ein wilder Bienenschwarm durch meinen Kopf, und egal, wie sehr ich sie ignoriere, sie wird nicht leiser. Mit all meinem Mut sehe ich zu Theo.

»War Samuel auch dabei?«

»Nein.«

»Wie kannst du dir sicher sein?«

»Ich weiß es einfach. Er hat mir mit Andi geholfen, einfach

so. Er …« Theo schüttelt abwesend den Kopf. »Er war nicht dabei.«

Schnell fährt er sich über das Gesicht und die Haare, die bereits im Ansatz wieder lang genug für Locken sind, was mir unheimlich gut gefällt, bevor er sich zu mir dreht und meine Hand in seine nimmt, dabei die Finger ausstreckt, als Zeichen, ich solle es ihm nachmachen. Er hat größere Hände als ich und seine Finger sind auch länger.

»Jetzt habe ich bei dir alles durcheinandergebracht. Dabei solltest du doch die sein, die glücklich wird.«

»Mach dir um mich mal keine Sorgen.«

»Hey, ich darf mir ja wohl Sorgen um meine Schwester machen.« Mit einem schiefen Grinsen im Gesicht drückt er seine Hand gegen meine. »Wird Zeit, mal wieder auf dich aufzupassen.« Er löst seine Hand von meiner und malt mir mit dem Zeigefinger einen Smiley in die Handfläche.

»Das kann ich ganz gut alleine.«

Genau genommen mache ich mir nur Sorgen um mein Herz, das zwar seinen Tagesjob weiterhin ordentlich erledigt, aber sein Hobby *Verliebtsein* an den Nagel gehängt hat. Kein Gedanke an Samuel ohne diese Begleiterscheinung. *Herzschmerz.*

»Es wäre auch zu schön, um wahr zu sein, oder?« Theo weiß nicht, was ich meine, und obwohl ich ihm nicht wehtun will, spreche ich es trotzdem aus. »Nach all dem Mist und dem Druck und allem, war Samuel für mich wie ein …« Ich muss an unser Date auf dem Hochhausdach denken, unser Gebrüll, den Kuss und alles dazwischen. »… wie ein Gedankenspaziergang.«

»Wie ein was?«

Und dann erzähle ich Theo alles. Von unserem heimlichen Treffen in der Stadt, von den Kaffees, die er mir gekauft hat, vom ersten und vom letzten Kuss, von meiner Flucht zu ihm und auch von dem Moment im Badezimmer, als ich einen ganz anderen Samuel kennengelernt habe. Theo hört einfach nur zu. Keine Ahnung, wie lange wir auf meinem Bett sitzen und quatschen, aber irgendwann sind alle Worte aufgebraucht und ich bin erst mal leer.

Theo streicht mir eine Haarsträhne aus dem Gesicht und schenkt mir ein aufmunterndes Augenzwinkern.

»Danke.« Überrascht sieht er zu mir, und ich zucke nur die Schultern. »Es ist schön, einen großen, jüngeren Bruder zu haben, der für mich da ist.«

»War ich viel zu lange nicht mehr.«

»Du hattest deine Gründe.«

Langsam schiebe ich meine Hand unter das Kissen, kontrolliere, ob Andis Handy noch immer dort ist, oder ob es nur eine Fata Morgana war. Es ist an Ort und Stelle, gefüllt mit Informationen, die Andi überführen werden. Als ich wieder zu Theo sehe, kann ich erkennen, dass er noch was sagen will, also setze ich mich in den Schneidersitz.

»Was geht in deinem Ex-Lockenkopf vor?«

Er fährt sich reflexartig durch die Haare und muss grinsen, bevor er Luft holt und mich direkt ansieht.

»Ich glaube, ich will an die Ostsee.« Es hat ihn Überwindung gekostet, diese Worte auszusprechen, und ein schüchternes Lächeln, das ganz entfernt an meinen Lockenkopfbruder erinnert, wächst auf seinen Lippen. »Es war die Broschüre, die am wenigsten übertrieben oder Dinge beschönigt hat, die, aus der du mir vorgelesen hast. Die erste Therapie ist nicht so gelaufen, wie ich es erhofft hatte, aber vielleicht braucht man für manche Dinge einfach einen zweiten Anlauf.«

Ostsee, das klingt erst mal so unendlich weit weg, aber die Hoffnung in seinem Blick lässt mich diesen Gedanken runterschlucken und stattdessen einen anderen aussprechen.

»Ostsee klingt okay.«

Er nickt, und ich lege die Arme um seinen Hals, drücke ihn kurz fest, damit ich niemals vergesse, wie es ist, einen großen, jüngeren Bruder zu haben.

»Okay ist vielleicht noch nicht gut, aber okay ist okay. Und vielleicht helfen die mir dort, hier drinnen aufzuräumen.« Er tippt sich an die Brust, nicht an den Kopf, und ich wünsche ihm so sehr, dass er noch mal neu anfangen kann. Nicht bei null, aber von vorne. »Du kommst mich da oben doch besuchen, oder? Bisschen Schiss hab ich nämlich schon.«

»Machst du Witze? Ich würde am liebsten gleich mitkommen.«

Es ist ein Scherz und auch wieder nicht. Er wird mir fehlen, und obwohl ich weiß, dass ich immer mehr Raum für mich und mein Leben wollte, so weiß ich auch, dass es ohne Theo viel zu leer sein wird.

»Gewöhn dich nicht zu sehr an den ganzen Platz hier, ja? Ich plane nämlich, wieder zurückzukommen.«

»Versprochen?«

Er sieht mich ganz fest an und nickt. »Versprochen.«

Diesmal glaube ich ihm.

- 76 -

Samuel

Er sitzt so, dass die Beine über die Brüstung baumeln, und bemerkt nicht, wie ich das Dach betrete. Als ich ihn nicht in seinem Zimmer gefunden habe, war mir klar, dass er hier oben sein würde. Hier, wo die Probleme da unten so klein wirken. Von den anderen Jungs fehlt jede Spur, als hätten sie geahnt, dass es besser wäre, sich zu verstecken. Die Wolken am Himmel hängen so tief, dass sie direkt über unseren Köpfen schweben.

»Fall nicht runter.« Erst als ich fast hinter ihm stehe, mache ich mich deutlich bemerkbar, aber er dreht sich nicht zu mir um, hält den Blick lieber weiter in die Ferne gerichtet.

»Ich passe schon auf.«

Da er keine Anstalten macht, sich zu mir umzudrehen, klettere ich kurz entschlossen neben ihn und nehme mit etwas Abstand Platz, aber noch immer kann er mich nicht ansehen.

»Mit dir hätte ich hier heute nicht mehr gerechnet.«

»Ich mit mir auch nicht, aber du weißt ja, was man sagt.«

Tommi weiß es offensichtlich nicht, denn er dreht sich zu mir, seine Augen klar und kühl.

»Was sagt man denn?«

»Du kriegst den Jungen aus Freiberg, aber Freiberg nicht aus dem Jungen.«

Ganz kurz lächelt er, aber dann ist es schon vorbei und er ganz weit weg.

»Was für ein beschissener Tag.«

Ich bin geneigt, ihm recht zu geben, stütze meine Hände ab und lehne mich ein bisschen nach hinten, lasse meinen Blick ohne festes Ziel wandern. Wie gerne würde ich einfach für immer hier oben bleiben, die Zeit zurückdrehen und dann alles richtig und besser machen. Direkt beim ersten Mal wissen, wie beschissen es laufen wird und anders reagieren.

»Weißt du, manchmal habe ich den Eindruck, nur hier oben wirklich atmen zu können. Da unten ist zu wenig Sauerstoff und alle wollen immer was von dir. Es fühlt sich an, als säße jemand auf deiner Brust.«

Während er spricht, greife ich in meine Hosentasche, spüre die Ladebox, deren verräterischer Kratzer deutlich unter meinem Daumen zu spüren ist, und schließe schließlich die Finger darum.

»Ich muss was wissen, Tommi.«

»Hm?«

Mit einer schnellen Handbewegung ziehe ich die *AirPods* aus der Tasche und halte sie so, dass er sie sehen kann.

»Wo hast du die Dinger hier eigentlich her?« Ich beobachte sein Gesicht genau, auch wenn es nicht immer einfach ist, seine Lügen zu durchschauen, so bilde ich mir doch ein, dass ich ihn gut genug kenne.

»Zeig mal her.« Er nimmt mir die *Pods* ab, dreht sie kurz

in seiner Hand, ignoriert den Kratzer, zuckt die Schultern. »Keine Ahnung.«

»Denk nach.«

Tommi sieht mich an, als hätte ich den Verstand verloren, dabei will ich ihm nur die Chance geben, ehrlich zu sein und damit zu retten, was vielleicht noch da ist.

»Glaubst du, die Typen, die ich abziehe, stellen sich mir mit Name und Geburtsdatum vor?« Statt auf seine lächerliche Lüge einzugehen, starre ich ihn nur abwartend an, und er untersucht die Kopfhörer etwas genauer, sucht irgendeine Erinnerung daran. »Vielleicht habe ich sie auch von Cem bekommen.«

Er wirft sie mir zurück, heftiger als nötig. »Wieso willst du das wissen, hm?«

Weil wir beide wissen, wem sie gehören, wo und wann er sie Theo abgenommen hat und wieso die Schuhe mit dem Smiley in seiner Wohnung liegen.

»U-Bahnstation *Staatsgalerie*.«

Tommi schüttelt nachdenklich den Kopf.

»Kann mich nicht erinnern, sorry.«

Wie gerne würde ich ihm das glauben und so tun, als wäre zwischen uns noch immer alles so, wie es immer war und immer bleiben sollte. Klopfschüttelnd stecke ich die Box wieder ein und sehe ihm direkt in die Augen.

»Du hast mich angelogen, Tommi.«

Die Enttäuschung über Tommis Lüge hat meine Nervenenden betäubt, die dumpfe Wut über seinen Verrat an unserer Freundschaft liegt irgendwo tiefer und brennt sich wohl durch meine Eingeweide.

»Ich habe dir geglaubt, weil ich dachte, bei all dem Scheiß, den wir abgezogen haben, waren wir doch zumindest immer ehrlich zueinander.«

Er kann mich nicht ansehen.

»Ich habe die Schuhe gefunden. Du hast mich angelogen.«

Es vergeht eine Ewigkeit, in der alles stillsteht, bis Tommi sich zu mir wendet.

»Natürlich habe ich das.« Er zieht die Beine an, legt seine Arme darauf. Wetten, dass er meinen brennenden Blick spüren kann? »Wie hätte ich es dir denn sagen sollen? *Hey, übrigens, ich habe deinen Kumpel und Bruder deiner Freundin verdroschen und abgezogen*?«

»Genau so, ja.«

»Klar. Weil es so scheiß einfach ist, was?«

Er weiß, dass er diesmal wirklich Bockmist gebaut hat, wieso sonst schafft er es nicht, mich länger als drei Sekunden anzusehen?

»Ich hab dich gerade erst zurückgekriegt. Wenn ich es gesagt hätte, wärst du abgehauen.«

»Aber ich hätte mich nicht so verraten gefühlt.«

»Und was hätte es *mir* gebracht, hm?« Die Wut lässt seine Stimme vibrieren, aber das schüchtert mich nicht im Geringsten ein. »Du hättest mich abgeschossen, Nowak.«

»Ich habe dich gefragt, Tommi. Ich habe dir in die Augen geschaut und dich gefragt. Und du hast mir ins Gesicht gelogen, ausgerechnet du!«

Er schüttelt den Kopf und ich habe die Schnauze voll. Unsere Freundschaft war für mich etwas Besonderes, selbst nach all dem Mist war sie das noch immer. Und jetzt kann ich ihn nicht mehr ansehen, ohne zu wissen, dass er mir in den Rücken gefallen ist.

»Vermutlich haust du sowieso ab, oder? Verschwindest dahin, wo man dich nicht findet, und dann war es das für dich. Fein raus aus der Sache. So wie immer.«

»Ja, gut möglich. Auf Knast hab ich keinen Bock.«

Ich stehe auf, bin wütend und enttäuscht, dass er selbst jetzt nicht versteht, was er getan hat. Meine Beine zittern ein bisschen, und so nah, wie ich am Hochhausrand stehe, ist das keine gute Kombination. Zur Sicherheit greife ich nach dem Geländer, suche einen Halt, den ich hier oben nicht mehr finde.

»Du bist ein Arschloch, Tommi. Du hast Theo auf die Gleise geschubst und bist abgehauen. Er hätte dabei draufgehen können, das ist dir klar, oder?«

Er antwortet nicht. Obwohl ich ihm die Worte entgegenschreie, hört er sie nicht, ist viel zu weit weg, schon auf der Flucht. Zu dumm, dass er nie weit und schnell genug rennen kann, um dieser Geschichte zu entkommen.

»Eine ganze Familie hast du kaputt gemacht, und ganz nebenbei auch noch etwas, das mir unheimlich wichtig war.«

Tommi ist zu Stein geworden und mir reicht es. Ich springe von der Brüstung zurück aufs Dach und will in Richtung Ausgang, als er sich doch umdreht.

»Ja, deine Marie, die dich nicht von früher kennt, die ist dir ach so wichtig!«

Bevor er zu Ende gesprochen hat, wirbele ich herum und funkele ihn an.

»Nein, du Idiot! *Du* warst mir wichtig, aber dir ist ja alles scheißegal!«

»Irrtum! Du bist mir nicht scheißegal, Nowak!« Das Starrduell dauert länger, als uns beiden guttut, und Tommi steht endlich auf, noch immer zu nah am Rande des Daches.

»Du warst doch meine Familie, Mann! Wenn ich es dir gesagt hätte …« Er reißt den Blick von mir los, schielt über das Gitter nach unten, und ich mache sofort wieder einige Schritte auf ihn zu.

»Du hättest mich garantiert abgeschrieben. Und weißt du, was dann noch übrig geblieben wäre?«

Jetzt ist er es, der schreit, und ich höre die Verzweiflung in seiner Stimme, die lauter klingt als alles andere. Er steht mit geballten Fäusten am Rand, immer bereit zum Kampf, und sieht nach unten.

»Nichts! Ich habe nichts mehr! Meinen Eltern war ich immer scheißegal, die warten doch nur darauf, bis sie mich abschieben können, und jetzt bist du auch weg …«

»Komm da runter, Tommi.«

»Wieso? Was geht kaputt, wenn ich springe?«

Er breitet die Arme aus, wie ein Vogel, kurz bevor er losfliegt, und meine Kehle wird eng.

»Tommi …«

»Ich wollte es dir ja sagen! Sobald ich gecheckt hatte, dass er es war! Aber ich weiß doch, wie gerne du Marie hast, und wie sollte das mit euch beiden weiterlaufen, wenn ich es erzähle?«

»Das sind Ausreden, Tommi! Das sind scheiß Ausreden, komm da runter!«

Er schüttelt den Kopf und ich kann die Tränen in seinen Augen sehen.

»Ich wollte ihn damals nicht auf die Gleise stoßen. Er ist ausgerutscht und gestürzt, und ich dachte zuerst, er sei tot, weil er sich nicht mehr bewegt hat. Und dann taucht dieser Typ auf der anderen Seite auf und brüllt was von Polizei, da habe ich einfach Schiss gekriegt.«

Während er spricht, komme ich näher und behalte ihn genau im Blick. Nur ein Sprung und er könnte das alles beenden.

»Ich bin nicht wie du! Ich weiß nicht, wie man Sachen richtig macht.« Ich kenne Tommi mein ganzes Leben, aber noch nie habe ich ihn weinen sehen. Die Tränen, die jetzt über seine Wangen laufen, setzen mir zu, und ich strecke langsam die Hand nach ihm aus. »Ich weiß nicht, wie man *irgendwas* richtig macht, Samuel.«

»Komm da runter.« Weil ich nicht weiß, ob er sich darauf einlässt, komme ich noch etwas näher auf ihn zu und halte ihm meine Hand entgegen. »Und dann klären wir das.«

Noch immer weint er, noch immer warte ich auf seine Hand.

»Und du haust nicht ab, sondern bleibst und machst es richtig.«

Schlagartig sieht er zu mir, sein glasiger Blick fängt meinen und er wackelt gewaltig.

»Das kann ich nicht. Ich kann nicht in den Knast, Samuel. Bitte.«

Sein Flehen trifft mich, weil ich genauso geklungen habe, als sie mir damals mein Strafmaß vorgelesen haben. Ich muss dieses Gefühl runterschlucken, bevor Tommi sehen kann, dass seine Angst berechtigt ist.

»Du gibst zu, dass du es warst, und hoffst, dass Theo irgendwann wieder ein normales Leben führen kann, ohne Angst zu haben, wenn er die Augen schließt oder eine U-Bahn nehmen muss. Und dass Marie schlafen kann, ohne vor Sorge um ihren Bruder durchzudrehen. Und dass ihre Eltern sich nicht jedes Mal, wenn Theo auch nur fünf Minuten zu spät kommt, Gedanken machen müssen, ob er aufgegeben hat.«

Tommi muss das alles hören, weil er nur dann vielleicht versteht, was er wirklich getan hat und wieso er hier nicht einfach einen Schlussstrich ziehen und verschwinden kann.

»Und was ist mit dir? Kannst *du* mir irgendwann verzeihen?« Die verweinten Augen passen so gar nicht in sein sonst kantiges Gesicht mit dem frechen Grinsen, von dem gerade allerdings jede Spur fehlt. »Ich weiß nicht, wie ich das alles hinkriegen soll, Samuel.«

»Doch, das weißt du.«

Tommi nimmt endlich meine Hand an, und ich ziehe ihn sofort zu mir runter aufs Dach, wo er sicher ist.

»Ich kann das nicht.«

Der große Tommi, die Legende, der Anführer, steht wie ein kleiner Junge vor mir und hat Todesangst. Ich lege ihm meine Hände auf die Schultern und sehe ihn ernst an.

»Doch. Und ich komme dich besuchen. Versprochen.«

- 77 -

Marie

Theo schläft noch, und ich beneide ihn eine Sekunde lang – okay, okay, vielleicht auch mehrere Minuten –, weil er sich nicht aus dem Bett und in die Schule quälen muss. Mir steht dort heute einiges bevor. Unter keinen Umständen wird sich Schneider eine Beschwerde wegen meiner Ohrfeige im Sekretariat entgehen lassen, und Samuel … *nur nicht daran denken.*

Den Kaffee trinke ich im Stehen, weil ich befürchte, sofort einzuschlafen, falls ich mich hinsetze, und das Toastbrot schmeckt heute trotz des leckeren Aufstrichs eher wie Pappe. Die Nacht war viel zu kurz und meine Gedanken viel zu aufgedreht, wie Kids, denen man kurz vorm Schlafengehen noch einen Liter Cola verabreicht hat und die im Zuckerrausch die Welt analysieren wollen.

»Du siehst ziemlich fertig aus.« Mama, ebenfalls mit einer Tasse Kaffee bewaffnet, lehnt sich neben mich und mustert mein Gesicht, wobei ihr bestimmt die tiefen Augenringe auffallen, die ich heute nicht mal unter drei Schichten Concealer verstecken könnte.

»Manchmal passt mein Gesicht eben zu meinem Gemütszustand.«

Zwischen dem nächsten Bissen und dem nächsten Schluck bemerke ich, dass sie nach dem Autoschlüssel greift, obwohl sie heute gar nicht arbeitet.

»Den Roller lässt du heute mal stehen.« Es ist zu spät, um noch den Bus und dann die Bahn zu Schule zu nehmen, das weiß sie genau. »Ich fahre dich.«

Das letzte Mal hat Mama mich zur Schule gefahren, als ich die Weisheitszähne recht frisch entfernt bekommen hatte und der Helm noch nicht über die geschwollenen Wangen passte.

»Wieso denn?«

»Weil ich denke, dass es Zeit wird, dir wieder mehr Platz in dieser Familie einzuräumen.«

Nach meinem Abgang neulich haben wir uns nie so richtig ausgesprochen, auch wenn ich das Gefühl hatte, sie versteht, was ich gemeint habe. Sie jetzt in ihre Jeansjacke schlüpfen zu sehen, irritiert mich dennoch.

»Das musst du nicht, ich kann den Roller nehmen.«

»Ich weiß, dass ich es nicht tun *muss*, Marie, aber vielleicht möchte ich es ja.« Sie stellt die Tasse neben meine und nickt in Richtung Tür. »Die Jungs kommen auch mal eine Stunde ohne mich aus.«

Und so gehen wir beide zum Auto und fädeln uns in den morgendlichen Verkehr ein. Es dauert bis zur nächsten roten Ampel, dann wendet Mama sich mir zu.

»Schau, Marie, wir wissen, dass es auch für dich nicht leicht ist.«

»Alles gut, Mama.«

Extra schnell ausgesprochen, weil es meine vorprogrammierte Antwort ist, dabei wollte ich diesmal ehrlich sein. Aber sie sollen sich um mich keine Sorgen machen müssen, nicht jetzt, wo es mit Theo in kleinen Schritt vorwärtsgeht.

»Du magst diesen Samuel sehr gerne.«

»Er ist nicht *dieser* Samuel, sondern Samuel. Und ja, ich mag ihn.«

»Auch nachdem, was passiert ist?«

So sehr wünsche ich mir, sie wäre dabei gewesen, als Samuel zum ersten Mal für Theo ein- und gegen Andi angetreten ist. Wie verändert Theos Miene war und wie wohl ich mich in Samuels Nähe gefühlt habe. Wie oft ich über seine Vergangenheit nachgedacht habe. Und wie sehr ich ihn vermisse.

»Er hat Theo geholfen, ihn gefunden. Wer weiß, was passiert wäre, wenn er es nicht getan hätte?«

Meine Argumente wischt sie mit einem Kopfschütteln beiseite.

»Der Junge ist kein guter Umgang für dich. Und sein bester Freund …« Sie bricht ab, kann ihre Abneigung gegen Tommi nicht verstecken und versucht es gar nicht erst.

Das kann ich ihr nicht verübeln, denn auch mir dreht sich der Magen auf links, wenn ich daran denke, dass es ausgerechnet Tommi gewesen sein soll. Wieso hat das Schicksal so wenig Humor und muss mein verkorkstes Leben ausgerechnet auf diese Art und Weise verkomplizieren? Wieso wird jemand wie Samuel in mein Herz gespült, wenn ich ihn doch nicht dortbehalten soll?

Mama unterbricht meine Gedanken, indem sie mich ernst ansieht.

»Marie, manchmal sehen wir durch die rosarote Brille etwas unscharf.«

»Mama, ich weiß gar nicht mehr, wie eine rosarote Brille ausschaut. In meiner Realität ist nämlich kein Platz dafür. Und wenn du damit Samuel meinst…«

Die Ampel springt auf Grün, aber Mama fährt nicht los, zu sehr versunken ist sie in diese Unterhaltung, und ich bin überrascht, so lange ihre ungeteilte Aufmerksamkeit zu haben.

»… ich glaube nicht, dass er mit Tommi in eine Schublade gesteckt werden sollte.«

»Er saß im Gefängnis, Marie.«

»Stimmt, aber das macht ihn nicht automatisch zum ewigen Täter. Vielleicht hat er sich verändert.«

»Marie …«

Das Auto hinter uns hupt, und ich deute auf die Straße vor uns, weil mich ihre Sturheit langsam sauer werden lässt und ich will, dass sie weiterfährt. Fast bereue ich es, nicht doch die Vespa genommen zu haben.

»Dein Bruder hat genug…«

»Mama, ich weiß, was Theo hat. Und ich weiß, wie sehr ihr euch wünscht, dass wir diesen ganzen Mist endlich abschließen können.«

»Du bist enttäuscht und das ist verständlich…«

»Ich bin nicht enttäuscht. Ich bin *stinkwütend*. Auf die ganze Welt. Aber ich weiß auch, dass ich Samuel mag. Noch immer.« Mir fallen Theos Worte wieder ein. »Und vielleicht braucht man für manche Dinge im Leben eben einen zweiten Anlauf. Oder eine zweite Chance.«

Mama schweigt, weil sie dagegen nichts sagen kann, fährt langsamer als nötig, und ich befürchte schon, trotz dieses exklusiven Fahrdiensts zu spät zu kommen, doch als wir auf den Parkplatz vor der Schule einbiegen, sind noch gut zehn Minuten bis zum letzten Klingeln.

»Ich wünsche dir einen schönen Tag, mein Schatz.« Mama verlangt und bekommt eine Umarmung, in der sie mich ein bisschen länger hält. »Soll ich dich nachher abholen?«

»Nein, ich nehme die Bahn.«

Sie lässt mich los, und ich kann in ihren Augen sehen, welche Sorge sich dort verbirgt. Seit Theos Überfall hat sie es nicht so gerne, wenn einer von uns alleine mit der Bahn fährt.

»Mach dir keinen Kopf, es ist ja noch hell.« Schnell küsse ich ihre Wange und steige aus, bevor ihr noch andere Dinge einfallen, wegen denen sie sich Sorgen machen kann.

Rasch steuere ich an kleinen Gruppen von Schülern vorbei, die mich *alle* ansehen und zu tuscheln beginnen, sobald ich sie passiert habe. Aber mein Kopf spielt mir sicher nur einen Streich und ich bilde mir das alles nur ein. Schülerdramen wechseln schnell von Tag zu Tag, und was gestern noch peinlich war, ist heute schon längst vergessen, weil die nächste chaotische Episode die virtuellen Titelblätter füllt.

»Frau Mulden …«

Auf dem Weg zum Vertretungsplan werde ich von Frau Fischer abgefangen und bleibe nur sehr widerwillig stehen.

»Lassen Sie mich raten, Herr Arentz möchte mich gerne sprechen.«

Ihr kühles Lächeln und die leeren Augen lassen mich wissen, wie sehr sie diese kleine Szene genießt.

»Sie wurden gestern handgreiflich gegenüber Andreas Schneider.«

»Sagt er das?«

Fischers Mund verzieht sich zu einem dünnen Strich, ihr Blick mustert mich ausgiebig von oben bis unten.

»Ja. Und es gibt Videobeweise für Ihr Fehlverhalten.«

Natürlich gibt es die – weil ich nämlich Andis Spielweise endlich durchschaut habe. Irgendjemand hat also unsere Diskussion gefilmt, weil Andi solche Videos wohl sammelt. Noch weiß er nicht, dass sich all seine Mobbing-Videos jetzt auch auf meinem Handy befinden. Seines habe ich gestern Nacht noch im Mülleimer an der Bushaltestelle entsorgt.

»Stichwort *Videobeweis.*« Jetzt ist es mein Blick, der kühler wird und sie mustert. »Ich würde Andreas Schneider gerne beim Gespräch dabeihaben.«

»Dass du dich entschuldigen willst, spricht für dich.«

»Eine Entschuldigung wird definitiv angebracht sein.«

Zufrieden nickt Fischer und geleitet mich in Richtung Lehrerzimmer. Jetzt bilde ich mir die Blicke der anderen Schüler nicht mehr nur ein, denn sie verfolgen jeden meiner Schritte. Ich recke mein Kinn so hoch es geht.

Das hier wird mein persönlicher Triumph über Andi Schneider. Und ich genieße ihn, Samuel sei Dank, von einem Logenplatz aus.

- 78 -
Samuel

Tommis Handy ist ausgeschaltet, ich lande sofort bei seiner Mailbox, kenne die Ansage auswendig und höre sie nicht bis zum Schluss. Es enttäuscht mich, dass er nicht nur mir, sondern allem aus dem Weg geht. Tommi war noch nie besonders gut darin, sich Konsequenzen zu stellen, und die Situation jetzt ist keine Ausnahme.

Diesmal hätte es mir allerdings etwas bedeutet, wenn er eingesehen hätte, dass er richtig Mist gebaut hat und dafür geradestehen muss.

Ich sitze auf dem Bett, die Schuhe neben mir, das Handy in der Hand und die Gedanken irgendwo unterwegs verloren. Tommi hat das Bild, das ich mir gemacht hatte, einfach vom Tisch gefegt. Überall verteilt liegen die Puzzlestücke, aus denen ich mir nach der Haftentlassung mein Leben wieder zusammengesetzt hatte.

Er hat mich angelogen. Eine Tatsache, die ich weder abschütteln noch vergessen kann.

Ich kann seine ganzen Ausreden hören, wie er sie aufzählt und mir beweisen will, dass er das nur zu meinem Schutz gemacht hat.

Aber er saß nicht mit Marie auf dem Dach, hat nicht gesehen, wie müde sie war, wie erledigt ihre Eltern waren, als ich Theo nach Hause gebracht habe. Tommi hat Schuhe geklaut, die er sich nicht leisten kann, und keinen Gedanken daran verschwendet, wie es Theo und seiner Familie danach wohl geht. Nie hat er darüber gesprochen, mir einfach nur die *AirPods* geschenkt, weil ich mich wochenlang darüber aufgeregt habe, dass meine Kopfhörer den Geist aufgegeben hatten. Natürlich wusste ich, dass er sie nicht irgendwo gekauft, sondern wohl eher geklaut hat. Nur war mir das egal, wie bei all den anderen Geschenken, die ich von ihm bekommen habe. Zur Gewohnheit geworden, weil wir es irgendwann gar nicht mehr anders kannten. Jetzt schüttele ich den Kopf, werfe einen Blick auf die *AirPods*, die ich nicht mehr benutzen kann, ohne an Theo zu denken.

Ich lasse mich nach hinten auf das Bett fallen und strecke mich aus, versuche die Gedanken einzufangen, die überall rumsausen, nur nicht da, wo sie hinsollten.

Wie kann man Gedankenflugkurven verändern? Denn egal, wie viel Mühe ich mir gebe, sie landen immer wieder bei Marie. Ich sollte jetzt in der Schule sein, das hatte ich mir fest vorgenommen, aber die Vorstellung, ihr auf den Fluren zu begegnen und im Unterricht vor ihr zu sitzen, das hat mich gelähmt.

Die Haustür öffnet sich, dann Schritte, bevor sie wieder ins Schloss fällt.

Ich setze mich langsam auf. Wie soll ich das alles erklären? Die Zimmertür wird aufgeschoben und sie taucht formatfüllend im Türrahmen auf.

»Ich dachte doch schon, die Schuhe im Flur kenne ich.«

Mama sieht müde aus, auf eine Art, bei der nicht mal dreiwöchiger Urlaub hilft. Die Augenringe sind noch etwas tiefer geworden und auch ihr Lächeln hat weiter an Glanz verloren. Schulterzuckend sehe ich zu ihr.

»Ich wusste nicht wohin sonst.«

Sie nickt und kommt langsam näher. »Dann bist du hier genau richtig.«

Sie rutscht neben mich auf das Bett, und wir sitzen so dicht zusammen, wie schon lange nicht mehr. Es wird Zeit, ein bisschen in meinem Leben aufzuräumen, und so räuspere ich mich, nehme meinen ganzen Mut zusammen und sehe sie an.

»Es tut mir leid.«

Aber das will sie offensichtlich nicht hören, legt nur ihre Hand auf meinen Unterarm und ich verstumme.

»Ich freue mich, dass du nach Hause gekommen bist.«

Nach Hause. In dieses winzige vorübergehende Zimmer, das Mama für mich hergerichtet hat und in dem sie mich mit offenen Armen empfangen hat.

»Ich war ein Vollidiot.«

Sie widerspricht nicht, sondern nickt, und ich muss fast lachen, weil es so wahr ist.

»Es tut mir leid, ich dachte, ich wüsste genau, was ich tue und wem ich vertrauen kann und …« *Bin dabei ziemlich auf die Schnauze gefallen.* »… ich hab's vermasselt.«

»Du hast nur ein paar Umwege genommen.«

»Nee, Mama. Ich habe es vermasselt. Dir habe ich wehgetan, Liebig ist sauer auf mich, Theo ist sauer auf mich, Tommi hat mich angelogen und Marie …«

Mein Rundumschlag hat wirklich so ziemlich alle in meinem näheren Radius getroffen, und ich will mir gar nicht ausmalen, was passiert, wenn Liebig mir nicht aus dem selbst gebrauten Schlick hilft.

»Was ist denn mit Marie? Ihr habt einen recht guten Eindruck zusammen gemacht.«

»Marie ist toll, ich bin nur nicht clever genug gewesen, um das zu merken. Und dann hat Tommi …« Mein Blick wandert zu den Schuhen, die ich aus Tommis Wohnung mitgenommen habe. »… alles verkompliziert.«

Mama küsst meine Wange und ich lasse mich von ihr in eine Halbumarmung ziehen.

»Wenn sie dir etwas bedeutet, dann streng dich an. Gib ihr Zeit, Samuel. Und dir auch. Es dauert, bis du weißt, wo du hinwillst. Du solltest nur wissen, wo du nicht mehr hinwillst.«

Ich weiß ganz genau, wo ich nicht mehr hinwill, und es wird Zeit, sich auch endlich dran zu halten.

Mama steht auf und deutet in Richtung Flur. »Hast du Hunger? Ich habe unterwegs was mitgenommen.«

»Reicht es denn für zwei?«

Sie wirft mir ein Augenzwinkern zu. »Ich habe für zwei eingekauft.«

»Du wusstest, dass ich wiederkomme?«

Sie wiegt nachdenklich den Kopf, bevor sie zu mir sieht. »Ich hatte es gehofft.«

Erst an der Tür bleibt sie stehen, dreht sich aber nicht zu mir um. »Als ich mit deinem Vater gesprochen habe, wollte ich dich weder abschieben noch aufgeben. Wir wollten, dass du weißt, wir sind für dich da, wenn es schwierig wird.«

Meine Eltern konnten sich in den letzten Jahren nicht mal im gleichen Raum aufhalten, ohne sich gegenseitig Vorwürfe zu machen. Jetzt wollen sie mir gemeinsam auf die Beine helfen, und das sagt mehr über sie aus, als alles, was vorher bei ihnen schiefgegangen ist.

»Ich werde mich anstrengen.«

»Das weiß ich, Samuel. Mich musst du nicht überzeugen.«

Dann bin ich wieder alleine und sehe auf das Handy, das stumm daliegt, weil niemand etwas von mir will. Bei *WhatsApp* öffne ich Maries Chat und finde dort all ihre Nachrichten, die wir uns geschrieben haben. Dann die gähnende Leere, die wehtut. Schnell tippe ich los, versuche erklärende Worte zu finden, irgendwas zwischen *Du fehlst mir* und *Ich Idiot*, aber nichts davon ergibt Sinn, also gehe ich zu Mama in die Küche. Sie hat Maultaschen in Brühe auf den Tisch gestellt, der für zwei gedeckt ist, und ich trete direkt vor sie, nehme sie fest in den Arm und verharre einen Moment in genau dieser Position.

»Ich kann doch nicht mitessen.«

»Habe ich mir schon gedacht.«

»Ich muss noch was klären.«

Sie nickt und lässt mich los, weiß wohl genau, wohin ich gehe – dorthin, wo ich schon die ganze Zeit sein sollte –, und ich schenke ihr ein Lächeln.

»Danke fürs Nichtaufgeben, Mama.«

- 79 -
Marie

Andi Schneider wurde mit sofortiger Wirkung bis auf Weiteres von der Schule verwiesen. Auch wenn ich mir sicher bin, seine Eltern werden sich irgendeine Erklärung für das Auftauchen dieser Videos zurechtlegen und ihre Beziehungen spielen lassen. Aber im Moment fühle ich mich einfach unfassbar leicht, auch wenn ich die Blicke der anderen natürlich bemerke. Die Sache mit Andi hat sich rumgesprochen, weil das hier noch immer eine Schule ist und sich Dramen schneller rumsprechen als Geschichten mit Happy End.

Dabei bräuchte ich gerade ein Happy End, stattdessen erwartet mich eine Freistunde, die ich irgendwo versteckt in der Aula verbringen werden, weil ich die Geschichten nicht mehr hören kann. Irgendwo flüstert jemand, dass mein Bruder sich alles nur ausgedacht hat, eine andere Stimme behauptet das Gegenteil, und ich will einfach nur meine Ruhe, verstecke mich bei den Tischtennisplatten hinter meinem Geschichtsbuch und setze mir die Kopfhörer auf die Ohren. Für heute habe ich genug erlebt und warte nur auf den Moment, wenn die Ruhe einsetzt und ich wirklich verstehe, dass ich Andi heute nicht mehr über den Weg laufen muss. Wer hätte gedacht, dass mir der Kalte Krieg mal eine willkommene Ablenkung von meinem Leben bieten würde? Versunken in die damaligen Verstrickungen, bemerke ich nicht, wie jemand einen Kaffeebecher neben meinen Schreibblock auf den Tisch stellt. Noch bevor ich aufblicke, weiß ich schon, wessen Gesicht mich erwartet, und ich werde nicht enttäuscht.

Müde Augen und ein geteiltes Lächeln, hoffnungsvoll und traurig, so steht Samuel da, den Rucksack auf dem Rücken, die Hände in den Jackentaschen.

»Mit Milch und Zucker.« Er deutet auf den Bambusbecher vor mir. »Der ist vom Bäcker an der Ecke und nicht aus dem Automaten.«

Kaum zu glauben, dass wir ausgerechnet über Kaffee sprechen, wo wir doch so viele Themen zu klären hätten. Er wartet, ob ich etwas sage, aber meine Gedanken sind zu schnell, als dass ich sie erwischen oder gar aussprechen könnte.

»Ich weiß, dass du mich gerade nicht sehen willst …«

Er irrt sich. Er ist der Einzige, den ich gerade sehen will.

»… aber ich habe etwas, das Theo gehört. Und vielleicht will er es zurück.«

Erst jetzt fällt mir die Sporttasche auf, die er neben dem Stuhl abgestellt hatte und jetzt auf den Tisch direkt vor mich hievt. Irritiert sehe ich von der Tasche zu ihm, und er versteht wohl, dass ich keine Ahnung habe, was das alles soll. Zögernd öffnet er den Reißverschluss und macht dann einen Schritt zurück, als könnte das, was auch immer sich im Inneren befindet, rausspringen und ihn angreifen.

Dabei sind es nur irgendwelche Schuhe.

Nein.

Ich beuge mich etwas weiter über die Tasche.

Nike Air Max Bubble Pack.

Wie glücklich Theo damals gewesen ist, als er sie ausgepackt hat, wie fest er mich umarmt und wie breit er gelächelt hat. Über nichts anderes hat er gesprochen, nur über diese dämlichen Schuhe, die ihm so wahnsinnig viel bedeutet haben, in denen er immer diesen federleichten Gang hatte, bereit loszurennen und den Tag zu erobern.

Mit zittrigen Händen greife ich nach dem rechten Schuh und hoffe, mein Herz pocht noch ordentlich weiter, während ich ihn so drehe, bis ich die Sohle sehen kann – und da ist er. Frech lächelnd, als wolle er mir sagen, dass er noch immer da ist und sich freut, mich zu sehen. Doch jetzt verschwimmt er vor meinen Augen. Schnell wische ich mir über das Gesicht, aber der Smiley, den ich Theo damals auf die Sohle gemalt habe, ist unverändert.

»Wo hast du die her?«

Samuel bemerkt, wie dünn und doch kühl meine Stimme klingt und will mir in die Augen sehen, schafft es aber nicht.

»Tommi hatte sie.«

Die Enttäuschung in den Worten ist nicht zu überhören, und er muss schlucken, bevor er in die Jackentasche greift und die weiße *AirPod*-Box auf den Tisch legt. Befreit von all dem Ballast, den sein bester Freund in sein Leben getragen hat, sieht er endlich zu mir, und ich weiche nicht zurück, versuche mein Kinn gerade zu halten, meinen Rücken durchgedrückt. So mache ich mich größer und verrate nicht, wie sehr mich das alles durcheinanderbringt.

»Ich weiß, dass bei dir gerade sauviel los ist und ihr erst mal ganz andere Sorgen habt, aber du sollst wissen, ich hatte keine Ahnung, dass es Tommi war. Er hat es nie erzählt, mir nur irgendwann die Kopfhörer geschenkt und …«

»Wird er das auch zugeben?«

Denn erst dann ist der Spuk für uns vorbei, aber Samuel zuckt nur die Schultern.

»Keine Ahnung. Ich weiß nicht mal, wo er gerade ist.«

Und ich glaube ihm, habe aber noch eine Frage.

»Hast du Andis Handy geklaut?«

»Nein, das war Tommi beim Fitness, sie gehen wohl ins gleiche Studio.« Samuel beißt sich kurz auf die Unterlippe, weiß, dass sein Freund nicht das beste Thema für ein bisschen Small Talk ist, aber ich winke nur ab. Das zwischen uns war noch nie Small Talk. »Ich hoffe auf jeden Fall, dass Theo wieder in die Spur findet.«

Meine Gedanken und Gefühle führen gerade in meinem Inneren eine hitzige Diskussion darüber, was ich von Samuels Auftauchen halten soll. Gebe ich zu, wie sehr ich ihn vermisst habe oder halte ich Sicherheitsabstand?

»Tja, dann sollte ich wohl los.« Er schiebt die Hände in die Jackentaschen und zuckt die Schultern, weil uns die Worte ausgehen. Dabei habe ich noch so viel zu sagen. Und er offensichtlich auch, denn er dreht sich zu mir und holt Luft. »Ich wünschte echt, wir könnten noch mal von vorne anfangen. Und es dann richtig machen.«

So nervös habe ich Samuel noch nie erlebt, wieder weiß er nicht, wohin mit seinen Händen und zieht sie erneut aus der Tasche, hält ein kleines bemaltes Stück Papier zwischen den Fingern, das er mir reicht – und ich annehme.

»Vielleicht brauchst du ja irgendwann wieder einen Freund.«

Es ist mein Smiley, den ich ihm gemalt habe und den er mir jetzt zurückgibt.

»Mach's gut, Sternenprinzessin.«

Er dreht sich weg und geht davon, lässt Turnschuhe, *AirPods* und Kaffee zusammen mit einem überdrehten Herz bei mir zurück. Es wird dauern, bis ich das hier alles verstanden, sortiert und verarbeitet habe. Aber ich will ihn nicht gehen lassen.

»Hey, Samuel!«

Er ist schon fast an der Doppeltür zum Pausenhof, als er stehen bleibt und sich zu mir dreht.

»Hast du deine Erdkundesachen dabei?«

Er nickt etwas perplex.

»Wir müssen nämlich noch immer dieses blöde Referat machen.«

Einen kurzen Moment weiß er nicht so recht, wie er reagieren soll, aber dann schleicht sich ein schüchternes Lächeln auf sein Gesicht und er kommt langsam wieder näher.

»Sicher?«

Ich nicke, und er nimmt auf dem Stuhl neben mir Platz, kurz berühren sich unsere Knie unter dem Tisch, dann zieht er den Rucksack von den Schultern, kramt seinen Block und das Erdkundebuch hervor. Unsere Knie berühren sich noch immer. Umständlich schlägt er den Block auf, öffnet sein Mäppchen und fischt meinen Kugelschreiber heraus, dreht ihn kurz zwischen seinen Fingern und reicht ihn mir.

»Der gehört dir.«

Den gelben Kugelschreiber hatte ich fast vergessen, dabei war er doch der Beginn unserer Geschichte. Samuel sieht zu mir und ich drücke mein Knie einen Herzschlag lang gegen seines, spüre den kleinen Smiley auf dem Papier in meiner Hand. Ich greife nach dem Kugelschreiber, wobei sich unsere Hände ganz flüchtig berühren und ich den Mut fasse, unsere kleinen Finger ineinander zu verhaken.

»Ich könnte übrigens einen Freund gerade sehr gut gebrauchen.«

Samuel legt seine Finger um meine und drückt meine Hand.

Theo hat recht, manchmal braucht man für manche Dinge einfach einen zweiten Anlauf – und das ist absolut okay.

- 80 -

Theo

4 Wochen später

Papa lädt die letzte Tasche in den Kofferraum, und ich befürchte, ein bisschen zu viel eingepackt zu haben. Aber noch weiß ich nicht, wie lange ich dort oben bleibe. Vier Wochen sind mal angedacht, mit Option auf Verlängerung, aber das wissen wir erst, wenn ich mit der Therapie angefangen habe.

Mama wird eine Woche auf Rügen bleiben, in einem netten Hostel, für den unwahrscheinlichen Fall, dass ich alles abblasen will. Papa fährt wieder nach Hause und kommt dann die Woche drauf mit Marie zum ersten Besuchertag zurück auf die Insel. Ich bin nervös und habe den Eindruck, vor Aufregung an ungünstigsten Stellen zu schwitzen. Die letzte Nacht haben Marie und ich in einem Zimmer geschlafen, sie hat ihre Matratze mit rübergebracht, und obwohl wir beide hundemüde waren, haben wir bis in die frühen Morgenstunden gequatscht. Jetzt steht sie neben mir und versucht richtig tough zu wirken, damit ich nicht merke, wie nervös auch sie ist.

Mama und Papa fahren mit dem Auto bis an den Charlottenplatz, dort sammeln sie mich dann ein, weil ich eine Sache gerne noch mit Marie machen will. Wir laufen nebeneinander her, haben es nicht eilig, und ich versuche mir ein paar Ecken hier einzuprägen, falls ich an der Ostsee Heimweh bekomme.

»Sie haben Andi übrigens tatsächlich suspendiert. Kann sogar sein, dass er komplett von der Schule fliegt.«

Das weiß ich alles schon durch Instagram, wo sich die halbe Schule seit Wochen über Andi und die Videos auslässt. Nachdem Marie mir davon erzählt hat, wollte ich vor Scham im Erdboden versinken, aber sie hat mir versprochen, dass niemand außer den Verantwortlichen sie zu sehen kriegt. Mama und Papa sind regelrecht ausgerastet und haben sofort ein Gespräch mit der Schulleitung verlangt. Angeblich haben Andis Eltern Andi dann richtig rundgemacht, aber mein Mitleid für ihn hält sich in sehr überschaubaren Grenzen.

»Von mir aus kann er von diesem Planeten fliegen.« Ihm nie mehr begegnen zu müssen, klingt nach dem Paradies. »Und du und Samuel?«

Marie erzählt nichts mehr von ihm, obwohl ich weiß, dass sie sich täglich in der Schule sehen. Sie hakt sich bei mir unter und lächelt ein kleines bisschen.

»Wir wollen einen langsamen zweiten Anlauf wagen.«

Und jetzt lächele ich ein bisschen. Unsere Eltern trauen Samuel immer noch nicht so ganz, aber Marie hat sich davon wohl nicht aufhalten lassen. Als sie mir meine *Nike Air* gebracht hat, war klar, dass ich mich nicht geirrt habe und sie Tommi und die anderen drankriegen werden.

»Das klingt so, als würde endlich jemand von uns beiden glücklich werden.«

Marie hakt sich bei mir unter. »Wer weiß, Bruderherz, vielleicht werden wir am Ende irgendwann sogar beide glücklich.«

»Irgendwann?«

Sie nickt. »Irgendwann.«

Obwohl es eine Zeit gab, in der ich nicht weiter als bis zur nächsten Biostunde planen wollte, gefällt mir die Idee, dass dieses *Irgendwann* auch für mich gilt.

»Nächste Woche kommen Papa und ich dich besuchen.«

Ich nicke und bemerke, dass der Marienplatz heute recht gut besucht ist, obwohl es hier außer einem Basketballkäfig, den Tischtennisplatten und einem Eiscafé gar nicht so viel zu sehen gibt. Aber die Sonne lockt die Menschen aus ihren Wohnungen und man gönnt sich ein Eis oder einen Kaffee im Freien.

»Die Gerichtsverhandlung fängt nächste Woche an.«

»Mach dir darum keine Sorgen, du kümmerst dich erst mal um dich. Papa wird dich auf dem Laufenden halten. Wenn Tommi sich schuldig bekennt, geht alles schnell.«

Schnell. Fast anderthalb Jahre, und sie sprechen von schnell, nur weil sich jetzt alles überschlagen hat.

Wir stehen auf den Treppen, die nach unten führen, Marie dicht neben mir.

Irgendwann, das hat Schädle zumindest vorgeschlagen, sollte ich mich der U-Bahn nähern, am besten mit jemandem, dem ich vertraue. Die Panik auf einer Skala von 1 bis 10 einschätzen und versuchen, sie auf eine solide 4 runterzuhandeln. *Atmen, immer weiteratmen*, durch die Panik durch. Wie bescheuert mir das alles vorkam, habe ich ihr nicht gesagt.

»Sicher, dass du das hier machen willst? Du musst nicht.«

Ich muss nicht. Aber ich will.

So mutig wie möglich gehe ich Stufe für Stufe nach unten, Marie noch immer direkt neben mir. Uns kommen Menschen entgegen, andere überholen uns eilig, weil sie eine bestimmte Bahn erwischen müssen. Nur wir lassen uns Zeit.

Und ich atme.

»Wo liegt sie gerade?«

»8,5.«

Sie nickt, sagt nichts weiter, und ich stelle meinen Fuß auf die Rolltreppe, spüre das Vibrieren unter meinem Schuh und lege meine Hand auf den schwarzen Handlauf, der mich immer an das Kassenband im Supermarkt erinnert. Marie steht hinter mir, die Panik zerrt in Richtung 9, aber ich atme weiter.

Die Station ist ganz gut besucht, unsere Bahn kommt in drei Minuten, und ich muss nicht einsteigen, wenn ich merke, dass es nicht klappt. Niemand verlangt oder erwartet irgendwas von mir, niemand außer mir selbst.

»Und jetzt?«

Mit viel Mühe habe ich die Panik auf 7 gedrückt, atme tief und sehe nicht direkt auf die Gleise, sondern zur anderen Seite der Station. Es ist heller als in meinen Erinnerungen, das Stimmengewirr verunsichert mich ein bisschen.

»Das ist noch nicht mein Lieblingsmoment des Jahres.«

Marie nickt und lässt mich wissen, sie ist da. Gegenüber fährt eine Bahn ein, und ich spüre, wie mein Körper sich anspannt. Mein erster Impuls ist, einen Schritt zurück zu machen, aber ich bleibe stehen und atme. Niemand würde mich auslachen, wenn ich jetzt sofort wieder nach oben renne.

Und doch bleibe ich, weil da auch das andere Gefühl ist. Der Wunsch, mir ein Stück von meinem alten Leben zurückzuholen.

»Achtung. U1 Richtung Fellbach fährt ein.«

Ich greife nach Maries Hand und sie ist sofort da, einfach so.

Die Bahn kommt, wird langsamer, bleibt stehen, und wie immer drängeln sich alle nach vorne, als hätten sie Angst, sonst nicht mehr einsteigen zu dürfen.

»Sollen wir?«

Das Piepen setzt ein, Zeichen dafür, dass ich mich entscheiden muss. Es war dieses Piepen, das seit damals vieles übertönt hat. Jetzt greife ich in meine Jackentasche und lasse meinen Daumen über die halbmondförmige Schramme fahren. Schritt für Schritt hole ich mir mein Leben zurück.

Es ist nur ein Schritt.

Nur ein verdammter Schritt.

Und diesmal mache ich ihn.

Nach vorne.

Wenn du Probleme hast, dich in einer ausweglosen Situation fühlst und Hilfe brauchst, dann kannst du dich an folgende Adressen wenden:

NUMMER GEGEN KUMMER
http://www.nummergegenkummer.de
Rufnummer: 11 61 11
(anonym und kostenlos vom Handy und Festnetz)
Mo – Sa von 14 bis 20 Uhr

TELEFONSEELSORGE
http://www.telefonseelsorge.de
Kostenlose Hotline: 0800 – 111 0 111 oder 0800 – 111 0 222

JUUUPORT
Hilfe bei Cybermobbing, WhatsApp-Stress & Co
http://www.JUUUPORT.de

Dort erhältst du Unterstützung von Beratern, die schon in vielen Fällen Auswege aus schwierigen Situationen aufzeigen konnten.

Danksagung

Mein Dank gilt dieses Mal, wie immer, vor allem meiner Familie, die mich in dieser turbulenten Schreibzeit ermutigt und umarmt hat. Mams und Paps, ohne eure unendliche Geduld wären diese Worte nicht aufs Papier gekommen. Das nächste Mal wird es entspannter im Urlaub, versprochen.

Danke an dich, Marc, weil du so sehr an mich glaubst und keinen Zweifel zulässt. Du bist mein liebster Gedankenspaziergangspartner. Für immer.

Anne aka Kelly: All die Telefonate, meine Nervenzusammenbrüche, dein Zuhören, das Zureden und dein Glaube an Samuel & Marie haben mir so sehr geholfen. Darauf erst mal einen Smoothie! Ein Herzcarlos alleine reicht nicht aus!

Thomas Lang, danke für all die Bücher davor und alle, die noch kommen. Du bleibst ein Teil davon.

Michaela Pippa Pond für die Highlights der Tage & Wochen, fürs Testlesen und die Ohrwürmer beim Schreiben. Woman, das gefällt mir. Das gefällt mir sehr.

Vor allem geht mein Dank an Daniel B., dafür dass ich Teile deiner Geschichte, deiner Erinnerung und deines Herzens hier habe benutzen dürfen. Ich hoffe, es heilt jetzt vielleicht ein biiiisschen schneller.

Danke an meine *Sensitivity Reader* Dano, Serkan, Mareike, Flo, Selma, Hannah und L. Euer Input hat mir geholfen, es so echt zu schreiben. Danke für eure Ehrlichkeit und Schonungslosigkeit, ihr habt Theo, Samuel, Marie, Tommi und Andi mit echtem Leben gefüllt.

Danke an die Literarische Agentur Gaeb, allen voran meiner Agentin Eva Semitzidou, die in ihrem Urlaub mit Meerblick meine zahlreichen Leseproben gelesen & alle geliebt hat. Jetzt ist es diese Fassung geworden & ich bin sehr stolz darauf, hoffe du bist es auch.

Last, but never least folgt ein dickes Danke an meine Lektorin Martina Patzer, die in dieser chaotischen Zeit mit einer chaotischen Autorin an einem anfangs chaotischen Text gearbeitet hat. Nach der Entschlackungskur für die dicken Seiten haben wir ein feines Buchbaby gezaubert.
Danke dafür! Auf ins nächste Abenteuer.

Adriana Popescu, 1980 in München geboren, arbeitete als Drehbuchautorin fürs Fernsehen, schrieb für verschiedene Zeitschriften und studierte Literaturwissenschaften, bevor sie sich ausschließlich dem Schreiben von Romanen widmete. Mittlerweile harrt eine große Fangemeinde ihren nächsten Veröffentlichungen entgegen, die in mehreren großen Publikumsverlagen erscheinen.

Von Adriana Popescu sind bei cbj erschienen:

Ein Sommer und vier Tage (40337)
Paris, du und ich (40366)
Paris, Clara und ich (21593)
Schöne Grüße vom Mond (22178)
Mein Sommer auf dem Mond (31198)
Morgen irgendwo am Meer (31272)

Mehr über cbj auf Instagram unter @hey_reader

Adriana Popescu

Mein Sommer auf dem Mond

ca. 350 Seiten, ISBN 978-3-570-31198-1

Cooler Sportler, niedliche Träumerin, lässiger Underdog und freche Sprücheklopferin – alles nur Fassade ...

... und die müssen Fritzi, Bastian, Tim und Sarah aufgeben, als sie mit ihren tiefsten Geheimnissen im Therapiezentrum auf Rügen landen. Einen lebensverändernden Sommer lang werden die vier vom Schicksal zusammengewürfelt und ordentlich durchgeschüttelt. Dabei wachsen sie über sich hinaus, finden ihr wahres Selbst, großen Mut und entdecken die erste wahre Liebe ...

30332

cbt

www.cbj-verlag.de